SCHIFFBRUCH
Kai-Uwe Conrad

Kai-Uwe Conrad

SCHIFFBRUCH
Irgendwo im Pazifik

Roman

Verlag DeBehr

Copyright by: Kai-Uwe Conrad
Herausgeber: Verlag DeBehr, Radeberg
Erstauflage: 2014
ISBN: 9783957530653
Umschlaggrafik Copyright by Fotolia © Paul Fleet

Im Unerwarteten liegt die Herausforderung ...

Kai-Uwe Conrad

1. Kapitel

Alles grau – seit einigen Tagen wird das Wetter stetig schlechter. Nur ab und zu zeigt sich die Sonne aus kleinen Lücken von zerklüfteten Wolken am durchwühlten Himmel. Die See ist aufgewühlt, noch berechenbar, aber jederzeit bereit, das Schiff nicht mehr auf ihrem Rücken zu dulden. Ein kühler, frischer Wind streift durch Martins Haar und lässt ihn fröstelnd den Kragen seiner Jacke hochschlagen. Obwohl er weiß, dass dieses große, beeindruckende Schiff absolut sicher ist, schaut er mit einem gewissen Unbehagen den vor sich auftürmenden bedrohlich wirkenden Wellen zu. Die gute Stimmung der Mannschaft wirkt aber beruhigend auf ihn, denn sie gehen weiterhin beinahe unbekümmert routiniert ihren Aufgaben an Bord nach. Sie kennen so etwas, ein aufziehender Sturm ist bei der Seefahrt nichts Ungewöhnliches. Oft entpuppt sich ein aufkommendes Unwetter als relativ harmlos und wird von den großen modernen Seeschiffen der heutigen Zeit mühelos gemeistert. Wirklich gefahrvolle Stürme auf dem Ozean sind für einen Matrosen wesentlich seltener, als eine „Landratte" vermuten würde. In einen richtigen Sturm kommt selbst ein echter „Seebär" nicht allzu oft in seinem Leben. Martin hält sich kraftvoll an der Reling fest und gleicht so die leichten Schiffsbewegungen aus, denn er ist – anstelle der Schiffsplanken – eigentlich nur festen Boden unter seinen Füßen gewohnt. Er ist zum ersten Mal auf einem Schiff, das von einem herannahenden Sturm bedroht wird. Auf dieser gewaltigen Wasserfläche wirkt selbst dieses beeindruckende Containerschiff, das sich schon einige Hundert Seemeilen vom japanischen Festland entfernt befindet, winzig klein.

Martin reist mit diesem Schiff als Passagier von Japan nach Nordamerika und befindet sich jetzt inmitten des Pazifischen Ozeans. Diese gemächliche Schiffsreise ist der krönende Abschluss seiner einjährigen Weltreise. Er hat die Welt fast in Rekordzeit umrundet, da er sich zumeist zügig mit dem Flugzeug oder mit der Eisenbahn fortbewegte. Aber diesen letzten Abschnitt seines Abenteuers möchte er in Erinnerung an die letzten Monate so richtig auskosten und seine

Erlebnisse Revue passieren lassen. Ganz bewusst hat er die sehr einsame Art auf dem Frachtschiff zu reisen gewählt. Hier hat er Zeit nachzudenken, viel Zeit …, beinah viel zu viel Zeit. Er gesteht es sich nur ungern ein, aber er hat in diesem Moment tatsächlich Heimweh. Niemals hätte er es für möglich gehalten, aber nach fast einem Jahr der Abwesenheit sehnt er sich wieder zurück nach Hause. Er freut sich auf seine Freunde und Bekannten. Auf die Straßen, Wege und Plätze seines Heimatortes, die ihm vor dieser Reise unendlich langweilig und uninteressant vorkamen. Ja, sogar auf die frischen Brötchen beim Bäcker, die er immer so gerne am Samstagmorgen genossen hatte. Einfach alles bei ihm zu Hause scheint auf unheimliche Art und Weise plötzlich begehrenswert geworden zu sein. Oft hat er sich gefragt, ob alles noch so ist wie vor seiner Abreise. Wie hat sich seine kleine heile Welt zu Hause verändert? Und wie reagieren die Leute auf ihn, wenn er wieder unter ihnen weilt? Fast bereut er es, auf einem Containerschiff eingecheckt zu haben. Immer wenn ihn solche Gedanken überkommen, wird er ungeduldig und wünschte sich lieber mit der rasend schnellen Concorde geflogen zu sein. Schnell schiebt er die wehmütigen Gedanken beiseite, nicht nur, weil dieses rasante Flugzeug schon längst seinen Dienst eingestellt hat, sondern auch, weil ihn solche Überlegungen nicht gerade erheitern. Etwas verloren schaut er auf die unendlichen, brodelnden grauen Wassermassen hinunter. Kaum ist ihm das gelungen, kehrt seine Abenteuerlust, wegen der er seine Weltumrundung alleine angetreten hatte, zurück. Eigentlich ist er kein sentimentaler Typ, kein Mensch, der es lange an einem Ort aushält. Er ist ein Mensch, der immer in Bewegung ist, nicht hektisch, eher gleichbleibend konzentriert und wohlüberlegt. Immer darauf bedacht, seine Fähigkeiten zu erweitern und eigene Fehler zu analysieren, um sie möglichst nicht zu wiederholen. Ja, durchaus ein selbstkritischer Zeitgenosse, der hinaus ging, um etwas Besonderes zu erleben, etwas, was den meisten Menschen der Erde vorenthalten bleibt. Einmal im Leben unseren Globus umrunden und verschiedenste Länder, Kulturen und Menschen kennenlernen. Ein Traum, den er sich mit dieser Weltreise erfüllt hat. Mit zufriedenen weit aufgerissenen Augen schaut er sich das Naturereignis hoch oben von der Reling an. „Jede große Jacht hätte jetzt alle Hände voll zu tun, um nicht zu kentern˝, denkt er. Aber dieses imposante, mächtige Schiff schaukelt nur gleichmäßig hin und her. Etwa fünf Meter hohe Wellen schlagen unermüdlich auf den stählernen Schiffsrumpf ein. Der ganze Pazifik brodelt beunruhigend – wie zischendes ölhaltiges Fett in einer Bratpfanne. Martin ist sich sicher, dass der Höhepunkt des Sturms noch nicht erreicht ist.

Wie an jedem Morgen seiner Reise auf dem Ozeanriesen begibt er sich auch heute unmittelbar nach dem Duschen an die Reling und schaut auf den offenen Pazifik. Eines von vielen Ritualen, die sich wie selbstverständlich auf hoher See eingeschlichen haben. Einige Minuten später setzt er seinen Weg außerhalb der schützenden Kabinen fort und besucht ebenfalls wie jeden Morgen die Brücke des Schiffes. Vom Kapitän hat Martin die Erlaubnis bekommen, sich überall auf dem Schiff umsehen zu dürfen, wenn er nichts an den vielen Konsolen und Schaltern, die sich überall auf dem Schiff befinden, berührt und die Mannschaft nicht von ihrer Arbeit abhält. Martin hat sich über diese freundliche Einladung, das Schiff genau erforschen zu dürfen, gefreut und einige Tage später das große Containerschiff schon beinahe komplett erforscht. Gemächlich schlendert er den vertrauten Weg zur Brücke entlang. Schon nach kurzer Zeit öffnet er die Tür zu jener und begibt sich wie selbstverständlich an die Seite des ersten Offiziers, der rechten Hand des Kapitäns. Wie überall auf dem Schiff geht es auch auf der Brücke sehr ruhig zu. Vom Anlegen, Frachtlöschen, Frachtladen und Ablegen des Containerschiffes einmal abgesehen, ist das Treiben auf einem Schiff wesentlich ruhiger als an Land. Der Tagesrhythmus richtet sich weniger nach der Uhr, denn einmal in Fahrt, kann so ein imposantes Schiff nichts mehr so schnell stoppen. Von Hektik keine Spur, alles nimmt seinen eigenen Lauf und scheint wie auf Eisenbahnschienen abzulaufen und unabänderlich zu sein. Martin kann von der Brücke aus einige Seeleute auf dem offenen Deck erkennen, die sich an den Containern zu schaffen machen. Der Kapitän steht auf der offenen Backbordaußenseite der Brücke und brüllt den Männern etwas zu, worauf sich zwei gleich auf den Weg zum Bug machen. Was sie dort erledigen sollen, kann er nicht erkennen, denn die Seecontainer vor ihm versperren die Sicht nach vorne. „Verdammtes Wetter!" Fluchend betritt Kapitän Bernhardt die Brücke. Kapitän Bernhardt ist eine behäbige, aber gepflegte, kleine Gestalt, die versucht, ihren Alkoholgeruch durch starkes Rasierwasser zu verbergen. Zielstrebig geht er sogleich zum Satellitentelefon hinüber, ergreift den Hörer, hält aber inne und fragt Martin: „Schon mal einen richtigen Sturm erlebt? Es könnte sein", spricht er gleich darauf – ohne Martins Antwort abzuwarten – weiter, „dass sich da etwas Größeres zusammenbraut."

„Wann wird es denn soweit sein?", fragt Martin interessiert. „Na ja", antwortet der Kapitän, „das kann man nicht genau vorhersagen, aber allzu lange wird es nicht mehr dauern. Wahrscheinlich sind wir spätestens morgen früh im Zentrum des Unwetters."

„Aber der Seegang hält sich doch noch in Grenzen", erwidert Martin, „ich dachte, das Wetter wird jetzt langsam wieder besser."

„Im Pazifischen Ozean kann man sich nie ganz sicher sein, wie das Wetter auch nur eine Stunde später aussehen wird", erwidert Bernhardt ruhig und fügt hinzu: „Da haben sich schon ganz andere – selbst erfahrene Kapitäne – vom Wetter täuschen lassen. Aber keine Angst, Martin!", sagt Bernhardt dann glaubhaft lachend. „Wir haben alles im Griff! Um ganz sicher zu gehen, kontrollieren wir die Ladung und das Schiff lieber einmal zu viel auf sichere Seefahrt hin als einmal zu wenig. Es wird zwar noch um einiges ungemütlicher an Bord, aber dieses Schiff bringt dieser Sturm mit Sicherheit nicht zum Kentern." Bernhardt lächelt Martin an und unterstreicht damit seine Worte auf eine eigenwillige, aber sympathische Weise. Daraufhin nimmt er den Hörer erneut auf und wählt eine Nummer, um die aktuelle Wettervorhersage für diese Region zu erfahren. Martin verspürt Hunger und verabschiedet sich mit einem knappen Handzeichen fürs Erste von der Brücke und macht sich auf den Weg zum Frühstücksraum. Vor dem Speiseraum bleibt er stehen und blickt durch eine Art Panoramafenster auf den Pazifischen Ozean. Für einen kurzen Augenblick zeigt sich die Sonne durch die dunklen

Wolken und wärmt Martins Haut ein wenig. ‚Es gibt erstaunliche Parallelen', denkt er, ‚wie sehr sich doch der Ozean und die Wüste gleichen.' Mit einem leichten Ruck stößt er die Tür zum Speiseraum auf und begibt sich an seinen extra für ihn gedeckten Platz. Einige Wochen zuvor hatte Martin auf seiner Weltreise eine Wüstentour durch die Sahara unternommen. Während des Frühstücks kreisen ihm die Erlebnisse dieses Abenteuers durch den Kopf.

*

Es war ein heißer Tag, Martin hatte einen Wüstenführer für eine Woche verpflichtet. Sein Begleiter war eine kleine, dürre Gestalt, die im Vergleich zu den großen Kamelen wie ein Schuljunge aussah. Nur sein faltengegerbtes, dunkelbraunes Gesicht verriet, dass der Mann schon viele Jahre in der Wüste gelebt haben musste. Sein Alter war schwer zu schätzen, aber Martin schätzte es auf etwa fünfzig Jahre. Er war sich dabei durchaus bewusst, dass sein Begleiter auch einige Jahre jünger sein konnte. Die raue Wüste ließ ihre Bewohner meist älter erscheinen, als sie tatsächlich waren. Die Wüstentour sollte so ursprünglich wie möglich sein, sie lebten nur von den Vorräten, die sie bei sich hatten. Martin hatte auf seiner Weltreise schon viele dünn besiedelte Landschaften durchquert, aber in allen Himmelsrichtungen bis zum Horizont nur Sand zu sehen und nichts als Sand, war schon etwas Besonderes. Während dieser Reise waren sie auf keine Menschen gestoßen, abgesehen von einem gezielten Besuch bei einem Beduinenvolk, das seinem Reisebegleiter sehr gut bekannt war. Dort wurden sie sehr herzlich empfangen und sie verbrachten die Zeit der Mittagshitze gerne bei ihnen. Martin wurden so ganz nebenbei bei einer Tasse schwarzem Tee ein paar Kleinigkeiten zum Kauf angeboten. So hatte er – wie sich später herausstellte – einen kleinen, handgeknüpften Teppich zu einem überhöhten Preis erworben. Aber er hatte mit so etwas gerechnet, und da das Feilschen um Ware eine so interessante Atmosphäre mit sich brachte und seine neu gewonnenen Freunde stets höflich blieben, hatte er es gern in Kauf genommen. Nach drei geschlagenen Stunden war es soweit, der Preis des kleinen Teppichs war ausgehandelt. Mit den besten und herzlichsten Grüßen zogen sie danach in der milden Nachmittagshitze wieder in die Wüste und schlugen nach einigen Stunden Fußmarsch kurz vor Sonnenuntergang ihr Nachtlager hinter einer großen Düne auf. Ihr Abendessen nahmen sie vor einem kleinen wärmenden Lagerfeuer ein. Die Kamele lagen neben ihnen im Sand, die beiden kleinen Zelte standen wie eine Mauer hinter ihnen. Martin kann sich noch gut an den Augenblick erinnern, als er in der ersten Nacht in der Wüste in den Himmel blickte. Millionen von Sternen am dunkelblauen Himmel taten sich in einer Klarheit und Schönheit, wie er sie noch nie in seinen Leben vorher gesehen hatte, auf. Es war eine unbeschreiblich fantastische Atmosphäre, die einem eine Gänsehaut machte. „Ja, das ist es. Aber ansonsten gibt es hier nichts als Sand!", hatte er sich am ersten Tag schon etwas enttäuscht sagen hören. Sand flach liegend, Sand in Dünen aufgeschüttet, Sand wellenförmig gestapelt und das über Hunderte von Metern oder Tausende von Kilometern vor sich liegend. „Sand, Sand, Sand!" Ein Irrtum, wie sich schon bald darauf herausstellen sollte. Mohamed, sein Führer, erklärte ihm, dass die Saharawüste nur zu 20 Prozent aus Sand besteht. Die restlichen 80 Prozent sind Geröll und Steine. „Allah ... ", sagte er immer wieder: „Allah hat alles Überflüssige aus der Wüste entfernt!" Er sollte recht behalten! Es gab während der Wüstenexpedition so vieles zu entdecken. Nur oberflächlich betrachtet ist die Wüste tot. Sein Reiseführer zeigte ihm immer wieder die erstaunlichsten Dinge, die er sonst überhaupt nicht bemerkt hätte. Tiere und Pflanzen in einer Vielfalt, die sich erst bei genauerer Betrachtung zu erkennen geben. Arten, die Martin noch nie im Leben zuvor zu Gesicht bekommen hatte. Sie hatten Überlebenstaktiken entwickelt, die einerseits in ihrer Komplexität unglaublich raffiniert waren und die anderseits ein Überleben in dieser unwirtlichen Landschaft über Millionen von Jahren erst möglich machten. Martin war sprachlos angesichts dieser Tatsachen. Er war fasziniert! Die Wüste lebte, sie war nicht spröde oder langweilig oder gar tot. Sie war voller Leben! Zwar erbarmungslos, was das Überleben anging, aber für ein aufmerksames Auge auch wunderschön.

*

‚Die Sahara und der Pazifische Ozean ähneln sich sehr!', denkt Martin und schlürft einen weiteren Schluck aus seiner großen Kaffeetasse. Bei beiden Meeren, egal, ob Wasser- oder Sandmeer, ist die Spezies Mensch von der Größe und der Unberechenbarkeit beeindruckt. Beide verlangen den Menschen, die sie bereisen oder mit ihnen leben, oft das Äußerste ab, es ist eine Liebe zwischen Himmel und Hölle. Außerdem verhalten sich beide Meere bei einem Sturm sehr ähnlich. Ob der heiße Wüstensand oder aber die kalte Gischt des Meeres einem ins Gesicht schlägt, ist egal. In beiden Situationen hat der Mensch alle Hände voll zu tun, um Gefahren abzuwenden und mit heiler Haut aus der Sache herauszukommen. Viele Menschen kämpften schon in Stürmen und wurden von den Sand- oder Wassermassen verschlungen. Martin ist sich absolut sicher, der Unterschied der beiden Meere ist äußerst gering.

Die See ist etwas rauer geworden. Martin nimmt das stärker werdende Schwanken des Schiffs erst jetzt wahr. Gemächlich neigt sich das große Containerschiff stetig von Steuerbord nach Backbord. Das gleichbleibende sanfte Hin- und Herrollen des gigantischen Schiffsrumpfes bereitet ihm etwas Magenkribbeln. Nach dem Frühstück begibt sich Martin noch einmal zu dem großen Panoramafenster. Der Seegang hat an Intensität zugenommen. Der Himmel hat sich mit noch weiteren dunkleren, tief hängenden, schwarzen Wolken zugezogen. Das Grau des Himmels und das Grau des Seewassers bilden eine Einheit, er kann den Horizont in der Ferne nur schwer ausmachen. Es wird verdammt ungemütlich draußen auf dem offenen Deck. Martin beschließt, heute im Inneren des Schiffes zu bleiben und sich den Maschinenraum anzusehen. Er steigt hinab. ‚Auch hier ist die Einsamkeit wie in der Wüste', denkt Martin während des langen Abstiegs zum Maschinenraum, denn auf dem Weg dorthin begegnen ihm keine Besatzungsmitglieder. Auf einem so riesigen Schiff verteilen sich zwölf Mann Besatzung und ein Gast so sehr, dass man einander nur über den Weg läuft, wenn man sich tatsächlich sucht. Das Containerschiff erscheint Martin jetzt ein bisschen wie ein Geisterschiff, und obwohl er keine ängstliche Natur ist, ist ihm unheimlich zumute. Bis Martin den Maschinenraum erreicht hat, muss er – ähnlich wie in einem Bunker – viele Etagen hinabsteigen und einige Schleusen passieren. Die Schiffsbewegungen sind hier nicht so stark zu spüren wie auf den oberen Decks und es scheint fast so, als ob der Sturm nachgelassen hätte. Die dröhnenden Maschinengeräusche nehmen an Lautstärke zu und signalisieren Martin, dass er sich auf dem richtigen Weg befindet. In den ersten Tagen an Bord hatte er sich einmal verlaufen, einen falschen Weg genommen und einen Gang betreten, den er bis jetzt noch nicht wiedergefunden hat. Die Gänge und Decks im Inneren des Schiffs ähneln sich sehr und können einen ganz schön täuschen. Die Orientierung zu verlieren und nicht mehr zu wissen, wo der Bug oder das Heck ist oder auf welcher Seite sich Steuerbord oder Backbord befinden, ist leicht möglich. Auch die Verwechslung der vielen Decks ist nicht immer zu vermeiden.

Martin betritt einen der großen, hell erleuchteten Räume im Maschinenraum. Die Maschinengeräusche sind ohrenbetäubend laut und er nimmt an, dass die Motoren unter Volllast laufen. Auch hier, stellt Martin fest, ist niemand von der Besatzung zu sehen. Er läuft durch die angrenzenden Maschinenräume, aber von den Seeleuten fehlt jede Spur. Er ist ganz alleine hier unten und beschließt, sich trotzdem umzusehen. Langsam geht er die großen Anzeigen und Bedienpulte ab und versucht, auf diesen Einheiten etwas zu verstehen. Aber es gibt so viele Uhren, Kontrolllampen und Schalterbatterien, er kann sich über die Funktion der einzelnen Geräte keinen Reim machen. Etwas zurückgesetzt stehen einige Schaltereinheiten, die mit mehreren Industriecomputern ausgerüstet sind. Diese Anlagen scheinen den ganzen Maschinenraum zu überwachen. Auf verschiedenen Monitoren laufen die unterschiedlichsten Grafiken und Zahlengebilde fortlaufend ab. An den Wänden über diesem Kontrollpunkt hängen große Schnittzeichnungen von Maschinenbauteilen und diverse Querschnitte einzelner Schiffseinheiten. Alles sieht sehr ordentlich und sauber aus, trotzdem liegt ein intensiver Duft von Maschinenöl in der Luft. Martin möchte gehen, löst seinen Blick von der Kontrollkonsole, dreht sich herum und erschrickt. Der Maschineningenieur steht hinter ihm. Er hatte ihn aufgrund der lauten, dröhnenden Maschinengeräusche überhaupt nicht bemerkt. Diesen Mann hatte er bisher nur selten zu Gesicht bekommen, nur ab und zu flüchtig während der Mittagszeit beim Vorbeigehen in der kleinen Kantine. Martin wundert es nicht, dass sich dieser dürre, ungepflegte, knapp zwei Meter große Mann hinter ihn geschlichen hat. Es passt irgendwie zu ihm. Martin weiß nicht warum, aber er mochte diesen Kerl von Anfang an nicht besonders leiden. Als hätte Martin es erwartet, faucht der Maschinenoffizier ihn auch sogleich an: „Sie können doch nicht einfach hier herumlaufen!"

„Entschuldigen Sie", erwidert Martin freundlich, ohne sich von seinem Gebrüll beeindruckt zu zeigen, „aber ich habe niemanden gesehen, den ich hätte fragen können."

„Das nächste Mal", fährt der Maschinenoffizier genauso unhöflich fort, ohne auf seine Worte zu hören, „melden Sie sich erst beim Kapitän an!"

„Kapitän Bernhardt hat mir erlaubt, mich auf dem Schiff frei bewegen zu dürfen", erwidert Martin immer noch sehr freundlich zurück. „Der Maschinenraum ist für Sie alleine tabu, ist das jetzt klar!", schreit der Maschinenoffizier Martin weiter barsch an. Ihm passen Martins Widersprüche überhaupt nicht und so läuft er bei diesen Worten auch merklich rot an. Nervös fasst er sich an den Kopf und schiebt seine schmierigen, verfetteten, halblangen braunen Haare unbeholfen zur Seite. Beide Männer stehen sich danach eine Weile schweigend gegenüber. Martin winkt mit seiner Hand ab, schüttelt den Kopf, dreht sich um und verlässt ohne weitere Erklärungsversuche den Maschinenraum. Er ist erbost. Er entscheidet, heute auf die Maschinenbesichtigung zu verzichten und macht sich wieder auf den Weg hinauf zum Oberdeck. Ein Deck höher beschließt er, nicht den direkten Weg zu nehmen, sondern einen Umweg zu machen und so das Schiff noch ein bisschen besser kennenzulernen. Nach dem Öffnen einer Zwischentür schaut er in einen langen dunklen Flur, auf dem sich die einfachen Mannschaftsunterkünfte befinden. Sogleich strömt ein beißender, muffiger Schweißgeruch in seine Nase. Martin betritt den schwach beleuchteten Flur und geht langsam an den vielen, teils offenen Zimmertüren vorbei. Nach einigen Metern teilt sich der Flur. Martin hält sich rechts und geht nun den Weg in Richtung Bug des Schiffes entlang. In diesem Bereich des Flures scheinen sich einige Lager- oder Vorratsräume zu befinden. Er geht weiter, alle Türen stehen offen, er kann im Vorbeigehen gefüllte Regale und Paletten erkennen. Einige Meter weiter ist der Flur zu Ende und er steht vor einer kleinen, geschlossenen Schleuse. Er greift nach dem Handrad und dreht dieses langsam. Es lässt sich sehr leicht drehen. Nach einigen Raddrehungen klackt es leise, die kleine, aber massive Schleusentür lässt sich ohne Kraftanstrengung leicht nach hinten stoßen. Martin zieht den Kopf ein, damit er sich nicht am Schleusenrand stößt, und betritt kurz entschlossen einen riesigen, dunklen Raum. Der Raum ist relativ niedrig, sodass er sich ducken muss. Er ist sich sicher, dass er sich nun unter der Containerplattform befindet. Hunderte von massiven Stützen stehen wie Soldaten dicht nebeneinander und stützen die unglaubliche Deckenlast ab. Der Raum ist bis auf einige dicke Ketten, die am Seitenrand liegen, absolut leer. Als Lagerraum ist er aufgrund der niedrigen Deckenhöhe wohl nicht zu verwenden. Nach einem Augenblick verlässt Martin den Raum wieder und verschließt gewissenhaft das Schott hinter sich. Zügig geht er den Flur zurück zu dem kleinen Treppenaufstieg, der sich auf der anderen Seite des Decks befindet. Er möchte den breiten Haupttreppenaufstieg, durch den er gekommen ist, vermeiden, denn diesen kennt er schon. Den schmalen Notaufstieg allerdings hatte er bisher noch nie benutzt. Martin öffnet die Tür zum Aufstieg. Dieser ist ebenfalls – wie der Flur selbst – sehr schwach beleuchtet und unglaublich schmal. Zu zweit nebeneinander könnte man ihn weder hinauf- noch hinuntergehen. Martin befindet sich gerade auf der ersten Stahlstufe, als sich ein Deck über ihm die Tür öffnet und jemand zu ihm herunter kommt. Er bleibt stehen und möchte, bevor er die schmale Treppe hinaufsteigt, die Person höflich passieren lassen. Doch kurz bevor er sie sehen kann, bleibt sie im Treppenknick stehen und redet leise mit jemandem in einer ihm unbekannten Sprache. Martin verharrt mucksmäuschenstill auf der Stelle, horcht hinauf und bemerkt erst jetzt, dass es sich um zwei Personen handeln muss. Er zögert – er weiß auch nicht so recht warum. Wie selbstverständlich ergreift er noch einmal den Türknauf der Flurtür und lässt sie erneut ins Schloss fallen, ganz so, als ob er diesen gerade erst betreten würde. Locker geht er danach die Treppe hinauf. Vom Aussehen her kennt Martin alle Mannschaftsmitglieder und ist deshalb sehr erstaunt, als ihm im Treppenknick zwei völlig fremde Männer gegenüberstehen. Er versucht, seine Verwunderung nicht zum Ausdruck zu bringen, verzieht keine Miene und sagt gelassen: „Hallo, darf ich mal vorbei?" Doch die beiden asiatisch aussehenden Männer antworten nicht. Ohne Martin ins Gesicht zu schauen, machen sie Platz, sodass Martin an ihnen vorbeigehen und den Treppenaufstieg ein Deck höher durch die Flurtür verlassen kann. Martin verschließt die Tür und bleibt stehen. Kennt er doch noch nicht alle Mannschaftsmitglieder an Bord? Diese Leute sahen nicht aus wie Seeleute. Sie trugen keine Arbeitskleidung wie die einfachen Matrosen und auch keine Uniform, so wie sie die Offiziere tragen. Er bemerkte – trotz der kurzen Begegnung – ihr gepflegtes Aussehen. Die Männer rochen nach Parfüm, waren gut rasiert und leger, aber elegant angezogen. Beide trugen so eine Art großen Pilotenkoffer bei sich. Martin ist sich nicht sicher, aber nach ihrem Aussehen zu urteilen, könnten sie beide indischer Abstammung gewesen sein. Einer von beiden hatte eine sportliche, kräftige Figur und war bestimmt zwei Köpfe größer als er. Der andere erschien ihm etwas kleiner, aber nicht weniger kräftig. ‚Vielleicht sind es Passagiere so wie ich', schießt es ihm durch den Kopf. Aber warum hatte er sie noch nie vorher gesehen? Weder beim Frühstück noch beim Mittag- oder Abendessen. Man müsste sich an Bord doch schon einmal über den Weg gelaufen sein! Martin geht langsam weiter. Das Ganze kommt ihm immer noch, ohne dass er sagen könnte warum, merkwürdig vor. Flüchtig schaut er in die hier und da offenen Zimmer, ganz so als ob er dort etwas Ungewöhnliches vorfinden könnte, was sein Unwohlsein erklären könnte. Das kribbelnde Gefühl im Bauch verschwindet nicht und Martin kehrt nach einer Weile auf dem Absatz um und geht zurück zum Treppenaufstieg. Er möchte sich den fremden Männern vorstellen, der Sache auf den Grund gehen, sein lächerliches Unbehagen aus der Welt räumen. Martin erreicht wieder die Tür und reißt sie zügig auf. Aber die Männer sind nicht mehr dort. Er horcht in den unübersichtlichen Aufgang hinein, kann aber nichts Ungewöhnliches hören. Nur das leise Knarren, das immer entsteht, wenn sich die Schiffsverkleidungen bewegen, ist wahrzunehmen. Martin ist enttäuscht! Das Unbehagen, das diese Begegnung auslöste, bleibt. Vielleicht hat er sich das alles auch nur eingebildet? Martin zweifelt ernsthaft. Hat er gar so eine Art Schiffskoller? Nein …, nein, er schiebt den Gedanken sofort wieder beiseite, diese Männer waren real. In Gedanken versunken macht er sich über die schmale Treppe hinauf zu den Oberdecks. Die Schiffsbewegungen werden, je höher er steigt, stärker. Er hatte ganz vergessen, dass ein Sturm heranzieht. Vor der Tür des Außendecks bleibt er stehen und sieht durch das Bullauge die stark tobende See. Das Schiff rollt jetzt in wesentlich kürzeren Abständen hin und her. Ab und zu ist sogar auch schon das Eintauchen des Bugs durch die Nickbewegungen des Schiffes in die Wassermassen wahrzunehmen. Wenn ein Ozeanriese in dieser Größenordnung so schaukelt, muss draußen auf See der Teufel los sein. Der Sturm hat in der Zeit seiner Exkursion unter Deck enorm an Kraft zugelegt. Fast schon chaotisch schwankt das Schiff von Steuerbord nach Backbord. Martin geht im Innengang zur Brücke. Immer wieder muss er sich am Geländer, das an der Wand entlangläuft, festhalten. Schließlich erreicht er die Brücke und ist heilfroh, dort bekannte Gesichter vorzufinden. Seine Begegnung im Treppenaufstieg hat er in diesem Augenblick schon fast wieder vergessen. Wie selbstverständlich stellt er sich beim ersten Offizier namens Alfred an die Seite. Er hat sich, seit er an Bord ist, mit Alfred angefreundet. Alfred hat ihm – soweit es seine Zeit erlaubte – das Schiff erklärt und ihn am freundlichsten von allen an Bord willkommen geheißen. Alle anderen Besatzungsmitglieder waren ebenfalls freundlich, wenn man mal von Paul, dem Maschineningenieur, absieht. Aber bei Alfred und ihm stimmt einfach die Chemie. Sie wären mit Sicherheit auch Freunde geworden, wenn sie sich woanders getroffen hätten. „Na, was macht der Magen?", ruft Alfred auf seiner gut gelaunten Art herüber. „Alles in Ordnung!", erwidert Martin sogleich. „Ich spüre überhaupt nichts!", und fügt hinzu: „Sind wir jetzt im Zentrum des Sturms?"

„Nein, nein!", schreit Alfred kopfschüttelnd. „Der Orkan wird bestimmt noch stärker! Mann, hast du ein Glück, Martin!", schreit Alfred weiter. „Deine erste Seefahrt und du erlebst gleich ein Unwetter, auf das viele Seefahrer ihr ganzes Leben lang warten müssen." Wie bei einem Rodeoritt müssen sich alle Anwesenden auf der Brücke an den dafür vorgesehenen Haltegriffen festhalten. Die See pfeift gewaltig an den gut festgezurrten Containern entlang und das Deck wird von schäumenden Wassermassen geradezu ertränkt. Der Kapitän sitzt konzentriert auf seinem Kommandostand und steuert das Schiff – so gut er kann – immer gegen die Wellen, um diese zu brechen. Er versucht, die riesigen Wellen nicht quer auf das Schiff einschlagen zu lassen. Aber aufgrund der eingeschränkten Manövriermöglichkeit oder der Trägheit des großen Schiffes gelingt ihm das nicht immer. Martin ist erstaunt, dass er es versucht, denn er hätte gedacht, dass ein Schiff dieser Größe mühelos und ohne Kurskorrektur auch durch den stärksten Orkan fahren könnte. Obwohl es erst Mittagszeit ist, ist der Himmel pechschwarz und die Sichtverhältnisse aufgrund der Gischt sehr schlecht. Aus dem Sturm ist ein Orkan geworden, das Wasser erobert immer öfter beim Eintauchen des Schiffs in die Wellen das Deck, um es beim Auftauchen sogleich wieder freizugeben. Der Bug taucht gewaltig tief in die See ein, um kurz darauf, als hätte er es sich anders überlegt, sogleich wieder aus dieser hervorzuspringen. Alfred beobachtet währenddessen aufmerksam das Radar. Zwischendurch greift er trotz all der modernen Technik an Bord immer wieder zum altertümlichen Fernglas und sucht damit den Horizont nach auftauchenden Hindernissen ab. Martin blickt fragend zu Alfred hinüber und ruft schließlich nach einer Weile: „Warum machst du das? Seht ihr auf dem Radar nicht alles?"

„Dienstvorschrift, Martin, Dienstvorschrift!", erwidert Alfred ganz so, als ob er auf die Frage gewartet hätte. „Kleine Schiffe oder Dinge, wie zum Beispiel über Bord gegangene Seecontainer von vorausfahrenden Schiffen, sind auf dem Radar nicht unbedingt sichtbar. Erst letztes Jahr haben wir in voller Fahrt einen herrenlosen, alten, vierzig Fuß großen Seecontainer gerammt. Das Schiff hatte am Bug kleinere Schäden davongetragen und musste repariert werden. Ärgerliche Sache, wir haben deswegen fünf Tage im Hafen festmachen müssen. Das hat die Reederei mehrere Zehntausend Dollar gekostet. Da schimpft der Chef!", scherzt Alfred zu Martin herüber. „Außerdem gibt das immer unangenehme Fragen und Faxe vom Eigner. Muss nicht sein!" Martin nickt verständnisvoll zu Alfred hinüber, der sich wieder voll und ganz auf seine Arbeit konzentriert. Während des Abendessens vor einigen Tagen erzählte Alfred schon von ungefährlichem Treibgut in seiner zwölfjährigen Seefahrerlaufbahn – Fernseher, Badewannen, Türrahmen, Autoreifen, Kaffeemaschinen und noch vielem mehr. „Es gibt jede Menge Müll, der auf den Weltmeeren so herumschwimmt. Viele Schiffe lösen ihr Abfallproblem, indem sie alles, was sie nicht benötigen, einfach über Bord schmeißen." Alfred versicherte Martin aber, dass so etwas bei ihnen nicht vorkomme. Aber auch von merkwürdigen Ereignissen konnte Alfred berichten. So hatten sie vor einigen Jahren ein großes, leeres, vollkommen vergammeltes Rettungsboot gefunden. Es war völlig vermodert. Es musste schon sehr lange im Pazifik herumgedümpelt sein. Alfred kann Geschichten erzählen. Haarsträubende Geschichten, einige davon konnte Martin kaum glauben. Einmal erzählte er von Lichterscheinungen am Nachthimmel und merkwürdigen Blitzen. Er versicherte Martin aber immer wieder, dass er nichts erfunden habe. Alfred ist sich sicher, dass es für alle unerklärlichen Ereignisse auf hoher See eine logische Erklärung gibt. Viele Seeleute glaubten aber wirklich noch an Geister und Dämonen, doch er gehöre ganz sicher nicht dazu. Die Einsamkeit, sagte Alfred des Öfteren, die Einsamkeit und der Alkohol in der Seefahrerei ließen viele Seeleute halluzinieren. Martin geht langsam und vorsichtig zum Steuerstand hinüber. Geschäftig steuert Kapitän Bernhardt das Schiff und würdigt Martin keines Blickes. Hektisch drückt er den Steuerjoystick hin und her. Schweißperlen laufen ihm dabei über sein rot angelaufenes Gesicht und sammeln sich am feuchten Hemdskragen. Bernhardt schwitzt mächtig, obwohl es nicht sehr warm auf der Brücke ist. Sein Parfüm schafft es heute nicht, die starke Alkoholfahne zu unterdrücken. Martin ist sich sicher, dass er keine Alkoholkontrolle überstehen würde. Ein Routinetrinker, der selbst mit zwei Promille Alkohol im Blut noch fast nüchtern wirkt. Martin schwankt weiter zum Steuerbordfenster. Es hat angefangen, sehr stark zu regnen, wodurch sich die miserable Sicht nochmals verschlechtert hat. Mühevoll kämpft sich das Schiff gegen die tosenden Wellen vorwärts. Martin hätte es vorher für unvorstellbar gehalten, dass sich dieses riesige Schiff so unkontrolliert bewegen kann. Skeptisch ist Martin schon ein wenig, aber Angst hat er keine, denn er weiß ja, dass das Schiff auch für extrem schlechtes Wetter gebaut worden ist. Alles an Bord macht einen sehr robusten Eindruck und scheint für die Ewigkeit gebaut worden zu sein. Martin ist sogar ein bisschen dankbar, dass der Sturm für Abwechslung an Bord sorgt. Denn nach einigen Tagen wurde es ihm schon etwas langweilig. Dieser Sturm sorgt für Unterhaltung, ganz so, als ob er sich in einem Freizeitpark aufhält, in dem er den Nervenkitzel genießen kann, ohne Gefahr zu laufen, sich zu gefährden. Eine schöne Angelegenheit, wenn einem erst einmal klar geworden ist, dass wirklich nichts passieren kann. Die unkontrollierten Schiffsbewegungen scheinen plötzlich nur noch halb so schlimm zu sein. Das Schiff entpuppt sich auf einmal als raffiniertes Freizeitkarussell, das mit seinen wilden Bewegungen versucht, für Unterhaltung zu sorgen. „Martin, tu mir doch mal eben einen Gefallen!", ruft Bernhardt unerwartet herüber und reißt ihn aus seinen Gedankenspielen heraus. Martin ist etwas verdutzt und dreht sich zum Kapitän herum. „Ja, gerne", erwidert Martin zögerlich. „Was kann ich für dich machen?" Das Duzen, das bei der Seefahrt üblich ist, fällt Martin immer noch etwas schwer. Bei Alfred und einigen anderen Besatzungsmitgliedern geht es Martin relativ leicht von den Lippen, aber beim Maschinenoffizier Paul und auch bei Kapitän Bernhardt ist es ihm immer unangenehm gewesen und er versucht es – wenn möglich – zu umgehen. Schon seit der ersten Begegnung waren ihm diese beiden Männer aus unerklärlichen Gründen unsympathisch.

„Martin", ruft Bernhardt nach einem Augenblick erneut, „geh doch bitte einmal zur Kombüse hinunter und schau nach, wo der Koch bleibt. Ich habe ihn schon zweimal angerufen, aber er meldet sich nicht. Wir haben Hunger und können leider bei dem Orkan die Brücke nicht verlassen. Sag ihm, er soll uns unser Essen hier auf der Brücke servieren. Würdest du das machen?"

„Ja, natürlich" erwidert Martin. Er ist sogar hoch erfreut darüber, dass er endlich eine Aufgabe an Bord hat, und macht sich sogleich auf den Weg dorthin. Zügig geht er unmittelbar danach die schaukelnden und verwaisten Schiffskorridore ab und – wie so oft auf dem Schiff – begegnen ihm dabei keine Mannschaftsmitglieder. Es ist nichts anderes als das unheimliche und laute Knarren der Schiffsbauteile zu hören, welche alle anderen Geräusche unterdrücken. Einen Augenblick später ist Martin zwei Decks tiefer in der Kombüse angekommen. Ihm fallen sofort die qualmenden Kochtöpfe auf den Kochstellen auf. Er sieht sich um. Alles scheint für das Essen vorbereitet zu sein, aber vom Koch fehlt jede Spur. Martin geht ungeduldig in der großen Küche auf und ab und wartet auf den Koch. Weit kann er ja nicht sein! Als ein Kochtopf schon eine Weile überläuft, öffnet Martin den Deckel und stellt die Kochplatte ab. Die darin befindlichen Kartoffeln sind schon ganz matschig. Sie sind verkocht und haben schon viel zu lange auf dem Herd gestanden. Er öffnet ebenfalls die Deckel der anderen Töpfe, aber auch darin sieht es nicht viel besser aus. Das Fleisch ist schwarz, der Reis ist völlig aufgequollen und das Gemüse ist – wie die Kartoffeln auch – überkocht. Es riecht abartig angebrannt und Martin bemerkt erst jetzt, dass aus einem weiteren Topf auf einer anderen Kochstelle das Wasser langsam am Herd heruntertröpfelt und auf dem Boden schon eine beachtliche Pfütze gebildet hat. Er stellt alle Kochregler ab. Das Essen ist dahin! Aber wo zum Teufel ist der Koch? Anscheinend ist er schon eine ganze Weile nicht mehr in der Kombüse gewesen. Martin sucht ein Telefon, um die Brücke zu verständigen. Er wählt die 110, wie es das kleine Telefonverzeichnis an der Wand verrät.

„Hier ist Alfred! Was gibt's?", dröhnt es sogleich aus dem Hörer.

„Hallo Alfred, hier ist Martin, der Koch ist nicht zu finden."

„Was soll das heißen, Martin?"

„Es ist so, wie ich es sage, Alfred, der Koch ist weg und das Essen ist verschmort. Er muss schon einige Zeit abwesend sein."

„Martin!", schreit Alfred durch das Telefon hindurch, weil er kaum gegen das Getöse des Sturms ansprechen kann. „Bitte suche den Koch! Geh zur Vorratskammer unter der Kombüse und schau auch in seinem Zimmer nach, es hat die Nummer acht. Er muss ja irgendwo sein!"

„Alles klar, ich mache mich sofort auf den Weg, Alfred! Bis gleich!"

„Sei vorsichtig, Martin!", erwidert Alfred noch bevor er den Hörer auflegt. Martin legt den Hörer ebenfalls zurück auf die Gabel. Was hat Alfred mit „sei vorsichtig" gemeint? Martin zuckt irritiert mit seinen Schultern, verlässt die Kombüse und geht zur Vorratskammer. Nur eine Tür weiter führt eine kleine Treppe hinab. Er muss unheimlich aufpassen, dass er nicht stürzt, denn aufgrund der Schiffsbewegung muss er sich an dem kalten Eisengeländer richtig festkrallen. Der kleine Treppenabstieg hat steile Stufen und ist für das Begehen bei Sturm nicht unbedingt ausgelegt. Er öffnet die Tür zur Vorratskammer, es ist stockdunkel. Mit den Händen an der Wand tastet er sich durch den finsteren Raum und versucht, den Lichtschalter zu ertasten. Tatsächlich findet er ihn – wie erwartet – wenige Zentimeter neben der Tür. Er legt ihn um. Etliche Neonlampen flackern sogleich mehrmals auf und Sekunden später ist der Raum taghell erleuchtet. Martin ist erstaunt, die Vorratskammer ist ziemlich groß und prall gefüllt. Überall in den Regalen stehen Konservenbehälter, die mit Querstangen gegen das Herausfallen bei Seegang gesichert sind. Er geht die wenigen Gänge ab, aber der Koch ist nicht hier. Daraufhin verlässt er den Raum wieder durch eine Nebentür, durch die die Vorratskammer befüllt wird. Zielstrebig geht er zum dritten Deck hinab, zum Quartier des Kochs, Zimmer Nummer acht. Dieses Deck hat Martin schon einmal vor wenigen Stunden betreten, als er kurz vorher den fremden Männern begegnet war. Er öffnet langsam die Tür von Zimmer Nummer acht. Knarrend weicht sie zur Seite und übertönt mit dem lauten Geräusch für einen kurzen Moment das

Ächzen der Schiffsbauteile im Sturm. Er knipst in dem abgedunkelten Raum ebenfalls das Licht an. Sogleich beleuchtet die Glühlampe das Chaos in diesem Zimmer. Alle Schränke sind aufgerissen, sämtlicher Inhalt liegt verstreut auf dem Boden herum. Mit den Schiffsbewegungen synchron purzeln einige Schnapsflaschen scheppernd über den Boden. Ist der Sturm für dieses Durcheinander verantwortlich? Martin ist sich nicht sicher, er hat ein ungutes Gefühl im Magen. Denn eigentlich kann man bei Sturm alle Gegenstände, die herunterfallen könnten, gut sichern. Selbst in der Kombüse ist nicht ein Topf vom Herd gefallen, weil man diese mit kleinen aufsteckbaren Metallgittern gesichert hatte. Martin öffnet die Tür des Nebenraums. Nachdem auch hier die Glühlampe Herr über die Dunkelheit geworden ist, zeigt sich ihm das gleiche Bild wie im Nachbarraum. Auch in diesem Zimmer liegen sämtliche Habseligkeiten auf dem Fußboden zerstreut herum. Martin öffnet wieder eine Nachbartür. Aber dieser Raum ist völlig leer, so wie im Rohbau. Nur nackte Stahlstreben strecken sich an der Wand entlang. Selbst die Verkleidungen an den Wänden fehlen. Keine Tapeten, kein Bodenbelag einfach nichts. Der Raum ist auf dem relativ neuen Schiff wohl noch nicht fertiggestellt worden. Der daneben liegende Raum ist auch leer und ein weiterer ebenfalls. Martin ist erstaunt und macht sich kurz danach noch einmal auf den Weg zur Kombüse, um zu sehen, ob der Koch inzwischen zurückgekehrt ist. Abermals läuft er die verwaisten langen Gänge entlang. Allmählich fühlt er sich tatsächlich wie auf einem Geisterschiff. Alle Gänge sind menschenleer, nur das laute Ächzen des Schiffes, das gegen den Orkan ankämpfen muss, ist zu hören. Martin fühlt sich jetzt doch unwohl, den Naturgewalten ausgeliefert. Nach einer Weile erreicht er wieder die Kombüse. Erwartungsvoll betritt er die Küche, aber der verdammte Italiener ist immer noch nicht hier. Er ist jetzt stocksauer auf den Koch. Er hat überhaupt keine Lust mehr, hinter diesem Hallodri herzusuchen. Er kommt ins Grübeln. Irgendetwas stimmt hier nicht! Erst die fremden Männer, dann die chaotischen und leeren Quartiere und jetzt noch ein spurlos verschwundener Koch. Er muss Alfred unbedingt von der Begegnung mit den fremden Männern, die er heute Morgen im Treppenaufgang getroffen hat, erzählen. Vielleicht gibt es hierfür ja eine ganz einfache Erklärung. Martin geht wieder zurück zur Brücke. Ab und zu kann er durch die Bullaugen einen Blick auf die tosende See werfen. Draußen ist die Hölle der Höllen los. Er ist heilfroh, dass es ihm körperlich bei diesem heftigen Seegang gut geht. Von der Seekrankheit ist er bis jetzt verschont geblieben. Er fühlt sich körperlich kerngesund.

Wenig später erreicht er wieder die Brücke und geht sofort zu Kapitän Bernhardt hinüber. „Hat der Koch sich eingefunden, Bernhardt?", fragt Martin sofort. „Was?", ruft Bernhardt verdutzt. „Ist der Bursche immer noch nicht aufgetaucht?"

„Nein, leider nicht!", erwidert Martin beinah verlegen. „Er ist nicht zu finden! Weder in der Kombüse noch in seinem Zimmer. Wo kann er sich sonst noch aufhalten, Bernhardt?"

„Keine Ahnung, Martin! Lass es gut sein, der wird schon wieder auftauchen. Das ist schon einmal vorgekommen bei schlechter See. Dem Koch wird es schlecht und dann verkrümelt er sich einfach."

„Ja, aber ...", wendet Martin ein, „ ... das Essen ..." Bernhardt unterbricht ihn: „Ich weiß, Martin, es ist alles vergammelt und angebrannt."

„Erstaunt dich das nicht?", fragt Martin daraufhin irritiert. „Wie ich schon sagte, Martin, bei schwerer See hat er das schon einmal gemacht, aber diesmal hat das Konsequenzen für ihn. Das lass ich nicht mehr durchgehen!" Bernhardt wird lauter, denn auf den Koch ist er nicht mehr gut zu sprechen. „Der soll mal wieder auftauchen!", fügt er sichtlich wütend schließlich noch hinzu. Dann widmet Bernhardt wieder seine Aufmerksamkeit voll und ganz dem Schiff. Martin dreht sich herum und geht zu Alfred hinüber, der immer noch emsig das Radar und verschiedene Anzeigen zur Schiffsüberwachung beobachtet. „Ach, Martin", ruft Bernhardt unerwartet hinüber, „ich danke dir für deine Bemühungen, den Koch zu finden!"

„Gern geschehen!", antwortet Martin daraufhin sofort. „Ich werde gleich noch einmal zur Kombüse gehen und sehen, ob ich nicht doch noch etwas zum Essen auftreiben kann. Ich meine", fügt Martin hinzu, „natürlich nur, wenn du nichts dagegen hast, Bernhardt."

„Nein, nein, Martin, mach das, auf See kann man immer Männer gebrauchen, die zupacken können. Jetzt bist du ein vollwertiges Mannschaftsmitglied, Martin. Na, was sagst du dazu?", scherzt Bernhardt mit einem freundlichen kurzen Blick über seine Schulter. Alfred grinst Martin an und sagt: „Ich habe noch mehrere Seemannsmützen im Quartier, sobald der Orkan nachgelassen hat, kannst du dir eine davon aussuchen!"

„Na klasse, Alfred!", erwidert Martin. „Solange die mein Gesicht nicht so verschandelt wie deine, mache ich das gerne!" Beide lachen und vergessen für einen Moment das Unwetter. Martin greift nach Alfreds Fernglas und späht hinaus in die tobende See. Die hohen Wellen schaukeln ohne erkennbares Schema wild durcheinander. Sie müssen mehr als zwanzig Meter hoch sein. Ihre Kronen schäumen und brodeln wie das Wasser im Kochtopf einer Hexenküche. Ein unwirklicher Anblick für eine Landratte. ‚Ein bisschen, als befände man sich im Krieg', denkt Martin unweigerlich. Er hat zwar noch keinen erlebt, aber so stellt er ihn sich vor. Unerbittlich und ohne Gnade für den Feind. Die Wellenschläge donnern wie fortwährendes Kanonenfeuer des Gegners auf dem Schiffsrumpf. Eine gigantische Übermacht von Wasserkriegern gegen eine moderne Schiffsfestung weit ab jeder Zivilisation. Mit etwas Glück werden sie den Angriffen standhalten und das feindliche Gebiet bald verlassen. Martin nimmt das Fernglas wieder von den Augen, so etwas hat er noch nie erlebt. Wie in einem unendlichen Wasserkessel bei einhundert Grad Celsius brodelt der unüberschaubare Pazifik vor seinen ungläubigen Augen. Ein einzigartiges Naturschauspiel. Martin schaut wieder zu Alfred hinüber und sagt: „Sag mal, Alfred, die Besatzungsmitglieder müssten mir doch alle bekannt sein, oder?"

„Klar, Martin, wir haben sie dir am ersten, nein warte, ich glaube, am zweiten Tag vorgestellt. Wir alle sind ja nur etwas mehr als zwei Hände voll", antwortet Alfred in seiner humorvollen, netten Art. „Ich weiß, Alfred, aber kann es nicht sein, dass ich doch noch nicht alle kenne? Hatte vielleicht ein Matrose Wache oder war einer krank oder auf dem Klo? Kann es sein, dass es noch andere Gäste an Bord gibt?"

„Nein, Martin!", antwortet Alfred. „Auf was willst du hinaus? So kenne ich dich ja gar nicht! Du bist doch der Einzige an Bord, der für seine Fahrt auf dem Schiff bezahlt hat, alle anderen bekommen Geld dafür." Alfred grinst etwas verlegen. Er ist unsicher und versteht Martins Fragen zum ersten Mal überhaupt nicht. „Bist du sicher?", fragt Martin nachdrücklich noch einmal und schaut Alfred dabei so ernst ins Gesicht, wie er kann. „Absolut, Martin!" erwidert Alfred neugierig. „Warum fragst du?"

„Du hältst mich vielleicht für verrückt, Alfred", fährt Martin langsam und merklich leiser – schon fast flüsternd – fort, „aber ich bin mir hundertprozentig sicher, dass ich heute Morgen im Hauptaufgang zwei unbekannte Männer getroffen habe." Alfred wird plötzlich kreidebleich und sieht Martin sehr ernst an. „Bist du dir sicher, Martin, ich meine ... tausendprozentig sicher?"

„Absolut, Alfred!" Beide Männer sehen sich eine Zeit lang unbeweglich an. Der Orkan da draußen ist plötzlich vergessen. Alfred wird unruhig, kleine Schweißtropfen bilden sich auf seiner Stirn. „Mensch, Martin", unterbricht er schließlich das Schweigen, „wir haben blinde Passagiere an Bord!" Ohne weitere Worte eilt Alfred an Martin vorbei und geht zu Bernhardt hinüber, der von ihrem Gespräch nichts mitbekommen hatte. Beide reden miteinander. Zuerst leise, dann lauter. Plötzlich dreht sich Bernhardt blitzschnell um und schreit Martin angsterfüllt ins Gesicht. „Martin, ist das wahr?"

„Ja, Bernhardt", antwortet Martin, „ich habe mich bestimmt nicht getäuscht! Da waren zwei fremde ..., gut gekleidete Männer, keine Penner oder so etwas."

„Oh mein Gott, Alfred!", schreit Bernhardt schon fast hysterisch. „Oh mein Gott, was machen wir jetzt bloß?"

„Hört mal", unterbricht Martin beide, „es sind nur zwei blinde Passagiere, ist das denn so schlimm?"

„Martin", keucht Bernhardt, „wenn du wüsstest!"

„Was wissen?", schreit Martin zu ihnen hinüber. Bernhardt reagiert nicht auf Martins Frage und schaut stattdessen nur hilflos zu Alfred hinüber. Martin versteht ihre Aufregung überhaupt nicht. Na gut, blinde Passagier sind bestimmt unangenehm, aber so in Hysterie zu verfallen ... Wenn alle im Schiff suchen, sollten die beiden schon zu finden sein, um sie dann in Arrest setzen. Im nächsten Hafen lässt man sie von der Hafenpolizei abholen und das war es. Ein bisschen Schreibkram vielleicht noch, mehr nicht. „Alfred, hör zu!", redet Bernhardt unterdessen mit zitternder Stimme weiter. „Nimm Martin mit und sucht diese Kerle. Geht aber vorher noch in meine Kabine, hier hast du den Schlüssel vom Tresor, du weißt schon wofür!" Beide drehen sich daraufhin zu Martin um, der immer noch sprachlos am Radarplatz ausharrt. „Martin, hilfst du uns?" Bernhardt wirkt stocknüchtern bei dieser Frage. Martin hat bis dahin noch nie ein so angsterfülltes Gesicht in seinem Leben gesehen. Es ist geradezu angstverzerrt. Alfred versucht währenddessen sichtlich, die Fassung zu behalten, kann aber seine Beklemmung nicht verbergen. „Ich bin dabei. Was soll ich machen?", erwidert Martin ruhig und mit fester Stimme, denn wenn er sich etwas vornimmt, ist er immer entschlossen, es auch zu erledigen. Er weiß zwar noch nicht genau, was hier eigentlich läuft, aber er spürt auch ohne weitere Erklärung ganz genau, dass es etwas Abnormales sein muss. Etwas, was diese beiden erfahrenen Seeleute auf ihren gemeinsamen Schiffsreisen noch nie erlebt haben. Ja, mit Sicherheit etwas, was sie in ihrem ganzen Leben noch niemals erlebt haben. „Lass uns gehen!", sagt Alfred, klopft Martin dabei auf die Schulter und geht sehr schnell an ihm vorbei zur Verbindungstür, die die Brücke vom Innenflur trennt. „Ich erkläre es dir unterwegs!" Beide verlassen die Brücke.

Martin läuft Alfred auf dem schwankenden Flur hinterher. Bei diesen Schiffsbewegungen ist es eigentlich nicht angebracht, in den Fluren zu laufen, aber dies ist eine besondere Situation, die auch besondere Maßnahmen benötigt. Alle Vorschriften, die normalerweise an Bord gelten und eigentlich unumstößlich sind, scheinen – so kommt es Martin vor – plötzlich außer Kraft gesetzt zu sein. Die Kapitänskajüte liegt nur ein Deck unter der Brücke. Schon einen Augenblick später haben sie die Tür erreicht. „Was ist los, Alfred?", stellt Martin ihn nun zur Rede. „Blinde Passagiere sind doch nicht so dramatisch."

„Ja, du hast recht, Martin, normalerweise wohl nicht!" Alfred antwortet nur zögerlich, ganz so, als ob er nicht wüsste, wie er es ihm erklären kann. „Kennt ihr diese Leute etwa?", lässt Martin nicht locker. „Nein", antwortet Alfred unmittelbar kopfschüttelnd, „aber ... wir wissen vielleicht, was sie vorhaben."

„Was sie vorhaben? Also bitte, Alfred, was könnten die schon vorhaben?", empört sich Martin. „Die werden das Schiff wohl nicht versenken!" Alfred wirkt verlegen. Er kann Martin fast nicht ins Gesicht sehen und sagt zögerlich und leise: „Wir sind uns da nicht so sicher." Martin sieht Alfred kreidebleich in die Augen und wiederholt ruhig: „Ihr seid euch nicht so sicher?"

„Hör zu, Martin, ich will ehrlich zu dir sein. Es gibt da mehrere Gerüchte, die in Insiderkreisen der Offiziere seit Monaten kursieren. Wir haben diesen Gerüchten nie geglaubt und uns sogar über so viel Naivität lustig gemacht. Aber seit vor acht Monaten unser Schwesterschiff „Liberty" auf dieser Route auf mysteriöse Weise unterging, sind wir uns da nicht mehr so sicher. In den oberen Etagen der Reedereien kommt es bisweilen zu merkwürdigen Entscheidungen. Einzeln betrachtet scheinen sie normal zu sein, aber zusammenhängend betrachtet, ergeben sie einfach wenig Sinn." Alfred stockt. „Weißt du, Martin, wir wissen nicht, ob das so ist, es sind nur Vermutungen von Bernhardt und mir. Die Seefahrt, in der wir uns bewegen, spielt in der Oberliga, es ist ein knallhartes Geschäft. Es geht um sehr viel Geld. Glaub mir, um so viel Geld, dass dort nichts, aber auch gar nichts, unmöglich ist. In dieser Welt werden Kriege des Geldes wegen geführt, natürlich werden andere Vorwände für die Öffentlichkeit vorgeschoben, aber eigentlich geht es ums Geld. Es geht nicht um Glaubensfragen oder Völkerrechte, es geht nur um dieses verfluchte Geld. Reiche Familien bestimmen die Geschehnisse der Welt. Mächtige Familien, mächtiger als jede gewählte Regierung der Erde. Das klingt vielleicht alles etwas merkwürdig für dich, Martin, aber die Korruption in der Welt ist überall, sie hat die Erde fest im Würgegriff. Wir einfachen Menschen sind nichts als Marionetten, Schachfiguren auf einer großen Scheibe, die beliebig gesetzt werden können." Alfred zieht seinen Generalschlüssel aus der Ho-

sentasche und möchte damit die Kapitänskajüte aufschließen, als er bemerkt, dass die Tür nur angelehnt ist. Mit einem Handzeichen winkt er Martin, der das noch nicht bemerkt hat, zu sich heran. „Die muss eigentlich verschlossen sein", flüstert Alfred. „Vielleicht hat Bernhardt es vergessen? ", erwidert Martin leise. „Nein, glaube ich nicht", flüstert Alfred, „auch wenn er trinkt, ist er sehr korrekt. Pass auf, ich gehe rein und du wartest hier."
„Warte!" Martin hält Alfred am Ärmel fest. „Wir gehen zusammen und nutzen den Überraschungseffekt. Wir zählen bis drei, stoßen die Tür auf und springen gleichzeitig in den Raum."
„In Ordnung", haucht Alfred. „Bist du bereit? Eins, zwei und drei! Los!" Die Tür wird mit einem Ruck aufgerissen, beide Männer stürzen unmittelbar danach in das große Kapitänszimmer. Aber es ist niemand dort. Allerdings liegen sämtliche Gegenstände des Kapitäns wild durcheinander auf dem Boden verstreut herum. Alfred reißt die Tür zum Bad auf, aber auch in diesem Raum befindet sich niemand. Beide gehen zum letzten Raum in dem kleinen Apartment, zum Schlafzimmer. Zusammen springen beide gleichzeitig hinein, um den Überraschungsmoment eventuell wieder auf ihrer Seite zu haben, aber sie können bloß feststellen, dass auch hier niemand ist. Alle Zimmer wurden durchsucht, aber die Männer, die hierfür verantwortlich sind, haben das Quartier schon lange wieder verlassen. Beide sehen sich schweigend an. Danach geht Alfred wieder zielstrebig ins Badezimmer zurück und winkt Martin hektisch zu sich heran. Martin stolpert auf dem Weg dorthin über mehrere Bücher und Bilder, die auf dem Boden liegen. Alfred zieht ein kleines Messer aus der Hosentasche und hält es nervös in seiner Hand. Martin muss beim Anblick des doch sehr winzigen Messers grinsen und sagt: „Also, *mir* machst du damit keine Angst!"
„Pass auf, du wirst dich wundern", antwortet Alfred keck. Beherzt löst Alfred die Schrauben des großen Badezimmerspiegels mit dem kleinen Messer und legt ihn behutsam zur Seite. Zum Vorschein kommt eine Tresortür, die etwas kleiner ist als der Spiegel selbst. „Na, was sagst du jetzt? Damit hast du wohl nicht gerechnet!" In der Tat ist Martin beeindruckt. Alfred zieht hektisch, ohne ein Wort zu

sagen, den Schlüssel, den er von Bernhardt auf der Brücke bekommen hat, aus der Hosentasche, entriegelt den Tresor und klappt die massive kleine Tür zur Seite. Vor seinen Augen öffnet sich ein Waffenarsenal. Fünf großkalibrige Pistolen und drei schwere Maschinengewehre liegen dort beisammen. Ein Fach darunter liegen mehrere gefüllte Magazine in Reih und Glied bereit. „Für was ist das denn?", empört sich Martin. „Ist das die Standardausrüstung eines Containerschiffes?"

„Nicht bei jedem Schiff!", betont Alfred. „Aber bei einigen, die im Pazifik fahren, schon. Wir müssen uns schließlich gegen etwaige Piratenangriffe schützen. Kannst du mit Waffen umgehen, Martin?", fragt Alfred hoffnungsvoll. „Hast du schon einmal mit einer Waffe geschossen?" Martin nimmt, ohne auf die Frage zu antworten, eine große Pistole aus dem Fach. Geschickt wählt er das passende Magazin aus und steckt es in die Waffe. Er lädt die Pistole durch und steckt sie sich an den Gürtel der Hose. „Ich war Scharfschütze bei der Bundeswehr, reicht das an Qualifikation?"

„Du kennst dich aus!", erwidert Alfred. Er ist beruhigt und macht dasselbe mit seiner Pistole. Ohne weiter zu fragen, greift sich Martin weitere Pistolenmagazine zur Reserve und füllt seine Hosentaschen damit. Alfred reicht ihm ein Schnellfeuergewehr mit einem Gürtel voller Magazine dazu. Diese Waffe lädt Martin, obwohl er den Waffentyp nicht kennt, ebenfalls routiniert. „Kennst du eine Waffe, kennst du alle Waffen!", hatte sein Ausbilder einmal zu ihm gesagt. Er sollte recht behalten! Den schweren Magazingürtel hängt er sich lässig über die Schulter. Alfred verschließt die Tresortür und sie verlassen unmittelbar danach schwer bewaffnet die Kapitänskajüte. Beide gehen schnellen Schrittes nebeneinander den Flur zum Treppenaufstieg entlang. Vor der Verbindungstür bleiben sie stehen. „Hast du einen Plan, wie wir das Schiff durchsuchen sollen?" Alfred zuckt mit den Achseln. „Ich weiß nicht, vielleicht wäre es am sinnvollsten, ganz unten im Maschinenraum zu beginnen."

„Der klassische Stil einer Durchsuchung also: von unten nach oben!", betont Martin. „Warum nicht!" Mit gezogenen Pistolen gehen sie die schwankenden Treppenstufen hinab. Niemand begegnet ihnen. Sie sind schon fast unten angelangt, als Alfred plötzlich abrupt stehen bleibt und – als Zeichen der Aufmerksamkeit – seine Hand in die Höhe hält. Beide horchen! Die Lautstärke im Inneren des Schiffes, der Sturm und die damit verbundenen, wilden Schiffsbewegungen machen es aber unmöglich, genauer zu lauschen. Die Tausenden von Bauteilen am Schiff verursachen eine enorme Geräuschkulisse. Alles knarrt und ächzt. Sämtliche Verkleidungsteile an den Wänden scheinen in Bewegung zu sein. Sie gehen weiter und erreichen schließlich die Schleuse zum Deck, auf dem sich die Schiffsmaschine befindet. Alfred durchschreitet als Erster das große, offenstehende Schiffsschott, während Martin ihm an der Schotttür mit seinem Maschinengewehr Deckung gibt. Alfred geht anschließend sofort hinter einem Wandvorsprung in Deckung und sichert den Durchgang, damit Martin gefahrlos ebenfalls durchgehen kann. Aber der bleibt an der Schotttür stehen und untersucht diese genauer. Alfred schaut zurück und sieht, wie Martin ihn heftig gestikulierend herbeiwinkt. Vorsichtig geht Alfred zurück und faucht Martin an. „Was ist los? Wir müssen zusammen bleiben! Warum kommst du nicht nach?"

„Sieh dir das an! Die Bolzen von der Schotttür sind stark verbogen." Alfred erkennt es erst jetzt, tatsächlich sind die ehemals weißen Verschlussbolzen, die im Notfall automatisch die Schiffsschotts verschließen sollen, verbogen. Sie sind schwarz, die Farbe ist verbrannt, jemand hat sich mit einem Schweißgerät oder Ähnlichem daran zu schaffen gemacht. Auch an den Verschlussmechaniken wurde manipuliert. Das Schott ist – flüchtig betrachtet – in Ordnung, aber bei genauerem Hinsehen erkennt man sehr wohl, dass es außer Funktion gesetzt wurde. Es ist unbrauchbar und der frische Brandgeruch verrät, dass das noch nicht allzu lange her sein kann. „Mensch, Martin", Alfred ringt um Luft, „wenn wir nicht ganz schnell handeln, ereilt uns das gleiche Schicksal wie unser Schwesterschiff, die „Liberty". Jemand ist an Bord und will das Schiff tatsächlich versenken! Wir haben keine blinden Passagiere, sondern Saboteure an Bord. Zuerst setzten sie die wichtigsten Schotts außer Funktion, um danach ihre irgendwo im Schiff angebrachten Sprengladungen zu zünden."

„Woher weißt du das, Alfred? War das bei der „Liberty" so?" Martin ist verärgert, weil Alfred so etwas einfach behauptet. „Keiner weiß genau, wie es bei der „Liberty" war", entgegnet Alfred zögernd, „denn sie liegt über fünftausend Meter tief auf dem Meeresgrund. Aber die Fachleute haben gerätselt, wie ein Schiff mit solchen Sicherheitseinrichtungen so schnell sinken kann. Es ist bis heute, wie bei vielen anderen untergegangenen Schiffen, ein Geheimnis geblieben. Wenn dieses Schiff – ein baugleiches Schiff wie die „Liberty" – auch noch untergeht, wird man die Ursache der Konstruktion zuschreiben. Für genauere Untersuchungen liegen die Schiffe einfach zu tief. Man glaubt es kaum, aber Schiffsuntergänge werden weniger intensiv analysiert als Autounfälle. Die Versicherungen zahlen zähneknirschend, wenn der Untergang nach einem Unfall aussieht und sie das Gegenteil nicht beweisen können. Andererseits bezahlen die Eigner horrende Versicherungssummen für ihre Schiffe. Die sind bestens abgesichert, unrentables Kapital kann so zu einem echten Gewinn umgemünzt werden. Wenn ein Containerschiff über längere Zeit nicht ausgelastet über die Weltmeere fährt, kann das eine Reederei schnell in den Ruin treiben. Der letzte Notanker ist dann, das Schiff zu verkaufen oder aber es zu versenken." Martin hört Alfred fassungslos zu. Sie sitzen wirklich mächtig tief in der Patsche. Beide gehen mit entsicherten Waffen vorsichtig weiter in Richtung des Maschinenraums. Das dröhnende Geräusch der unter Volllast laufenden Turbinen wird immer lauter. Es gibt in dem Korridor keinerlei Deckung. Wenn sie jetzt angegriffen würden, wäre dieser Ort der denkbar schlechteste Platz für eine Verteidigung. Sie stehen offen auf dem Schlachtfeld. Behutsam schleichen beide in gebückter Haltung in den Maschinenraum. Martin geht hinter Alfred her und versucht, ihn mit seiner Waffe zu decken. Alfred steuert zielstrebig auf das große Steuerpult der Maschinen zu. Dort angekommen tippt er am Computer herum und checkt den Zustand der Schiffsmaschinen. Martin späht in die Tiefen des riesigen Raumes und muss sich aufgrund der tosenden Geräuschkulisse nur auf seine Augen verlassen, um eventuelle Angreifer zu entdecken. „Verdammter Mist!", schreit Alfred auf einmal. Martin eilt zu ihm an die Seite. „Sieh dir das an, die Temperaturanzeigen der Turbinen." Martin schaut auf den Bildschirm und erkennt in dem Zahlengewirr nicht viel, aber er erkennt die Temperaturanzeige der Maschinen, sie blinken fortlaufend in roter, warnender Schrift. „Die haben die Kühlung abgestellt! Die Turbinen arbeiten aber unter Volllast, das heißt, sie müssten sich eigentlich selbstständig abschalten. Aber sie laufen immer noch! Komm mit, Martin!", schreit Alfred ihn an. „Wir müssen das Notkühlsystem per Hand aktivieren!" Alfred läuft, ohne auf seine Deckung zu achten, schnell den Gang entlang. Martin folgt ihm etwas zögerlich, er flucht leise vor sich hin, denn er merkt, dass ihnen die Sache irgendwie aus den Händen gleitet. Bei einem großen Stahlhandrad bleibt Alfred stehen und versucht, es zu drehen. Er stemmt sich mit ganzer Kraft davor. Aber es bewegt sich nicht. „Komm, Martin, fass mit an!", schreit Alfred. Er wirkt verzweifelt. Martin ergreift ebenfalls das Handrad, beide versuchen mit aller Kraft, es zu drehen. Es bewegt sich keinen Millimeter. „Warte mal, Alfred!" Martin bückt sich und begutachtet das Stahlhandrad genauer. „Hier, schau her, es ist festgeschweißt. Wir brauchen ein Schweißgerät, sonst bekommen wir es nicht los."

„Verflucht", brüllt Alfred, „die müssen Hilfe haben! Alleine können die sich unmöglich so gut mit den Maschinen auskennen. Einer von der Besatzung muss mit ihnen unter einer Decke stecken. Wo zum Teufel ist Paul geblieben? Normalerweise lässt er die Maschinen nicht lange alleine." Martin lacht hämisch und sagt: „Ich weiß es nicht, aber Paul hat mich heute Morgen sehr unfreundlich aus dem Maschinenraum geschmissen."

„Was, der hat dich hinausgeworfen? Er ist schon ein ruppiger, gewöhnungsbedürftiger Geselle und nicht gerade jedermanns Freund, aber er ist normalerweise ein guter Maschinenwart." Alfred tobt: „Dieser Versager, seit Wochen leistet er sich ein Dienstvergehen nach dem anderen, ich hätte es schon längst Bernhardt melden müssen, habe es aber immer vor mir hergeschoben. Jetzt, wo man ihn braucht, ist er nicht da! Vielleicht ist er derjenige, der mit den Saboteuren zusammenarbeitet? Ich mache mir schon seit einigen Wochen Sorgen um ihn, denn ich kenne ihn schon seit Beginn meiner Seefahrerjahre. So desinteressiert wie in den letzten Wochen habe ich ihn noch nie erlebt." Martin zuckt mit den Schultern und sagt: „Vorstellen kann ich es mir schon."

„Wir müssen uns aufteilen, Martin. Die Zeit läuft uns davon! Ich mache die Kühlung wieder gängig und du suchst die Kerle auf dem Schiff!"

„Wäre es nicht besser, wenn wir beide nach ihnen suchen würden?", wendet Martin ein. „Nein, Martin, leider nicht, bei diesem Orkan dürfen die Maschinen nicht stehen bleiben, das werden sie aber mit absoluter Sicherheit in den nächsten Minuten, wenn sie nicht ausreichend gekühlt werden. Normalerweise hätten sie sich schon lange abschalten müssen, aber die Kerle wollen ganze Arbeit leisten, damit sie nicht wieder hochgefahren werden können. Sie wollen sie zerstören und haben vermutlich mit Pauls Hilfe etwas an der Elektrik des Systems gebastelt. Wenn die Maschinen bei solch einem Orkan ausfallen, erhöht das die Chance eines Unterganges. Wir wären nur noch ein Spielball des Orkans und das Schiff würde das wahrscheinlich nicht überstehen." Alfred schaut Martin wie zum Abschied an und fügt nach einigem Zögern hinzu: „Es wird schon gut gehen!" Martin spürt, dass die Lage sehr ernst ist. Es ist Eile geboten, sie haben keine Zeit, um sich einen besseren Plan auszudenken. „Ok!" Martin stupst mit seiner Faust freundschaftlich an Alfreds Brust und macht sich ohne weitere Worte auf den Weg zum Treppenaufstieg. Alfred blickt ihm sorgenvoll hinterher, macht sich aber sogleich auf die Suche nach dem passenden Werkzeug für die ihm bevorstehenden Arbeiten. Martin verlässt den Raum und steigt ein Deck höher, um die Saboteure zu suchen. Diffuses Licht beleuchtet den nächsten Gang. Vorsichtig geht er an den Räumen vorbei. Es ist unmöglich, sich auf das Gehör zu verlassen und verdächtige Geräusche von normalen Geräuschen, die durch die Schiffsbewegungen verursacht werden, zu unterscheiden. Eine beklemmende Situation, es könnte jemand hinter ihm stehen und er würde es nicht bemerken.

Alfred flucht, er kann kaum glauben, mit welcher Zielstrebigkeit die Saboteure das Schiff versenken wollen. Eine Situation, die ihn eindeutig überfordert. Er ist ein guter Seefahrer und ein zuverlässiger Offizier, aber er war noch nie ein mutiger Mann. Schon in Tiefgaragen ist ihm mulmig zumute, wenn er sein Auto darin parken muss. Er ist eindeutig kein Abenteurer, der mit der Waffe in der Hand nach Verbrechern jagt. Um sich vor seiner Wehrpflicht zu drücken, hat er lieber ein soziales Jahr im Altenheim geleistet. Alles, was er über Waffen und deren Gebrauch weiß, hat ihm Kapitän Bernhardt beigebracht. In einem ihrer vielen einsamen Momente auf hoher See hatte Bernhardt seine Mannschaft an Waffen dieser Art unterrichtet. Sie hatten sogar Schießübungen auf dem offenen Vorderdeck durchgeführt. Vom einfachen Matrosen bis zum Ersten Offizier mussten alle dieser Unterrichtsstunde beiwohnen. Bernhardt wollte bei einem Angriff von Piraten gerüstet sein. Er wollte sich notfalls mit mehr als nur den Wasserkanonen, die bei solchen Angriffen üblicherweise benutzt werden, verteidigen. Die einzige Waffe, die einem Kapitän normalerweise bei einem Piratenangriff zur Verfügung steht, ist, Vollgas mit dem Schiff zu fahren. Nur nicht anhalten! Fahren wie der Blitz und die Angreifer mit den Wasserkanonen auf Abstand halten! Aber Bernhardt ist ein vorsichtiger Mensch. Was wäre, wenn …? Was wäre, wenn es den Piraten gelingen würde, die hohe Schiffswand irgendwie hinaufzuklettern? Sie wären nicht die erste Besatzung, die danach gemeuchelt würde. Bernhardt fühlt sich mit der Gewissheit, die Waffen an Bord zu haben, sicherer. Bei Alfred ist das immer anders gewesen, ihm bereiteten die Waffen ein ungutes Gefühl. Er war schließlich nicht zur Seefahrt gegangen, um sich auf dem offenen Meer mit Seeräubern in einer Seeschlacht zu schlagen. Alfred versucht zuerst, das Temperaturproblem der Schiffsmaschinen auf normalem Weg über die Computer zu beheben. Aber er muss feststellen, dass komplette Programme gelöscht wurden und er daher keine Befehle eingeben kann, um die Kühlzufuhr der Maschinen von hier aus zu regulieren. „So eine Scheiße … so eine Scheiße!", schimpft er immer wieder leise vor sich hin, während er den Schweißbrenner auf seine Schulter wuchtet und schwerbepackt den

Gang entlang geht. Am Stahlhandrad angekommen lässt er das Gerät mit einem lauten Krachen auf den Boden fallen. Der Schweiß läuft ihm dabei in Strömen von der Stirn, sodass sein weißes Hemd schon pitschnass geschwitzt ist und auf seiner Haut klebt. Mit der Hand streicht er sich über die Stirn, der Rücken schmerzt von dem Gewicht des Schweißgerätes. Seine Waffen legt er an die Seite, sie stören nur bei den Arbeiten. Mit zitternden Händen versucht er, die Pistole des Gerätes zu zünden. Es ist schon einige Monate her, dass er das letzte Mal mit so einem Werkzeug gearbeitet hat. Alfred versucht es immer wieder, aber es will sich einfach keine Flamme an der Pistole bilden. Was stimmt nicht mit dem scheiß Schweißgerät? Unruhig tastet er mit seinen Händen die beiden langen, blauen und roten Schläuche ab. Sie sind in Ordnung. Hektisch klopft er auf das Manometer der Flaschen und bemerkt erst jetzt, dass die Anzeigen auf null stehen. Die Flaschen sind leer! Alfred ist schockiert. In seinen Augen zeichnet sich die nackte Angst ab, ihm wird vor Panik ganz schwindelig. Was soll er jetzt nur machen? Eine Sekunde später springt er auf und läuft wie ein Irrer den Gang zum nächsten Telefon entlang. Immer wieder stolpert er dabei über seine eigenen Beine. Er muss sich zusammenreißen, um nicht die Beherrschung zu verlieren. Mit fester Hand reißt er den Hörer von der Gabel und wählt, als er schließlich bemerkt, dass das Telefon tot ist. Es gibt keinen Pieps von sich. Die Geräusche der Schiffsmaschinen verändern sich. Wie ein Besessener hammert er auf der Gabel des Telefons herum, um schließlich den Hörer mit aller Kraft wütend von sich zu werfen. Die Schiffsmaschinen fangen an zu rumpeln. Alfred ist starr vor Angst und kann sich fast nicht mehr bewegen. Orientierungslos taumelt er den Gang entlang, als er sieht, dass er aus dem Bauch blutet. Fassungslos schaut er die tief klaffende Wunde an. Was ist das? Panisch versucht er, das aus der Wunde sprudelnde Blut mit seinen Händen zu stoppen, doch es spritzt weiter heraus. Ihm wird schlecht, er muss sich am kalten Geländer abstützen. Er keucht auf und stürzt schließlich auf den harten Stahlrostboden. Sein Blut tropft durch das Laufgitter hinunter in die Tiefe des Schiffes. Ihm ist so schlecht, er möchte einfach nur noch schlafen und endlich aus dem Traum erwachen.

Dennoch blickt er sich mit flatternden Augen um und sieht mit verschwommenem Blick einen fremden Mann mit einem Gewehr in der Hand langsam auf sich zukommen. Er hatte ihn nicht bemerkt!

2. Kapitel

„Mayday, Mayday! Kann uns jemand hören?" Seit Alfred und Martin die Brücke verlassen haben, versucht Bernhardt ununterbrochen, Hilfe zu rufen. Er bekommt keine Antwort, denn das Satellitentelefon ist wie tot. Bei diesem Orkan bekommt er auch keine Verbindung über Funk, parallel hat er von beiden Geräten Hilferufe abgesetzt. Aber nur ein lautes Rauschen ist zu hören, so als ob seine Meldungen gar nicht das Schiff verlassen würden. Das hat er noch nie erlebt! Wo ist bloß Alfred? Bernhardt ist beunruhigt. Die Anzeigen auf den Schiffsüberwachungsgeräten sind katastrophal. Die Maschinen laufen heiß. Bernhardt kann sich das überhaupt nicht erklären und hofft – da er auch keine Verbindung zu Paul im Maschinenraum bekommt –, dass die Daten auf den Bildschirmen nicht korrekt sind. Selbst, wenn er wollte, könnte er die Maschine jetzt nicht abstellen, denn er muss bei diesem Orkan seine Manövrierfähigkeit beibehalten. „Hoffentlich ist da mal nichts passiert!" Immerzu wiederholt er für sich diesen Satz und betet inständig, dass alles noch ein gutes Ende finden wird. Bernhardt würde zu gerne selbst nach dem Rechten sehen, doch er kann die Brücke jetzt nicht verlassen und der automatischen Steuerung die Schiffsführung überlassen. Wahrscheinlich ist Paul gerade dabei, das Problem der überhitzten Maschinen zu beheben und hat jetzt keine Zeit für mich, versucht er, sich diese merkwürdige Verhaltensweise zu erklären. Bernhardt ist von Paul einiges gewohnt. Sie waren nie Freunde, haben aber in all den Jahren immer recht gut zusammengearbeitet. Doch gerade in den letzten Wochen hatte er sich ihm gegenüber doch sehr zurückgezogen. Er möchte nicht so weit gehen und Paul Desinteresse bei der Arbeit vorwerfen, aber seine Ansichten sind schon ziemlich locker geworden. Er hatte auch keine Klagen von Alfred gehört, also geht er davon aus, dass das nur eine vorübergehende Phase ist. Bernhardt hat Verständnis für Pauls Verhaltensmuster, denn die Menschen verändern sich in der einsamen Zeit auf einem Schiff. Vielleicht ist er als Kapitän seinen Männern gegenüber sogar etwas zu inkonsequent aufgetreten. Er hatte nie versucht, den Kapitän herauszuhängen zu lassen. Immerzu war er bemüht, das Klima an Bord positiv zu halten. Schließlich mussten seine Männer während einer Schiffsfahrt viele Wochen aufeinander hocken. Das Freizeitangebot auf einem Containerschiff ist nicht so vielfältig wie auf einem großen Kreuzfahrtschiff. In der freien Zeit hielten sich die Seeleute meist im Freizeitraum auf. Aber außer einem Fernseher, einem Billardtisch und einigen Stühlen war dort nicht viel zu finden. Sie waren in ihrer Freizeit sich selbst überlassen und das führte nicht selten dazu, dass der Alkohol bei ihnen eine große Rolle spielte. Bernhardt musste bei ab und zu vorkommenden Dienstvergehen dann doch manchmal ernste Worte mit den Schuldigen sprechen. Er hat diese Verwarnungen aber nie an die Reederei weitergeleitet und in die Personalakten eintragen lassen. An Bord ging es ein bisschen zu wie in einer großen Familie. Es gab gute Tage, an denen sich alle verstanden, aber sehr wohl auch schlechte Tage, an denen bei kleineren Rangeleien geschlichtet werden musste. Aber nichts drang nach außen, alles blieb in der „Familie".

Das große Schiff quält sich immer weiter durch die mörderischen Wellen. Bernhardt glaubt, solch einen starken Orkan erst zweimal in seiner Seefahrerzeit erlebt zu haben. Der letzte liegt gut zwei Jahre zurück. Eigentlich wollte er zwei Tage länger im Hafen liegen bleiben, als er die Wetterdaten bekommen hatte, aber die Reederei bestand auf ein pünktliches Auslaufen des Schiffes. Jeder Tag im Hafen vor Anker kostete viel Geld, Geld, das die Gesellschaft in den letzten Monaten durch spekulative Geschäfte an der Börse reichlich verloren hatte. Von Kapitänen anderer Schiffe, die bei anderen Reedern in Lohn und Brot standen, musste er sich immer mal wieder dumme, nicht ganz ernst gemeinte Sprüche anhören. Es war ein offenes Geheimnis gewesen, alle wussten Bescheid, aber es wurde nur unter vorgehaltener Hand darüber gesprochen. Die Reederei, unter der Bernhardt fährt, ist pleite. Sie hat sich mit dem Kauf der beiden Supercontainerschiffe übernommen. Wie Geier warten die anderen Reedereien schon auf die endgültige Pleite ihres Konkurrenten, um die heiß begehrte Fracht unter sich aufzuteilen. Es sollte das ganz große Geschäft von Bernhardts Reederei werden und damit wollten sie die anderen Reedereien verdrängen. Doch seine Firma hat sich damit keine Freunde gemacht und sogar alte Geschäftsverbindungen infrage gestellt. Aber die Zeiten der Überheblichkeiten seiner Chefs sind längst vorbei. Das ebenfalls neue Schwesterschiff, die „Liberty", ist gesunken, und mit dem Geld von der Versicherung ist kein neues Schiff gekauft worden. Es wurde stattdessen an den Spieltisch der Börse getragen. Das neue Kapital wurde bei hoch riskanten Börsengeschäften verzockt, Millionen von Anlegern der Aktie um ihr Geld gebracht. Es war nur noch eine Frage der Zeit, wann ihr Schiff, die „Graceland", unter einer anderen Flagge fahren würde. Bernhardt ist wütend auf sich, dass er nicht standfest geblieben und wie die anderen Schiffe im sicheren Hafen geblieben ist, um dort den Höhepunkt des Orkans abzuwarten. Stattdessen befindet er sich jetzt mittendrin. Man hatte ihm gedroht, sein Alkoholproblem, das auch dem Reeder bekannt war, an die große Glocke zu hängen. Sein guter Ruf wäre ruiniert gewesen und er hätte auf keinem Schiff der Welt mehr Arbeit bekommen. All seine Kenntnisse und Erfahrungen in den vielen Jahrzehnten der Seefahrt wären auf einmal bedeutungslos gewesen. Es wäre sein sicherer persönlicher Untergang gewesen. Mächtige Wellenbrecher schlagen währenddessen permanent weiter auf die Schiffsstahlhaut ein, die Schiffsvibrationen sind bis hinauf zur Brücke zu spüren. Bernhardt ist sich nicht mehr so sicher, dass er solch einen Orkan überhaupt schon einmal erlebt hatte. ‚Die beiden anderen sind wohl doch nicht so heftig gewesen', denkt er. ‚Aber das Schiff wird es schon meistern, schließlich ist es auch für Extremsituationen konstruiert.' Er kann sich noch gut an die Worte des Chefkonstrukteurs bei der Schiffstaufe erinnern, der behauptete, dass es mit dem Doppelrumpf und der Schottaufteilung unsinkbar ist. Er war mächtig stolz auf sein „Baby", wie er es immer nannte. Bernhardt hatte in diesem Augenblick an die „Titanic" denken müssen und Alfred, der bei den Feierlichkeiten neben ihm stand, zugeflüstert: „Was für ein Spinner!" Beide mussten daraufhin herzhaft lachen und verwirrten damit den armen Mann, der doch überhaupt keinen Spaß verstand.

Eine grell läutende Alarmsirene unterbricht plötzlich Bernhardts Konzentration. Rote Alarmleuchten blinken parallel dazu auf den Schiffsüberwachungsanzeigen auf. Die Maschinen kollabieren. Verzweifelt versucht Bernhardt wieder Paul im Maschinenraum zu erreichen, als dieser unerwartet die Brücke betritt. Bernhardt glaubt seinen Augen nicht zu trauen und schreit ihn sogleich an: „Was machst du denn hier? Bist du denn jetzt total bescheuert, hast du nicht gesehen, dass die Maschinen jeden Augenblick versagen können?" Paul grinst Bernhardt an und erwidert nur lässig: „Na und?"
„Was?" Bernhardt kann es nicht fassen und ringt nach Luft. „Ich bringe dich vor Gericht", schreit er sogleich unbeherrscht weiter, „du bist nicht mehr tragbar! Was willst du hier? Geh sofort an deine Arbeit, sonst wird das Schiff schwer beschädigt! Die Maschinen laufen heiß, eine Katastrophe, verstehst du das überhaupt noch?" Paul rührt sich keinen Millimeter von der Stelle, genießt diesen Augenblick – sichtlich überheblich – und faucht nach einer Weile genussvoll zurück: „Du hast hier gar nichts mehr zu sagen!" Bernhardt ist schockiert, seine Augen funkeln Paul an. Er ist fassungslos! Nach einigen Sekunden sagt er leise und mit langsamer, verzweifelter Stimme: „Hast du mitbekommen, dass blinde Passagiere an Bord sind, vielleicht sogar Saboteure?" Bernhardt verdrängt immer noch die eigentlich schon auf der Hand liegende Tatsache und es trifft ihn wie ein Blitzschlag, als ein kleiner, kräftiger, ihm fremder Asiate unerwartet die Brücke betritt. Mit entgeistertem Blick pendeln seine Augen zwischen den beiden Männern hin und her. „Du?", sagt er schließlich niedergeschlagen. „Du steckst mit den Kerlen unter einer Decke?" Sein Gehirn kann das Unfassbare nicht verarbeiten. Wie in Zeitlupe vergehen die Sekunden und der Orkan scheint nicht mehr existent zu sein. Bernhardt sieht beide müde an und fragt: „Was habt ihr mit der Mannschaft gemacht?"

*

Martin hat schon mehrere Räume durchsucht, ohne auf die Saboteure zu stoßen. Nach dem immer gleichen Prozedere stößt er die Tür des zu durchsuchenden Zimmers ruckartig auf und stürmt unmittelbar danach mit dem Gewehr im Anschlag hinein. Eine zeitraubende und nervenaufreibende Angelegenheit. Er ist sich unsicher, ob diese Strategie, das Schiff zu durchsuchen, die richtige ist. Wenn er das Schiff in diesem Tempo weiter durchsucht, vergehen noch Stunden, ehe er alle Räume inspiziert hat. Bis dahin kann es aber schon längst zu spät sein. Martin bleibt stehen. Er ist unschlüssig und zermartert sich sein Gehirn, seine Gedanken purzeln wie wild umher. Was ist in dieser Situation das Richtige? Mit seiner rechten Hand wischt er sich hastig den Schweiß von der Stirn, um sie unmittelbar danach sofort wieder an das Gewehr zu legen. Seine Strategie muss die falsche sein. Es widerstrebt ihm, die Räume des Schiffes wie ein gehetztes Tier zu durchforsten. Er möchte den Spieß umdrehen und vom Gejagten in die Rolle des Jägers schlüpfen. Um seine Beute aufzuschrecken, muss er „kräftig auf den Busch klopfen". Er darf sich nicht still verhalten, er muss seine Widersacher auf sich aufmerksam machen. Sie müssen ihn suchen und dann zuerst angreifen. Ein gefährliches Spiel, auf das er sich da einlassen will, aber in Anbetracht seiner Möglichkeiten, die einzige und realistischste Chance für ihn. Vorsicht ist in dieser Situation eine Eigenschaft, die er sich nicht mehr erlauben kann. Jetzt ist tollkühnes Handeln gefragt. Entschlossen geht Martin schnell voran, ohne sich weiter um die restlichen noch nicht durchsuchten Zimmer zu kümmern. Einige Sekunden später hat er das Schiffsdeck verlassen und befindet sich im großen Treppenaufstieg. Zügig steigt er hinauf. Wieder knurrt sein Magen vor Hunger. Martin krümmt sich leicht, er muss erst einmal etwas essen. Warum soll er nicht an der Kombüse vorbeilaufen? Es scheint sowieso in den Sternen zu stehen, wo er am besten anfängt, die Saboteure auf sich aufmerksam zu machen. Sein ganzer Plan ist rein theoretisch, ob er in der Praxis funktioniert, wird sich erst noch zeigen. Riesige Wellen schlagen immer wieder auf den Schiffsrumpf ein. Die Bullaugen, an denen Martin vorbeiläuft, werden ständig überspült. Der Orkan hat seinen Höhepunkt erreicht. Das große Schiff rollt schnell von einer Seite zur anderen und erschwerend kommt hinzu, dass es langsam dunkel wird. Es ist spät geworden.

Unglaublich, wie schnell die Zeit vergangen ist. Er schwankt so schnell er kann weiter zur Kombüse. Immer wieder knallt er mit seinen Schultern dabei an die Wand des Ganges. Diese bewegen sich so stark, dass Martin glaubt, er fliege in einem Flugzeug, das sich gerade in einem gigantischen Unwetter befindet und kräftig durchgeschüttelt wird. Er hatte in der Tat schon einmal einen Flug durch eine Schlechtwetterfront erlebt. Nur war er dort angeschnallt und musste nur auf seinem Platz sitzen bleiben. Nach einer Dreiviertelstunde war der Spuk dann aber auch schon wieder vorbei und die Maschine durchflog danach nur noch ruhige Wetterzonen. Es war ein kurzes, abenteuerliches Intermezzo, ein kleiner Nervenkitzel, der daraus bestand, dass der Kaffee aus der Plastiktasse schwappte und im schlimmsten Fall einem Fluggast über die Hose lief. Nach dem Flug waren alle Passagiere mächtig stolz und sich einig, dass das Erlebte ein richtiges Abenteuer war. Was würden seine tapferen Helden wohl zu dieser Situation, in der er sich jetzt befindet, sagen? Martin ist heilfroh, dass er jetzt keine kreischenden und hysterischen Leute um sich hat. Entschlossen stapft er weiter durch die Gänge. Einige kleinere Gegenstände wie Plastikbecher und Zeitschriften, die sich losgerissen haben, poltern ihm auf dem Fußboden entgegen. Nicht immer kann er ihnen ausweichen und tritt hin und wieder einen Becher oder Ähnliches unter seinen Füßen platt. Der Gang macht einen Bogen. Martin überquert einen großen Verbindungsplatz und biegt in den Bereich des Ganges ein, auf dem sich die Freizeiträume der Mannschaft befinden. Plötzlich hört er andersartige Geräusche. Geräusche, die sogar das laute Knarren der sich bewegenden Schiffsbauteile übertönen. Martin bleibt abrupt stehen und lauscht. Angestrengt versucht er das Geräusch zuzuordnen, seine Herkunft zu bestimmen. Ein Radio oder Fernseher! Die Musik kommt direkt aus dem Aufenthaltsraum, der nur ein paar Schritte von ihm entfernt liegt. Er postiert sich neben der Tür und spitzt erneut die Ohren. Sein Puls beginnt schneller zu schlagen. Nervös umklammert er sein Gewehr und richtet es ein wenig in die Richtung. Eindeutig, das muss der Fernseher sein. Aber er hört überhaupt keine Stimmen von der Mannschaft. Normalerweise ist beim Fernsehschauen immer was los. Bei mehreren Seeleuten im Raum spielt dieser nur eine untergeordnete Rolle. Der Fernseher läuft und die Männer spielen dabei Karten oder unterhalten sich über Frauen. Es wird gelacht, gesungen oder Ähnliches. Es ist niemals mucksmäuschenstill! Martin wundert sich. Schließlich geht er bis zur geschlossenen Tür und stößt sie ruckartig auf. Krachend fliegt diese zur Seite und stößt mit einem lauten Knall an die Wand. Der Raum ist stockdunkel, nur der Fernseher in der hintersten Ecke beleuchtet ihn mit seinen flackernden Bildern ganz schwach. Wie in den anderen durchsuchten Räumen auch springt Martin unmittelbar danach hinein und möchte den Überraschungsmoment für sich nutzen. Doch diesmal rutscht er dabei aus und fällt hart auf den Boden. Martin keucht auf, seine Schulter schmerzt, er ist auf das harte Gewehr gestürzt. Gebannt blickt er in den dunklen Raum. Nichts passiert! Nach einer Weile rafft er sich langsam auf, geht ein paar Schritte zurück zur Tür und tastet nach dem Lichtschalter. Er legt ihn um. Neonlichter blinken auf und erhellen den Raum taghell. Er ist leer! Aber alle Stühle und Tische sind umgeworfen. Er erschrickt. Beinahe der komplette Boden, auf den er gefallen ist, ist dunkelrot. Er betrachtet sein Hemd und seine Hose, er ist völlig blutbeschmiert. Hektisch tastet er seinen Körper auf Verletzungen ab, aber er ist unverletzt. Das viele Blut auf dem Boden stammt nicht von ihm. Martin umklammert fest sein Gewehr. Hier muss jemand stark geblutet haben. Sehr stark! Ein Schwein auf der Schlachtbank könnte nicht mehr Blut verloren haben. Er betrachtet den Boden genauer. Es sind Schleifspuren zu sehen. Schleifspuren, die in den benachbarten Billardraum führen. Seine Hände fangen an zu zittern. Mit fürchterlicher Vorahnung nähert er sich langsam dem Raum. Er tritt mit seinem Schuh auf etwas und hebt ihn an. Eine Patronenhülse! Erst jetzt fallen ihm die vielen leeren Patronenhülsen auf dem Boden auf. Sie liegen überall verstreut auf dem Boden herum und wurden von dem vielen Blut überdeckt. Er berührt den Türgriff, drückt ihn herunter und schubst die Tür auf. Leichtgängig – durch die Schiffsbewegung unterstützt – fällt sie auf und rastet an einer Halterung in der Wand ein. Er tritt ein und legt den Lichtschalter um. Das Zimmer wird hell. Martin zuckt innerlich zusammen. Er hatte mit dem Schlimmsten gerechnet, sogar mit Toten, aber mit dem Anblick, der sich ihm jetzt bietet, nicht. Viele Seeleute des Containerschiffes liegen blutüberströmt auf dem Boden. Sie sind alle tot! Martin ist schockiert, fassungslos nähert er sich wie in Zeitlupe den zerfetzten, leblosen Körpern. Völlig ineinander verkeilt liegen die Männer um den Billardtisch herum. An ihren Körpern sind überall tiefe, große, blutige Einschusslöcher zu erkennen. Der gesamte Boden, die Wände und auch der Billardtisch sind verklebt mit vielen Litern geronnenen, dunkelroten Blutes. Man hat sie abgeschlachtet wie Vieh, sie hatten gegen die Patronen der Mörder keine Chance. Martin versucht, die übereinander geschichteten Leichen zu zählen. Mit gestrecktem Zeigefinger geht er den Leichenhaufen ab und versucht, die entstellten Männer wiederzuerkennen. Dabei muss er permanent seine Übelkeit unterdrücken, immer wieder überkommt ihn ein fürchterliches Magenziehen, verbunden mit einem Brechreiz. Er ist kreidebleich, obwohl sein Herzschlag sein Blut in Rekordtempo durch die Adern transportiert. Die Mörder haben die komplette Mannschaft getötet. Bis auf Bernhardt, Alfred und Paul sind alle tot. Martin schluckt. Sein Kehlkopf kratzt in seiner trockenen Kehle. Niedergeschmettert – er fühlt sich wie auf seiner eigenen Beerdigung – starrt er auf die armen Kerle. Eines steht fest, auf diesem Schiff sind keine blinden Passagiere an Bord, sondern hier treibt ein Killerkommando sein Unwesen. Ihn überkommt die Übelkeit, schnell läuft er ins Nachbarzimmer, aus dem er gekommen ist, und reißt das Bullauge auf. Durch die aufgepeitschte See spritzt ihm sogleich die kalte Gischt ins Gesicht. Schon einen Augenblick später ist er am ganzen Körper durchnässt.

*

Paul geht an Bernhardt vorbei und stellt sich an ein Bedienpult für die Sicherheitsanlagen des Schiffes. Mit routinierten Handgriffen öffnet er nacheinander die bislang noch geschlossenen Schotten. Bernhardt läuft der Angstschweiß über die Stirn, mit entgeistertem Blick verfolgt er Pauls Aktivitäten. Plötzlich springt er auf, möchte

Paul an die Gurgel greifen und ihn in letzter Sekunde davon abhalten, aber er kommt nicht weit. Blitzschnell springt der Asiate dazwischen, er hat mit einer ähnlichen Reaktion schon gerechnet und hält Bernhardt drohend seine Pistole an den Kopf. Bernhardt weicht ängstlich wieder ein paar Schritte zurück. „Du bist verrückt, Paul!", entfährt es ihm. „Warum tust du das?" Paul bleibt unbeeindruckt, dreht sich aber langsam zu Bernhardt herum und sagt beiläufig: „Geld, mein lieber Bernhardt, Geld! Das mache ich nur des Geldes wegen!" Bernhardt ist sprachlos, sagt aber schließlich doch: „Ist es dir egal, dass wir alle dabei draufgehen können? Ist es das wert?", schreit er. „Oh ja, das ist mir sogar scheißegal!", schreit Paul zurück und verliert für einen kurzen Augenblick seine Fassung. Er verzieht sein Gesicht und ärgert sich darüber. Aber schon einen Moment später fährt er mit ruhiger Stimme fort: „Du bist der Letzte, Bernhardt, alle anderen dürften jetzt schon tot sein. Wir versenken das Schiff an einer tiefen Stelle, es wird abermals ein Unfall für die Presse sein. Ein Unglück, ein tragischer Zwischenfall. Du wirst ein Held, Bernhardt, ein gottverdammter Held!" Bernhardts Augen funkeln. Verzweifelt verzieht er sein Gesicht und ringt nach Worten, die in diesem Moment passen könnten. Die Sekunden schleichen, sein ganzes Leben läuft an ihm vorbei, ohne dass er etwas daran ändern könnte. Er geht einige Schritte auf Paul zu und möchte etwas sagen, als er plötzlich durch einen gewaltigen Schlag auf den Hinterkopf von der Pistole des Asiaten das Bewusstsein verliert und zu Boden fällt. „Es reicht!", faucht dieser Paul warnend an. „Du redest zu viel!" Paul dreht sich daraufhin schweigend um und hantiert weiter an den Sicherheitseinrichtungen.

*

‚Ich muss so schnell wie möglich auf die Brücke und Bernhardt warnen', schießt es Martin durch den Kopf. Für die toten Seeleute kann er nichts mehr tun. Eilig verlässt er den Aufenthaltsraum, ohne sich noch einmal umzudrehen. Mit schnellen Schritten geht er den dunklen Gang entlang. Viele Zimmer werden dabei von ihm passiert, ohne dass er auch nur auf den Gedanken käme, sie zu durchsuchen. Er ist sich bewusst, dass ihm die Situation aus den Händen geglitten ist. Während er sich den Weg zur Brücke bahnt, zermartert er sich seinen Kopf, wie er die Seeleute hätte retten können. Die Bilder der toten Männer kreisen pausenlos durch seine Gedanken. Wie eine Diaschau, die sich nicht abstellen lässt. Wie konnte das alles nur geschehen? Die Ereignisse haben sich in den letzten Stunden nur so überschlagen. Hätte er es überhaupt verhindern können? Martin flucht pausenlos leise vor sich hin. Er ist unendlich wütend. So wütend, dass die Wut seine Furcht vor dem Unausweichlichen überlagert. Er verspürt in diesem Moment überhaupt keine Angst. Zielstrebig reißt er die Zwischentür zum nächsten Korridor auf, als er plötzlich hinter sich andere Geräusche als das normale Schiffsknacken wahrnimmt. Blitzartig bückt er sich und sucht Schutz hinter der Wand eines abbiegenden Ganges. Unmittelbar danach legt er sich auf den Bauch und späht mit weit aufgerissenen Augen um die Ecke in den zurückliegenden Gang hinein. Wie in Zeitlupe postiert er sein Gewehr neben sich, zieht zwei Reservemagazine aus der Gürteltasche und legt sie griffbereit daneben. Seine Augen funkeln in der Dunkelheit. Konzentriert versucht er, etwas Verdächtiges zu erspähen. Aber es ist nichts zu erkennen! Vielleicht hat er sich das Geräusch nur eingebildet. Seine Augen brennen. Er erlaubt sich fast keinen Lidschlag, um bloß nichts zu verpassen. Gebannt beobachtet er weiterhin den Bereich vor sich. Sekunden vergehen wie Minuten, als plötzlich ein Schatten schnell und lautlos schutzsuchend in ein geöffnetes Zimmer huscht. Martin greift nach seinem Gewehr, er ist sich immer noch nicht sicher, ob sein Gehirn ihm nicht doch einen Streich gespielt hat. Angestrengt späht er zu dem verdächtigen Zimmereingang hinüber. Wer mag das sein? Einer der Mörder oder vielleicht Alfred? Ohne weiter darüber nachzudenken, schreit er laut in den Gang hinein: „Alfred, bist du das?" Keine Antwort. Martin wird unruhig. ‚Hat er mich etwa nicht gehört?' Höchst unwahrscheinlich, denn der verdächtige Zimmereingang liegt nur knapp zehn Meter von ihm entfernt. Er versucht es noch einmal: „Alfred, hier ist Martin, bist du das da vorne? Antworte!" Nichts, keine Antwort. Nein, Alfred ist das nicht da hinten, Martin ist sich ziemlich sicher. Plötzlich ist grelles Mündungsfeuer in der Dunkelheit zu sehen. Es springen etliche kleine Gipsteile aus der Wand. Blitzschnell reißt Martin seinen Kopf schützend zwischen seine Arme und sucht unmittelbar danach Schutz, indem er um die Ecke des Ganges kriecht. Sein Herz klopft bis zum Hals. Dieser verdammte Hund schießt mit einer schallgedämpften Automatikwaffe auf ihn. Aber in der Dunkelheit hat er anscheinend Probleme zu zielen. Man kann nur ungefähr erahnen, wo der andere sich gerade aufhält. Zum Glück besitzt sein Gegenspieler keine Waffe mit einem Nachtsichtgerät. Nach dem ersten Schreck umschließt Martin wieder selbstbewusst seine Waffe, erst jetzt bemerkt er, dass er am ganzen Körper zittert. Aber er ist auch stinksauer! Die Bilder der toten Seeleute gehen ihm durch den Kopf. Vorsichtig späht er wieder um die Ecke in den Gang hinein. Es ist nichts zu sehen. Irgendwo dort draußen lauert er auf ihn. Auf dem Bauch liegend robbt er ein Stück weit vor. Im Augenblick sind ihm die Gefahren beinah egal, er muss jetzt etwas unternehmen, er hat keine Zeit, lange über seine Situation nachzudenken. Er ist hasserfüllt, es brodelt übermächtig in ihm. Kurz danach hat er sich wieder postiert und wartet geduldig mit dem schussbereiten Gewehr im Anschlag auf eine Reaktion des Killers. ‚Nur eine kleine Bewegung', denkt er, ‚und ich habe dich. Jetzt nur nicht hektisch oder ungeduldig werden.' Martin ist über seine Kaltblütigkeit schockiert, er ist sich hundertprozentig sicher, dass er diesen Mann töten will. Seine Augen gewöhnen sich immer besser an die Dunkelheit. Die Konturen der einzelnen Zimmertüren sind jetzt recht gut zu erkennen. Aber es ist immer noch keine verdächtige Bewegung zu erspähen. Er wird nun richtig nervös. Diese verdammte Warterei! Doch plötzlich ein Schatten, der vorsichtig aus dem Versteck nur einige Meter vor ihm hinausschaut. Martin kann die Umrisse eines Kopfes erkennen. Dieser scheint unschlüssig zu sein und versucht ebenfalls etwas in der Dunkelheit zu sehen. Ohne Vorwarnung zieht Martin den Abzug seiner Waffe durch. Mit ohrenbetäubendem Lärm knattert diese sogleich los. Der mächtige Rückstoß drückt das Gewehr stark in seine Schulter. Nach einigen Sekunden verstummt sein

Mündungsfeuer, das Magazin ist komplett verschossen. Geschickt robbt er hinter der schützenden Ecke in Deckung, wechselt schnell das Magazin, lädt durch und kriecht unmittelbar danach wieder auf seinen alten Posten. Wieder späht Martin in den Gang hinein. Kaum liegt er wieder auf der Lauer, da schaut der Schatten noch einmal hinter dem Türrahmen hervor. Der Mann scheint nicht damit zu rechnen, dass er wieder auf ihn wartet, denn er steckt nicht nur seinen Kopf aus der Deckung, sondern Martin kann ihn jetzt sogar fast komplett sehen. Martin schießt, ohne die Reaktion des Kerls abzuwarten. Seine Waffe knattert abermals lautstark in die Richtung des Verbrechers und lässt wieder etliche Gipsteile der Verkleidung des Schiffs wie ein Rasensprenger Wasser umherfliegen. Ein lauter gellender Schrei unterbricht die Geräuschkulisse. Taumelnd weicht der Angreifer zurück. Martin hat ihn getroffen! Nachdem er das Magazin leergeschossen hat, wiederholt er sofort sein Nachladeritual. Eilig zieht er sich hinter die Ecke zurück, wechselt das Magazin, lädt die Waffe nach und legt sich blitzschnell wieder auf die Lauer. Er freut sich innerlich wie ein Kind, er hat ihn tatsächlich angeschossen! Er will dem Schwein keine Luft zum Atmen lassen. Kurz danach späht er – erneut schussbereit – wieder in die Dunkelheit. Sekunden vergehen, aber nichts passiert. Sein Herz rast, es fällt ihm schwer, die Waffe ruhig zu halten. Gierig versuchen seine Augen, irgendein Detail in dem dunklen Gang zu erkennen. Es vergehen Minuten, aber außer den zerschossenen Wänden des Ganges ist nichts zu sehen. Hat er ihn erwischt? Ist er gar tot? Martin wird noch nervöser. Ungeduldig wartet er ab. Sein Zeigefinger umschließt zitternd den Abzug des Gewehrs. Plötzlich wird ein coladosengroßer Gegenstand aus dem Raum geworfen und bleibt nur knapp zwei Meter polternd vor ihm liegen. Eine Handgranate! Martin springt sofort auf. Ohne zu zögern, läuft er zur nahe gelegenen, hinter ihm liegenden Deckaußentür, reißt sie auf und schmeißt sich auf den nasskalten Deckboden. Kaum ist er dort angelangt, erschüttert eine starke Explosion die Umgebung. Die wieder zugefallene Außentür, durch die er ins Freie gelangt ist, wird aus den Angeln gehoben. Sämtliche Scheiben der nahe gelegenen Bullaugen zerbersten durch die gigantische Druckwelle und verteilen ihre gläsernen Einzelteile um ihn herum. Für einen kurzen Moment hellt sich die Finsternis der Nacht taghell auf. Unmittelbar danach springt Martin panisch auf und läuft so schnell er kann durch den peitschenden Orkan an der offenen Reling entlang zum Bug des Schiffes. Er scheint unverletzt geblieben zu sein. Tosende Wassermassen überströmen ihn ununterbrochen und versuchen ihn von den Füßen zu reißen. Der starke Gegenwind des Orkans lässt ihm kaum Luft zum Atmen. Keuchend kämpft er sich immer weiter zur Spitze des Schiffes vor. Vor seinen Augen tanzt der mächtige Bug einen wilden Rodeoritt und wird mit Leichtigkeit von den unermesslichen Naturgewalten schnell auf und ab katapultiert. Plötzlich überschwemmt eine gigantische Welle das Deck. Martin wird wie ein Spielball etliche Meter über das Deck geschleudert und weiß für einen Augenblick nicht, ob er sich noch auf dem Schiff befindet oder ob er schon in den brodelnden Pazifik geschleudert wurde. Doch schon einen kurzen Augenblick später kracht er vor eine Stahlwand am Bug. Er schreit gellend auf. Ein stechender Schmerz durchfährt seinen Körper. Langsam robbt er die Stahlwand entlang. Hier kann er nicht liegen bleiben. Mit den Händen tastend kriecht er immer weiter. Irgendwo muss hier die Tür zu einer kleinen Kammer, in der verschiedene Schiffsutensilien verstaut sind, sein. Vor ein paar Tagen hatte er sie bei einer seiner Erkundungstouren auf dem Schiff beiläufig bemerkt. Er muss diesen verdammten Raum finden! Hier draußen kann er nicht lange überleben. Er ist mit seinen Kräften am Ende. Martin nimmt die brutalen, nadelartigen Stiche des peitschenden Salzwassers nicht mehr wahr. Er kratzt verzweifelt mit den Fingern an der dunklen Außenwand und versucht, die rettende Schotttür zu finden. Plötzlich fühlt er eine senkrechte Rille im Stahl. Die Tür! Er mobilisiert seine letzten Kräfte und versucht, sich auf den Füßen zu halten. Mit seiner restlichen Kraft reißt er die Tür zur Kammer auf und taumelt in den Raum hinein. Nur unter Einsatz seines ganzen Körpergewichtes schafft er es, die massive Tür wieder zu verschließen und zu verriegeln. Kurz darauf ist es fast totenstill. Die ohrenbetäubenden Geräusche des Sturms sind nur noch wie aus der Ferne zu vernehmen. Müde taumelt er den dunklen Raum entlang, stolpert und fällt auf etwas Weiches. Er ertastet mit den Händen Taue, der ganze Raum scheint mit Tauen oder Ähnlichem gefüllt zu sein. Seine Kräfte verlassen ihn, seine Augenlieder zittern, es ist alles so unwirklich.

*

„Rahis, hast du deinen Auftrag ausgeführt?" Energisch blickt Bilash, der kleinere der beiden Inder, seinen Komplizen an, ohne auf die blutende Schusswunde am linken Oberarm zu achten. Rahis winkt verlegen ab und spricht erst nach einer Weile. „Fast, Bilash, aber leider ist mir der Passagier entkommen." Bilash ist außer sich, finster schaut er seinen Komplizen an, versucht aber, seine Wut zu unterdrücken und zischt nur: „Du bist eine Schande für unsere Organisation! Du wirst dich verantworten müssen!" Rahis versucht, sein Versagen zu rechtfertigen. „Das ist nicht einfach ein Passagier. Der kann kämpfen!" Bilash schaut Rahis daraufhin noch grimmiger als zuvor ins Gesicht, er ist kurz davor, seine zuvor wiedergewonnene Beherrschung zu verlieren und spricht sehr langsam mit gereizter Stimme: „Ausreden sind etwas für Versager, Rahis! Bist du ein Versager?" Paul beobachtet den Kleinkrieg der beiden Männer mit Unbehagen. Sie wurden ihm erst vor einigen Wochen bekannt gemacht und Bilash war ihm von vornherein unheimlich. Paul ist sich absolut sicher, dass Bilash, um die Interessen der Organisation zu wahren, selbst seinen Komplizen töten würde. Er nimmt seinen ganzen Mut zusammen, denn er möchte die unangenehme Situation ein wenig entspannen. „Jetzt haltet aber mal die Luft an, ihr beiden, wir haben für Diskussionen keine Zeit mehr!", poltert Paul dazwischen. „Ich hoffe ihr habt die Sprengladungen richtig platziert!" Bilash dreht sich daraufhin ruckartig zu Paul um. Mit weit aufgerissenen Augen blickt er ihm grimmig ins Gesicht. Paul glaubt schon, seine letzte Sekunde habe geschlagen und tritt respektvoll einen Schritt zurück. „Vorsicht, Paul!", zischt Bilash und fuchtelt mit seiner Uzi herum. „Wir sind keine Amateure, es läuft alles nach Plan!"

„Schon gut, schon gut!", gibt Paul klein bei und redet nach leichtem Zögern vorsichtig und unterwürfig weiter: „Der Kerl kann uns nicht mehr schaden. Den lassen wir einfach mit dem Schiff untergehen. Über Hunderte von Seemeilen existiert hier kein Land und wir befinden uns nicht auf einer regulären Schifffahrtsroute. Der hat null Prozent Überlebenschance." Pauls Stimme stockt, er sieht Bilash und Rahis so freundlich er kann an. Beide scheinen ihm zuzuhören, Paul merkt sehr wohl, dass auch ihnen der Sturm allmählich zusetzt. Dann fährt er fort: „Wir haben unser Zielquadrat fast erreicht. Sobald wir angekommen sind, drehe ich das Schiff gegen den Sturm, dass wir in das Rettungsboot umsteigen können. Danach muss alles sehr schnell gehen! Wir haben höchstens fünfzehn Minuten für dieses Manöver", ermahnt Paul seine Komplizen. Danach dreht sich das Schiff unkontrolliert, ohne Unterstützung der Maschinen im Orkan. „Wir müssen mit dem Rettungsboot schnell vom Containerschiff wegkommen und zusehen, dass wir rasch außerhalb der Reichweite der Außenwände sind, ansonsten werden wir von den Schiffswänden zerquetscht. Erst wenn wir in sicherer Entfernung sind, können wir die Sprengladungen zünden. Das war's! Peng! Das Schiff sinkt!" Paul ist mit seinen Ausführungen am Ende. Gespannt erwartet er die Reaktionen der beiden Inder ab und tippt dabei nervös mit seinen Fingern auf einer Konsole. Keiner sagt etwas, erst einen ganzen Moment später beendet Bilash die qualvollen Sekunden des Schweigens. „Das Rettungsboot! Wird es dem Orkan standhalten?"

„Ha, ha!", Paul fängt laut an zu lachen. „Das ist nicht einfach ein Rettungsboot!", fügt er hämisch und langsam hinzu. „Es ist das Modernste, das es in der Seeschifffahrt gibt! Es ist völlig unsinkbar und mit Notproviant für eine Woche für zwanzig Menschen ausgerüstet. Das ist ein Boot in der Größe einer Zwanzig-Meter-Jacht!" Alle schweigen, denn Bernhardt kommt wieder zu sich. Mit blutüberströmtem Gesicht zieht er sich mühsam an seinem Kommandostuhl vom Boden hoch. „Paul", flüstert er, „Paul, bitte tu es nicht, du versündigst dich!" Bernhardts Gesichtsausdruck gleicht dem eines Wahnsinnigen. Kniend, mit Tränen in den Augen umklammert er verzweifelt Pauls Hand. „Komm, wir vergessen, was gewesen ist!"

Mit leichenblasser Gesichtsfarbe und weit aufgerissenen Augen erwartet er tatsächlich eine Antwort. Er kann das Geschehen noch immer nicht begreifen. Paul zieht seine Hand, die jetzt mit dem Blut von Bernhardt verklebt ist, angewidert weg und sagt kalt: „Was machen wir mit dem, Bilash?" Bilash schaut Paul gleichgültig an und gibt Rahis, ohne sich auch nur einmal nach Bernhardt umzudrehen, mit einer flüchtigen Handbewegung ein Zeichen. Dieser tritt daraufhin an Bernhardt heran, zieht seine Pistole und schaut ihm lachend ins Gesicht. Bernhardt weiß nicht, wie ihm geschieht, und verzieht seinen Mund ebenfalls zu einem schmerzverzerrten Lachen. Rahis legt seine Pistole einen Augenblick später an Bernhardts Schläfe und drückt sofort ohne Gnade ab. Peng!

*

Der Orkan erreicht – wie erwartet – in der Nacht seinen Höhepunkt. Das riesige Containerschiff ist jetzt endgültig zum Spielball der Naturgewalten geworden. Mit Leichtigkeit wird das Tausende von Tonnen schwere Schiff in der brodelnden See hin- und hergeworfen. Wie ein Betrunkener taumelt das Schiff unkontrolliert durch den Pazifik. Niemand befindet sich auf der Brücke, um den gigantisch hohen Wellen mit geschickten Schiffsmanövern entgegenzuwirken. Von allen Seiten schlägt derweil das Seewasser permanent auf die massive Schiffsaußenhaut ein und überspült im Sekundentakt das Deck. Etliche kleinere Bauteile vom Schiff lösen sich aus ihren Verankerungen. Antennen, Radarspiegel, Rettungsringe und Sicherheitsnetze rutschen auf dem Oberdeck umher, um bei der nächsten mächtigen Welle über Bord zu gehen. Selbst die Seecontainer reißen sich nach und nach aus ihren Sicherheitsbefestigungen. Knarrend verschieben sie sich und lösen eine Kettenreaktion aus. Kaum sind die ersten über Bord gefallen, schieben die anderen aus derselben Reihe nach. Hier und da entstehen große Lücken in den Reihen der übereinandergestapelten Seecontainer. Die Naturgewalten bekommen neue Angriffsflächen, beschleunigen das Chaos auf dem Oberdeck und reißen mit unbändiger Kraft an der Ladung. In immer kürzer werdenden Abständen lichten sich die Reihen der schweren Fracht. Die Verteilung der Container ist nicht mehr gleichmäßig und das Schiff bekommt bedrohlich Schlagseite. Einige Scheiben der Fenster und Außentüren zerbersten durch den Winddruck. Immer größere Wassermassen, teils von den flutartigen Regenfällen, teils von dem das Deck überspülenden Salzwasser, gelangen in das Innere des Schiffes. Etliche Tonnen durchnässen schon innerhalb weniger Minuten sämtliche Einrichtungsgegenstände. Schnellfließende Salzwasserflüsse durchströmen die Gänge und Korridore und suchen sich ihren Weg nach unten in den Maschinenraum. Die Navigationsbeleuchtung flackert einige Male auf und fällt dann komplett aus. Das Containerschiff schwankt unbeleuchtet durch die stockfinstere Nacht. Nur beständige Blitze erleuchten das Schiff ab und zu für einen kurzen Augenblick. Ein gespenstischer Anblick, das Schiff ist zum Geisterschiff geworden. Die ganze Nacht über tobt der Orkan und spielt mit dem führerlosen Stahlrumpf. Erst am Morgen des neuen Tages verliert er deutlich an Energie. Es hört auf zu regnen. Die jetzt langsam ziehenden Wolken am Himmel zeigen Lücken und lassen so ein paar Sonnenstrahlen durch. Zaghaft beleuchten sie den unwirklichen Schauplatz. Ohne Maschinenkraft treibt das Schiff planlos umher. Von dem einst stolzen Super-Containerschiff ist nur noch ein zerlumptes Wrack übrig geblieben. Mit Furcht einflößender Schlagseite nach Steuerbord und stark zerstörtem Oberdeck sieht es bereits von Weitem nicht mehr seetauglich aus. Schon von außen betrachtet, lässt sich erahnen, wie es im Inneren des Schiffes aussehen muss. Aber es schwimmt, der Orkan hat es nicht geschafft, es umzuwerfen und zu versenken.

*

Martin hat von alldem nichts mitbekommen. Todmüde und vollkommen erschöpft ist er unmittelbar nach seinem Sturz auf den weichen Tauen eingeschlafen. Erst die Sonnenstrahlen des jungen Tages, die durch das Bullauge der Tür auf sein Gesicht fallen, lassen ihn langsam zu sich kommen. Unter heftigen Kopfschmerzen rappelt er sich langsam hoch. Jede Bewegung seines geschundenen Körpers lässt sein Gesicht vor Schmerzen verziehen. Er fühlt sich wie nach einem hundert Kilometer Marathonlauf. Schließlich setzt er sich schwerfällig auf, seine übermüdeten Augen werden vom Sonnenlicht in der ansonsten dunklen Kammer geblendet. Er bekommt kaum Luft, denn sein Brustkorb schmerzt unter all den blauen Flecken auf seiner Haut fürchterlich. Sein Gehirn scheint noch nicht zu funktionieren, mit leblosen Augen starrt er auf die verschlossene Tür. ‚Ein Traum`, immer wieder jagt ihm dieser Gedanke durch seinen Kopf. ‚Das muss ein fürchterlicher Albtraum gewesen sein.' Er kneift sich, und obwohl er diesen kleinen Schmerz durch all seine schmerzenden Glieder nicht spürt, dämmert ihm langsam, dass es kein Traum sein kann. Mit wackeligen Knien stakst er ungeduldig zur Tür. Umständlich entriegelt er den Hebel und schubst sie mit leichtem Druck auf. Knarrend gibt sie daraufhin bereitwillig den Ausgang frei. Mit zugekniffenen Augen tritt er aufs offene Deck hinaus. „Oh, mein Gott!", entfährt es ihm leise. Martin reibt wieder und wieder seine salzverklebten Augen. Der Zustand des Containerschiffes ist schockierend. Fassungslos kann er seinen Blick nicht von dem riesigen, schiefen, fast leer gefegten Frachtdeck wenden. Nur noch knapp ein Drittel der geladenen Container befinden sich – chaotisch zerwürfelt – darauf. Er kann sogar vom Bug aus die zerschundene Brücke erkennen. Das ist normalerweise undenkbar, da ansonsten, wenn alle Container auf ihrem Platz stehen, die Sicht versperrt ist. Er ist fassungslos über den Zustand des einst strahlenden, weißen, neuen Schiffes. ‚Das Killerkommando!`, schießt es ihm sogleich durch seinen schmerzenden Kopf. ‚Ist es noch an Bord?` Martin duckt sich schreckhaft und versteckt sich hinter einer Stahlkiste. ‚Wo ist das Gewehr?` Er muss es bei der Flucht vor der Handgranate verloren haben. Er führt nur noch die großkalibrige Pistole in seinen Hosengürtel bei sich. „Verdammter Mist!", zischt er wütend. Mit einem Mal kommen die ganzen Erinnerungen an den gestrigen Tag wieder hervor. Martin ist erbost über sich selbst, während er geschlafen hat, hätten die Verbrecher fast das Schiff versenkt. Vorsichtig schaut er hinter der großen Stahlkiste hervor und versucht, etwas auszumachen. Aber außer dem

Trümmerfeld vor sich kann er nichts Verdächtiges erkennen. Es ist niemand zu sehen. Erst jetzt bei genauerem Hinsehen sieht er die gravierenden Schäden an der Brücke. Fast alle Fensterscheiben sind zerborsten. Die wenigen noch vorhandenen Navigations- und Kommunikationsaufbauten auf dem Dach sind stark deformiert, aber die meisten Geräte sind heruntergerissen worden. Dieses Schiff könnte in seinem jetzigen Zustand ohne Weiteres ohne aufzufallen auf einem Schiffsfriedhof genüsslich vor sich hindümpeln. Die Reling ist ganz verschwunden, nur an einigen Stellen sind noch Überreste zu finden. Das Oberdeck ist übersät mit Beulen und Rissen, die die herunterfallenden Container verursacht haben müssen. Martin zieht seine Pistole, vorsichtig verlässt er seine Deckung und schleicht zwischen den herumliegenden Trümmern bis zum Fuß der Brücke. Danach klettert er über eine schmale Leiter ein Deck höher. Von hier aus führt ein relativ komfortabler Treppenaufgang bis zur Brücke hinauf. Immer wieder schaut er sich um, um sicher zu gehen, dass niemand ihn sieht. Vorsichtig und so leise wie möglich steigt er die teilweise zerbeulte Treppe hinauf. Schritt für Schritt kommt er der Außentür der Brücke näher. Durch die starke Schlagseite des Schiffes ist das eine mühsame Angelegenheit, Martin muss höllisch aufpassen, dass er nicht auf den glatten Stahlstufen ausrutscht. Überall tropft aus kleinen und großen Rissen an der Außenwand Salzwasser auf ihn herunter. Einige Sekunden später erreicht er in schwindelerregender Höhe die Eingangstür der Brücke. Von hier oben sehen die Schäden des Vorschiffs noch bedrohlicher aus. Martin sorgt sich um die Seetüchtigkeit des Schiffes. Wie lange wird sich der Kahn noch über Wasser halten und warum haben die Saboteure das Schiff nicht versenkt, sondern „nur" stark beschädigt zurückgelassen? Vielleicht sind sie davon ausgegangen, dass das Schiff, so wie sie es manipuliert haben, garantiert sinkt. Wenn das so ist, haben sie sich aber gründlich verrechnet. Er ist sich ziemlich sicher, dass die Verbrecher von Bord gegangen sind und das Schiff schon beizeiten verlassen haben. Aber trotzdem beschließt er, auch weiterhin aufmerksam und vorsichtig vorzugehen. Er darf jetzt nur nicht den Kopf verlieren und durch unüberlegtes Handeln in eine Falle tappen. Auch wenn es ihm sehr schwer fällt, er muss die Nerven behalten. Martin zögert. In geduckter Haltung kauert er vor der Tür. Erst nach einer Weile erhebt er sich vorsichtig und riskiert einen Blick durch die zerborstene Fensterscheibe ins Innere der Brücke. Es ist niemand zu sehen! Im Gegensatz zum restlichen Schiff sieht die Brücke relativ intakt aus. Nur einige große Wasserpfützen auf dem Boden verraten, dass sie vom Salzwasser durchspült wurde. Martin betätigt den Türgriff, aber die Tür ist verschlossen. Vorsichtig steht er auf, fasst mit der Hand durch den glaslosen Fensterrahmen und entriegelt sie von innen. Quietschend öffnet sie sich. Mit gezogener Waffe betritt er aufmerksam die Brücke. Sie ist tatsächlich verwaist. Martin tritt an die Schiffskontrollkonsolen, die Alfred ihm vor einigen Tagen erklärt hatte, heran. Die vielen Überwachungskontrolllampen leuchten alle rot auf. Eine andere Konsole direkt daneben ist komplett ausgefallen. Die unheimliche Stille an Bord bemerkt er erst jetzt, weder ist das sonst stets wahrnehmbare Rumpeln und leise Dröhnen der riesigen Schiffsmaschinen zu hören noch ist es zu spüren. Das Schiff macht keine Fahrt, sondern treibt wie ein Floß im Fluss – lautlos mit der Meeresströmung des Pazifiks. Unentschlossen tritt Martin an den Führerstand heran und drückt wahllos ihm wichtig erscheinende Knöpfe. Einige Funktionsleuchten springen daraufhin kurz auf Grün, um aber unmittelbar danach wieder auf ihre Ausgangsposition, also auf Rot zu wechseln. Er hat überhaupt keine Ahnung, was die vielen Schalter und Knöpfe bedeuten sollen. Alfreds flüchtige Erklärungen vor einigen Tagen helfen ihm jetzt auch nicht weiter. Er hatte Alfred zwar aufmerksam zugehört, sich die Einzelheiten aber überhaupt nicht merken können. Niemals hätte er es für möglich gehalten, dass er das Wissen der Unterweisungen überhaupt je gebrauchen könnte. Abermals betätigt Martin einige Schalter, aber zu seiner Enttäuschung passiert überhaupt nichts. Noch nicht einmal die Farbe der Bildschirmanzeigen verändert sich. Vielleicht betätigt er die Hebel in einer falschen Reihenfolge. Martin drückt wieder wahllos einige Knöpfe, es wundert ihn nicht besonders, als auch dieses Mal die Anlage ihren Dienst versagt. ‚Der Computer des Systems besitzt bestimmt verschiedene Sperreinrichtungen', denkt er, ‚die es verbieten, unlogische und unsinnige Befehle, die eingegeben werden, auszuführen.' Schulterzuckend begibt er sich zu den Sicherheitsüberwachungseinheiten, die nur einige Schritte weiter entfernt an einer Wand ihren Platz haben. Von diesem Pult werden nicht die steuerrelevanten Schiffsbereiche kontrolliert, sondern die sicherheitsrelevanten. Auch hier verheißen die noch funktionsfähigen Anzeigen nichts Gutes. Die vielen aufleuchtenden Schleusenkontrollanzeigen verraten auf sehr einfache Art anhand der logischen Symbolik unter den Schaltern, dass diese geöffnet sein müssen. Martin drückt die Knöpfe nacheinander herunter, um sie zu schließen, doch die Anzeigen verändern sich nicht. Wieder und wieder drückt er mehrmals schnell die vielen Knöpfe, aber die Konsole reagiert wieder nicht. Er wird ungeduldig und schlägt mit seiner Faust mehrmals leicht auf die Anlage ein. Wie kann er auch erwarten, dass es so einfach sein würde? Martin ist unentschlossen. Was kann er machen? ‚Ja, natürlich!', schießt es ihm plötzlich durch seinen Kopf, er muss einen Hilferuf absetzen. Warum kommt man auf die einfachsten Sachen immer zuletzt? Hastig begibt er sich zum Satellitentelefon hinüber. Dieses steht – wie immer – auf seinem Platz und scheint auf den ersten Blick intakt zu sein. Erwartungsvoll hebt er den Hörer von der Gabel und betätigt die rote Notruftaste, mit der jedes moderne Gerät ausgestattet ist. Damit ist man für alle Kanäle sofort freigeschaltet und muss im Notfall nicht mehr umständlich irgendeine Nummer wählen. Doch aus dem Hörer dringt nur Rauschen. Er versucht es noch einmal, aber wieder ist nur Rauschen zu hören. An der Wand klebt ein Zettel, auf dem mehrere Nummern stehen. Martin gibt eine Nummer ein und wartet ab, was passiert. Im Hörer piept es jedes Mal, wenn er eine Zahl eintippt. Endlich mal ein vielversprechendes Geräusch, er freut sich innerlich. Nach Eingabe der Nummern ist es aber wieder still im Hörer. Martin ist felsenfest davon überzeugt, dass erst die Leitung zum anderen Gesprächspartner aufgebaut werden muss. Schließlich hat er noch nie davor mit solch einem Apparat telefoniert. Also kein Grund, sich unnötig Sorgen zu machen. Geduldig wartet Martin von einem Bein auf das andere wippend mit dem Hörer am Ohr ab. Ihm fällt sein Lieblingsmusikstück ein, er summt es leise vor sich hin, als gäbe es keine Probleme auf der Welt für ihn. Er ist zuversichtlich. Die Sekunden vergehen, aber außer einem leisen Surren im Hörer, das seine Tonfrequenz ändert, passiert nichts. Martin legt auf und wählt geduldig eine andere Nummer. Wieder piepst das Telefon unter dem Druck der Tasten vertraut auf. Martin summt seine Musik etwas lauter weiter vor sich hin, aber wieder ist nur das bekannte leise Surren im Hörer wahrzunehmen. Sekunden vergehen abermals, aber er bekommt wieder keine Verbindung. Vermutlich ist der Sendespiegel des Gerätes auf dem Dach der Brücke beim Orkan ebenfalls zerstört worden. Behutsam legt er den Hörer auf die dafür vorgesehene Halterung zurück. Er geht zum Navigationsbereich und trommelt unschlüssig mit seinen Fingern auf den Bildschirm des toten Radars ein. Beiläufig tastet sein Blick durch einen glaslosen Fensterrahmen das verwüstete Oberdeck ab. Ihm will einfach nichts Vernünftiges einfallen. Seine Gedanken purzeln hilflos in seinem kopfschmerzgeplagten Gehirn umher. Plötzlich vibriert das Schiff leicht. Martin schreckt auf und dreht sich herum, mit einem Mal wird ihm seine prekäre Lage erst richtig klar. Wenn er nicht ganz schnell handelt, wird er womöglich doch noch sterben. Sein Puls wird schneller. Er kann es ganz deutlich wahrnehmen, unter seinen Füßen zittert das Schiff ganz leicht, aber stetig. Aber schon einen Augenblick später verschwindet das Rumpeln genauso unerwartet, wie es gekommen ist. Martin ist beunruhigt, er muss schnellstens feststellen, wie es um das Schiff steht. Es gibt für ihn eigentlich nur zwei Möglichkeiten: Entweder er bleibt an Bord und wartet ab oder er verlässt das Schiff mit einem Rettungsboot. Inständig hofft er, dass das Schiff noch so intakt ist, das er an Bord bleiben kann, denn es ist ihm lieber, die Zeit bis zur Rettung auf einem großen Schiff zu verbringen, als sie in einem kleinen Rettungsboot überbrücken zu müssen. Auch wenn das Containerschiff schwer beschädigt ist, ist es immer noch sehr viel vertrauenerweckender, als die Vorstellung, mit einem heilen, aber kleinen Rettungsboot im großen Pazifik zu treiben. Martin beschließt, zum Maschinenraum hinunterzugehen, um den Zustand des Antriebs in Augenschein zu nehmen. Vielleicht ist es ihm dort unten sogar möglich, das Aggregat wieder zu starten. Außerdem hat er Alfred dort zurückgelassen, vielleicht ist er ja noch am Leben und braucht dringend seine Hilfe. Er geht zur Tür hinüber und möchte gerade die Brücke verlassen, als er hinter einem großen Schaltschrank einen Jackenärmel hervorragen sieht. Neugierig geht er einige Meter näher heran und erkennt, dass in dem Ärmel ein Arm steckt. Sofort rennt er zum Schaltschrank hinüber. Tatsächlich liegt hinter dem Schrank ein Mensch bewegungslos auf dem Boden. Er bückt sich und zieht den schweren, nassen Körper vorsichtig an den Armen aus der Ecke heraus ans Tageslicht. Martin zögert, wuchtet dann aber den auf den Bauch liegenden Mann herum, sodass er sein Gesicht sehen kann. Es ist Bernhardt! Sein Gesicht ist fürchterlich entstellt und auf seiner Stirn klafft eine tiefe Wunde, die bereits von geronnenem Blut verschlossen wurde. Er ist tot! Martin ist entsetzt. Behutsam schließt er nach einem Augenblick der Regungslosigkeit die Augenlider des Kapitäns mit seinen Fingern. Noch eine ganze Weile kniet er fassungslos neben ihm und sagt schließlich leise: „Du hast Glück, du hast es hinter dir." Er springt auf, einen Moment später ist er mit gezogener Pistole schon auf dem Weg zum Maschinenraum. Von den Decken und Wänden tropft überall Salzwasser herunter. Das Schiff ist vollkommen durchnässt, Martin mag sich gar nicht vorstellen, wie viel Wasser sich in den untersten Decks gesammelt hat. Aufgrund der großen Schlagseite des Schiffes ist das Gehen äußerst mühsam und gefährlich. Immer wieder rutscht er auf dem nassen Boden aus. Durch eine Verbindungstür gelangt er direkt auf den Hauptkorridor, der zum großen Treppenaufstieg führt. Er erreicht die schwach beleuchtete Treppe, die aufgrund der starken Neigung unpassierbar aussieht. Er hält inne. Soll er das Risiko wirklich eingehen? Aber was bleibt ihm anderes übrig? Er muss es zumindest versuchen. Entschlossen steigt er hinab und geht Stufe für Stufe vorsichtig hinunter. Dabei muss er sich krampfhaft am Geländer festklammern, damit er nicht unkontrolliert hinunterpurzelt. Je tiefer er steigt, desto stärker wird der faule, feuchte Geruch in der Atemluft. Ein bestialischer Gestank steigt unaufhaltsam in seine Nase. Angewidert verzieht er sein Gesicht. Bis zum Maschinenraum muss er jetzt noch drei Decks hinabsteigen, tapfer geht er langsam weiter. Doch plötzlich rutscht er aus, verliert den Halt, fällt einige Stufen unkontrolliert kopfüber hinunter und kracht ins kalte Wasser der überfluteten Unterdecks. Ein Gefühl der Angst schießt durch seinen Körper, er schwimmt, so schnell er kann, zum Geländer hinüber und zieht sich ein Stück aus dem stinkenden, kalten Salzwasser heraus. „Das Wasser hat diese Decks schon überflutet!" Das Echo seiner Worte hallt in dem überfluteten Treppenaufstieg, so wie in einem Schwimmbad, und dieser Satz wird noch einige Male teilweise wiederholt. „ ... diese Decks schon überflutet ..., diese Decks schon überflutet ..., diese Decks schon überflutet ..., Decks schon überflutet ..., Decks schon überflutet ..., schon überflutet ..., überflutet ..., flutet." Martin kann es nicht fassen, dass so viele Tonnen Wasser eingedrungen sind und – sage und schreibe – drei Decks bis zum Rand gefüllt haben. Es wird ihm sofort klar, dass er es niemals bis zum Maschinenraum schaffen kann. Seine Suche nach Alfred ist hier beendet und die Schiffsmotoren mit absoluter Sicherheit völlig unbrauchbar. Pitschnass und resigniert steigt er wieder nach oben. Der Aufstieg erweist sich als wesentlich kräftezehrender als der Abstieg. Völlig erschöpft erreicht er nach einer halben Stunde wieder seine Ausgangsposition. Müde lässt er sich auf den schiefen und nassen Boden fallen und bemerkt beiläufig, dass er seine Pistole bei dem Sturz ins kalte Wasser verloren hat. Sein Herz pocht heftig in seiner Brust, obwohl der Tag noch jung ist, fühlt er sich so matt und niedergeschlagen, als ob er seit Tagen nicht geschlafen hätte. Die Anstrengungen der letzten zwanzig Stunden haben ihm völlig den Boden unter den Füßen weggerissen. Dies ist nicht seine vertraute Welt, die er seit fünfunddreißig Jahren kennt. Martin befindet sich nicht mehr auf der Erde, dies ist eine fremde, eine andere Welt auf einem fernen Planeten, irgendwo in der unendlichen Galaxie des Universums.

   Sein hungriger, knurrender Magen reißt ihn aus seinen Träumen heraus und verfrachtet ihn wieder in die Wirklichkeit. Mühevoll stellt er sich auf die Beine. Jeder Knochen, jede Faser seines Körpers meldet sich zu Wort und möchte beachtet werden. Seine Bewegungen gleichen denen eines neunzigjährigen, alten Mannes. Langsam macht er sich auf den Weg zur Kombüse. Die Korridore, die er passiert, sehen katastrophal aus. Salzkrusten und Dreck vom Pazifikwasser überdecken mit einer dicken Kruste die Wände und den Boden. Außerdem liegen überall Dinge vom Schiff und der toten Besatzung herum. Zum Teil muss Martin über Berge von Schutt steigen, denn einige Schiffsverkleidungen sind aus ihren Verankerungen herausgerissen worden und liegen übereinandergestapelt und durchnässt auf dem Boden. In der Kombüse angekommen muss er erst einen Schrank, der vor der Tür liegt, beiseite schaffen, da er den Weg versperrt. Auch in der Kombüse, der Küche des Schiffes, sieht es nicht besser aus als in den Gängen. Martin muss regelrecht über Haufen von zusammengeschobenen und heruntergefallenen Töpfen, Tellern, Flaschen, Gemüse und Obst steigen. Er hebt eine mittelgroße Tasche auf, öffnet den Reißverschluss und schüttet den nassen Inhalt, der aus persönlichen Gegenständen des Kochs besteht, aus. Hastig reißt er den verankerten und deshalb noch an seinem Platz stehenden Vorratsschrank auf und packt seine Tasche mit Lebensmitteln voll. Vier Flaschen mit Mineralwasser, fünf Tafeln Schokolade, eine große Tüte Zwieback und zwei Konservendosen mit Würstchen. Aus dem Kühlschrank kommen noch fünf Joghurt, drei Pakete Salamiwurstscheiben, ein Block Käse, ein Bündel Bananen und drei Liter frische Milch dazu. Die schwere, übervolle Tasche schleppt er anschließend hinauf zur Brücke. Er möchte den Zustand des Schiffes immer vor Augen haben und das kann er am besten von der Brücke aus. Auf der Brücke angekommen lässt er sich müde in den Kapitänssessel fallen und beobachtet den Pazifik, der das schiefe, lange Oberdeck umgibt. Gierig frühstückt er und ist zuversichtlich, dass das Schiff bei dem ruhigen Wetter noch mehrere Tage so treiben kann, ohne dass ein Untergang droht. Das viele Salzwasser in den unteren drei Decks wird für ihn erst zu einem Problem, wenn das Wetter wieder stürmisch werden sollte und das Schiff unkontrolliert durch das Wasser schaukeln würde. Erst dann, so glaubt er jedenfalls, müsste er sehr wahrscheinlich in ein Rettungsboot umsteigen. Einen weiteren Sturm oder Orkan, da ist sich Martin sicher, würde das Schiff nicht überstehen. Aber nach einem weiteren Sturm sieht es überhaupt nicht aus, ganz im Gegenteil, die dunklen Wolken stehen ganz eindeutig auf verlorenem Posten. Herrliches Sommerwetter gewinnt immer mehr an Boden und deutet darauf hin, dass die stürmischen, unwirtlichen Tage erst einmal beendet sind. Warme Sonnenstrahlen scheinen durch die glaslosen Fensterrahmen und wärmen ihn in dem Kapitänssessel. Das Wetter wird stetig besser, am Himmel sind nur noch einige dunkle Wolken zu sehen und auch die werden von einer leichten frischen Brise stetig beiseite geschoben. Außerdem wird man sie mit Sicherheit suchen, wenn man längere Zeit von ihnen nichts hört. Er braucht also nur auf seine Rettung zu warten und darf nicht ungeduldig werden oder etwas Unüberlegtes tun. Er braucht nur hier zu sitzen und zu essen. Martin rekelt sich, der Kapitänssessel ist gemütlich, so gemütlich, dass er fast einschläft. Von hier oben hat er einen fantastischen Ausblick auf das Schiff und den Pazifik. Er dreht sich kurz zu Bernhardt um. Wenn er sich ausgeruht hat, denkt er, muss er den armen Bernhardt irgendwie von der Brücke wegschaffen. Wenn er tatsächlich ein oder zwei Tage hier verbringen muss, möchte er nicht neben einer Leiche „wohnen". Aber eigenartigerweise stört ihn der tote Körper in der hintersten Ecke der Brücke jetzt nicht allzu sehr. Auch die toten Seeleute unten im Aufenthaltsraum schockieren ihn nicht mehr besonders. Er ist sich nicht sicher, ob das bei solchen Umständen normal ist. Eindeutig ist er der einzige Überlebende auf dem Schiff und nur das zählt. Für seine toten Gastgeber kann er überhaupt nichts mehr tun. Gefühlsduseleien für tote, wenn auch gute Freunde kann er sich in dieser Situation nicht leisten. Will er sich nicht leisten! Es schmerzt ihn, aber richtig stören? Nein eigentlich nicht! Martin wendet seinen Blick von Bernhardt ab, seine Augen streifen über den wunderschönen, dunkelblauen Pazifik. Der zeigt sich an diesem Morgen von seiner allerschönsten Seite, so, als ob er bei Martin etwas gutmachen möchte. Unaufhaltsam erschleicht er sich wieder Martins Wohlwollen und verbirgt geschickt sein hässliches Gesicht, mit dem er gestern noch versucht hat, ihn zu töten. Martin hat das alles schon beinahe vergessen und genießt die entspannte, erholsame Atmosphäre. Er ist einfach nur heilfroh, diese Katastrophe überlebt zu haben. Die Verbrecher haben ihn nicht erschießen können und der Pazifik konnte ihn nicht ertränken. Dieser Tag ist jetzt ebenfalls sein Geburtstag, ab jetzt muss er zweimal im Jahr feiern.

Er ist sich sicher, dass ihn viele Probleme zu Hause, die ihn sonst aufgeregt haben, nicht mehr schockieren können. Er muss über sich selbst lachen, wenn er daran denkt, worüber er sich früher geärgert hat. Über einen zu spät gekommenen Bus zum Beispiel. Auch wenn es nur ein paar Minuten waren, er konnte nicht einsteigen, ohne dem Busfahrer mit Worten einen Seitenhieb zu versetzen. Oder eine nasse Tageszeitung, wenn der Zeitungsbote sie mal nicht richtig in die dafür vorgesehene Box gesteckt hatte, und sie dadurch vom Regen durchnässt wurde. Er musste einen strengen Zettel schreiben und an die Zeitungsbox kleben, damit der Bote am nächsten frühen Morgen auch wusste, dass er das nicht gutgeheißen hatte. In manchen Dingen war er ein richtiger Deutscher. Ein Spießer wie aus dem Bilderbuch. Gott sei Dank hatte er seine Weltreise angetreten, denn diese hatte ihm schon einige Male sein aberwitziges Verhalten vor Augen geführt. Es ist ohne Zweifel eine Bereicherung für ihn gewesen, sich mit anderen, zunächst fremden Kulturen auseinanderzusetzen. Er hat festgestellt, dass man voneinander unheimlich viel lernen kann. Er ist in dieser Zeit wesentlich ruhiger geworden und hat gelernt, die Dinge des täglichen Lebens nicht immer „bierernst" zu nehmen. Was soll's, wenn der Bus zu spät kommt! Ist die Zeitung mal nass, na und! Im schlimmsten Falle kommt er zu spät zum Abendessen und die Zeitung kann er erst eine Stunde später lesen, weil sie noch vorher zum Trocknen auf der Heizung liegt. Mehr passiert nicht! Auf den Fidschi-Inseln wartete er mit anderen Einheimischen einmal auf eine Fähre. Sie warteten zwei lange Tage, zwei Tage kam die Fähre zu spät! Niemand hat sich darüber aufgeregt, alle fanden es völlig in Ordnung, denn jeder wusste genau, dass der Fluss manchmal anders zu befahren ist als üblicherweise. Oder aber das Schiff hat eine Panne, einen Motorschaden oder Ähnliches. Das kann doch vorkommen, für diese Menschen war das jedenfalls kein Problem. An diesen Tagen hatten die Einheimischen Zeit und er hat in dieser Zeit mehr über das Land und die Menschen erfahren, als in den zwei Wochen seines Aufenthaltes zuvor.

Die kleinen, weißen Wellenkämme unterbrechen das tiefe Blau des Pazifikwassers. Martin schaut in die Ferne und ist mit sich im Einklang. Er ist sich bewusst, dass er nur mit viel Glück, aber auch wegen seines überlegten Handelns überlebt hat. Gemütlich streckt er sich auf seinen bequemen Sitz. Nach einem guten Frühstück sieht die Welt schon ganz anders aus. Jetzt schmerzt sein Magen nicht mehr, weil er Hunger hat, sondern weil er übersatt ist. Er hat sich ganz eindeutig überfressen und muss rülpsen. Lachend fläzt er sich auf dem Kommandostuhl, seine Lebensgeister sind alle wieder da. Er weiß, dass er es geschafft hat, seine Anspannung löst sich merklich. Sie blättert von ihm ab wie Putz von einer alten Wand. Er hatte geglaubt, dass er letzte Nacht sterben müsse. Für sein Leben hätte er keinen Cent mehr gegeben. Er kann es sich zwar immer noch nicht erklären, warum die Verbrecher versagt haben und das Schiff nicht versenken konnten, aber das ist ihm auch im Grunde scheißegal. Vielleicht hat der starke Orkan ihre Pläne durchkreuzt. Mit Sicherheit hätten die Kerle auch bei schönem Wetter versucht, das Schiff zu versenken. So ähnlich wie beim Bermudadreieck wäre das Schiff dann aus unerklärlichen Gründen verschwunden. Niemand wäre in der Lage gewesen, in der Tiefe, in der das Wrack dann gelegen hätte, genau zu sagen, warum das Schiff tatsächlich untergegangen ist. Die Ermittlungen wären so wie beim Schwesterschiff, der „Liberty", auch im Sande verlaufen und die Organisation hinter den Banditen hätte ihr Ziel erreicht. Jetzt sieht der Sachverhalt aber ganz anders aus. Er lebt noch! Es gibt einen Überlebenden. Einen Zeitzeugen, der ziemlich genau berichten kann, wie es tatsächlich an Bord zuging. Außerdem schwimmt das Schiff noch, mit ein bisschen Glück kann es eventuell sogar gerettet werden und in einen sicheren Hafen geschleppt werden. Dort kann man dann mit Sicherheit das Geschehene rekonstruieren. In Gedanken ist Martin schon zu Hause. Er hat eine Menge zu erzählen, er muss eine Menge erzählen, sonst explodiert womöglich noch sein Gehirn. Er kann unmöglich das Abenteuer, das er zum Abschluss seiner einjährigen Weltreise erlebt hat, alleine verarbeiten. Martin legt seine Füße auf die Konsole vor dem Kapitänsplatz. Müde wandert sein Blick über das Meer, in der Hoffnung, bald ein anderes Schiff zu entdecken. Er muss sich ja noch nicht einmal bemerkbar machen, denn bei der Schräglage des Containerschiffes wird jedes andere Schiff von alleine reagieren und nachsehen, ob sie helfen können. Schon von Weitem muss jedem Kapitän klar sein, dass sich dieses große Schiff in einer ernsten Notlage befindet. Er braucht also keine Angst zu haben, dass ein vorbeifahrendes Schiff womöglich nicht nach dem Rechten sieht und keine Hilfe herbeiruft. Denn, dass dieses Schiff ein schwimmendes Wrack ist, ist eindeutig für jedermann ersichtlich.

Während Martin so vor sich hinduselt, bemerkt er einen kleinen Punkt am Horizont. ‚Was ist das?', denkt er beiläufig. Sicher ein treibender Container, einer von den vielen, die letzte Nacht über Bord gegangen sind. Gelassen nimmt er das Fernglas aus der Haltebox neben dem Sitz und späht durch das präzise, stark vergrößernde Glas. Er hat Mühe, den kleinen Punkt auf dem Wasser einzufangen. Immer wieder muss er das Fernglas von den Augen nehmen, um grob die Richtung zu bestimmen. Schließlich gelingt es ihm doch und er sieht, dass es sich nicht um einen Seecontainer handelt, sondern um das große, moderne Rettungsboot, das Alfred ihm einmal stolz gezeigt hatte. Martin wundert sich: Wie konnte das gut gesicherte Boot sich losreißen? Dann aber stockt ihm plötzlich der Atem, mit einem Mal hat ihn die knallharte Realität wieder eingeholt. Mit seiner Ruhe ist es vorbei, als er drei bekannte Männer auf dem Boot entdeckt. „Diese Schweine!", schreit er laut, er kann seine hochsteigende Wut nicht drosseln. Auf dem Boot sind tatsächlich die beiden Asiaten und Paul, der Maschineningenieur, zu erkennen. Gierig, als ob er das Boot dadurch besser sehen könnte, drückt er das Fernglas fest an seine Augenlider. „Was machen die noch hier? Warum sind die nicht schon längst über alle Berge?", sprudelt es wütend aus ihm heraus. Martin ringt nach Luft, er ist außer sich und hat große Mühe, das Glas mit seinen zitternden Händen ruhig zu halten. Das Bild verschwimmt immer mehr, er kann sein Zittern erst nach mehrmaligen Versuchen unterbinden. Mit irgendetwas fuchteln die drei herum, so eine Art Kasten oder Ähnlichem. Alle drei schauen plötzlich zu ihm herüber. Instinktiv duckt sich Martin. Haben sie ihn etwa gesehen? ‚Unmöglich!', schießt es ihm sofort durch den Kopf. ‚Dafür ist die Entfernung einfach zu groß, denn sie haben keine Ferngläser bei sich!' Mit bloßen Augen kann man ihn auf dem Schiff mit Sicherheit nicht ausmachen. Martin richtet sich wieder auf und späht angespannt wieder durch sein Glas. Immer noch wenden sich alle drei dem Containerschiff zu. Es sieht beinahe so aus, als ob die Kerle auf irgendetwas warten. Auf einmal vibriert das Schiff wieder. Martin nimmt es zuerst nur ganz leicht wahr. Aber kurz danach kracht es unter ihm gewaltig. Vor Schreck fällt ihm das Fernglas aus den Händen. Das Schiff vibriert wie bei einem großen Erdbeben. Der Boden unter seinen Füßen hüpft auf und ab. Gerade hat er sich von dem Schock erholt, da kracht es noch einmal ohrenbetäubend und noch einmal ein paar Decks unter ihm. Martin ist für Sekunden wie gelähmt vor Angst. ‚Sie sprengen das Schiff mit einem Fernzünder!', rast es ihm durch den Kopf. Er wird untergehen. Unmittelbar danach sackt das riesige Schiff auch schon einige Zentimeter tiefer in die See hinein. Gigantische Luftblasen, die aus dem Schiffsrumpf herausströmen, lassen das Wasser überall aufbrodeln, als ob es zum Kochen gebracht wurde. Abermals sackt das Schiff rumpelnd und von einem lauten Knall begleitet ein Stück tiefer in die See. Es bekommt noch mehr Schlagseite und der lange Rumpf dreht sich langsam immer mehr zum aufschäumenden Wasser hin. Martin wird von den Füßen gerissen, fällt auf den harten, nassen Boden und rutscht vom Kommandostuhl zur Steuerbordseite der Brücke hinüber. Er weiß nicht, wie ihm geschieht. Das Schiff scheint den Wassermassen des Pazifiks jetzt vollkommen hilflos ausgeliefert zu sein. Stetig versinkt es Zentimeter um Zentimeter tiefer in den schäumenden Fluten. Gegen die Explosionen, die riesige Löcher in den Rumpf gerissen haben, hat es nichts entgegenzusetzen. Panisch rappelt Martin sich auf, aber auf dem schiefen Boden finden seine Füße kaum noch Halt. Er muss sich mit den Händen an den Steuerpulten festkrallen, um nicht sofort wieder das Gleichgewicht zu verlieren. So schnell er kann, balanciert er zur Außentür hinüber und hangelt sich ein paar Treppenstufen daran hinunter. Er muss das zweite, kleinere Rettungsboot auf dem Achterdeck erreichen. Wie ein Irrer rennt er die „Schiffsplanken" entlang und erreicht tatsächlich das Reserveboot. Schnell reißt er die Persenning herunter. Während er noch überlegt, wie der Kran zu bedienen ist, bemerkt er die riesigen Löcher, die überall den Bootsrumpf spicken. Ungläubig starrt er einige Sekunden lang auf das zerstörte Boot hinunter, reißt aber kurz darauf geistesgegenwärtig eine der Rettungswesten, die sich darin befinden, heraus und läuft die Reling entlang. Unerwartet richtet das Schiff sich auf einmal wieder auf. Martin wird von der Drehung überrascht und fängt an zu taumeln, als ob er auf einem Balancierbalken gehen würde. Nur mit Mühe kann er sich wieder fangen und einen Sturz verhindern. Das Containerschiff hat jetzt fast keine Schlagseite mehr und liegt beinahe völlig gerade im Wasser. Martin bleibt einen Augenblick keuchend stehen, er hat überhaupt keine Ahnung, was er jetzt machen soll, rennt aber kurz darauf weiter zum Bug des Schiffes. Das Laufen fällt ihm jetzt auf dem ebenen Boden wesentlich leichter, er kommt schnell der Spitze des Bugs näher. Auf einmal kracht es wieder mehrmals hintereinander sehr laut tief unten im Rumpf, der Boden unter seinen Füßen fängt abermals heftig an zu zittern. Martin dreht sich reflexartig um und traut seinen Augen nicht, denn das Heck des Schiffes knickt mit krachendem, knirschendem Getöse knapp vor der Brücke ab und sackt ganz langsam blubbernd in den brodelnden Pazifik hinein. Die schweren Schiffsmaschinen und die mächtigen Aufbauten ziehen das abgebrochene Teil des Rumpfes unbeirrt mit riesigen, Himmel verdunkelnden Rauchfahnen in den Abgrund hinunter. Im Nu bildet sich an der Bruchstelle ein riesiges qualmendes Trümmerfeld. Das ganze Wasser scheint in weitem Umkreis mit Tausenden und Abertausenden Schiffsteilen übersät zu sein. Martin ist wie vor den Kopf geschlagen, rennt aber trotzdem schnell vorwärts, als plötzlich auch der Bug wie ein Berg in die Höhe steigt und von der Bruchstelle an ebenfalls langsam in den Pazifik gleitet. Er bleibt stehen, greift aus einem Reflex heraus nach einen dicken Stumpf der abgebrochenen Reling und hält sich daran fest. Ruckartig wird er wie von einem unsichtbaren Gummiband immer höher katapultiert. Die gigantischen, schweren Anker baumeln nur noch hilflos am hinaufsteigenden Bug und können – wenn überhaupt – das Aufsteigen der schweren Schiffsspitze nur etwas verlangsamen. Ihm wird bewusst, dass er, wenn er loslässt, mit dem Sog des sinkenden Schiffes in die Tiefen des Pazifiks heruntergerissen wird. Beherzt zieht er sich mit aller Kraft auf die Außenkante des Rumpfs hinauf und springt aus schwindelerregender Höhe, ohne weiter darüber nachzudenken, in die tiefen Fluten des Pazifischen Ozeans.

3. Kapitel

Der Sog ist so stark, dass er sich zunächst vom sinkenden Schiff nicht befreien kann. Immer wieder wird er in Richtung des geteilten Bootsrumpfes gezogen. Zwischen etlichen umherwirbelnden Trümmerteilen kämpft er verzweifelt um sein Leben und versucht in Panik mit unkontrollierten, strampelnden Schwimmbewegungen, die Oberfläche des Wassers zu erreichen. Doch so sehr er sich auch bemüht, er kann die stete Abwärtsbewegung nicht stoppen. Wie in einem schnellen Fahrstuhl wird er immer tiefer nach unten gezogen und von den gewaltigen, sprudelnden Wassermassen bis zur Orientierungslosigkeit umhergeschleudert. Sekunden werden zu Stunden, wie in einem Zeitraffer scheint jede seiner Bewegungen aus einem nicht mehr endenden Traum zu stammen. Martin steht neben sich und kann seine immer langsamer werdenden, kraftlosen Arme und Beine zappeln sehen. Hilflos ringt er nach Luft, er braucht Luft, Luft, Luft. Die Luftnot macht seinen Lungen schwer zu schaffen, schließlich drücken sie das letzte verbliebene Sauerstoffrestchen heraus. Wie aus einigen Metern Distanz muss er mit ansehen, wie sein Körper ums Überleben kämpft. Immer weiter wird er langsam von ihm fortgetragen. Ihn umschließt eine wunderbare Wärme, eine Geborgenheit und er weiß, dass er jetzt sterben wird. Ohne jegliche Angst gleitet er immer weiter von sich selbst fort. Währenddessen zappelt sein Körper wild umher und schluckt sehr viel Salzwasser, um einen Moment später regungslos im Pazifik zu treiben. Das Containerschiff ist indessen ganz von der Oberfläche verschwunden, nur noch das große Trümmerfeld verrät, dass noch vor wenigen Minuten etwas Fürchterliches geschehen sein musste. Aber auch dies wird ganz allmählich in den riesigen Weiten des Pazifischen Ozeans in allen Himmelsrichtungen verstreut. Sein Körper wird immer kleiner und kleiner, er möchte ihn eigentlich noch nicht verlassen. Nein, so möchte er nicht sterben! Martin reißt die Augen auf, er bekommt keine Luft mehr. Der salzige, brackige Geschmack des Salzwassers in seinem Mund lässt ihn ein letztes Mal aufbäumen. Mit seinen noch gebliebenen Kräften kämpft er, um schließlich vom Auftrieb seines eigenen Körpers an die Oberfläche des Meeres katapultiert zu werden. Der Sog des gesunkenen Schiffes hat nachgelassen, der Pazifik ihn aus seinem nassen Grab ausgespuckt. Mit einem kräftigen Ruck wird er herausgeschleudert. Gierig, wie ein Süchtiger nach seiner Droge zieht er an der Oberfläche hektisch hustend Sauerstoff in seine Lungen. Erst ganz langsam werden die verschwommenen Bilder vor seinen Augen wieder klar und ihm wird bewusst, dass das soeben Erlebte die Schwelle zum Himmel war. Umgeben von etlichen größeren und kleineren Trümmerteilen treibt er allein im Wasser. Seine Situation erscheint ihm absurd und unwirklich, er kann immer noch nicht begreifen, was soeben mit ihm geschehen ist. Er schwimmt im Schockzustand zu einem großen Teil einer Schiffsverkleidung hinüber, klammert sich daran fest und treibt ganz langsam durch das Trümmerfeld. Halb im Wasser, halb im Trockenen liegend spürt er jetzt seinen fürchterlich schmerzenden Körper. Er ist völlig erledigt, so elendig hat er sich noch nie in seinem Leben gefühlt. Mit leblosen Augen sieht er sich um, die Zeit vergeht, ganz langsam bewegen sich die Trümmer immer weiter voneinander weg. Die See ist dabei völlig ruhig, nur die kleinen Wellen verursachen an einigen Trümmerteilen ein leises Plätschern im Wasser. Hier und da steigen noch ein paar Luftblasen von dem gesunkenen Containerschiff empor und verursachen kleinere Kolonien von Sprudelblasen auf der See. Martin ballt seine rechte Faust zusammen und schlägt sie brutal auf seine Plattform. Er macht sich große Vorwürfe, dass er die Sabotage des Schiffes nicht verhindern konnte. Aber was hätte er anders machen müssen, um es letztendlich zu verhindern? Hat er überhaupt eine Chance gehabt, so alleine gegen die Banditen an Bord anzukämpfen? Wäre es nicht besser gewesen, sich nicht von Alfred zu trennen und stattdessen zusammen nach den Saboteuren zu suchen? Voller Hoffnungslosigkeit lässt er seinen Kopf auf die leicht überschwemmte Plattform sacken. Die ist nicht stark genug, ihn richtig zu tragen, sondern kann das Gewicht seines Körpers nur knapp über Wasser halten, sodass er nicht ertrinken muss. Das Salzwasser platscht leicht im Rhythmus der Miniwellen in sein Gesicht und brennt in den vielen kleinen Wunden seiner Haut. Er kann nichts anderes machen, als abzuwarten, wohin die Strömung ihn treibt. Die Zeit vergeht, ab und zu döst er ein. Dem Stand der Sonne nach zu urteilen, muss er schon einige Stunden so treiben. Seine Uhr am linken Armgelenk hat schon längst ihre Funktion eingestellt, obwohl sie bis einhundert Meter Wassertiefe dicht sein sollte. Es ist heiß geworden, die Sonne brennt auf seine schmerzenden Glieder ein. Jeder einzelne Knochen im Leib ist zu spüren, Martin ist erstaunt, wie viele Knochen ein Mensch besitzt. Bei jedem Luftzug, der durch seine Lungen geht, verspürt er starke Schmerzen. Er ist sich nicht sicher, ob er unverletzt geblieben ist oder doch Verletzungen, die er bis jetzt noch nicht bemerkt hat, davongetragen hat. Er fühlt sich so niedergeschlagen, als müsse er letztendlich doch bald sterben. Wie lange kann er noch in dieser Position ausharren? Spätestens in der Nacht ist es aus. Wenn er einschläft und seine Platte in der Nacht verliert, so wie es ihm gerade schon einmal bei Tag passiert ist, dann findet er sie bestimmt in der Dunkelheit nicht mehr wieder. Dann ist es zu Ende! Lang schwimmen kann er in seiner jetzigen Körperverfassung bestimmt nicht. Wofür auch! Hier gibt es nichts! Kein Boot, keine Insel, einfach nichts, nichts zum Festhalten oder gar zum Drauflegen. Am besten er lässt einfach seine Platte los und bewegt sich nicht, dann sind seine Qualen in ein paar Sekunden zu Ende. Martin verändert seine Liegeposition, dabei muss er höllisch aufpassen, dass er nicht wieder ganz von der Plattform ins Wasser rutscht, weil sie sehr instabil ist. Unter heftigem Schaukeln kann er sich etwas seitlich drehen und belastet so nicht immer die gleiche Stelle seines Körpers. Die Haut seiner unteren Körperhälfte, die sich im Salzwasser befindet, ist schon ganz weich und aufgequollen. Seine Beine sind völlig gefühllos. Sie sind taub. Obwohl die Temperatur des Wassers relativ warm ist, fühlt sich sein Unterleib mittlerweile stark unterkühlt an. Er stellt sich immerzu die gleiche Frage: Wie lange kann er ohne jeglichen Proviant so ausharren? Ihm ist absolut bewusst, dass seine Lage mehr als hoffnungslos ist, da macht er sich nichts vor. Aber einfach aufzugeben, das war noch nie sein Ding. Er möchte um sein Leben, solange er kann, kämpfen und wenn nötig, aufrecht wie ein Mann sterben. Er hat vor einiger Zeit einmal davon gehört, dass Menschen in Extremsituationen zu unglaublichen Dingen in der Lage sind. So ist es möglich – auch ohne Wasser und Nahrung – selbst in unwirtlicher Umgebung, mehr als eine Woche zu überleben. Soweit er sich erinnern kann, handelte dieser Fernsehbericht über Erdbebenopfer im Iran. Kurz vor seiner Abreise zur Weltreise interessierten ihn solche Berichte merkwürdigerweise sehr. Vielleicht hat er ja doch Glück und auch ihm widerfährt ein solches Wunder. Allein der Gedanke tut ihm gut, denn er möchte daran glauben und auf keinen Fall sein Leben wegwerfen.

Dösend treibt Martin in den Abend hinein. Vor der herannahenden Dunkelheit hat er große Angst. Wenn die Nacht doch nur schon vorüber wäre! Er darf auf keinen Fall einschlafen, er muss unter allen Umständen wach bleiben. Die blutrote Sonne streift schon einen Augenblick später den Pazifik weit draußen am Horizont. Mit bangen Blicken beobachtet er dieses einzigartige Naturschauspiel. Noch nie hat er die Sonne so schnell untergehen gesehen. Schon einen Augenblick später umschließt ihn die Dunkelheit, seine erste Nacht auf der Plattform beginnt. Martin starrt in die Finsternis, das Wasser plätschert sein gewohntes Lied, wenn es auf seiner Plattform auf- und abfließt. Ansonsten herrscht eine fremde Totenstille hier draußen. Kein Vogel, der lieblich piepst, kein Ast eines Baumes, der im Wind einige leise raschelnde Geräusche erzeugt. Kein Kindergeschrei, das aus der Ferne zu ihm hinüberdringt, und auch kein Hundegebell, das durch die Häuserfassaden einer Siedlung hallt. Einfach nichts, eine Grabesstille, die er zuvor niemals – selbst in der ruhigsten Nacht seines Lebens nicht – erlebt hatte. Noch dazu gefällt ihm seine passive Rolle überhaupt nicht. Dies ist ein Feind, den er nicht bekämpfen kann, er ist unsichtbar und übermächtig. Er ist ihm völlig ausgeliefert, er kann nur abwarten und die Dinge, wie auch immer sie aussehen werden, auf sich zukommen lassen. Ein unbehaglicher Gedanke, der Martin eine Gänsehaut auf die Arme zaubert. Was weiß er schon über den Pazifischen Ozean? Er hat überhaupt keine Ahnung, was alles unter ihm herumschwimmt. Aber bei einem ist er sich ziemlich sicher, nämlich, dass es hier Haie gibt. Er kann nur hoffen, dass er unbemerkt bleibt. Nur schwer kann er den Gedanken daran beiseite schieben und nur widerwillig seinen Blick vom Wasser hinauf zum hell leuchtenden Mond wenden. Er kann ganz deutlich die zerklüftete Oberfläche mit den vielen Höhen und Tiefen erkennen. Etliche Krater von eingeschlagenen Meteoriten übersäen seinen Boden und lassen ihn selbst von hier, weit unten, tot erscheinen. Wie Millionen Kugeleinschläge aus einem gigantischen Kanonenfeuer übersäen die Löcher seine vielleicht ehemals blühenden Landschaften. Martin muss feststellen, dass er auch über den Mond nicht allzu viel weiß, aber er ist sich sicher, dass er nicht immer so unwirtlich ausgesehen hat. Schwermütig schaut er dem Lichtstreif des Mondes auf dem Pazifikwasser nach und versucht, gegen seine aufkommende Müdigkeit anzukämpfen. Er darf auf keinen Fall seine Plattform aus den Händen gleiten lassen. Immer wieder übermannt ihn die stärker werdende Müdigkeit. Seine Augenlider werden schwerer und schwerer, krampfhaft reißt er sie, wenn sie schon fast zugefallen sind, erschrocken auf. Aber die Strapazen des Tages fordern ihren Tribut und Martin hält den Kampf gegen seine Müdigkeit nur wenige Minuten durch. Er schläft ein. Mit der nicht zu spürenden starken Strömung wird er schnell immer weiter von der Unglücksstelle fortgetragen. Durch endlos scheinende, riesige Wassermassen gleitet er – sanft geschaukelt von den kleinen, monotonen Wellenbewegungen – durch die finstere Unendlichkeit. Das kleine Teil der Schiffsverkleidung, seine Plattform, trägt ihn noch sicher über das Wasser und ermöglicht ihm so, nicht unmittelbar vom Tod durch Ertrinken bedroht zu sein. Wie im Flug vergeht die Nacht, als Martin seine Augen öffnet, dämmert es bereits. Er hat die Nacht überlebt und seine Plattform nicht verloren. Mit zitternden, blau angelaufenen Lippen öffnet er langsam seine Augen, er ist steifgefroren, stark unterkühlt. Nur langsam begreift er, dass die Nacht überstanden ist. Er ist aber zu erschöpft, um sich darüber zu freuen. Sein ganzer Körper ist völlig taub vor Kälte, dieser zittert wie Espenlaub. Mühsam versucht er, seine Beine zu bewegen, aber sie funktionieren nicht, sie sind wie eingefroren. Es dauert eine ganze Weile, bis er sie langsam, verbunden mit einem unangenehmen, stark stechenden Kribbeln, zu unkontrollierten Strampelbewegungen animieren kann.

Das Wasser fängt – bedingt durch seinen Beinschlag – leise hinter ihm an zu plätschern. Währenddessen schaut er sich müde um, die Weiten des Ozeans erstrecken sich ohne Unterbrechung in ihrer ganzen Größe um ihn herum. Vom Trümmerfeld des Schiffsunterganges, in dem er gestern noch schwamm, ist nichts mehr zu sehen. Währenddessen steigt die Sonne allmählich in den noch blassblauen Himmel hinauf, an dem nicht eine einzige Wolke zu sehen ist. Es geht kein Luftzug, es ist absolut windstill. Die Wasseroberfläche ist so glatt wie ein Spiegel, nicht eine einzige Welle unterbricht diese – und wirkt wie eine betonharte Fläche, die aus einem Stück gegossen ist. Sein Kehlkopf schmerzt beim Schlucken, er hat Durst, unendlichen Durst. Martin leckt mit seiner Zunge über seine staubtrockenen, spröden Lippen und starrt mit leblosen Augen in die ihm zugewandte Richtung. Die Sonne steigt unbeeindruckt immer höher in den Himmel hinauf und ihre Strahlen erwärmen seine aus dem Wasser ragende Haut immer mehr. Ganz offensichtlich steht ihm heute ein heißer Sommertag bevor. Er weiß nicht, ob er sich darüber freuen oder weinen soll, wie er es auch dreht und wendet, seine Lage könnte nicht schlimmer sein. Nur sein unbändiger Überlebenswille hindert ihn daran, seine Plattform loszulassen und seiner Hoffnungslosigkeit ein Ende zu bereiten. Seine Gemütslage hat sich, verglichen mit dem gestrigen Tag, massiv verschlechtert. Es fällt ihm mit jeder Sekunde schwerer, sich selbst davon zu überzeugen, warum er den Kampf gegen den unausweichlichen Tod unnötig verlängern sollte. Unendlich langsam gleitet er mit seiner Plattform immer weiter in Richtung der vor ihm liegenden Einsamkeit. Und obwohl er mit seinem Gestrampel ein wenig mehr Fahrt aufgenommen hat, hat er das Gefühl, als ob er sich in den Weiten des Pazifiks nicht einen Millimeter vorwärts bewegt. Ab und zu späht er in jede Richtung, um ein vorbeifahrendes Schiff bloß nicht zu verpassen. Aber nichts, jedes Mal muss er aufs Neue ernüchtert der Realität ins Auge blicken: Er ist allein! Die Sekunden verrinnen, die Minuten laufen schneller als gewöhnlich, selbst die Stunden des Tages vergehen wie im Nu, während er sich dösend auf seiner Plattform festklammert. Plötzlich und unerwartet bricht wieder die Nacht herein und abermals steigt das beklemmende Gefühl der vorherigen Nacht in ihm auf. Wieder treibt er – nur begleitet vom Mondschein – in der Dunkelheit und muss feststellen, dass seine Gedanken in der kühlen Nacht wesentlich klarer sind als am Tage in der gleißenden Sonne. Er ist so oft am Tag eingenickt, dass er jetzt in der Nacht nicht sonderlich müde ist. Wieder untersucht er den wunderschönen, klaren Mond in allen Einzelheiten und wendet seinen Blick nur dann von ihm ab, wenn eine Sternschnuppe für einen kurzen Moment blitzschnell am Himmel vorbeizieht. Als Martin das nächste Mal die Augen öffnet, ist es schon wieder Tag, die Sonne steht hoch am Himmel über ihm. Wieder ist er schlapp und niedergeschlagen. Es gelingt ihm nur mühsam, seine Arme und Beine zu bewegen. An der Körperhälfte, die immer unter Wasser liegt, ist die Haut schon ganz weiß und aufgequollen. Also versucht er, seine Position zu verändern und legt sich mit dem Rücken ins Wasser, um die Beine auf die Plattform ins Trockene zu hieven. Er braucht zwar mehrere Versuche, aber so kann er seine teigigen Beine wenigstens etwas schonen. Doch dieses Manöver kostet ihn sehr viel Kraft, denn seine Beine sind während der Zeit unter Wasser leblos und taub geworden. Aber die wohlige Wärme der Sonne auf ihnen entschädigt ihn für die Anstrengung. Und während er vor sich hindöst, vergeht auch dieser Tag schneller, als ihm lieb ist, und schon kurz darauf bricht seine dritte Nacht seit dem Schiffsuntergang herein.

Am nächsten Morgen wacht Martin wieder erst sehr spät auf, die Sonne steht schon hoch am Himmel. Seine Kräfte lassen merklich nach, sein Körper verlangt immer längere Ruhepausen. Dieser Tag ist anders als die anderen, so schlecht wie heute hat er sich noch nie gefühlt. ‚Es gibt tatsächlich immer noch eine Steigerung‘, stellt er müde dreinblickend fest. Er hat fürchterlich dröhnende Kopfschmerzen und die Sonne brennt ihm mit großer Intensität schon eine Weile auf den Kopf. Seine aufgerissenen Lippen schmerzen jedes Mal, wenn sie mit dem Salzwasser in Berührung kommen oder wenn er seinen Mund bewegt. Seine Zunge klebt nur noch schlapp im Gaumen und fühlt sich wie zähes Leder an. Er hat Durst! In seiner Verzweiflung hätte er gestern beinahe Salzwasser getrunken, sich aber im letzten Moment eines Besseren besonnen und es wohlweislich gelassen. Salzwasser zu trinken, wäre in seiner Situation das Schlechteste, was er als Verdurstender machen könnte. Martin weiß das nur zu gut, aber das verlockende, glitzernde Wasser um ihn herum verleitete ihn immer wieder dazu, mit einer vollen Handfläche zu seinem Mund zu gleiten, um diese kurz vorm Trinken wieder davonschnellen zu lassen. Müde legt er seinen Kopf auf seine roten, von der Sonne verbrannten Arme. Er ist sich heute mehr denn je im Klaren darüber, dass er sterben wird. Das Beunruhigende für ihn daran ist nicht der Tod an sich, sondern dass er überhaupt keine Angst bei dieser – normalerweise Furcht einflößenden – Gewissheit verspürt. ‚Der Körper muss wohl so eine Art Schutzfunktion haben, die dem Sterbenden in seinen letzten Stunden die Angst nimmt', denkt er gleichgültig. Martin ist heute zu erschöpft, um sich auf den Rücken ins Wasser zu legen und so seine Beine wenigstens für einige Minuten vom aggressiven Salzwasser zu befreien. Heute Morgen gelingt es ihm noch nicht einmal, sie zum zaghaften Strampeln im Wasser zu animieren. Sie sind absolut gefühllos, so wie die eines Querschnittsgelähmten. Er kann sich auch nicht dazu durchringen, seine Bemühungen zu intensivieren und so etwas für die Gesunderhaltung seines Körpers zu machen. Schon die kleinste Bewegung bedeutet für ihn eine riesige Anstrengung, eine Anstrengung, die sein Geist und sein Körper nicht mehr zu leisten imstande sind. Bewegungslos – halb wachend, halb schlafend – treibt er im Wasser und hofft, dass der Tag genauso schnell vorbeigeht wie der gestrige, damit die Sonne bald verschwindet und seine Umgebung nicht länger wie einen Dampfkessel aufheizt.

Doch unerwartet plätschert es direkt vor ihm, das Salzwasser wird von einem schnell gleitenden Schatten durchschnitten. Martin schreckt aus seinem Halbschlaf auf und reißt seinen Kopf ruckartig nach oben. Aber es ist nichts zu sehen, nur etwas Schaum auf der ansonsten glatten Oberfläche verrät, dass er nicht geträumt hat. Schlagartig ist er hellwach und tastet aufmerksam die Stelle – keine zehn Meter vor ihm – mit seinen Augen ab. Sein Adrenalinspiegel steigt rapide an, die Müdigkeit und die Schmerzen am Körper sind wie von Geisterhand für einen Augenblick wie weggeblasen. Hastig dreht er seinen Kopf zur Seite und versucht auf der Oberfläche etwas zu sehen, aber außer dem gewohnten Bild kann er nichts ausmachen. Unentschlossen reibt er sich mit seiner rechten Hand durchs Gesicht, vielleicht hat er doch nur geträumt oder es waren einfach nur Blasen, die aus welchem Grund auch immer vom Ozeangrund aufgestiegen sind. Seine Augen möchten nach dem Schrecken schnell wieder zufallen, schon kurz nachdem er das Ereignis für sich geklärt hat, überkommt ihn auch schon wieder die gewohnte Mattigkeit. Abermals legt er langsam seinen Kopf zwischen seine Arme und blickt nur aus den Augenwinkeln heraus auf die vor ihm liegende See. Diese liegt wie gewohnt glatt und bewegungslos wie ein großes Leichentuch auf einem gigantischen Grab vor ihm. Kein Luftzug, keine Welle, einfach nichts, nur die unbarmherzige Sonne brennt ohne Gnade vom Himmel herab. Martin schließt seine Augen für einen Moment, als er plötzlich wieder leises Plätschern direkt vor sich wahrnimmt. Sofort reißt er wieder seine Augen auf. Sein Puls steigt abermals sprunghaft an, er sieht ganz nah die große Rückenflosse eines Fisches schnell, fast lautlos durchs Wasser huschen. Noch ist das Bild verschwommen und Martin muss sich enorm anstrengen, um seine Augen so zu fokussieren, dass er ein klares Bild bekommt. Seine Sehschärfe nimmt zu, er erkennt tatsächlich einen großen, grauen Hai, der blitzschnell vor ihm hergleitet. Ein paar Meter dahinter tauchen aus der Tiefe noch drei weitere Rückenflossen auf, die ebenfalls schnell vor ihm vorbeiziehen. Noch halten sie respektvoll einen Sicherheitsabstand und wollen ihn, dieses ungewohnte Tier, erst einmal untersuchen. Martin ist schockiert, es ist eingetreten, wovor er sich nach dem nächtlichen Ertrinken am meisten gefürchtet hatte. Panisch rudert er mit seinen Armen im Wasser, um den Abstand zu den Tieren zu vergrößern. Selbst seine Beine kann er wieder zum Leben erwecken, schwerfällig unterstützen sie seine unkontrollierten Strampelbewegungen. Das Getöse im Wasser hat zunächst Erfolg, denn die Haie schrecken ein wenig zurück und entfernen sich einige Meter von ihm. Martin kann den Abstand vergrößern, unentschlossen lassen ihn die Haie erst einmal ziehen. Aber schon ein paar Minuten später verlassen ihn die Kräfte, seine Bewegungen werden langsamer und schon kurz danach treibt er wieder erschöpft im Wasser. Kaum hat er sich beruhigt, kommen sie auch schon wieder mit Leichtigkeit näher heran. Resigniert beobachtet er die Fische und wie sie ihn immer neugieriger untersuchen. Sie scheinen ihre Angst überwunden zu haben und verringern ihren Sicherheitsabstand zu ihm. Plötzlich bricht einer aus der Gruppe aus und schwimmt direkt auf ihn zu. Martin könnte ihn mit einem ausgestreckten Arm berühren, zieht aber seine Beine so fest er kann zu sich heran und versetzt dem Hai einen kräftigen Tritt in die Seite. Der Hai ist überrascht. Er schwimmt fluchtartig einige Meter erschrocken auf Abstand und kehrt zu seinen Artgenossen zurück. Aber schon einen Augenblick später stürmt ein anderer Hai zügig auf ihn zu. Sie haben den Respekt vollends vor ihm verloren und wollen angreifen, nicht länger abwarten. Die zweite Attacke kontert Martin, indem er den Hai, so laut er kann, anbrüllt. Als er knapp einen Meter vor ihm schwimmt, schreit er ihn unerwartet so laut er kann an: „Hau ab, du blödes Vieh, verschwinde von hier! Noch bekommt ihr mich nicht! Ich lebe noch!" Der plötzliche Krach verfehlt auch diesmal nicht seine Wirkung, erschrocken huscht der Hai davon. Martin ist vor Angst wie gelähmt, besinnt sich aber schon einen Moment später eines Besseren, dreht seine Plattform mit einem Ruck um einhundertachtzig Grad herum. Er rudert mit seinen Armen und strampelt dazu hastig mit seinen Beinen, um, so schnell er kann, vor den Haien davonzuschwimmen. Er hat dabei seinen Kopf nach hinten in Richtung der Haie gerichtet, die sich zuerst nicht von der Stelle rühren. Wieder kann er den Abstand zu ihnen vergrößern. Wie ein Wahnsinniger beschleunigt er seine Plattform, die immer schneller durchs Wasser gleitet. Dabei beobachtet er immerzu gebannt die hinter ihm schwimmenden Haie, sie folgen ihm immer noch nicht, sein Abstand zu ihnen wird größer und größer. Er paddelt und paddelt, das Salzwasser spritzt dabei schäumend in alle Richtungen, die Stille des Pazifiks wird durch das laute, knallende Eintauchen seiner Arme und Beine ins Wasser unterbrochen. Gebannt lässt sein Blick nicht von den Haien ab, die scheinen noch kein Problem damit zu haben, dass ihre Beute sich immer weiter von ihnen entfernt. Gelassen schwimmen sie wie zuvor an ihrer alten Position ein wenig auf und ab. Ihre großen, aus dem Wasser ragenden, teilweise von Narben zerfurchten Rücken- und Schwanzflossen werden immer kleiner. Martin löst seine Augen nicht einen Augenblick von ihnen, denn er möchte nicht plötzlich und unerwartet von hinten überrascht werden. Er mobilisiert seine allerletzten Kraftreserven und überwindet so seine immer wieder aufkommende Müdigkeit, die ihn eigentlich schon erschöpft auf dem Wasser treiben lassen möchte. Aber er rudert weiter, doch – wie erwartet – fangen seine Muskeln einige Zeit später mit einem Mal fürchterlich an zu stechen. Zuerst bekommt er in seinem rechten Bein einen Krampf. Er beißt die Zähne zusammen und strampelt selbst mit dem fast vollkommen verkrampften Bein unnachgiebig weiter. Die Schmerzen werden immer schlimmer, Martin muss sich zusammenreißen, um nicht laut zu schreien und die Aufmerksamkeit der Haie damit wieder auf sich zu lenken. Aber so sehr er sich auch anstrengt, seine Bewegungen werden merklich langsamer, er hat den Punkt seiner totalen Erschöpfung erreicht und genauso unerwartet, wie er gestartet ist, bleibt er schließlich regungslos auf dem Wasser liegen. Er atmet schwer, jeder tiefe Atemzug schmerzt so sehr, als ob seine Lungen jeden Moment explodieren würden. Martin ist fix und fertig und legt seinen Kopf resigniert auf seine Plattform. Seine Augen starren auf die Gipsplatte, sein Gesicht wird vom salzigen Pazifikwasser, das seine Plattform immerzu überspült, etwas abgekühlt. Seine Arme und Beine fühlen sich so labberig an, als ob sie aus Gummi bestehen würden, und hängen schlaff und kraftlos an der Plattform herunter. Gegen was kämpft er eigentlich an? Seine Gedanken peitschen durch sein Gehirn und laufen Amok, finden aber keinen Halt und purzeln nur chaotisch umher. Schwerfällig hebt er seinen Kopf an und schaut verzweifelt zurück zu den Haien. Diese haben seinen kleinen Vorsprung in wenigen Sekunden zunichtegemacht und sind schon wieder bedrohlich nahe an ihn herangeschwommen. Martin kann jetzt noch mehr Haie als zuvor zählen. Sie haben Verstärkung erhalten und schwimmen immer aggressiver hinter ihm umher. Sie stieben wild durcheinander und schnappen hin und wieder nacheinander, um sich so die besten Positionen zum Angriff zu sichern. Er muss hilflos mit ansehen, wie die immer größer werdende Gruppe näher und näher kommt. Als sie knapp dreißig Meter an ihn herangeschwommen sind, bricht plötzlich ein großes Tier aus der Gruppe aus und greift an. Schnell kommt es direkt auf Martin zu, er zieht seine Beine zusammen und will gerade nach dem Hai treten, als dieser nur drei Meter vor ihm blitzschnell ausweicht und zu seinen Artgenossen zurückschwimmt. Kaum hat er diesen Scheinangriff überstanden, startet sogleich ein anderer Hai seine Attacke auf ihn und rast ebenfalls entschlossen in seine Richtung. Wie ein Rammbock kommt er schnell näher und weicht dieses Mal nicht zurück. Dieser Hai will es wissen! Seine gigantische Rückenflosse taucht bedrohlich aus dem Salzwasser heraus, das sich schäumend an dieser teilt. Martin reißt seine Beine zusammen und tritt – kurz bevor der Hai ihn erreicht hat – mit aller Kraft zu. Seine Beine schlagen hart auf die zähe Haut des Haies auf. Mit einem gewaltigen Schlag werden seine Beine zusammengestaucht, er wird herumgeschleudert und verliert seine Plattform. Der Fisch taucht derweil wie ein Blitz unter ihm her und verschwindet aus seinem Sichtbereich. Martin dreht sich in Todesangst hastig in alle Himmelsrichtungen, um den Angreifer auszumachen, aber dieser ist nirgends mehr zu sehen. Sofort greift er nach seiner Plattform, die nur zwei Meter hinter ihm schwimmt, zieht sich hinauf und beginnt wieder schnell zu paddeln, um sich von den Tieren zu entfernen. Aber plötzlich erstarrt er und hält inne. Direkt vor ihm liegt ein grüner, vor sich herdümpelnder Zwanzig-Fuß-Seecontainer, der knapp einen Meter aus dem Wasser ragt. Ohne weiter darüber nachzudenken, lässt er seine Plattform los, überbrückt die zehn Meter zum Container schwimmend und greift mit den Händen nach der oberen Kante des Stahlbehälters. Auf einmal brodelt das Wasser hinter ihm, Martin reißt seinen Kopf nach hinten. Die Haie haben ihn eingeholt und wohl begriffen, dass, wenn sie jetzt nicht schnell reagieren, ihre Beute verloren ist. In Rage versuchen einige Tiere nach ihm zu schnappen und strecken ihre mächtigen, mit großen Zähnen gespickten Mäuler weit aus dem Wasser heraus. Martin versucht unterdessen verzweifelt, sich aus dem Wasser zu ziehen, aber er rutscht immer wieder an der glitschigen Kante ab. Um seine Beine zu schützen, zieht er seine Füße ebenfalls auf die Kante herauf. Wie ein Äffchen hangelt er sich an der Kante des Containers entlang, um die Vorderseite mit den Verschlüssen der Tür zu erreichen und sich daran hochziehen zu können. Immer wieder rutscht er dabei mit den Beinen von der Containerkante ab und sie plumpsen unbeholfen wieder in die brodelnden, mit Haien übersäten Fluten hinein. Schnell zieht er sie immer wieder in der Höhe, als ob das Wasser kochen würde und er sich verbrennen könnte. Die Haie drehen unterdessen durch, sie ringen teilweise mit sich selbst, ganz so als ob sie sich gegenseitig die Schuld am Verlust der Beute zuschieben würden. Martin hat es aber noch nicht geschafft, seine Arme brennen und seine Muskeln schmerzen von der Überlastung. Seine Kräfte verlassen ihn endgültig. Die See um ihn herum tobt, an einigen Stellen ist Blut zu sehen, das von den gegenseitigen Bisswunden der Haie stammt. Die Tiere sind so aufgebracht, dass sie sich – wie nach einem Drogenschuss – unkontrolliert selbst verletzen. Martin nimmt das alles nur am Rande wahr, denn jetzt hat er die Containertüren auf der Stirnseite erreicht, und es gelingt ihm, seine Füße auf die massiven Türverschlüsse zu stellen und sich auf dem Bauch liegend auf das Dach des schützenden Seecontainers zu ziehen. Doch kaum hat er sich auf das Dach des Containers gelegt, springt er sogleich wieder auf und taumelt vor Schmerzen schreiend auf diesem umher. Das Dach ist durch die starke Sonneneinstrahlung kochend heiß. Es glüht! Er hat sich am Bauch verbrannt und hält die schmerzende Wunde mit den Händen bedeckt. Aber auch seine Füße brennen, als würde er über glühende Kohlen laufen. Wie ein untalentierter Tänzer springt er auf der kochenden Oberfläche von einem Bein auf das andere. Hastig reißt er sich sein Hemd vom Körper, schmeißt es auf den Boden und stellt sich erleichtert mit seinen qualmenden Füßen darauf. Der Stoff vermag die größte Hitze des Stahlbehälters von ihm fernhalten, aber die Sonne brennt unbarmherzig vom Himmel weiter herab. Ihm wird schwindelig, das tagelange Liegen im Seewasser fordert ihren Tribut. Alles dreht sich, die Haie, die See und sogar der Himmel mit der Sonne im Zentrum kreisen immer schneller wie der Wirbel eines Tornados um ihn herum. Er sackt auf seine Knie, versucht, sich noch mit den Armen abzufangen, doch sie kommen zu spät und er fällt hart mit seinem Gesicht auf das glühende Dach des Containers auf.

Es dauert eine Weile, bis die Haie sich zurückziehen und sich wieder in den Weiten des Pazifischen Ozeans verteilen. Martin liegt viele Stunden bewusstlos auf dem grünen, verrosteten und ausgeblichenen Containerdach. Währenddessen reißt die starke Strömung den Behälter mit sich und zieht ihn immer weiter in die schier unendlichen Weiten des Pazifischen Ozeans. Die Sonne am blauen Himmel wird vom Mond abgelöst, ein Wechselspiel der Naturgewalten, das die Kraft des Ursprunges der Erde verdeutlicht. Nacheinander lösen sich beide Himmelstrabanten seit Jahrmillionen kontinuierlich ab. Ein Naturschauspiel, das wie selbstverständlich in immer gleichen Zeitrhythmus durch die Geschehnisse im Weltall gesteuert wird. Ein Raum, der jedes menschliche Gehirn in den Wahnsinn treibt, wenn es versucht, seine Komplexität zu begreifen. Ein Ort, der ebenfalls begrenzt ist, wenn auch in einer Dimension, die für uns unvorstellbar ist. Ein Bereich, der an seinem Ende wieder in einem anderen größeren Etwas – wie immer es aussehen mag – mündet. Die Unendlichkeit von Raum und Zeit zeigt die Unbedeutsamkeit des Menschen auf seinem Planeten. Die Erde ist nur ein winzig kleines Sandkorn im Weltall. Wie andere Milliarden Planeten, die wiederum nur winzig kleine Sandkörner im Universum sind. Die Erde kann ein Sandkorn von Abertausenden Sandkörnern auf einem anderen Planeten sein. Der Planet, auf dem die Erde ein Sandkorn ist, kann wiederum ein Sandkorn unter Billionen Sandkörnchen auf einem weiteren Planeten sein. Diese Spirale kann sich weiter und weiter in allen Dimensionen erstrecken, ohne dass jemals eine Begrenzung von Raum und Zeit, diesen Irrsinn für das menschliche Gehirn erklärbar macht. Für uns ist unsere Galaxie riesig, für andere vielleicht nur ein Sandkorn von vielen. Die Erde in unserem Universum ist nichts, verglichen mit den Welten, die sich vor ihr oder hinter ihr erstrecken, rechts oder links von ihr liegen und über ihr oder unter ihr schweben.

Sonne – Mond – Sonne – Mond – Sonne – Mond – ...

Martin wacht auf. Mit flatternden Augenlidern blickt er in die Dunkelheit der Nacht. Seine Lippen sind durch eine salzige, übel riechende Kruste wie festgeleimt und lassen sich nicht auf Anhieb öffnen, um sich mit der Zunge darüber zu lecken. Martin zieht sie mit dem Daumen und dem Zeigefinger vorsichtig auseinander und spürt zu seiner Verwunderung bei diesem zaghaften Öffnen noch nicht einmal Schmerz. Langsam streckt er seine eingetrocknete Zunge hervor und möchte seine Lippen befeuchten, aber die Speichelquelle in seinem Mund ist versiegt. Sein Kehlkopf schmerzt gewaltig beim Schlucken und bleibt auf der halben Strecke stecken, sodass er mehrmals heftig trocken husten muss. In Zeitlupe dreht er im Liegen seinen Kopf hoch zum Himmel, aber er entdeckt keine Sterne in dieser Nacht dort oben. Pechschwarze Finsternis umhüllt ihn und er kann seine Hand nicht vor den Augen sehen. Kraftlos schlägt er leicht mit der Faust einige Male auf den Boden, der stählerne Klang des Containers lässt nicht lange auf sich warten und antwortet unverzüglich. Bung – bung – bung. Er ist noch nicht tot und er hat nicht geträumt, er befindet sich nicht mehr auf seiner Plattform, sondern tatsächlich auf einer größeren Insel, einem Container. Am Horizont wird es schon allmählich hell, das Schwarz der Nacht weicht einem dunklen Blau, das den neuen, jungen Tag ankündigt. Unaufhaltsam frisst sich das Licht durch die Finsternis und beleuchtet nach und nach den wolkenverhangenen, trüben Himmel. Der Seegang hat leicht zugenommen, es weht eine leichte Brise und Zigtausend kleine Wellen übersäen das Pazifikwasser, soweit das Auge reicht. Der Container schwankt gleichmäßig im Takt der Wellen und wirkt auf den ersten Blick wesentlich seetüchtiger als die Plattform. Martin stützt sich auf seine Unterarme, rappelt sich danach hoch und setzt sich auf das immer noch warme Dach des Containers. Sein Körper ist übersät mit Brandblasen, die schmerzhaft aufgesprungen sind und weiße Flüssigkeit herauslaufen lassen. Langsam erinnert er sich an das Geschehene, an die Haie und an den für ihn kaum sichtbaren, nur knapp einen Meter aus dem Wasser ragenden Container, den er beinahe übersehen hätte. Er ist sich darüber im Klaren, dass er nur diesem alten Blechkasten sein Leben verdankt. Er blickt hinauf zum Himmel und betrachtet die vielen Wolken mit einer gewissen Vorfreude. Wenn es doch nur regnen würde, gierig leckt er sich mit seiner trockenen Zunge über die aufgeplatzten Lippen. Als er den Container erreicht hatte, war noch keine Wolke am Himmel zu sehen, und jetzt ist dieser vollkommen bedeckt.

Wie lange mag er bewusstlos gewesen sein und wo, auf welcher Position im Pazifik befindet er sich jetzt? Martin macht sich nichts vor, er muss sich mittlerweile schon einige Seemeilen von der Unglücksstelle entfernt haben, was seine Rettung mit Sicherheit nicht vereinfachen wird. Vielleicht sind es nicht nur ein paar, sondern mittlerweile sogar mehr als hundert Seemeilen. Die Meeresströmungen sind an manchen Stellen im Pazifik sehr stark. Diesen Umstand haben sich früher schon Segelschiffe zunutze gemacht und diese Stellen regelrecht gesucht, um mit dieser Strategie schneller an ihr Ziel zu gelangen. Seine einzige Chance ist ein vorbeifahrender Frachter. Ein Frachter, der genau diese Route einschlägt, mit einer Mannschaft, die aufmerksam ihre Umgebung beobachtet. ‚Meine Rettung gleicht einem hoffnungslosen Lotteriespiel', denkt er und erinnert sich an eine Unterhaltung mit Alfred, dass selbst die großen Schiffe oft blind durch den Pazifik pflügen. Nicht selten ist die Brücke bei langen Fahrten eine Zeit lang unbesetzt. Zum Beispiel beim Mittagessen oder bei einer Feier zum Geburtstag, ganz nach dem Motto, auf dem Radar ist nichts zu sehen, also kann da auch nichts sein. Dass kleinere Schiffe oder verloren gegangene Gegenstände – wie ein über Bord gefallener Container – übersehen werden können, wird billigend in Kauf genommen. Obwohl man weiß, dass sie nicht auf dem Radar angezeigt werden, ignoriert man dieses „Risiko". Wir, die großen Seeschiffe haben Vorfahrt und alle anderen kleineren Wasserfahrzeuge müssen ausweichen, Punkt. Alles andere, zum Beispiel eine Segel- oder Motorjacht, oder auch ein herrenloser schwimmender Schrott-Container, ist zu klein und unwichtig für sie, um sich darüber Gedanken zu machen. Man kann sie höchstwahrscheinlich sowieso nicht rechtzeitig ausmachen und ausweichen, also warum sollte man darauf achten. Viele Schiffe auf hoher See haben mit solch unfreiwilligen Begegnungen ihre gefährlichen Erfahrungen gemacht und die gerammten Seecontainer liegen mit Sicherheit allesamt auf den Tiefen des Meeresbodens.

Die kleinen Wellen schlagen in immer gleichem Rhythmus auf die Stahlwände des Containers ein. Dieser pendelt ganz sanft und überhaupt nicht unangenehm im Takt mit ihnen. Martin starrt in die Ferne und bildet sich ein, dass es weit hinten schon begonnen hat zu regnen. Ungeduldig beobachtet er diesen Punkt, er glaubt, dass eine graue Stelle weit draußen anders aussieht als die anderen grauen Stellen um ihn herum. Er sehnt den Regen herbei, er möchte endlich trinken, alleine schon der Gedanke daran treibt ihn fast in den Wahnsinn. Es ist zum Verrücktwerden, er verdurstet in riesigen Wassermassen, nur weil diese salzhaltig sind. Warum ist das Meerwasser salzhaltig, was mag sich der Schöpfer dieser Welt dabei gedacht haben? Warum bestehen Flüsse und Seen aus Süßwasser und die Meere dieser Erde aus Salzwasser? Was hat das für einen Sinn? Martin kann sich jetzt darauf keinen Reim machen und ist auf irgendjemanden, der wohl dafür verantwortlich ist, unheimlich sauer. Wie viele Menschen könnten noch leben?! So manch grausame Tragödie hätte keine Grundlage gehabt und wäre nicht passiert, wenn dieses Wasser trinkbar wäre. „Verfluchtes Salz!", schimpft er wütend. Er schüttelt resigniert den Kopf, er sträubt sich beharrlich es zu verstehen. Sicherlich weiß er insgeheim die Antwort. Selbstverständlich weiß er, dass auch in Flüssen das Wasser salzhaltig ist, aber aufgrund der Bewegung des Wassers die Konzentration so gering ist, dass man das Salz darin nicht schmeckt. Ebenfalls sind ihm die unterschiedlichen Geschwindigkeiten des Verdunstungstempos von Flüssen, Seen und der des Meeres bekannt und die damit verbundenen unterschiedlichen Salzkonzentrationen, die sich beim Meer in den Tiefen ablagern. Dennoch kann und will er sich die naturgegebenen Tatsachen in dieser Situation nicht eingestehen. Ungeduldig wartet er ab, aber es fängt nicht an zu regnen. Seine Gedanken können an nichts anderes mehr denken als an diese kleinen, nassen Tropfen. Er hat Durst, noch nie ihn seinem Leben hat er so einen starken Durst verspürt wie heute. Er hat das Gefühl, er könne ein ganzes Schwimmbecken voll Wasser austrinken und sein Durst wäre erst so gerade eben gelöscht. ‚Wie verschwenderisch die Menschen mit Wasser umgehen!', schießt es ihm unweigerlich durch den Kopf. Wenn er doch jetzt etwas von dem Wasser abbekommen könnte, mit dem im Sommer in den Gärten der Welt die Blumen und der Rasen gesprengt werden. Das Lebenselixier des Menschen und aller anderen Lebewesen der Welt wird vergeudet, obwohl ohne diese Flüssigkeit jegliches Leben unvorstellbar wäre. Es ist zum Verrücktwerden, denn man weiß erst, wie wichtig etwas ist, wenn man es nicht hat. Er wird nie wieder in seinem Leben Rasen, der durch die Sonne gelb und ausgetrocknet ist, sprengen. Sein Verhältnis zu Wasser hat sich grundlegend geändert. Denn Wasser ist wertvoller als Gold, mit Gold könnte er in seiner jetzigen Situation überhaupt nichts anfangen, es hätte keinerlei Wert. Aber mit etwas Wasser könnte er überleben! Genauso wie viele andere Dinge, die der Mensch als wertvoll einschätzt. Viele Menschen arbeiten tagtäglich hart, sie verdienen Geld und können sich damit viele Luxusgüter, wie ein Auto oder sogar ein Haus, kaufen. Sie können essen gehen, ohne zu kochen und Musik hören, ohne selbst zu spielen. Sie fliegen in den Urlaub, kreuz und quer durch die Welt und können Kulturen im Schnellverfahren oberflächlich kennenlernen. Sie brauchen sich mit natürlichen Gegebenheiten nicht zu beschäftigen. Sie leben nicht mit der Natur, obwohl ihr Überleben mit dieser eng verbunden ist. Wenn man sie fragt, was sie sich wünschen, dann sagen die meisten Menschen: Zeit! Zeit für sich selbst! Erst wenn man alles hat, weiß man die freie Zeit, die man nicht kaufen kann, zu schätzen. Erst wenn man krank ist, weiß man Gesundheit zu schätzen. Erst wenn man am Verdursten ist, weiß man, wie es ist, Wasser zu begehren. Zeit hat Martin mehr als genug! Zeit, um über sich und sein Leben nachzudenken. Noch nie zuvor hat er sich so intensiv mit sich selbst beschäftigt. Vieles, was vor seiner Abreise noch bedeutungsvoll für ihn war, ist jetzt unwichtig. Sein ganzes bisheriges Leben scheint vollkommen irrational gewesen zu sein. Er erkennt sich in diesem selbst nicht mehr wieder und glaubt, wenn er daran zurückdenkt, über einen fremden Menschen nachzudenken. Er hat den Boden unter den Füßen verloren, nicht nur, weil das Schiff untergegangen ist, sondern viel eher, weil er das erste Mal in seinem Leben wirklich kritisch mit sich selbst umgeht. Er hat in den vergangenen Jahren oft geglaubt, über sich selbst nachzudenken, aber heute muss er ernüchtert feststellen, dass das nur halbherzige Gedanken waren. Wahrscheinlich ist es so, dass ein Mensch sich selbst erst richtig kennenlernt, wenn er vor einer Prüfung steht, die für ihn vollkommen unüberwindbar erscheint. Unwichtiges von Wichtigem zu trennen, ist anscheinend erst möglich, wenn man sich von dem alltäglichen Kleinkram befreien kann und sich seinem Handeln selbstkritisch stellt.

Martin starrt in die Ferne, zu seinem Bedauern regnet es immer noch nicht, aber wenigstens ist es unter der Wolkendecke wesentlich kühler geworden als in der prallen Sonne. Immer wieder verliert er sich in Gedanken, aber das hilft ihm wenigstens ein wenig über seine ausweglose Situation hinweg. Die Zeit auf dem Container verrinnt so gefühlsmäßig wesentlich schneller und nach jedem Tag und nach jeder Nacht schöpft er neue Hoffnung, dass diesmal die ersehnte Rettung endlich naht. Die Nacht bricht herein, wieder ist es stockdunkel, der Container wird leicht schwankend mit der starken Meeresströmung weiter mitgezogen. Martin ist schon einige Zeit, bevor es dunkel wurde, vor Müdigkeit eingeschlafen. Geplagt von Albträumen liegt er ausgestreckt auf dem Containerdach und dreht sich stöhnend umher. Ohne dass er es gemerkt hätte, hat er seit der Havarie schon weit über dreihundert Seemeilen mit der unterirdisch fließenden Strömung zurückgelegt. Immer weiter wird er von den regulären Schifffahrtsrouten fortgetragen und durchquert Gebiete, die als die menschenleersten der Erde gelten. Hier gibt es nicht viel, wofür Menschen sich interessieren könnten, denn es sind fast ausschließlich gigantische Wasserflächen vorhanden. Der größte Teil der Erde besteht aus Meeren und Ozeanen, riesige Flächen, die noch weitgehend unberührt sind. Wasserflächen, die an Größe unsere Kontinente bei Weitem übertreffen, Wasserflächen, in denen ein ganz eigenes Leben entstanden ist und die in den Tiefen noch weitgehend unerforscht sind. Dort haben sich über Millionen von Jahren Lebewesen entwickelt, die zum Teil bis heute unbekannt geblieben sind. Immer wieder kommen bei Expeditionen mit ferngesteuerten Unterseebooten aus den gigantischen Tiefen der Weltmeere Erdbewohner zum Vorschein, die der Mensch noch nie gesehen hat. Eigenartige Kreaturen, die in absoluter Dunkelheit, bei eisiger Kälte und in unglaublicher Tiefe überleben können. Tiere, die mit den Landflächen auf der Erde ebenso wenig anfangen können, wie der Mensch mit ihrem Lebensraum. Mitten in der Nacht fängt es tatsächlich an zu regnen, sintflutartige Wassermassen stürzen vom Himmel herab. Martin erwacht sofort, glaubt aber zunächst, zu träumen. Wie Abertausend kleine Gummibälle schlagen die Regentropfen auf das Containerdach ein und springen unmittelbar danach in die Höhe, um sich dann in alle Himmelsrichtungen spritzend zu verteilen. Martin setzt sich ruckartig hin, am liebsten würde er jetzt Samba tanzen, ist aber zu erschöpft, um seine Freude zum Ausdruck zu bringen. Gierig hält er seine beiden Hände stattdessen in die Höhe und möchte das ersehnte Nass auffangen, aber die Tropfen springen immer wieder aus seinen Händen heraus. Er legt sich auf den Boden und möchte aus den gebogenen Falzen des Stahlcontainers trinken, in denen wie viele kleine geordnete Bäche das Wasser schnell durchströmt. Es gelingt! Endlich kann er trinken, aber die ersten Schlucke schmerzen sehr und das kühle Nass poltert wie Steine in seinen Magen. Er lässt sich dadurch nicht irritieren und trinkt gierig weiter, wohl wissend, dass ein ausgetrockneter Mensch, der lange ohne Wasser war, nur mit kleinen Schlucken und sehr langsam trinken sollte. Ihm ist das alles egal! Er hat riesigen Durst und den möchte er jetzt sofort stillen.

Einige Stunden später geht die Sonne auf, es regnet immer noch. Martin konnte in dieser Nacht vor lauter Aufregung nicht mehr einschlafen. Mit eng um seinen Körper geschlungenen Armen sitzt er bewegungslos auf dem Container und genehmigt sich hin und wieder einen Schluck des lang ersehnten Wassers. Sein Körper reagiert gut auf die hastig getrunkenen Schlucke, und obwohl er mit Sicherheit mehr als zwei Liter Flüssigkeit zu sich genommen hat, verspürt er bisher keine Übelkeit. Er ist heute, jetzt, wo es regnet, relativ gut gelaunt, denn er weiß, dass seine Chancen, zu überleben, sich gegenüber den letzten Tagen merklich verbessert haben. Von seiner Plattform herunterzukommen, war ein unermesslicher Segen und jetzt auch noch der Regen, ein wahrer Monsun – wenn das kein Zeichen des Himmels ist. Ein Zeichen vom Schöpfer, der es plötzlich, warum auch immer, gut mit ihm meint! Zuversichtlich untersucht er den Container, der immer noch stabil im salzhaltigen Wasser liegt. Was mag sich im Inneren befinden und warum schwimmt er überhaupt und versinkt nicht in der Tiefe, wie all die anderen wohl auch? Zu gerne würde er die Türen öffnen und nachschauen, welchen Inhalt der Container geladen hat, verwirft diesen Gedanken aber sofort wieder wegen des damit behafteten, hohen Risikos, dass dieser danach sinken könnte. Er begnügt sich damit, es zu erahnen. Vielleicht sind es Autoreifen. Die hätten durchaus die Kraft, den Stahlbehälter über Wasser zu halten. Oder aber auch viele Tausend kleine Luftsäcke, die verwendet werden, um Sendungen auszupolstern, damit sie beim Transport den Inhalt vor Bruch schützen. Oder riesige Pakete mit Styropor oder eine Ladung Benzinkanister oder sogar eine Sendung Schwimmwesten, es könnte sich alles Mögliche und Unmögliche darin befinden. Er zuckt mit den Schultern. Es ist ihm völlig egal. Hauptsache, er schwimmt möglichst lange. Es regnet den ganzen Tag weiter, ohne Unterbrechung strömt das kühle Nass gleichmäßig vom Himmel herab und fällt fast senkrecht in den Pazifik. Martin nutzt die Gelegenheit, zieht seine Hose aus und schrubbt sich den klebrigen Dreck der vergangenen Tage von seinem Körper. Er fühlt sich wie neugeboren und fasst neuen Mut, ans Überleben ernsthaft fest zu glauben. Hoffnung macht sich breit, zuversichtlich genießt er den „schönsten" Tag seit dem Untergang des Containerschiffs. Wenig später bricht wieder die Nacht herein, und obwohl es weiter regnet, kann Martin ein bisschen schlafen. Am nächsten Morgen regnet es immer noch ununterbrochen, der neue Tag unterscheidet sich überhaupt nicht vom gestrigen. Sie könnten Zwillingsbrüder sein. Wieder ist über ihm grauer Himmel, der ins blubbernde, graue Pazifikwasser übergeht. Abermals starrt er in die

Ferne ... „Er macht nach dem Frühstück einen Spaziergang an der Uferpromenade und verweilt danach am Strandkaffee – mit freiem Blick auf die See. Herrlich, dass er einen so guten Platz ergattern konnte, und ihm niemand diesen vor der Nase wegschnappt hat. Überhaupt ist es eine ausgezeichnete Stelle, um sich vom Stress der letzten Wochen zu erholen und der Hektik der Großstadt zu entfliehen. Eine gute Wahl, dieser Ort, hier wird er vom Touristentrubel nicht gestört und selbst das Personal tritt äußerst diskret auf. Man bemerkt es nicht einmal."Auf seinen Ellenbogen gestützt lehnt er sich entspannt zurück und streckt seinen Bauch in den Himmel empor. Ja, wenn er wüsste, dass er hier nur einige Tage ausharren müsste, wäre das in der Tat ein schöner Ort, um sich richtig zu entspannen. Urlaub auf dem Container, in garantiert ungestörter Umgebung mit mindestens eintausend Seemeilen Abstand zum nächsten Nachbarn. Eine geniale Geschäftsidee, ein Urlaub für Individualisten. Martin muss lachen, während ihm der warme Regen wasserfallartig durchs Gesicht läuft. Was einem für Gedanken kommen! Zu gerne würde er – jetzt, wo sein Durst gestillt ist – etwas essen, denn sein Magen knurrt und zwickt erbärmlich. Aber er hat überhaupt keine Chance, etwas aus dem fischreichen Pazifik zu fangen. Auf dem Bauch liegend hat er versucht, nahe vorbeiziehende Fische mit den bloßen Händen zu fangen. Er hat dies aber schnell wieder aufgegeben, nachdem diese immer wieder, lange bevor er zupacken konnte, blitzschnell davonschwammen. Er ist viel zu langsam und so bleibt ihm nichts anderes übrig, als ihnen nur hinterherzuschauen. Auch am darauffolgenden Tag regnet es ohne Unterbrechung weiter, Martin bleibt wieder nichts anderes übrig, als zu trinken und abzuwarten. Immer wieder versucht er, in der Ferne etwas auszumachen, aber er kann nur einige Hundert Meter weit blicken, ohne dass der Dunst die Sicht versperrt. Er könnte sogar an einer Insel vorbeitreiben, ohne dass er sie sehen würde. Eine wahre Horrorvorstellung für ihn. Selbst ein nahe vorbeifahrendes Schiff würde er vermutlich nicht einmal hören, weil der Nebel jegliche Geräusche gierig verschlingt. Er richtet sich unruhig auf, geht einige Schritte auf dem Stahldach umher und blickt sorgenvoll an seinem

Körper herunter, der von Tag zu Tag immer schlanker wird. Sein Magen knurrt und schmerzt noch nicht einmal mehr sonderlich, denn er hat sich mit dem Nahrungsverzicht abgefunden und holt sich die nötige Kraft aus seinen noch verbliebenen Fettreserven, die er sich sein ganzes Leben lang angefuttert hatte. Zwar war er schon immer ein recht schlanker, sportlicher Mensch gewesen, aber einen sichtbaren Waschbrettbauch, so wie er sich jetzt nach Tagen des Hungers abzeichnet, hatte er noch nie gehabt. Bei dieser Methode einer Diät, die auch bei dem hoffnungslosesten Fall anschlägt, wird auch der dickste Mensch garantiert gertenschlank. Hypnosen, appetitzügelnde Tabletten, künstliche Brechreize, Magenschlingen und weitere Tricks, um sein Körpergewicht zu reduzieren, sind hierbei gänzlich unnötig. Wo es nichts zu essen gibt, dort kann man es auch nicht. So einfach ist das! Sehnig zeichnen sich überall seine Muskeln am Körper ab und Martin wundert sich über seine unerwartete körperliche Vollkommenheit. Drei Tage regnet es ohne weitere Vorkommnisse noch weiter, als am sechsten Tag urplötzlich der Dauerregen genauso unerwartet, wie er angefangen hat, aufhört. Eine gespenstische Atmosphäre! Kaum ist der letzte Tropfen Regen vom Himmel gefallen, steigt unmittelbar danach ein dichter, noch undurchsichtigerer Nebel auf, der ihn schon nach wenigen Minuten noch nicht einmal über seinen Containerrand hinaussehen lässt. Es wird auf einmal merklich kühler und sein nasser Körper zittert vor Kälte. Unentschlossen setzt er sich nieder und umklammert mit seinen Armen frierend seinen Bauch. Das plätschernde Geräusch des Regens der vergangenen Tage fehlt ihm und er kann sich zunächst nicht mit der wieder aufkommenden Totenstille anfreunden. Sie macht ihm Angst! Regungslos wartet er, dass die Sicht sich verbessert. „Verfluchter Nebel!", schimpft er leise vor sich hin, er fühlt sich unwohl inmitten des undurchsichtigen Dunstes, denn der Pazifik kommt ihm so noch größer und hoffnungsloser vor. Hoffnungsvoll schaut er in Richtung des Himmels, kann aber weder die Wolken noch die Sonne sehen. Er ist eingehüllt von einem kalten, nassen, grauen Schleier, der wie ein gigantisches Leichentuch darauf liegt. Mit leblosem Blick starrt er in die nicht sichtbare Ferne. Ganz so, als ob er dreißig Zentimeter vor einer riesigen grauen Betonwand steht und hofft, darin etwas zu erkennen. Vor seinen Augen flimmert es ununterbrochen, denn seine Pupillen finden in dem tristen Raster keinen Fixpunkt. Zu seiner Verwunderung hat er, ohne dass er es gemerkt hat, seine Hände zu einem Gebet gefaltet. Ungläubig blickt er zu ihnen herab und weiß nicht so recht, was er jetzt tun soll. Zu wem soll er beten? Er, der nicht einmal einer Glaubensrichtung angehört. Zu Gott, zu Buddha, zu Allah oder irgendeinem anderen Anführer einer Religion der Erde? Er hat nie geglaubt, zumindest hat er sich immer bemüht, nicht an irgendwen oder irgendwas zu glauben. Zu viel ist – seit die Menschen anfingen zu glauben – im Namen des Glaubens auf der Erde schief gelaufen. Martin kann nicht verstehen, wieso Menschen im Namen ihrer Götter töten. Götter, die angeblich nur das Gute prophezeien und den Menschen helfen sollen. Entweder die Gläubigen verstehen ihre Götter falsch oder die angebeteten Götter gibt es gar nicht und sie sind nur eine Erfindung des Kleingeistes der Menschen. Martin zieht seine Hände auseinander. Wenn es einen Gott geben würde, warum hat er dann die Katastrophe auf dem Schiff zugelassen? Warum ist er, wenn er so mächtig ist, nicht eingeschritten und hat das Unrecht abgewendet? Er wäre jetzt schon zu Hause, seine Weltreise hätte ein gutes und schönes Ende gehabt, stattdessen treibt er im Pazifik herum. „Was für eine Gerechtigkeit ist das – Gott?", schreit Martin erbost in den Nebel hinein. Doch seine Worte werden augenblicklich verschlungen und kurz, nachdem er sie herausgeschrien hat, ist es wieder grabesstill. Hilflos und wütend drischt er mehrmals mit seinen Fäusten auf den Container ein, sodass seine Haut einreißt und etwas Blut aus den Wunden läuft.

Am nächsten Morgen wacht er erst sehr spät auf, die Sonne steht schon hoch am leicht bedeckten Himmel. Zögernd öffnet er seine Augen. Aber er wird von den hellen Strahlen geblendet, worauf er sie mehrmals hintereinander zukneift. Der dichte Nebel vom Vortag ist zu seiner Erleichterung verschwunden und einem schönen, nicht zu heißen Sommertag gewichen. Kraftlos setzt er sich auf und blickt unendlich müde aus seinen mit tiefen, sonnenverbrannten Rändern gesäumten Augen auf das leicht schaukelnde Containerdach. Zusammengesackt verharrt er bewegungslos in dieser Position, denn seine Muskeln sind zu einem größeren Kraftakt nicht mehr in der Lage. In Zeitlupe dreht er seinen brummenden, hämmernden Kopf ein bisschen hin und her und sieht direkt vor sich – in einer Beule des Stahldaches – eine kleine, vom Vortag übrig gebliebene Wasserpfütze schimmern. Martin streckt seinen Arm aus und tunkt seine Hand in die von der Sonne aufgewärmte Pfütze und befeuchtet damit seine Stirn. Gierig leckt er danach das von seiner Stirn herunterlaufende Wasser mit seiner Zunge auf. Unmittelbar danach beugt er sich über die Pfütze und trinkt sie hastig leer, bevor die Sonne diese vollkommen austrocknet. Sein letztes Wasser, wer weiß für wie lange! Er sackt wieder in seine Ausgangsposition zurück und verharrt mit leisem Summen, um sich die Einsamkeit und Hoffnungslosigkeit ein wenig erträglicher zu gestalten. „*Oh, Danny Boy – the pipes, the pipes are calling – from glen to glen and down the mountain side. – The summer's gone – and all the roses ...*" Martin hält plötzlich inne, hat er gerade nicht etwas gehört? Gleichgültig lauscht er einen Moment, aber er hört nichts Außergewöhnliches mehr und setzt schließlich sein irisches Lied fort. „*'Tis you 'tis you – must go and I must bide. – But come ye back when summer's in the meadow – Oh Danny Boy ...*" Martin unterbricht abermals – da ist doch etwas! Ruckartig reißt er seinen Kopf hoch und blickt suchend den Himmel ab. Er könnte schwören, den Schrei einer Möwe gehört zu haben. Die Wolken und das Blau des Himmels huschen an seinen Augen vorbei, aufgeregt suchen diese dort oben nach einem Vogel. Martin ist nervös, seine Hände fangen an zu zittern, denn wieder hört er – und diesmal eindeutig – einen Möwenschrei. Aber obwohl er den Himmel gründlich absucht, kann er immer noch keinen Vogel erspähen. Er ist vollkommen aus dem Häuschen, denn wenn tatsächlich eine Möwe dort oben ist, dann muss auch Land in der Nähe sein. Sich im Kreis drehend blickt er hoffnungsvoll in alle Himmelsrichtungen. Wo ist nur der verdammte Vogel? Wieder ein Möwenschrei und noch einmal und abermals. Die Schreie werden lauter, Martin ist fasziniert, und obwohl er immer noch kein Tier sieht, hüpft er vor

Freude auf dem Containerdach herum und schreit. „Kommt hierher, wo seid ihr nur?" Plötzlich kann er sie tatsächlich erspähen, eine Gruppe von etwa acht Tieren fliegt direkt auf seinen Container zu und kreist laut kreischend um ihn herum. ‚Was für wunderschöne Vögel!' Martin hat noch nie in seinem Leben solch schöne Tiere gesehen. Majestätisch und kraftvoll nehmen sie seine Behausung im Flug unter die Lupe. Eines der Tiere bricht aus der Gruppe aus und landet mutig auf der Kante des Containerdaches – keine fünf Meter von ihm entfernt. Martin bewegt sich keinen Millimeter von der Stelle und kann sich am Anblick der weißen, prächtigen Möwe nicht sattsehen. Tränen der Freude laufen ihm über sein Gesicht, er kann es immer noch nicht glauben und fängt an zu schluchzen. Einen Moment später springt die Möwe wieder vom Containerdach hoch und fliegt zu ihren Artgenossen, um weiterhin laut kreischend um seinen Container zu kreisen. Martin reibt sich die Tränen mit der Hand von der Wange und sieht in die Richtung, aus der die Möwen kamen. Dort hinten, einige Meilen entfernt, hat sich noch eine letzte Nebelwand vom Vortag gehalten, die beharrlich die Sicht auf alles, was dahinter liegt, versperrt. Martin schaut mit weit aufgerissenen Augen dorthin und fragt sich immerzu, warum gerade dort hinten noch eine Nebelwand steht. Neugierig starrt er permanent in ihre Richtung und versucht, im Dunst etwas zu erkennen. Zu seiner Erleichterung treibt sein Container genau in die richtige Richtung, sodass er „nur" abwarten muss, bis der Nebel sich aufgelöst hat. Ungeduldig beobachtet er den grauen Vorhang, während er auf dem Container nervös auf- und abläuft. All seine Schmerzen sind in diesem Augenblick vergessen, aus der Hoffnung, endlich gerettet zu sein, erwächst neue, unendlich scheinende Kraft. Selbst seine Müdigkeit ist verflogen, als ob er etliche Stunden in seinem gemütlichen Bett zu Hause tief und fest geschlafen hätte. Was befindet sich hinter der Nebelwand? Ist dort wirklich das lang ersehnte Land? Martin starrt gebannt in Richtung der nicht einzusehenden Stelle, doch langsam Stück für Stück lichtet sich der Dunst und gibt die Sicht auf den eingeschlossenen, dahinter liegenden Bereich frei. Die Minuten verrinnen, aber so sehr er sich auch bemüht, außer Pazifikwasser kann er zu seiner Enttäuschung immer noch nichts sehen. Dennoch lässt Martins Blick nicht für eine Sekunde von der noch immer großen Nebelwand ab. ‚Es besteht kein Grund zu Sorge', beruhigt er sich selbst, ‚da muss etwas sein! Denn von woher sollen die Möwen ansonsten gekommen sein?' Der Nebel lichtet sich immer weiter, die Sonne frisst sich Stück für Stück durch den dichten Dunst und löst die feuchte Tröpfchenwand zusehends auf. Plötzlich das Unvorstellbare! Martin reibt sich mit den Fingern seine feuchten Augen und möchte ihnen zuerst nicht trauen, aber tatsächlich ragt aus den schrumpfenden Nebelschwaden auf einmal ein Bergmassiv hervor. „Land, Land!", schreit er laut und ergänzt etwas später leise: „Ich bin gerettet." Derweil schrumpft der Nebel weiter und gibt immer mehr von der Insel frei. Nur knapp eine Stunde später ist sie komplett einzusehen und offenbart ihre ganzen Ausmaße. Martin ist schon ein ganzes Stück weiter an sie herangetrieben worden und kann einige Details erkennen. Zwei Bergmassive ragen auf der ansonsten vollkommen mit Bäumen bedeckten, grünen Insel empor. Die Klippen fallen steil in den Pazifik hinein und die Wellen brechen kraftvoll spritzend dagegen. Direkt vor ihm ist ein kleiner, mit Sand bedeckter, weißer Strandabschnitt sichtbar, der für eine Landung ideal zu sein scheint. Sie sieht einladend aus. Sie ist wunderschön. Eingeschlossen vom blauen Salzwasser – eine grüne Oase inmitten des Pazifiks. Sein Container kommt ihr näher, sie wächst vor seinen Augen merklich. Leider kann er immer noch keine Zeichen einer Zivilisation erkennen; keine Boote am Ufer, keine Häuser am Strand und auch keine umherlaufenden Menschen. Die Menschen auf der Insel halten sich vermutlich woanders auf ihr auf, weil dieser Teil nur eine einsame, verlassene Bucht ist. Die andere – nicht einzusehende – Seite der Insel war bestimmt besser geeignet, um sich auf ihr anzusiedeln. Dort wird er auf Menschen stoßen, die ihm helfen können. Martin bereitet sich ungeduldig darauf vor, den Container endlich zu verlassen, der abermals ein gutes Stück näher an die Insel herangetrieben wurde. Er muss den besten Moment abpassen, um an sie heranzuschwimmen. Nervös wartet er ab und konzentriert sich nur noch auf den kleinen Strandabschnitt, den er erreichen möchte.

Sein größtes Problem ist, dass er an diesem strategisch günstigen Punkt nicht vorbeitreiben darf. Ansonsten wird es schwer werden, auf die Insel zu gelangen, denn der Strandbereich ist schätzungsweise nur einige Hundert Meter lang und unmittelbar davor und danach steigen die kahlen Felsen steil, fast senkrecht in die Höhe. Martin reckt und streckt seinen Körper, um ihn auf das bevorstehende Schwimmen vorzubereiten. Eigentlich ist er ein guter Schwimmer, der unter normalen Bedingungen die zu schwimmende Strecke von knapp zwei Kilometern bis zum Strand ohne Probleme überbrücken könnte. Aber wie lange wird seine Kraft jetzt reichen? Er hat keine andere Wahl. Er muss es riskieren, er will endlich wieder festen Boden unter seinen Füßen spüren. Sein Container treibt währenddessen näher an die Insel heran, er fixiert den Strandabschnitt, der nur einige Meter breit ist und unmittelbar danach abrupt in den dichten, grünen Dschungel übergeht. Einen Moment später glaubt er, die beste Position erreicht zu haben und gleitet langsam am Container herunter ins warme salzige Wasser. Unentschlossen klammert er sich aber noch fest, denn plötzlich kommen all die schmerzvollen Erinnerungen der letzten Tage wieder hoch, bevor er den rettenden Stahlbehälter erreicht hatte. Es fällt ihm schwer, seine sichere kleine „Insel" zu verlassen. Doch schnell schiebt Martin die wehmütigen Gedanken beiseite, denn er kann es kaum noch erwarten, endlich wieder auf Menschen zu stoßen. Bald hat er es geschafft – sein Leid ein Ende! Er lässt den Container los und schwimmt, ohne sich nach ihm umzusehen, geradewegs auf die Insel zu. Mit kräftigen Schwimmzügen steuert Martin den Strand an und entfernt sich schnell vom Container. Voller neuer Energie und mit viel Lebensmut holt er alles aus seinem geschundenen Körper heraus. Das erste Drittel der Strecke schafft er zu seinem Erstaunen sehr schnell, aber schon kurz darauf machen sich die Strapazen der letzten Tage bemerkbar. Seine Schwimmbewegungen werden langsamer und angestrengter. Martin schwimmt und schwimmt immer weiter, unbeeindruckt davon, dass er sich einige Meter weiter schon richtig quälen muss. Er versucht seine Schwimmbewegungen besser zu koordinieren, gleichmäßig bewegt er seine Arme und seine Beine. Er hat die

Entfernung zur Insel deutlich unterschätzt und es kommt ihm vor, als ob sie plötzlich nicht mehr näher kommen würde. Einige Minuten später bekommt er einen Krampf im rechten Bein, der ihn vor Schmerzen aufschreien lässt. Martin hält einen Moment inne und versucht, das Bein zu massieren, aber sein Kopf taucht dabei immer wieder unter Wasser. Sein Beinkrampf hat ihn vollkommen aus dem Konzept gebracht, er droht zu ertrinken. Mit schmerzverzerrtem Gesicht versucht er, den Krampf zu ignorieren und schwimmt nur mit den Armen und dem linken Bein weiter. Er beißt die Zähne zusammen und versucht, weiter an die Insel heranzugelangen. Stöhnend und keuchend schwimmt er mit geschlossenen Augen weiter und schluckt dabei viel Salzwasser. Er mobilisiert seine letzten Kräfte und fordert seinen Körper bis aufs Letzte, denn er weiß, dass er keine zweite Chance hat. Hier geht es nun tatsächlich um Leben und Tod! Wie von Sinnen rudert er wild durchs Wasser, ohne dabei auf seinen Schwimmrhythmus zu achten. Seine Muskeln versteifen sich immer weiter, unerträgliche Schmerzen zischen wie Stromschläge durch seinen ganzen Körper. Martin reißt die Augen auf und muss mit Entsetzen feststellen, dass der Strand immer noch von ihm weit entfernt liegt. Die Schmerzen lassen ihn fast bewusstlos werden, aber dennoch schwimmt er weiter und weiter. Das Salzwasser strömt durch seine Nase und durch seinen Mund, er muss mehrmals husten, was sich anfühlt, als würden seine Lungen dabei zerreißen. Verzweifelt versucht er dennoch weiter zu schwimmen, doch sein Körper versagt ihm endgültig den Dienst und seine Glieder zucken nur noch minimal. Martin schluckt wieder Wasser, in Todesangst versucht er, seine Arme und Beine zu animieren, sich wieder zu bewegen, aber sie ignorieren seine Steuerbefehle einfach. Er versinkt, ohne etwas dagegen machen zu können, im Salzwasser und taucht mit dem Kopf vollkommen darin ein. Es kommt ihm vor, als ob er nichts mehr spürt …, noch nicht einmal, dass er sinkt. Aber … Er sinkt überhaupt nicht! Erstaunt reißt er ruckartig seinen Kopf kurz vorm Ersticken aus dem Pazifikwasser heraus und erreicht sofort die Oberfläche. Er liegt lang ausgestreckt auf dem Meeresboden, denn an dieser Stelle ist das Meer gerade einmal einen knappen Meter tief. Martin rappelt sich auf, er kniet sich hin und kann mit dem Kopf locker aus dem Wasser herausschauen. Der Strand ist zwar noch bestimmt dreihundert Meter entfernt, aber das Wasser ist vollkommen flach. Er kann es nicht fassen, wie von Sinnen jubelt er wie ein Wahnsinniger und schreit dabei unverständliche Laute voller Lebensüberdruss laut aus seiner brennenden Kehle heraus. Er ist gerettet! Er hat es geschafft und die Insel erreicht. Mühevoll steht er auf und watet langsam durch das hüfthohe Wasser zum Strand. Die grünen Bäume kommen immer näher heran, der weiße, saubere, trockene Sand funkelt ihn an, er fällt auf die Knie und lässt sich erschöpft vornüber auf den Boden fallen.

4. Kapitel

Martins Herz rast in seiner Brust. Er ist vollkommen entkräftet. Hechelnd betrachtet er im Liegen aus den Augenwinkeln heraus den vor ihm liegenden Inselbereich. Einige Schritte entfernt ragen große grüne Bäume dicht gedrängt wie eine gigantische Mauer majestätisch in den Himmel empor. Der nur knapp fünfzig Meter breite Sandstrand scheint zwischen ihnen und dem Pazifik regelrecht eingeklemmt zu sein, als ob er ansonsten – wie ein Teppichläufer, der in einem Flur liegt – verrutschen könnte. Soweit er sehen kann, schlängelt sich der schmale Strand zwischen dem Wald und dem Wasser entlang. Im hellen Sonnenlicht kann eine Insel nicht schöner sein. Martin ist auf einer richtigen Trauminsel gestrandet, die in keinem Reisekatalog verkaufsfördernder dargestellt sein könnte. Seine Hände fassen in den weichen, feinkörnigen Sand, er richtet sich schwerfällig zum Sitzen auf. Schon kurz darauf dringen fremdartige Geräusche aus dem Wald an sein Ohr, die er erst jetzt wahrnimmt. „Seine" Insel scheint voller Leben zu sein, etliche unterschiedliche Vogelarten, die alle gleichzeitig piepsen, übertönen in wildem Durcheinander das Rauschen des Pazifikwassers in seinen Ohren. Unweigerlich zeichnet sich in seinem Gesicht ein breites Grinsen ab, obwohl er dazu aufgrund seiner körperlichen Verfassung keinen Grund hätte. Aber die Gewissheit, endlich gerettet zu sein und bald auf Menschen zu stoßen, die ihm helfen können, lassen neue Kräfte und unendliche Zuversicht bei ihm aufkommen. Schwerfällig richtet er sich auf und geht mit wackeligen, teigigen Beinen – begleitet vom Vogelgesang und der Sonne im Rücken – langsam den Strand hinunter. Meter um Meter stapft er durch den weißen heißen Sand, der an einigen Stellen von alten, ausgetrockneten braunen Algen überdeckt ist. Seine Füße hinterlassen dabei nach jedem gegangenen Meter tiefe Abdrücke auf der ansonsten unbefleckten weißen Fläche. Mit nach vorn gerichtetem Blick versucht er, im Sand Spuren von Zivilisation zu entdecken, irgendetwas, was ihm auch die letzten Bedenken, dass diese Insel vielleicht doch unbewohnt ist, austreibt. Aber außer den hinter ihm liegenden, selbst erzeugten Fußabdrücken ist bis jetzt kein Anzeichen zu erkennen. ‚Dieser Strand wird penibel sauber gehalten', denkt er. ‚Nirgendwo liegt Müll herum oder ...' Martin bleibt stehen. ‚Nein, nein, das kann nicht sein!' Kopfschüttelnd geht er lachend weiter. Draußen im Pazifik – vom Container aus – hatte er, nachdem der Nebel sich gelichtet hatte, die Insel in ihrer ganzen Größe gesehen. Zu seiner Zufriedenheit hatte er festgestellt, dass es sich nicht um eine von diesen Hunderten klitzekleinen Inseln handelte, die vom Pazifikboden aus so gerade eben mit ein paar Quadratmetern aus dem Wasser ragen. Diese Insel ist um einiges größer, groß genug, um auf ihrer anderen Seite ausreichend Platz für eine mittelgroße Stadt zu bieten. Martin lässt sich nicht beirren und setzt seinen Weg fort. Nach knapp einhundert Metern endet der Strand aber schon und er steht vor etlichen großen, nur schwer zu überwindenden Granitblöcken. ‚Ein wirklich kleiner Strandabschnitt', denkt er abermals, schon vom Meer aus hat er diesen gesehen und richtig als sehr winzig eingeschätzt. Ihm bleibt nichts anderes übrig, als sich einen Weg durch den Wald zu schlagen, um auf Menschen in einem Dorf oder in einer Stadt zu stoßen. Entschlossen ändert er seine Richtung und tritt an die mächtigen Bäume heran, um in ihrem Schatten einen Blick ins Innere des Waldes zu werfen. Seine Augen brauchen einige Zeit, um sich von der grellen Strandbeleuchtung der Sonne an die diffuse Beleuchtung des Waldes zu gewöhnen. Nur sehr langsam gewöhnen sich seine Augen an das Dämmerlicht und vor ihm breitet sich ein Wald, ein Urwald aus. Der Unterschied vom Wald im herkömmlichen Sinne zum Urwald wird ihm mit einem Schlag deutlich vor Augen geführt. Dichtes, mannshohes, auf den ersten Blick undurchdringbares Gestrüpp wuchert zwischen den zahllosen Bäumen und ihm wird bewusst, dass dies nicht – wie bei ihm zu Hause – ein gemütlicher Spaziergang durch einen Wald werden wird. Er blickt zu seinen nackten Füßen hinunter und bewegt seine Zehen auf und ab, so als ob ihm dies die Entscheidung leichter machen würde, an welcher Stelle des Urwaldes sie zerschunden werden. Der Boden am Rande der Bäume ist hart und knochentrocken, er ist sich darüber bewusst, dass das nur der Anfang sein wird. Denn schon einige Meter weiter lassen die Zweige keinen

Zweifel darüber aufkommen, dass sie den Weg nicht so einfach freigeben werden. Am Rande des Urwaldes geht er wieder einige Meter zurück, um schließlich – über einen umgestürzten Baum balancierend – den Weg ins Innere des Dschungels zu wagen. Vorsichtig setzt er einen Fuß vor den anderen, um sich bloß nicht mit einer zusätzlichen Verletzung weiter zu schwächen. Auch wenn er bald auf Hilfe stößt, kann er sich auf kein Risiko einlassen, denn er weiß nicht genau, wann er tatsächlich auf Menschen trifft. Es ist nicht einmal sicher, ob er ihnen heute noch begegnen wird. Jetzt darf er nur nicht hektisch werden und alles auf einmal wollen, zwingt er sich selbst zur Ruhe. Denn am liebsten würde er einfach so schnell er kann losrennen und laut um Hilfe rufen, aber das Risiko, dass diese Seite der Insel über viele Hunderte von Metern unbewohnt ist und ihn niemand hören kann, ist zu groß. Seine restliche Kraft muss sehr gut eingeteilt werden, auf keinen Fall darf er sie einfach unbeherrscht vergeuden. Er kommt gut voran, gleichmäßig geht er immer tiefer in den Wald hinein und schon bald ist der Pazifik weder zu sehen noch zu hören. Der Urwald hat ihn komplett umschlossen und Martin stellt zu seiner Erleichterung fest, dass dieser doch nicht so unwegsam ist, wie er zuerst befürchtet hatte. Auf kleinen, natürlichen Pfaden bahnt er sich immer weiter seinen Weg in die Tiefen des Waldes hinein, begleitet von den vielen Vogelstimmen, die er schon am Strand wahrgenommen hatte. Von den Bäumen herab kreischen die farbenprächtigen Vögel zu ihm herunter und wundern sich über ihren merkwürdigen Besuch. Martin ist sich nach weiteren Metern sicher, dass dieser Bereich der Insel, den er gerade durchquert, unberührt ist. Rein gar nichts deutet daraufhin, dass hier schon einmal Menschen spazieren gegangen sind oder vielleicht ein Picknick abgehalten haben. Es wird sich um ein Naturschutzgebiet handeln, wie sie auf vielen Pazifikinseln eingerichtet wurden, um wenigstens einen Teil der Insel vor Menscheneinfluss zu schützen und ihren Ursprung zu bewahren. ‚Ja, so muss es sein', denkt er, ‚ein Naturschutzgebiet, was für ein Pech, dass ich gerade an dieser Stelle der Insel gestrandet bin.' Wäre er mit dem Container auf die andere Seite der Insel getrieben worden, hätte ihn wahrscheinlich schon ein Motorboot aufgenommen und er würde sich bei Kaffee und Kuchen mit den Einheimischen unterhalten und endlich jemandem seine abenteuerliche Geschichte erzählen können.

Jemandem etwas erzählen! Das würde er zu gerne! Obwohl er kein Mann ist, der unnötig viel sagt und auf Fremde sogar mitunter stur wirkt, würde er jetzt gerne seine Erlebnisse mit jemandem teilen, trotzdem mag Martin eigentlich keine Menschen, die ununterbrochen reden, und sich damit in den Vordergrund spielen wollen. Meist stellt sich nämlich dabei heraus, dass die Hälfte des Gesprochenen sowieso nur Lücken füllendes Geschwafel ist. Diese Menschen haben einfach nur Angst vor einer Pause in ihrem Gespräch, einer Pause, um nachzudenken, einer Pause, um sich mit der Gestik des Gesprächspartners aufmerksam zu befassen. Leider wird in der Welt viel zu viel einfach nur um des Redens willen geredet. Was heißt schon „guten Morgen", ein „Guten Morgen" ohne mimischen Ausdruck? Eine Floskel, die einfach so dahergesagt wird, ohne sie tatsächlich auch zu meinen. Es gibt unendlich viele Beispiele solcher Höflichkeitsfloskeln, die nur so gesagt werden, weil man sie sagen „muss", um sich mit anderen oberflächlichen Menschen zu verstehen. Schon an einem einzigen Tag fallen oft gleich mehrere hintereinander. Zum Beispiel, wenn auf dem Büroflur ein Kollege im Vorbeigehen ein „Alles klar?" in den Raum fallen lässt. Was soll das heißen? Will der jetzt wirklich wissen, ob bei mir alles klar ist? Aber bevor man auch nur ein Wort darauf erwidern kann, ist derselbe Kollege schon an einem vorbeigerauscht und zwanzig Meter hinter einem verschwunden. Also, was antworten die meisten darauf? „Alles klar? ... Ja!" Das war es, nichtssagendes Geschwafel, Kommunikation auf niedrigstem Niveau, weil man ein schlechtes Gefühl dabei hat, an einem Menschen – auch wenn man diesem nichts zu erzählen hat – einfach wortlos vorbeizugehen. Die Gestik und Mimik der meisten Menschen ist verkümmert, stattdessen wird scheinheiliges, unehrliches und falsches Reden bevorzugt. Wie heißt es doch so schön: „Bilder sagen mehr als tausend Worte", er jedenfalls glaubt daran. Martin lacht, was einem für Gedanken durch den Kopf gehen. Kaffee und Kuchen, als ob er jetzt Kaffee trinken wollte. Schweinegeschnetzeltes in

Champignonrahmsauce mit Röstkartoffeln und Brokkoli, ja, das würde er jetzt gerne essen. Nur mühevoll verdrängt er die schöne Vorstellung vom Essen, denn noch ist es nicht soweit. Stattdessen führt ihn sein Weg immer tiefer in den Urwald hinein, zielstrebig bahnt er sich diesen durch das Gestrüpp entlang an zahllosen großen Bäumen. Der Waldboden ist wie vermutet hart und trocken, mit Wurzeln so dick wie Männerarme nur so übersät, sodass Martin aufpassen muss, dass er nicht stolpert und seine nackten Füße daran aufreißt. Sein Blick wandert, während er stetig weitergeht, ständig auf und ab. Daher hat er für die Schönheit der Südseeinsel keinen wirklichen Blick übrig. Dort, wo die Sonnenstrahlen die Baumkronen durchdringen können, erscheint selbst das Waldesinnere nicht mehr trist und farblos. Genau dort erscheinen die Blätter in einem saftigen, dunklen Grün und wollen so gar nicht in diese Umgebung passen. Prächtige Papageien in leuchtenden roten, gelben, blauen, grünen und weißen Gefiederfarben bevölkern die Baumkronen der Bäume und krächzen wild durcheinander, wenn Martin in ihre Nähe kommt. Manchmal raschelt es vor seinen Füßen, wenn Äste beim Durchqueren der Wildnis knackend und krachend nachgeben und kleine braune Erdhörnchen, die hektisch das Weite suchen, ängstlich vor ihm her huschen. Martin geht kontinuierlich weiter, der von ihm eingeschlagene Weg ist fast ebenerdig, nur manchmal muss er kleinere Senken durchqueren, die mit stacheligen Pflanzen bewachsen sind. In die erste Senke ist er noch ahnungslos tollpatschig hineingelaufen und hat sich gleich kleinere, leicht blutende Risse an den Füßen zugefügt, weshalb er diese Senken jetzt großräumig umläuft. Gestrüpp und Bäume huschen an ihm vorbei, er hofft inständig, dass er nicht im Kreis läuft, denn er kann nicht ausschließen, dass er die Orientierung verloren hat. Mit dem Pazifik im Rücken hat er versucht, in die entgegengesetzte Richtung zu gehen, aber manchmal hat er keinen richtigen Fixpunkt gehabt, an dem er sich abermals orientieren konnte. Einige Zeit später überquert er eine größere Lichtung, die Sonne beleuchtet den baumlosen Fleck, als ob ihn jemand mit einem riesigen Scheinwerfer anstrahlen würde. Von hier aus kann er wieder die beiden Berge sehen, die ihm schon vom Pazifik aus aufgefallen waren. Jetzt weiß er, dass er nicht im Kreis gelaufen ist, und atmet erleichtert tief auf. Majestätisch ragen sie aus dem bewaldeten Boden heraus und lassen die Bäume klein und mickerig wirken. Blank geputzt, bar jeden Bewuchses ragen die Bergspitzen in den Himmel empor und geben den Blick auf ihre felsigen, braunen Häupter frei. Er schätzt sie zwar nicht höher als vierhundert Meter, aber weil er sich selbst nur zwei oder drei Meter über dem Meeresspiegel befindet, wirken sie auf ihn zunächst mächtiger, als sie tatsächlich sind. Wenn er gerade weiterläuft, führt sein Weg ihn direkt dorthin.

Schon knapp hinter der Lichtung ist es aber mit dem ebenerdigen Laufen vorbei und es geht bergauf. Martin könnte um die Berge herumlaufen, aber von dort oben hat er mit Sicherheit eine fantastische Sicht auf die ganze Insel und erkennt sofort, in welche Richtung er laufen muss, um auf die Einwohner der Insel zu treffen. Mit etwas Glück ist er, noch kurz bevor es dunkel wird, gerettet. Hoffnungsbeflügelt, zügiger als zuvor geht er mit dem Blick auf die Berge gerichtet weiter und steigt immer höher hinauf. Martin ist ungeduldig und muss sich innerlich bremsen, um nicht loszulaufen und den Gipfel im Laufschritt zu erklimmen. Irgendetwas hindert ihn daran, seine letzten Kräfte doch noch unkontrolliert zu vergeuden. Er muss Ruhe bewahren! Ruhe und Selbstbeherrschung haben ihn schon einmal vor Schlimmerem bewahrt. Noch weiß er nicht mit hundertprozentiger Sicherheit, ob er den Menschen der Insel heute noch begegnet. Die Insel könnte auf der anderen Seite der Berge, die er vom Container aus nicht einsehen konnte, noch kilometerweit in den Pazifik hineinragen. Vielleicht muss er noch eine Nacht alleine verbringen. Ruhe bewahren, Ruhe bewahren! Konzentriert geht er gleichmäßig weiter, der Schweiß läuft ihm in Strömen über die nackte, sonnenverbrannte Haut. ‚Hoffentlich erschrecke ich niemanden', geht es ihm durch den Kopf. Er gibt bestimmt einen Furcht einflößenden, verwahrlosten Eindruck ab. Seit Ewigkeiten hat er sich weder rasiert noch gewaschen und ist nur mit einer kurzen, schmuddeligen Jeans bekleidet, dem einzigen Kleidungsstück, das ihm geblieben ist. Martin schaut im Gehen an seinem zerschundenen Körper herab und riecht mit der

Nase an seinen Achseln. Ja gewiss, er stinkt! Geronnener, klebriger alter Schweiß vereint mit Salz und Dreck. Er sieht so verschmutzt aus wie ein Schornsteinfeger, den man nass gespritzt und danach durch einen verrußten, zweihundert Meter hohen Industrieschornstein gejagt hat. Mit dem einzigen Unterschied, dass er zusätzlich noch zehn Meilen gegen den Wind übel riecht. Martin nimmt noch einmal einen tiefen Zug aus seinen Achselhöhlen, mit dem Erfolg, dass er sich selbst angewidert schütteln muss und alsbald danach so laut er kann loslacht. Wie automatisiert gehen seine Beine immer weiter in Richtung der Berge den monoton ansteigenden Pfad aufwärts. Dabei vergisst er die Realität und versinkt in Träumereien, ohne die zurückgelegte Wegstrecke bewusst wahrzunehmen. Seine Weltreise, der Untergang des Containerschiffs, das alles erscheint ihm vollkommen irreal. Er ist ein normaler Mensch ohne besondere Höhepunkte in seinem Leben. Er hat eine normale Kindheit gehabt und wuchs in einem kleinen Dorf auf. Nach dem Abitur und dem Wehrdienst begann er eine Ausbildung zum Triebwerksmechaniker bei einem namhaften Flugzeugmotorenhersteller, der aufgrund wirtschaftlicher Schwierigkeiten viele Mitarbeiter, unter anderem auch ihn, schon bald entlassen musste. Deshalb hatte er die Zeit, diese Weltreise anzutreten, denn einen anderen Arbeitgeber in seinem Bereich hatte er nicht gefunden. Er wollte einfach nicht untätig zu Hause sitzen und warten, wie sein Leben vergeht. Nach etlichen Bewerbungsschreiben und genauso vielen Absagen hatte er die Nase voll und beschloss etwas zu machen, wofür er vielleicht nie wieder in seinem Leben eine Gelegenheit bekommen würde. Eine Weltreise! Und dann das Unglück. Der Untergang des Containerschiffs erscheint ihm immer noch wie ein fürchterlicher Traum. Ein rhetorisch geschickter Mensch könnte ihn mit Sicherheit mit findigen Argumenten letztendlich überzeugen, dass er selbst an dem Erlebten zweifeln würde. Vor dieser Schiffsreise hatte er noch nie einer Fliege etwas zuleide getan, aber bei dem Feuergefecht auf dem Schiff hatte er mit Sicherheit jemanden verwundet. Er sah zuvor auch noch nie einen Toten, mal abgesehen von seiner Oma, die beim Bestatter schön zurechtgemacht worden war. Aber den Anblick von „richtigen

Toten", die so grausam aussahen wie der Tod selbst ist, so etwas hatte er noch nie zuvor erlebt. Die einsamen Tage auf dem Pazifik, so etwas kann es doch nicht geben. Die Haie, der Container und dann die Insel. Martin bleibt stehen. Nur ungern verlässt er seinen Tagtraum, er ist verwirrt und blickt wieder in die Realität vor sich. Er hat ein gutes Stück zurückgelegt und steht nun vor dem eigentlichen Berg. Ab jetzt muss er ein wenig wie ein Bergsteiger klettern, doch er hält inne. Ein Geräusch, ein Geräusch hinter den Büschen direkt hinter ihm lässt ihn aufhorchen. Er tritt einige Schritte zurück und braucht eine ganze Weile, bis er begriffen hat, dass es sich um das Rauschen eines Baches handelt. Sogleich schiebt er hastig die Büsche beiseite, zwängt sich durch das Unterholz und schon einen Augenblick später steht er mit seinen Füßen in einem kleinen, aber stark fließenden Bach. Süßwasser! Als ob er sich dessen nicht sicher sein könnte, bückt er sich, taucht seine Hände in das kühle Nass und trinkt einen Schluck davon. Angenehm rinnt das wohlschmeckende, belebende Wasser durch seine Kehle. „Ja, Süßwasser!", wiederholt er das magische Wort zur Sicherheit, um Gewissheit zu haben noch einmal. Nicht, dass er am Verdursten wäre, denn Wasser hatte er auf dem Container zum Schluss genug gehabt, aber wer weiß, vielleicht kann ihm die Gewissheit, das auf der Insel trinkbares Wasser vorhanden ist, ja noch nützlich sein.

Schon bald wendet sich Martin wieder dem Berg zu und beginnt, ihn zu besteigen. Voller Neugier erklimmt er zügig die letzten zweihundert Meter, die vor ihm noch in die Höhe schießen und bezwungen werden wollen. Außer Puste erreicht er eine Viertelstunde später den Gipfel. Am Gipfel angekommen lässt er sich vollkommen erschöpft auf den Boden fallen. Aber schon kurz danach offenbart sich ihm eine fantastische Fernsicht über die ganze Insel, die ihn für seine Anstrengungen unmittelbar entschädigt. In der Ferne liegt vor ihm der Strandbereich, auf dem er die Insel zum ersten Mal betreten hat. Der weiße Sand steht in herrlichem Kontrast zu den grünen Bäumen. Im Gegensatz dazu fasst der dunkelblaue Pazifik die tief grüne Insel sanft ein. Keine einzige Wolke hindert die Sonnenstrahlen am strahlend blauen Himmel daran, die auf der Insel vorhandenen prächtigen

Farben gänzlich zu entfalten. Martin kennt solch intensive Farbenpracht nur von seiner orange verglasten Sportbrille, die mit dem Containerschiff versank. Diese hebt sämtliche Farben der Umgebung ähnlich intensiv hervor. Das hebt die Laune und animiert den sie tragenden Sportler selbst bei schlechtem Wetter eine positive Einstellung für sein Hobby zu bekommen und sich auf das Wesentliche, den Sport, zu konzentrieren. Martin setzte sie gerne beim Joggen auf, denn so bebrillt sahen selbst völlig verregnete und trübe Tage, die es in Deutschland mehr als genug gab, noch einigermaßen erträglich aus. Aber hier wäre sie sowieso wohl gänzlich überflüssig, die Farben der Insel müssen nicht zusätzlich hervorgehoben werden. Auf dieser Insel ist es sowieso unmöglich, negativ zu denken, und nicht erforderlich, sich durch Manipulationen des Blickes die tatsächliche Atmosphäre zu verschönern. Seine Augen wandern langsam weiter an den Bäumen entlang und hinüber zu dem anderen, gegenüberliegenden Berg. Dieser ist nicht so hoch wie der, den er bezwungen hat, und vom Umfang auch bedeutend schmaler. Auch dieser Berg wird – soweit er sehen kann – bis auf ein paar kleinere, längliche Lichtungen von Bäumen eingefasst. Aufgeregt sieht Martin sich weiter um, wenn keine Zivilisation im Inneren der Insel zu sehen ist, so muss doch der Strandbereich auf der anderen Seite besiedelt sein. Aber er kann keinen weiteren Strandabschnitt mehr erkennen. An allen anderen Seiten der Insel fallen die Klippen senkrecht zum Pazifik hin ab und die Brandung überschlägt sich schäumend an ihnen. Martin kann überhaupt keine Dörfer sehen, noch nicht einmal ein Haus. Er dreht sich um die eigene Achse, seine Pupillen im Auge drehen sich dabei nervös mit. Nichts! Er fixiert die Umgebung erneut und reibt seine Augen mit den Händen. Er muss etwas übersehen haben und zwingt sich zur Ruhe. Konzentriert prüft er noch einmal mit seinen starrenden Augen die komplette Insel ab. Er versucht, dabei nichts zu übersehen, aber er muss sich wenig später eingestehen, dass der leere Strandbereich, an dem er gelandet ist, der beste Ort für eine Besiedlung wäre. Niedergeschlagen steht er mit herabhängenden Schultern auf der höchsten Stelle der Insel. Er muss der abstrusen Wahrheit ins Gesicht sehen. Diese Insel ist wahrhaftig unbewohnt! „Mein Gott!", fährt es ihm unmittelbar geschockt über die Lippen. „Ich bin alleine!" Nirgends ist auch nur eine Spur von menschlicher Zivilisation zu sehen. Es gibt keine Häuser, keine Straßen, keine Bootsstege oder Schiffe, keine Navigationsmasten auf den Bergen, einfach nichts. Wenn er davon ausgeht, dass der Berg, auf dem er steht, vierhundert Meter hoch ist, so errechnet er eine Größe der Insel von etwa sieben Kilometern Länge und fünf Kilometern Breite. Nicht groß, aber auch nicht klein. Außer einem kleinen Strandbereich, zwei Bergen und jeder Menge Bäume gibt es hier nichts. Mal abgesehen von ihm, einigen Tieren und dem, ja, dem lebensnotwendigen Wasser. Martin ist geschockt und wischt sich die aufkommenden Tränen in seinen Augen mit dem Handrücken aus dem Gesicht. Auf einen Überlebenskampf in der Wildnis war er nun überhaupt nicht vorbereitet. Er hatte fest an das Ende seines Albtraums geglaubt. Er hielt es für unmöglich, so viel Pech zu haben und in eine solche Situation hineinzugeraten. Aber seine Pechsträhne ist noch nicht abgerissen. Währenddessen zeichnet sich am Horizont das Ende des Tages ab. Zusammengesackt auf dem Gipfel sitzend erlebt Martin das Hereinbrechen der neuen Nacht. Die Sterne funkeln erneut vom kristallklaren Himmel herunter und geben ihm wenigstens ein bisschen ein Gefühl der Geborgenheit. Kurz darauf schläft Martin vor Erschöpfung ein und träumt:

Er sitzt früh morgens am Strand, ein vorbeifahrendes Schiff bemerkt sein Feuer, das er zuvor in der Nacht angezündet hat. Es ankert und die Retter fahren eiligst in einem Beiboot auf die Insel zu. Er springt auf, ruft und springt umher, damit die Leute ihn bloß nicht übersehen können. Sie kommen näher und näher, er kann ihre Gesichter schon gut erkennen. Er wundert sich ein wenig, weil die Fremden merkwürdig bekleidet sind. Sie tragen große Hüte, zerrissene Hemden und flatternde Hosen. In ihren Fäusten halten sie merkwürdige Gegenstände. Sind es Waffen? Sie fuchteln damit herum. Ja, jetzt kann er es erkennen, sie tragen Säbel und Dolche in ihren Händen. Er reißt weiter seine Augen auf, sein Blick wandert zum ankernden Schiff hinüber, es hat Segel, viele Segel und Kanonen. Außerdem weht am höchsten Mast des hölzernen Kriegsschiffes eine mächtige schwarze Totenkopfflagge. Er ist entsetzt, und bevor er reagieren kann, haben die Piraten auch schon den Strand erreicht. Sie stürmen mit gezogenen Waffen schreiend auf ihn zu. Er ist vor Angst wie gelähmt, kann sich nicht von der Stelle rühren. Sie kommen näher, er kann schon den nach Tod stinkenden Geruch wahrnehmen, der ihnen vorauseilt. Er kann die narbengezeichneten Gesichter der Meuchelbande sehen, ihre Augenklappen, ihre zusammengeknoteten Haare, ihre blitzenden und in der Sonne funkelnden, goldenen Zähne, die bei ihren fluchenden Mundbewegungen blinken wie die Warnlampen eines Pannendienstes. Wenig später kann er sogar schon ihren faulen Atem riechen und den Luftzug ihrer zum Schlag ausholenden Säbel spüren, deren scharfe Klingen gierig nach seinem zitternden Hals zielen. Er streckt seine Hände schwach zur Abwehr von sich, die Männer lassen sich davon jedoch nicht beeindrucken und stürmen mit ungebremstem Tempo weiter auf ihn zu. Sie erreichen ihn. Er nimmt einen Ruck wahr, aber sie rennen einfach durch ihn hindurch, als wäre er ein Geist, eilen, ohne ihn wahrzunehmen, hastig weiter in den Wald hinein und verschwinden schließlich in der Finsternis. Es ist still! Er blickt an seinem Körper herunter, schaut nach dem Schiff, aber es ist nicht mehr da …

Martin erwacht und setzt sich panisch mit einem Ruck auf. Die Nacht scheint bald zu enden, und ehe er sich versieht, erreichen ihn schon die ersten Sonnenstrahlen des neuen Tages. Schweißgebadet schaut er orientierungslos und vom Traum noch etwas benebelt hektisch umher. Es ist kühl, er spürt, wie die Kälte vom Boden in seinem Körper emporsteigt. Er richtet sich langsam auf und humpelt mit steifen, schmerzenden Beinen einige Schritte auf der Bergspitze entlang. ‚Was für ein Kontrast!', denkt er verwirrt. Der Pazifische Ozean funkelt im Mondschein zu ihm herüber und suggeriert ihm einerseits das friedvollste Bild der Erde, das er je zu Gesicht bekam, aber andererseits befindet er sich in der größten Notlage seines Lebens. Schönheit und Abscheulichkeit liegen viel näher zusammen, als er es sich je erträumt hätte. Gut und Böse, Tod und Leben, Hass und Liebe, Unerwünschtes und Angstvolles geht miteinander einher, mit dem Wunderbarsten des menschlichen Lebens. Es liegt in der

Sache der Evolution, dass das eine nicht ohne das andere auskommen kann. Wie zwei Magnetpole stoßen sie sich in einer bestimmten Konstellation ab und ziehen sich in einer anderen Position an. Die Sonne steigt weit hinten im Pazifik auf, als ob sie die Nacht über wie in einem gigantischen Bett in ihm geschlafen hätte. Jedenfalls erhebt sie sich nun in einem leuchtend grellen Gelb langsam und gleichmäßig aus ihrem nassen Wasserbett. Mit jedem Millimeter, den sie gen Himmel steigt, lässt sie den Horizont heller erstrahlen und wirft die Sonnenstrahlen immer weiter in Richtung „seiner" Insel. Wie von Geisterhand überwinden sie in Minutenschnelle die unendliche Distanz zwischen ihm und dem Unerreichbaren dort draußen. Schon einen Augenblick später erreichen sie auch schon das kleine Eiland und übermalen die tristen Nachtfarbgebungen. Nach den Grau- und Schwarztönen der finsteren Nacht werden nun Hunderte leuchtende Farbnuancen blitzschnell aufgetragen, sodass die Insel schon ein wenig später wieder als farbenprächtiges, freundliches Inselchen im Pazifik erstrahlt. Trotz seiner Mattigkeit und Niedergeschlagenheit kann er sich der Faszination dieses Naturschauspieles nicht entziehen. Bewegungslos und voller Ehrfurcht verharrt er an seinem Platz und wartet neugierig ab, was als Nächstes passiert. Es ist mucksmäuschenstill, die Zeit verrinnt und plötzlich erwacht die Insel zu lautstarkem neuem Leben. Wie auf Knopfdruck wird die Stille durchbrochen. Als ob die Tiere sich abgesprochen hätten, fangen sie alle gleichzeitig an zu singen, zirpen, surren und brummen. Jedes Lebewesen der Insel hat auf einmal etwas zu sagen und möchte es nun schnellstens seinen Artgenossen und den anderen Bewohnern mitteilen. Von überall her werden Martin viele Geschichten zugetragen, wenn er sie denn nur verstehen könnte. Ein schöner Ort, vielleicht der schönste Platz auf Erden, aber irgendwie möchte sich dieser Gedanke nicht in ihm festigen. Was unternimmt er sinnvollerweise nun als Erstes? Sein Gehirn ist durch die Strapazen der letzten Tage noch etwas langsam bei der Arbeit, aber sein Magen kommt ihm zuvor. Mit kräftigen Stichen in der Magengrube wird ihm diese Entscheidung auch schon abgenommen. Er muss etwas essen! Nachdem er „seine" Insel noch einmal überblickt hat, macht er sich auf den Weg zum Bach hinunter. ‚Es ist wichtig', denkt er, während er geht, ‚dass ich mir einen Tagesplan einrichte.' Als Erstes sollte er etwas trinken, danach essen und sich dann mit der Besteigung des zweiten Berges befassen, denn es ist nicht auszuschließen, dass er vom ersten Berg aus etwas übersehen hat. Kurze Zeit später erreicht er den Bach, der ihm das Wiederfinden durch sein lautes Rauschen erleichtert. Martin geht am Bach entlang und verfolgt seine Fließrichtung. Er gönnt sich einige Schlucke und ist von dem wohlschmeckenden, klaren Wasser abermals beeindruckt. Entlang an unzähligen größeren und kleineren Bäumen führt ihn sein gut zu begehender Weg auch an einigen kleineren Lichtungen entlang. Unerwartet tauchen sie aus dem Nichts auf und sind, wenn er sie passiert hat, genauso schnell im Dickicht wieder verschwunden. Etliche Bachschlängelungen später erreicht er einen kleinen See an einer großen sonnendurchfluteten Lichtung. Neugierig starrt er ins Wasser und sieht dort zahlreiche Fische schwimmen. Er ist erstaunt und es bestätigt sich, dass diese Insel alles andere als überlebensfeindlich ist. Selbst, wenn er hier einige Tage verbringen muss, verhungern oder verdursten wird er mit Sicherheit nicht. Entschlossen stellt er sich in den See, bis die Knie umspült werden. Er beugt sich vor und hält seine Hände ruhig ins Wasser hinein. So verharrt er, ohne sich zu bewegen. Die Fische, die, als er ins Wasser eindrang, eiligst davonschwammen, kehren einige Minuten später wieder zurück. Ohne Angst schwimmen sie neugierig dicht an seinen Händen vorbei und versuchen sogar, sie anzuknabbern. Blitzschnell packt er zu und hält einen mittelgroßen, etwa zwanzig Zentimeter langen Fisch in seinen Händen. Er schmeißt den Fisch an Land auf die Steine vor dem See und wiederholt seine Fangmethode noch ein zweites Mal. Wieder fängt er einen Fisch. Martin ist erstaunt, dass die Theorie aus seinem Überlebensbuch, das er vor seiner Weltreise gelesen hat, so gut funktioniert. Danach schlägt er die Fische mit dem Kopf voraus an einen großen Stein, aber leider sind sie nicht sofort tot und bewegungslos, so wie es im Buch stand. Ums Überleben kämpfend zappeln sie wild umher. Das geht Martin an die Nieren und wäre sein Hunger nicht so groß, würde er sie einfach wieder ins Wasser werfen und in die Freiheit zurückschwimmen lassen. Stattdessen schlägt er härter zu und nach ein paar Hieben bewegen sie sich schließlich nicht mehr. Sie sind tot. Er ist über sich selbst erschrocken, denn noch nie in seinem Leben hat er ein Lebewesen mit eigenen Händen getötet. Gierig reißt er einen Fisch auseinander und pult das rohe Fleisch aus dem zähen Körper heraus. Während er den ersten Bissen noch angewidert ausspuckt, überwindet er sich einige Sekunden später doch und schluckt das rohe Fleisch nach dem Kauen schließlich herunter. Nach den beiden Fischen ist Martin pappsatt und hat ein schlechtes Gefühl. Wäre es nicht besser gewesen, nach Tagen des Hungerns eine kleinere Portion zu essen? Kritisch beobachtet er seinen Bauch, während er sich auf die großen Steine am Rande des Sees setzt. Es rumpelt und zieht zwar im Magen, aber unwohl ist ihm nicht. Im Gegenteil, er fühlt sich zum ersten Mal seit dem Schiffsuntergang relativ wohl und ertappt sich dabei, wie er ein Lied anstimmt. Er muss rülpsen und furzen, während er sich entspannt zurücklehnt und in den blauen Himmel starrt.

Kleine Schönwetterwolken ziehen gemächlich an seinen Augen vorüber, Martin kann in ihnen immer noch Figuren erkennen. Schon als kleiner Junge hatte er gern in die Wolken am Himmel geschaut und darin allerlei Bekanntes wiedererkannt. Stundenlang blickte er im Gras liegend neugierig nach oben und ließ seiner Fantasie freien Lauf. So zogen Autos, Blumen, Lutscher, Teddybären und vieles andere, was Kinder bewegt, an seinen Augen mal schneller und mal langsamer vorbei. Manchmal erzählte der Himmel ihm sogar Geschichten. Märchen, die er sich im Geist selbst erdachte und danach an den Himmel projizierte. Ja, er konnte sich mit Dingen beschäftigen, die auf andere Kinder, zumindest in dem Ausmaß, langweilig wirkten. So hatten seine Freunde auch nur begrenzt Zugang zu seinen Abenteuern im natürlichen, täglichen Kino des Himmels. Schnell wurden sie ungeduldig, machten sich über seine Spinnereien lustig und beschäftigten sich mit anderen Sachen. Selbst seinen Lehrern blieb seine Vorliebe nicht verborgen und so mussten sie ihn immer mal wieder ermahnen, wenn er während des Unterrichts träumend aus dem Fenster schaute. Seine Eltern wurden beim Elternsprechtag daraufhin angesprochen und man einigte sich darauf, ihm einen anderen Platz in der Klasse zuzuteilen, so weit wie möglich weg vom Fenster. Damit hatten sie aber seine Gedanken nicht unterbinden können. Von da an eröffneten sich ihm an der schmierigen, grob von Kreide befreiten Tafel wundersame Fantasiefiguren. Immer mal wieder musste er grinsen, wenn er etwas Lustiges darin entdeckte, und so verging der Unterricht wie im Fluge. Seine Lehrer waren von da an zufrieden und lobten seine Aufmerksamkeit im Unterricht beim nächsten Elternsprechtag. „Ihr Junge schaut immer nach vorne und lässt sich nicht mehr ablenken." Sie waren begeistert von ihrem pädagogisch wertvollen Einfall, huldigten sich gegenseitig und rühmten ihre Zusammenarbeit. Ihm war es egal, er ließ sie in dem Glauben und wunderte sich nur, wie leicht er die Erwachsenen austricksen konnte. So stellte er sich zwangsläufig die Frage, was Größe mit Intelligenz zu tun hat. Er blieb nicht klein und je größer er wurde, desto mehr Aufmerksamkeit widmeten die Erwachsenen ihm. Aber so groß, alt und weise wie sie, war er natürlich immer noch nicht. Es dauerte lange, bis er so richtig zu ihnen gehörte. Eines Tages sagte sein Vater: „So, mein Junge, jetzt bist du erwachsen." Da wurde er achtzehn Jahre alt und durfte zum ersten Mal wählen gehen. War das Erwachsensein? Erst ab einem bestimmten Alter, das die Erwachsenen festlegten, erwachsen zu sein? Zur Wahlurne zu laufen und seine Stimme für eine Partei abzugeben, die ihr Wahlprogramm noch nicht einmal selbst verstand? Martin wunderte sich stets aufs Neue. Er hatte so seine eigenen Vorstellungen vom Erwachsensein, doch die wenigsten Erwachsenen entsprachen seiner Vorstellung. Je „erwachsener" er wurde, desto weniger wollte er es sein. Er musste seine Welt loslassen, Träume, die ihn seine ganze Kindheit begleitet hatten. Jetzt wurde es ernst und – so stellte er sehr bald fest – erst richtig „kindisch". Er selbst glaubte daran, nie erwachsen geworden zu sein, doch die späteren Generationen belehrten ihn eines Besseren. Er spürte, dass er, wenn er auf sie stieß, nicht mehr einer von ihnen war, so sehr er sich auch bemühte. Sie wollten ihn nicht mehr haben. Ohne dass er es bemerkte, hatte er sich von ihnen entfernt. Aber immer, wenn er sich dessen bewusst wurde und sich das Absurdum der Erwachsenen auf der Welt vor Augen führte, spürte er noch ein wenig ihre Verbundenheit. So glaubte er wenigstens.

Martin sieht eine Gruppe von Menschen am Himmel auf sich zulaufen, aber noch bevor er das Bild genauer betrachten kann, verwischt die Wolkenformation ins Unkenntliche. Er löst seine Augen vom Himmel und widmet sich wieder der Realität. Müde macht er sich auf den Weg, um den zweiten, kleineren Berg zu besteigen. Sein Kreislauf kommt nur widerwillig in Fahrt. Ein voller Magen verträgt sich nicht mit einem zu besteigenden Berg, so braucht er länger, als er unter normalen Umständen brauchen würde, um den Gipfel unter seinen Füßen zu spüren. Die Aussicht vom zweiten Berg ist ebenfalls fantastisch, aber leider bestätigt sich seine Vermutung, dass die Insel unbewohnt ist. Nirgends ist auch nur der kleinste Hinweis zu erkennen, dass diese Insel einmal bewohnt war, geschweige denn bewohnt ist. Eine unbewohnte Insel, wo gibt es das noch? Diese Erkenntnis nimmt er beinahe nüchtern wahr. Denn ernsthaft damit gerechnet, doch noch auf Menschen zu stoßen, hatte er nicht mehr. Martin zuckt mit den Schultern, er ist enttäuscht, aber es reißt ihn nicht mehr von den Füßen. Er nimmt die Tatsache fast genauso gleichgültig zur Kenntnis, als ob er morgens zu Hause feststellt, dass er heute zur Arbeit gehen muss. Gemächlich schaut er über sein Paradies, in dem er wohl oder übel die nächsten Tage verbringen muss. Nach einer Weile verlässt Martin den Berg und steigt hinab ins Tal. Am Fluss entlang, an dem er morgens gegessen hatte, führt ihn sein Weg direkt zum Strand. Wohltuend umschließt der heiße Sand einige Zeit später seine ramponierten Füße. Hier am Strand möchte er sich ein Quartier errichten. Die Lage scheint ihm perfekt zu sein, denn, wenn Hilfe kommt, dann über den Strand. Er ist sich sicher, dass die Insel nur von dieser Stelle aus betreten werden kann, denn an allen anderen Seiten waren ja, wie er gesehen hat, nur schroffe Felsen, die unüberwindbar steil in den Pazifik abfielen. Hier wird er sich eine Basis aufbauen, von der aus er die Insel weiter erkunden kann. Martin macht sich unmittelbar danach an die Arbeit und klatscht aufmunternd in die Hände. Nachdem er sich aus Holz ein Schrägdach gebaut hat, das er an einen Baum lehnt, bedeckt er es mit großen grünen Blättern. Er ist sich durchaus der Tatsache bewusst, dass es nicht dicht ist, aber es wird bei Regen zumindest einen großen Teil Wasser abhalten. Unmittelbar danach baut er sich eine kleine Feuerstätte mit einem kreisrunden Fundament aus Findlingssteinen, die in der Nähe seiner Behausung herumliegen. Unermüdlich schuftet er, bis die Sonne untergeht, um sein Werk am nächsten Morgen sofort nach Sonnenaufgang und nach einem Fischfrühstück am See zu vollenden. Einige Tage später hat Martin so etwas wie einen festen Tagesrhythmus gefunden und die grundlegendsten Bedürfnisse des Überlebens zufriedenstellend gelöst. Selbst das Feuermachen stellt für ihn nach einigen Fehlversuchen kein Problem mehr dar. Er hat sich für eine gewisse Zeit mit dem Leben auf der Insel abgefunden und versucht, sich zu arrangieren. Er ist sicher, dass irgendwann ein Schiff vorbeikommen wird. Er hat sogar überlegt, ein Floß zu bauen und wieder auf den Pazifik hinauszufahren, aber diesen Gedanken schnell wieder verworfen, als die Erinnerungen an die Plattform hochkamen. Noch ist er nicht soweit, sein sicheres Leben auf der Insel wieder zu riskieren. Das Risiko, dabei umzukommen, ist viel zu hoch. Vielleicht – wenn keine Hilfe kommt – in einigen Monaten. Vielleicht! Hoch am Himmel sieht Martin wieder den Kondensstreifen eines Flugzeuges. Den Rumpf der großen Maschine kann er nur ganz schwach erkennen, weil es in sehr großer Höhe fliegt. Beim ersten Mal hatte er noch gewunken, obwohl er genau wusste, dass die Besatzung ihn niemals hätte sehen können.

Viele Gedanken gehen Martin während der einsamen Tage durch den Kopf. Hat wirklich noch nie ein Mensch seinen Fuß auf diese Insel gesetzt? Er konnte zwar bei seinen Exkursionen auf der Insel immer noch keine eindeutigen Spuren finden, die ihm versicherten, dass schon einmal Menschen die Insel betreten hatten, aber er hat sie auch noch lange nicht vollkommen erforscht. Bis jetzt hatte er sich lediglich die leicht zu betretenden Bereiche angesehen. Zu dem Gebiet der Insel, das zwischen und hinter den Bergen liegt, ist er überhaupt noch nicht vorgedrungen, weil dort der Wald undurchdringbar dicht wuchert. Als er tags darauf zum zweiten Mal den höchsten Berg der Insel besteigt, erfasst er sitzend von einem Felsen aus, von dem aus er einen großen Teil seiner Insel einsehen kann, die großen bewaldeten Flächen. Diese hat er überhaupt noch nicht erkundet. An einer großen, lang gestreckten Lichtung verharrt sein Blick. Warum ist sie so, wie sie ist? Diese Lichtung sieht vollkommen anders aus als die anderen Lichtungen der Insel, die meist kreis- oder würfelförmig sind. Diese Lichtung ist so ganz anders. Sie ist schmal, sehr lang und kreuzt sich mit einer anderen, etwas kürzeren Lichtung. Das sieht irgendwie merkwürdig aus, und er beschließt, diese Lichtung später genauer vor Ort zu untersuchen. Es wird sowieso Zeit, den letzten unbekannten Teil der Insel zu erforschen. Nachdem er einigen Vogelschwärmen, die über den Baumwipfeln flogen, zugesehen hat, macht er sich wieder auf den Weg zu seiner Behausung am Strand. Zielstrebig und ohne Umwege erreicht er seine Blatthütte. Den Bereich vor den Bergen kennt er mittlerweile schon recht gut, sodass er sich darin nicht mehr verläuft. Er hat Hunger und möchte ein Feuer für sein Mittagessen entfachen. Gott sei Dank bereitet ihm das Feuermachen keine Schwierigkeiten mehr, sodass er den Fisch nicht mehr roh essen muss. Die dafür bereits präparierten Stöcke hat er neben seiner Blattbehausung liegen. Einen der beiden Stöcke hat er mit einem spitzen Stein in der Mitte ausgehöhlt, sodass eine Furche entstanden ist und die Luft von unten an das Brennmaterial gelangen kann. Mit dem zweiten gewöhnlichen, geraden Stock, wird an dem anderen langsam und gleichmäßig so lange gerieben, bis das Holzmehl zwischen den beiden zu glimmen beginnt. Wichtig ist, dass Luft an das Holzmehl gelangt. Denn ohne Luft brennt kein Feuer. Das alles muss natürlich gut koordiniert sein und verlangt Ausdauer und geschicktes Handeln. Wenn das Holzmehl glimmt, muss rasch neues Brennmaterial nachgelegt werden, damit aus der Glut ein richtiges Feuer werden kann. Er hat sich in den Dingen der Überlebenstaktik bis jetzt recht geschickt angestellt und ist mit seinen Ergebnissen mehr als zufrieden. Das Feuer brennt! Martin legt rasch größere trockene Äste von Sträuchern darauf und macht sich, als er sicher sein kann, dass es nicht mehr ausgeht, auf den Weg zum See. Heute gibt es Fisch, bis jetzt ist seine Küche noch sehr eintönig und er wäre froh, wenn er sie bald erweitern könnte. Aber wenigstens konnte er seine Fangmethode verbessern. Hier hat er mittlerweile eine überraschend einfache Lösung gefunden. Er fängt den Fisch nicht mehr mit seinen Händen, sondern hat sich mit einem scharfen Stein aus dem Pazifik aus einem langen, stabilen dünnen Ast eine recht brauchbare Lanze geschnitzt. Um die großen Fische des Sees aus dem tiefen Wasser zu locken, hat er Würmer aus dem Boden gegraben. Martin legt seine Köder zwischen seine gespreizten Beine auf die Wasseroberfläche und bleibt, manchmal minutenlang, bewegungslos so stehen. Die Würmer bleiben auf der Wasseroberfläche liegen und er braucht nur regungslos abzuwarten, bis ein stattlicher Fisch sie schnappen möchte. Wenn es soweit ist, stößt er seine Lanze blitzschnell in Richtung des Fisches und – meist mit großer Sicherheit – in seine Beute hinein. Wenn der große Fisch dann am Speer zappelt, zieht er ihn aus dem Wasser heraus und legt ihn am Ufer ab. Von den großen Fischen genügt einer, um satt zu werden. So spart er sich viel Zeit. Von den kleineren Exemplaren musste er noch mindestens zwei fangen, um seinen Hunger zu stillen. Auf dem Rückweg zum Strand pflückt er noch einige Beeren von den Sträuchern, die von der Farbe und dem Geruch her am appetitlichsten aussehen. Wieder am Lager angekommen legt er den Fisch auf einen Holzrost über das Feuer und brät ihn. Um die Zeit zu überbrücken, bis der Fisch gar ist, nascht er genüsslich einige seiner blauen Beeren, die zwar etwas bitter schmecken, aber ansonsten das Aroma ähnlich schwarzer Johannisbeeren besitzen. Er ist gespannt, wie er sie verträgt. Ohne alle Bedenken kann er dagegen seine erste gefundene Kokosnuss essen. Eigenartigerweise stehen die Kokosnussbäume nicht in der Nähe des Strandes, wo er sie vermutet hätte, sondern am Rande des Baches. Deshalb waren sie ihm zuerst überhaupt nicht aufgefallen. Er reißt mithilfe seines scharfen Steines die grüne Schutzschale der Kokosnuss ab und dreht danach die braun behaarte Kugel in seinen Händen, bevor er sie kraftvoll auf den dicken Stein neben sich schnellen lässt. Als sie beinahe auseinanderbricht, kippt er sie blitzschnell zur Seite, um nicht den größten Teil der Kokosnussmilch zu verschütten. Genussvoll lässt er diese danach langsam durch seine Kehle laufen. Ja er ist ein Lebensmittelverschwender, aber wieso soll er sparen? Er hat auf seiner Insel von allem mehr als genug. Kokosnüsse sind eine wahre Bereicherung, er fühlt sich beinahe wie in einem Feinkostladen. Danach nimmt er den durchgegarten Fisch vom Stock und beißt beherzt hinein. „Aua!", schreit er auf. „Ist der heiß!" Martin reibt sich mit der freien Hand über seine schmerzenden Lippen. Er pustet kräftig auf den dampfenden Fisch. Doch erst nach einer Weile kann er gefahrlos in diesen hineinbeißen und lässt sich das etwas mehlige, ungewürzte Fischfleisch schmecken. Sicher vermisst er das eine oder andere Gewürz von zu Hause, aber seine Geschmacksnerven reagieren jetzt schon nicht mehr so abweisend wie zu Anfang. Er gewöhnt sich an die Inselkost, die ihn mit jedem Tag weiter zu Kräften kommen lässt. Während des Essens kreisen seine Gedanken oft um seine Heimat.

Mit seinen Eltern hatte er, kurz vor der Abfahrt des Schiffes, vom Hafen aus telefoniert. Ist seine Familie wohl schon darüber benachrichtigt worden, dass sein Schiff untergegangen ist? Eigentlich weiß er gar nicht, warum er sie angerufen hat. Für sie war es normal, dass er sich von seiner Weltreise nur selten bei ihnen meldete. Oft hatte er wochenlang nicht bei ihnen angerufen. Seine Mutter, die stets ans Telefon ging, war auch immer dementsprechend sprachlos, wenn er sich von irgendwo aus der Welt in Erinnerung brachte. Seine Eltern hatten seine Pläne nie für richtig gehalten und ihm deshalb das Schlimmste für seine Zukunft prophezeit. Sie hielten seine Reise für falsch, weil er unnütz Zeit vergeudete und nicht sofort wieder in einen anderen Beruf einstieg. Statt ihn am Telefon zu Wort kommen zu lassen, erzählte seine Mutter ununterbrochen, was Peter, sein Schulkamerad, schon alles während seiner Abwesenheit geschafft hatte. „Da könntest du jetzt auch sein", pflegte sie unter Tränen zu sagen. Sie waren enttäuscht, er kam so gar nicht nach ihnen und benahm sich nicht so, wie sie sich einen guten Sohn vorstellten. In ihren Augen handelte er unvernünftig und diesen Umstand konnten sie nur schwer verdauen. Sie waren immer geradlinig, wie sie immerfort sagten, durch ihr Leben gegangen und waren niemals einer Spinnerei erlegen. Denn eine Spinnerei war seine Weltreise in ihren

Augen zweifelsohne. Martin war es egal, denn auf keinen Fall wollte er so „enden" wie seine Eltern. Er empfand ihr Leben als quälend langweilig. In seinen Augen vegetierten sie nur vor sich hin und warteten auf ihren Tod. Das eigentliche Leben lief ereignislos an ihnen vorbei und sie bemerkten es noch nicht einmal. Er meldete sich eigentlich nur bei ihnen, weil sie seine Eltern waren, und nicht, weil er sich mit ihnen verbunden fühlte. Der Kontakt war seit Jahren kühl und reserviert. Es waren schon immer sehr zähe Gespräche mit ihnen. Er ist heilfroh, dass zu Hause keine Freundin auf ihn wartet, nach der er sich jetzt sehnt. Von seiner letzten Freundin hatte er sich kurz vor seiner Reise getrennt und ihretwegen vergießt er keine Träne mehr. Trotz des Unglücks bleibt er so wenigstens vom Herzschmerz verschont. In seiner Situation muss er versuchen, das Positive im eigentlichen Desaster zu sehen. Nüchtern betrachtet befindet er sich immer noch auf einer gewöhnlichen Weltreise, auch wenn er diesen Stopp auf der Insel nicht eingeplant hatte. Er hat schon andere schwierige Situationen im Leben gemeistert, warum nicht auch diese. So war er schon einmal von der Uni geflogen, weil er zum wiederholten Male ein nicht vom Lehrkörper genehmigtes Experiment im Physikraum durchführte. Es qualmte, krachte und stank mächtig. Eine Riesengaudi! Aber leider verstand sein neuer, strenger Professor keinen Spaß. Nur aufgrund seiner herzergreifenden Versprechen gegenüber dem Rektor durfte er weiter studieren. Der beißende Geruch von verbrannten Gummisohlen liegt mit Sicherheit noch heute in der Luft des Experimentierraumes. Noch Wochen danach stanken die Räume bestialisch und er betrat diese von da an nur noch höchst selten. Martin grinst, zu gerne würde er heute noch einmal im Physikraum schnuppern gehen.

Am nächsten Tag steht Martin noch vor Sonnenaufgang auf. Er ist etwas nervös, denn er möchte heute „seine" Insel weiter erforschen und in einen ihm unbekannten Teil vordringen. Die Lichtungen, die er vom Berg aus gesehen hat, haben seine Neugier so sehr geweckt, dass er von ihnen sogar geträumt hat. Was hat es mit der Formgebung eines verschobenen Kreuzes auf sich? Obwohl er sich bewusst ist, dass es mit sehr hoher Wahrscheinlichkeit keine besondere

Ursache haben wird, ist er vor seinen Exkursionen immer etwas hibbelig. Die Neugier und die Hoffnung, vielleicht doch etwas von Menschenhand Geschaffenes zu finden, ist sehr groß. Selbst ein einfacher alter, gammeliger Pappbecher würde ihn in Euphorie versetzen. Weggeworfener Müll würde ihn faszinieren und er würde ihn stolz bis zu seiner Rettung hegen und pflegen. Nicht zuletzt, weil ihm natürlich auch bewusst ist, dass dies auch seine Rettung beschleunigen könnte. Wenn hier schon einmal jemand war, kommt dieser bestimmt auch wieder. Es wäre ein Strohhalm, aber immerhin besser, als zu glauben, dass dies die letzte Insel der Welt ist, die noch nicht erforscht worden ist. Womöglich eine Insel, die auf keiner Karte steht! Martin ist froh, hier gestrandet zu sein und dass er seinen Container verlassen konnte. Aber vielleicht ..., vielleicht wäre er schon gerettet worden, wenn er weiter auf dem Container ausgeharrt hätte. Blödsinn, denkt er sogleich, niemals hätte er auf dem Container sitzend an der Insel vorbeitreiben können. Natürlich hätte er immer dieser Insel anstatt seines Containerdaches den Vorzug gegeben. Schnell hat er den bekannten Teil der Insel hinter sich gelassen und betritt das „Neuland". Konzentriert streift er durch das Dickicht, um kurz darauf – zu seiner Verwunderung – auf einen gut begehbaren Naturpfad zu gelangen. Schmal schlängelt sich der braune, sandige Weg vor seinen Füßen her. Die Sonne steht mittlerweile schon hoch am Himmel und einige ihrer hellen Strahlen schaffen es, den Waldboden selbst hier zu erreichen. Ab und zu bleibt er unter einem „Flutlicht" stehen und lässt sich seine verschwitzte, nass-kühle Haut wärmen. Sekunden später bahnt er sich wieder ruhig und langsam seinen Weg immer tiefer in die unbekannte Zone hinein. Er möchte selbst den kleinsten Anhaltspunkt nicht übersehen. Martin ist schon immer ein Entdecker gewesen und fühlt sich jetzt ein bisschen wie ein Seeräuber. Mit seiner spitzen Lanze in der Hand fühlt er sich recht sicher. Jederzeit bereit, einem versteckten Feind entgegenzutreten. So müssen sich die Piraten gefühlt haben, wenn sie ihre Beute auf ihren Schatzinseln versteckt haben. Geschwächt von Krankheit und Hunger schleppten sie ihren Schatz mit letzter Kraft auf eine unbewohnte Insel. Vielleicht ist das ja so eine Insel? Martin lacht!

Was um Himmels willen soll er hier mit Golddukaten und diamantbesetzten Frauenketten anfangen? Er könnte ja einen lebhaften Handel mit den Erdhörnchen aufziehen. Goldstücke gegen Erdnüsse oder so. Vielleicht mögen sie es ja! Nach einer knappen Stunde Fußmarsch hat er die – seiner Meinung nach merkwürdigen – Lichtungen erreicht. Die Bäume hören urplötzlich auf und er steht am Rande der baumlosen Fläche. Aufmerksam geht er in die Mitte der Lichtung, die nur circa vierzig Meter breit ist, aber nach rechts und links schnurgerade verläuft. Vom Berg herab hat er sie vollkommen unterschätzt. Sie ist zwar schmal, aber dafür sehr, sehr lang. Der Boden ist mit Moosen und Gräsern bedeckt und außergewöhnlich eben. Vorsichtig geht er weiter bis zur Kreuzung der Lichtung. Hier führt nach rechts und links ebenfalls eine identisch breite und lange Lichtung zwischen den Bäumen hindurch. Er geht weiter und zählt dabei seine Schritte, bis er bei Schritt 1400 am Ende der Lichtung vor Bäumen steht. Von der Kreuzung bis hierher sind es 1400 Schritte. Das entspräche einer Gesamtlänge pro Lichtung von etwa 700 Metern. Martin ist außer sich, denn diese langen, ja, fast schon straßenähnlichen Lichtungen inmitten des Waldes können nicht natürlich sein. Sie sind zu exakt, denn die Bäume umfassen die Flächen, als seien sie mit einem Lineal gezogen worden. Kein Baum tanzt dabei aus der Reihe, kein Baum wächst auf der Lichtung selbst. Er ist überzeugt, dass hier systematisch gerodet wurde und die Lichtungen für irgendetwas präpariert wurden. Genauso sicher ist es allerdings, dass das alles schon eine ganze Weile her sein muss, denn an einigen Stellen hat die Natur einen Teil der Fläche wieder eingeheimst und überwuchert. Aus welchem Grund wurde dieser Aufwand betrieben? Um das alles inmitten des Urwaldes so herzurichten, müssen viele Menschen einige Wochen daran gearbeitet haben. Er geht wieder zur Kreuzung zurück und läuft die andere Lichtung entlang. Nach einer Weile stößt er auf einen kleineren Seitenweg, der die Hauptlichtung verlässt. Dieser ist nur halb so breit, bahnt sich aber seinen Weg genauso gerade durch die Bäume wie die großen, langen Wege zuvor. Martin biegt ab und stellt fest, dass dieser Weg geradewegs ins Nichts führt und nach fünfzig Metern vor der Geröllwand eines kleinen Berges endet. Diese Lichtungen haben etwas Mystisches an sich, einerseits können sie nicht natürlichen Ursprungs sein, andererseits kann er keine Zivilisationszeichen finden. Unentschlossen betrachtet er den großen Haufen Steine. Die Steine türmen sich übereinander, als seien sie von einigen Kieslastwagen hier abgekippt worden. Er nimmt einen Stein in die Hand und betrachtet ihn von allen Seiten, ganz so, als ob er von ihm Antworten auf seine Fragen bekommen würde. Danach wirft er ihn ein paar Mal in die Luft und fängt ihn mit der Hand wieder auf, als ob er sich auf einen Aufschlag beim Tennis vorbereiten würde. Danach lässt er ihn ein letztes Mal in die Luft schnellen, ohne ihn erneut aufzufangen, und so fällt er wenig später mit einem Krachen zu seinen „Artgenossen" zurück. Er kann sich aus der Lichtung keinen Reim machen. Er hat zwar eine Vermutung, aber wenn es das wäre, was er glaubt, dann wäre der Platz systematisch evakuiert worden. Er schlendert den Weg wieder zurück. „Das könnte ein Flugplatz gewesen sein", murmelt er leise vor sich hin, als ob er Angst hätte, es laut auszusprechen. Während er noch in Gedanken schwelgt, tritt er mit seinem Fuß auf etwas sehr Hartes und schreit vor Schmerzen auf. „Verfluchter Mist!", ruft er laut und massiert mit seiner Hand – auf einem Bein balancierend – seinen leicht blutenden rechten Fuß. Was war das? Suchend blickt er hinunter zu der Stelle und findet einen verdreckten Stein. Martin hebt ihn auf und will ihn gerade vor Wut weit wegwerfen, als er es sich anders überlegt. Nachdem er sich beruhigt hat, befreit er den merkwürdigen Stein vom jahrzehntealten Dreck und in seiner Hand liegt – zu seiner Verwunderung – eine große, verrostete Schraube. Ohne dass er etwas dagegen machen könnte, fängt sein Herz schneller an zu schlagen. Sein Puls steigt weiter und ein Grinsen zeigt sich in seinem Gesicht. Er hat recht gehabt, diese Schraube ist sein erster Beweis, dass diese Insel nicht immer unbewohnt war. Begeistert dreht er die etwa zehn Zentimeter lange Schraube in seinen Fingern und begutachtet sie genau, bevor er sie in seine Hosentasche gleiten lässt. Von Neugier gepackt schaut er wieder suchend auf den grasüberwucherten Boden. Er ist sich sicher, dass er noch mehr Anhaltspunkte auf seiner Insel finden wird. Die Insel hat schlagartig eine völlig neue Faszination für ihn bekommen. Wer weiß, was hier noch zu finden ist? Vielleicht sogar etwas, was sein Überleben bis zur Rettung erleichtern wird. Er hat den Hauptweg wieder erreicht und geht nun die andere Seite der Lichtung entlang. Nach einigen Schritten fällt ihm ein Holzstapel am Rande der Lichtung auf. Martin greift nach einem Holzstück, das eine ähnlich spitze Form wie ein Kaminscheit hat. Er begutachtet es und ist sofort sicher, dass es sich hier nicht um einen natürlichen Keil handelt, sondern um einen ganz bestimmten Keil. Einen Keil, der etwas am Wegrollen hindern soll! Martin kann es nicht fassen, aber eigentlich weiß er es schon längst. Diese Keile waren für Flugzeuge gedacht, damit sie nach dem Anlassen der Triebwerke nicht wegrollen konnten. Sie wurden unter die Räder des Hauptfahrgestells gelegt. Er kann sogar bei einem Keil noch die Öse für den Strick erkennen, der einen Keil mit dem anderen verband. Kurz vorm Start des Flugzeuges wurde früher vom Bodenpersonal am Verbindungsstrick gezogen, um beide Keile gleichzeitig von den Rädern des Landegestells wegzuziehen. Er ist fasziniert von seiner Entdeckung. Diese Lichtungen, Wege oder Straßen, wie immer man sie auch nennen mag, sind nichts anderes, als im Wald versteckte militärische Start- und Landebahnen. Dass es sich hierbei nur um einen amerikanischen oder japanischen Stützpunkt gehandelt haben muss, steht für ihn jetzt außer Zweifel. Denn, dass der Pazifik von diesen beiden Nationen stark umkämpft war, weiß er. In einigen Büchern hatte er zu Hause über diese mörderischen Seeschlachten gelesen. „Der Zweite Weltkrieg im Pazifischen Ozean" oder „Die Schlachten in der grünen Hölle". So ähnlich waren die Überschriften dieser Bücher, die Martin meist in einem Zuge verschlang. Ja, das hier war ein Flugplatz! Aber warum erkennt man, bis auf die Schneisen im Wald, so wenig davon? Wurde dieser gesäubert? Oder wurde dieser nie in Betrieb genommen, sodass er im Krieg ohne Bedeutung war? Aus seinen Büchern wusste er, dass die Flugplätze auf den Inseln recht umfangreich ausgestattet waren. In Rekordzeit wurden einfache Inseln zu richtigen Festungen umgestaltet. Im Eiltempo wurden Unterkünfte, Materialhütten, Flugzeugabstellmulden, Tower und Pisten aus dem

Nichts gebaut. Aber hier ist von alledem nichts zu finden. Nur noch kahle, gleichförmig lange Waldschneisen lassen darauf schließen! Trotz intensivster Suche kann er an diesem Tag keine neuen Entdeckungen mehr machen. Er kehrt um und bringt spät abends im Dunklen als magere Beute eine alte verrostete Schraube zu seiner Strandbehausung. Diese Schraube ist sein einziger Hinweis, dass jemals Menschen ihren Fuß auf diese Insel gesetzt haben. Ein Hinweis, der allerdings viele Jahre, ja viele Jahrzehnte alt ist, denn der Krieg ist schon seit fast siebzig Jahren beendet. Müde legt er sich zur Entspannung auf sein Blattbett und hält seine Antiquität ins Mondlicht.

An den darauffolgenden Tagen zieht es Martin noch zwei Mal zu dem Flugplatz. Akribisch untersucht er die Lichtungen noch einmal, kann aber zu seiner Enttäuschung überhaupt nichts Außergewöhnliches mehr entdecken. Sein einziges weiteres Fundstück ist eine etwas kleinere alte Schraube, die er ebenfalls gewissenhaft mit zu seiner Strandhütte nimmt. Behutsam, als ob sie zerbrechen könnte, legt er sie zu seiner zuerst gefundenen Schraube auf einem Holzstück in seiner Hütte ab. Eine ernüchternde Ausbeute für tagelanges Suchen, wie er sich freimütig eingestehen muss. Er ist nun wieder auf dem Boden der Tatsachen angelangt. Seine Euphorie nach der Entdeckung des Flugplatzes ist verschwunden und einer realistischen Einschätzung seiner Lage gewichen. So kann es nicht weitergehen, er muss seinem Glück, gerettet zu werden, nachhelfen. Es muss ein Notfeuer am Abend entfacht werden! Zu lange hat er sich von der Schönheit der Insel einlullen lassen und so getan, als ob sich seine Rettung von ganz alleine ergeben würde. Warum ist er nicht schon eher auf die Idee gekommen, abends ein Feuer brennen zu lassen? Auch wenn die Chance noch geringer ist, als etwas in der Lotterie zu gewinnen, so ist es doch zumindest einen Versuch wert. Wenn er gar nichts unternimmt, passiert auch gar nichts, wenn er etwas unternimmt, passiert vielleicht auch etwas! In den heutigen Tag wird er nicht so einfach hineinleben und die Dinge auf sich zukommen lassen, ab heute wird er etwas für seine Rettung tun. Martin fängt an, Holz zu sammeln. Am Abend nach Einbruch der Dunkelheit soll ein prächtiges Feuer den Strand vor seiner Hütte erhellen. Heute Nacht wird die Insel ein Notsignal haben, um vorbeifahrenden Schiffen zu zeigen, dass die Insel nicht unbewohnt ist.

Nach und nach vergrößert sich der Holzhaufen. Martin schleppt den ganzen Tag über unermüdlich Zweige, Äste und sogar Baumstümpfe an den Strand. Auch sämtliche leere Kokosnussschalen, die er ordentlich gesammelt hat, werden daraufgelegt, in der Hoffnung, dass der Brennwert des Feuers dadurch nochmals erhöht wird. Ohne Unterbrechung pendelt er zügig zwischen dem Wald und dem Strand hin und her. Erst am späten Nachmittag lässt er sich erschöpft, aber auch zufrieden vor seinem beachtlichen Holzstapel nieder. Das wird ein Feuer heute Nacht, freut er sich innerlich schon jetzt. Auf einer Fläche von knapp fünfzehn Quadratmetern ragt das trockene Holz majestätisch drei Meter hoch in den Himmel empor. Martin ist stolz auf sich und kann das Hereinbrechen der Nacht kaum abwarten. Wie ein kleiner Junge, der sich auf sein erstes Lagerfeuer im Leben freut, schwänzelt er den restlichen Tag um seinen Haufen herum, verfeinert und „tuned" ihn mit Blättern. Um sich die Premiere des Entfachens am Abend nicht zu verderben, hat er vorsorglich schon einmal ein kleineres Feuer unweit des großen Holzhaufens entzündet, das er jetzt liebevoll versorgt. Während die Sonne allmählich im Pazifik versinkt, macht es sich Martin in respektvollem Abstand zum Holzhaufen an seiner Hütte gemütlich. Allerlei Leckereien hat er sich zurechtgemacht, um nach dem Entfachen des Stapels richtig schlemmen zu können. Geräucherter Fisch, gesammelte Beeren und Kokosnüsse liegen griffbereit um ihn herum. Dies ist eine besondere Nacht! Dementsprechend möchte er sie auch gebührend genießen. Die Sonne versinkt am Horizont blutrot im Meer. Einige Erdhörnchen leisten ihm Gesellschaft. Denn, nachdem er sie seit einigen Tagen regelmäßig gefüttert hat, sind sie seine treuen Freunde geworden. Piepsend wuseln sie zu seiner Belustigung herum und zwicken sich gegenseitig leicht, um die besten Happen der Kokosnuss, die Martin ihnen hingelegt hat, zu erhaschen. Mit einem etwas stilleren Gesellen hat er sich sogar so sehr angefreundet, dass er ihm aus der ausgestreckten Hand frisst. Ganz mutig kommt das kleine braune Kerlchen zu ihm gekrochen und mümmelt mit gespitzten Ohren und weit aufgerissenen Augen die Kokosnussstücke aus seiner Hand. Kaum ist die Sonne im Pazifik restlos verschwunden, beschließt Martin, das Notfeuer zu entzünden. Mit einem großen brennenden Ast, den er schon eine ganze Weile ins kleine Feuer gehalten hat, tritt er an den Holzstapel heran. Von allen vier Seiten entfacht er das trockene Holz mit den lodernden Flammen des Stocks. Mit lautstarkem Krachen fressen sich die Flammen unmittelbar danach durch das Geäst. Martin schmeißt den Stock auch auf den großen Holzhaufen und setzt sich wieder vor seine Hütte. Das Feuer brennt und nichts auf der Welt kann die gierigen Flammen zum Erlöschen bringen. Im Nu leuchtet das Feuer in ungeahnter Helligkeit und qualmt große, schwarze Rauchwolken in den noch immer hellen Himmel. Schon kurze Zeit später muss sein Signal mehrere Kilometer weit zu sehen sein. Zufrieden leuchten seine Augen den meterhohen Flammen entgegen, denn ein solch großes Feuer hat er noch nie ihn seinem Leben entfacht. Wenig später bricht die Nacht endgültig herein und umhüllt die Insel mit ihrem dunklen Mantel. Aber in dieser Nacht ist seine Insel nicht stockdunkel und unsichtbar, an diesem Abend leuchtet ein prächtiges Licht weit in den Pazifischen Ozean hinein. Martin kann nicht schlafen, er ist sehr aufgeregt und freut sich über diese willkommene Abwechslung an seinem Nachtquartier. Aus diesem Feuer schöpft er neue Hoffnung, dies ist sein Beitrag, das Schicksal selbst in die Hand zu nehmen. Seine Gedanken kreisen schon um seine Rettung, er überlegt, was er zu den Leuten sagen soll, die ihn finden werden. Vermutlich kommen sie mit einem Schiff. Er hofft, dass sie am Strandabschnitt vor Anker gehen werden, weil er von hier am besten in ihr Boot gelangen kann. „Hallo!", wird er sagen. „Schön, dass Sie da sind!" ‚Nein!', denkt er augenblicklich. ‚Wie klingt denn das?' Das kann er nicht sagen und verwirft diese Anrede gleich wieder. Vielleicht sollte er am Strand stehen und seinen Rettern zuwinken und zurufen. „Ich bin hier! Ich bin hier!" Martin ist unschlüssig, das klingt auch nicht so, wie er sich das vorstellt. Vielleicht halten seine Retter ihn gar für einen Schauspieler, wenn sie ihn so locker herumspringen sehen und nicht für einen Schiffbrüchigen. Ein Schiffbrüchiger muss eigentlich am

Boden liegend dem Tode nahe sein, wenn seine Rettung naht. Womöglich muss er seine Rettung noch selbst bezahlen, wenn er den armen, einsamen Gestrandeten nicht glaubwürdig abgeben wird. Es käme zu einer Gerichtsverhandlung und er müsste womöglich ins Gefängnis wegen öffentlichem Ärgernis und absichtlicher Herbeiführung einer gespielten Notlage. Nein, das möchte er nicht! Auch, wenn es ihm verhältnismäßig gut geht, sollte bei seiner Rettung schon ein Hauch Dramatik dabei sein. Seine Retter sollten schon das Gefühl haben, jemanden gerettet und nicht einen Urlauber vom Kai einer Landungsbrücke in seinem Urlaubsort aufgenommen zu haben. So oft wird man ja schließlich nicht im Leben gerettet, und wenn schon, sollte man wenigstens ein Leben lang davon erzählen können. Wie klingt das, wenn in der Zeitung auf der ersten Seite in großen, fett gedruckten Buchstaben steht: *Gutgenährter Mann bei bester Gesundheit wurde an einer wunderschönen Insel aufgenommen!* Das klingt nicht nach einer Rettung! Das klingt eher nach einer Entführung aus dem Paradies. Martin lacht schallend, dass einige schlafende Vögel in den Bäumen schreckhaft aufpiepsen. Er weiß noch nicht so genau, was er sagen wird. Das muss er sich noch überlegen. Vielleicht fällt ihm ja auch ganz spontan etwas ein, wenn er in diese Situation gelangen sollte. Müde legt er sich zurück, verschränkt seine Arme hinter dem Kopf und schaut dem knisternden Feuer bei der Arbeit zu. In den flackernden Flammen formieren sich Menschen, Gebäude, bekannte Gesichter und Häuser von seinen Freunden und Bekannten daheim. Er denkt an die Wolken seiner Kindheit und schläft schließlich träumend ein.

Am nächsten Tag bei Sonnenaufgang schläft er noch immer, erst die ersten warmen Sonnenstrahlen, die ihn erreichen, bringen ihn in die Wirklichkeit zurück. Müde reibt er sich die Augen und richtet sich auf. Das große Feuer ist erloschen und komplett abgebrannt. Nur noch eine kleine, graue Rauchfahne steigt von der Asche in den blauen Himmel empor. Orientierungslos blickt er zunächst auf das einst mächtige Notsignal, um plötzlich ruckartig aufzuspringen und vom Strandhaus zum Pazifik zu laufen. Erst im knietiefen Salzwasser bleibt er stehen. Suchend sieht er den Horizont nach einem Schiff ab, das sein Signal gesehen haben könnte. Aber leider stellt er ernüchtert fest, dass es dort nichts anderes zu sehen gibt, als in all den anderen Tagen vorher auch: Wasser, Wasser und nochmals Wasser! Martin ist niedergeschlagen, auch wenn er nicht ernsthaft an einen sofortigen Erfolg geglaubt hatte. Er ist aus einem schönen Traum erwacht, der leider mit der Wirklichkeit wenig gemein hat. Deshalb braucht er an diesem Tag auch länger als sonst, um das Positive an seiner jetzigen Situation herauszufiltern.

In den Wochen auf der Insel hat er sich angewöhnt, sich auch über die kleinsten Dinge zu freuen. Ein Lebensgefühl, das vielen modern lebenden Menschen in der hektischen Zeit heutzutage abhandengekommen ist. Auch bei ihm war das nicht anders, ein Sonnenaufgang, der prasselnde Regen, eine sternenklare Nacht, das alles war für ihn nichts Besonderes mehr. Aber wenn man so viel Zeit zum Nachdenken hat wie er, kommt man zwangsläufig wieder zum Ursprung des Lebens. Der Bau eines neuen Speers vor ein paar Tagen hat ihn so sehr gefreut, dass er diese Waffe den ganzen Tag nicht aus der Hand gelegt hatte. Immer wieder nahm er Verbesserungen daran vor und verfeinerte dieses kontinuierlich, dass daraus am Ende ein richtiges Kunstwerk wurde. Wenn man so einsam auf einer Insel lebt, muss man sich mit der Natur arrangieren. „Miteinander statt gegeneinander" ist die Devise. Man darf nicht eingebildet auf sie herunterschauen, sondern muss sie achten und ihre Ressourcen unter Rücksicht des Vertretbaren nutzen. Die einzigen nicht natürlichen Gegenstände, die Martin besitzt, sind seine zerfetzte Hose am Leib und die zwei verrosteten Schrauben vom Flugplatz. Alles andere musste er sich aus den natürlichen Ressourcen der Insel herstellen. Sein Trinkgefäß aus einer Kokosnussschale oder sein aus einem scharfen Stein gewonnenes Messer. Seine Behausung aus Ästen und Blättern, sein Bett aus dünnen Zweigen und Blättern, die Umrandung seines Lagerfeuers aus Steinen. Nie hätte er es zu Hause für möglich gehalten, auch nur ein paar Tage ohne Supermarkt um die Ecke überleben zu können. Er kannte nichts anderes. Erst als er in diese Notlage kam, offenbarte sich ein anderes Leben. Ein Glücksfall oder ein Fluch? Mittlerweile tendiert er zum Ersteren. Sein vorheriges Leben wird ihm immer fremder, das „Normale", so wie er es noch vor ein paar Wochen genannt hatte, immer aberwitziger. Er ist innerlich aufgewühlt, seine Gefühle fahren bei diesen Gedankengängen immer Achterbahn mit ihm. Einerseits kommt seine weltliche Vorstellung ins Wanken, andererseits, ja andererseits gibt es noch andere Möglichkeiten, sein Leben zu gestalten. Er ist sich jetzt im Klaren, dass er nicht neutral aufgewachsen ist. Er hatte überhaupt keine Chance, selbst zu wählen. So wie die Menschen, in deren Umfeld man geboren ist, wird man später auch leben. Völlig egal, ob richtig oder falsch, ob gut oder böse. Aber was ist richtig oder falsch und was ist gut oder böse? Eine Sache der Betrachtungsweise, je nachdem wo man gerade steht oder aufgewachsen ist. Martin ist sich bei diesen Gedanken sicher, dass es niemals Frieden auf der Erde geben wird. Nie werden die Menschen den wahren Sinn des Lebens begreifen. Aber was ist schon der wahre Sinn des Lebens? Vielleicht nimmt der Lauf der Dinge sowieso seinen Lauf und es ist unmöglich, daran etwas zu beeinflussen. Er weiß es nicht und versucht, während er das Meer betrachtet, die wirren Gedankengänge beiseitezuschieben. Hier ist er von alledem weit entfernt, hier auf seiner Insel ist die Welt noch in Ordnung. Da ist er sich ziemlich sicher. Aber trotzdem – er kann es manchmal selbst nicht verstehen – brennt er geradezu, diese Insel schnellstmöglich zu verlassen. Es ist eine wahre Hassliebe, die ihn mit diesem Eiland verbindet.

Die kleinen Wellen schlagen an seine Oberbeine und ziehen ihm jedes Mal unter seinen Füßen den Sand fort, sodass diese immer weiter – Millimeter für Millimeter – eingegraben werden. Martin kehrt dem Pazifik den Rücken und spaziert gemächlich durch das Wasser zu seiner Hütte zurück. Er hat Zeit! Seine einzige Aufgabe am Tag ist es, Nahrung zu organisieren. Aber das stellt für ihn kein großes Problem mehr dar. Nichts, worüber er sich Sorgen machen müsste. Durch seine verfeinerten, ausgeklügelten Jagdmethoden ist diese Aufgabe sehr schnell erledigt und er hat für den Rest des Tages Zeit für sich. Noch immer gibt es einen Bereich auf der Insel, der ihm fremd ist, und den gilt es noch zu erforschen. Das Gebiet hinter dem Flugplatz kurz vor den Klippen, die das Ende der Insel bedeuten, ist ihm noch gänzlich unbekannt. Heute, ja heute ist ein guter Tag, abermals eine Expedition anzugehen, stellt er beiläufig fest. Wie immer ist sein Tatendrang dann am größten, wenn er niedergeschlagen ist. Vielleicht eine Überlebensstrategie seines Körpers, um nicht in zerstörerische Resignation zu verfallen. Es ist nur zu leicht, sich gehen zu lassen, wenn man über längere Zeit alleine ist, und die Dinge ihrem eigenen Lauf zu überlassen. Aber bis jetzt, da ist er sichtlich stolz, ist es ihm gelungen, ein denkender Mensch zu bleiben. ‚Ein denkender Mensch', schießt es ihm sogleich durch den Kopf. ‚Was soll das denn heißen? Darauf kann man eigentlich nicht stolz sein. Wie oft haben denkende Menschen Unheil über die Erde gebracht?' Martin weiß nicht, wo seine Position auf der Erde ist. Noch nie in seinem Leben war er so orientierungslos wie jetzt gerade. Er wurde durch den Schiffsuntergang aus seinem normalen Leben herausgerissen und konnte nicht schnell genug wieder dorthin zurückkehren. Wäre er gestorben, wäre es vielleicht besser für ihn und die Menschheit gewesen, denn er ist sich nicht sicher, ob er ohne widersprüchliche Gefühle in sie zurückkehren kann. Er kann es sich selbst nicht richtig erklären, aber er hat das Gefühl, das er, je länger er von den Menschen getrennt ist, desto weniger zu ihnen gehört. Wie ein Außerirdischer von einem fernen, fremden Planeten betrachtet er kritisch die Spezies Mensch, um sie zu studieren oder gar zu verstehen. Ein schwieriges Unterfangen, denn sie verstehen ihr Handeln untereinander ja selbst nicht. Martin zwingt seine Gedanken, mit diesem Unfug aufzuhören, und greift entschlossen nach seinem Speer, der neben seiner Hütte liegt. „Schluss damit!", flucht er sich selbst an, denn er fühlt sich dabei nicht wohl. Ja, sie machen ihm sogar ein wenig Angst.

Nachdem er seinen Erdhörnchen fürsorglich großzügig etwas Futter hingelegt hat, macht er sich sogleich auf den Weg. Spontaneität ist ein großer Vorteil, wenn man alleine ist. Er ist frei, so frei, wie ein Mensch auf dieser Welt nur frei sein kann. Bei niemandem muss er sich verabschieden und bei niemandem Rechenschaft über sein Handeln ablegen. Er handelt nach seiner Nase, nach seinem Instinkt. So wie er es für richtig hält. Schnell läuft er den bekannten Pfad in

Richtung der Berge ab. Gegen Mittag erreicht er schon ohne Zwischenfälle das „Gebirge", das er zwischen den Bergen passiert. Danach schlägt er den direkten Weg zu dem noch unbekannten Teil der Insel ein und läuft auf die Klippen zu, die die Insel zum Pazifik hin beschließen. Martin verlangsamt sein Gehtempo schließlich und schaut sich neugierig in dem unbekannten Terrain um. Dicht bewachsenes Gestrüpp duckt sich, wie an anderen Bereichen der Insel auch, zwischen dem hohen Baumbewuchs. Wie überall auf der Insel piepsen und krächzen die Vögel aufgeregt zu ihm herunter, wenn er in ihre Nähe kommt. Eigentlich gleicht die Insel sich an vielen Stellen wie ein Ei dem anderen. Er ist nicht verwundert, dass er nichts Außergewöhnliches feststellt. Ohne besondere Anspannung streift er weiter durch den Wald. Fast schon sorglos lässt er seinen Speer unbekümmert in seiner Hand baumeln, als er plötzlich ein Geräusch, das so gar nicht in die gewohnte Klangkulisse passt, wahrnimmt. Schlagartig bleibt er stehen und lauscht konzentriert in den vor ihm liegenden, undurchsichtigen, dicht bewachsenen Bereich hinein. Keine zwanzig Meter vor ihm ist deutlich ein schabendes Kratzen zu hören. Er spitzt seine Ohren, kann dieses Geräusch aber nicht zuordnen. Seine Muskeln spannen sich, denn so etwas hat er auf „seiner" Insel noch nie erlebt. Langsam – wie in Zeitlupe – dreht er lautlos seinen Speer in die Richtung, aus dem das Geräusch kommt, um notfalls blitzschnell damit zuzustoßen. Die Sträucher, aus dem das Kratzen kommt, fangen an, heftig und unregelmäßig zu wackeln. Irgendwas ist dort hinten! Aber er kann immer noch nichts erkennen, weil ausgerechnet an diese Stelle kein Sonnenstrahl kommt. Martin wartet gespannt ab, was passiert, denn auf keinen Fall möchte er als Erster die Initiative ergreifen und womöglich in eine Falle laufen. Weitere Minuten vergehen, die ihm wie Stunden vorkommen. Schließlich wird seine Anspannung unerträglich, er verliert die Geduld und schreit laut zum Gebüsch hinüber. „Hey, wer ist da? Komm raus!" Nichts passiert! Er bekommt keine Antwort! Martin stürmt einige Meter entschlossen auf das Gebüsch zu und täuscht einen Angriff vor, um dann abrupt wieder stehen zu bleiben. Wieder keine Reaktion. Abermals schreit er aufgebracht und angriffslustig hinüber: „Komm raus! ... Zeig dich, wer immer du auch bist!" Dabei dreht er seinen Speer nervös in seiner Wurfhand hin und her, denn er ist sich nicht mehr ganz sicher, ob er mit dieser Waffe einem größeren Tier etwas entgegenzusetzen hat. Wieder ein Rascheln, wild fangen die Zweige im Dickicht an zu schlagen. Martins Herz rast, sein Puls pumpt sein Blut in Rekordtempo durch seine Adern. Er ist sich sicher, dass er unmittelbar vor der ersten Konfrontation auf „seiner" Insel steht. Auf einmal ein ohrenbetäubendes Getöse, die Zweige schlagen wie die Zeiger der Richterskala eines Erdbebenwarngerätes aus. Urplötzlich ein lautes Quieken. Eine ganze Rotte aufgebrachter Schweine stürmt aus dem Gebüsch heraus und rennt panisch an ihm vorbei, um lautstark und blitzschnell im nahe gelegenen Unterholz zu verschwinden. Martin atmet erleichtert auf. Er muss schallend lachen, so sehr, dass er davon fast Seitenstiche bekommt. Erleichtert stemmt er seine Hände in die Hüften. Hierher also haben sich die Schweine, die er schon vor Tagen zu hören geglaubt hatte, verkrochen. Es müssen so an die zwanzig Tiere gewesen sein, die vor ihm die Flucht ergriffen haben. Diese Spezies ist weder mit den Hausschweinen, die bei ihm zu Hause gezüchtet werden, noch mit den in heimischen Wäldern lebenden Wildschweinen zu vergleichen. Diese dunkelbraunen Schweinchen sind eindeutig kleiner und ihr Bauch scheint fast auf dem Boden zu schleifen. Er weiß nicht, wie sie korrekt heißen, aber weil sie dem Erdboden so nahe sind, nennt er sie einfach nur Erdschweinchen. Martin nimmt einen Schluck aus seiner selbst gebastelten Kokosnuss-Trinkflasche und geht schließlich weiter. Im weiteren Verlauf des Weges folgt er einem schmalen Pfad, der parallel an einem Bach entlang führt. Etliche Erdschweinchenspuren kennzeichnen ihn. Er muss also so etwas wie eine viel benutzte Straße für sie sein. Dass Schweine Gewohnheitstiere sind, ist ihm bekannt. Sie benutzen immer die gleichen ausgetretenen Pfade. ‚Ein guter Jagdplatz, um etwas Abwechslung in meine Inselküche zu bringen', denkt er sich beiläufig. Martin läuft immer weiter. Der Bach biegt nach einer Weile in eine andere Richtung und trennt sich so von ihm. Während des monotonen Gehens kreisen seine Gedanken wieder um den Flugplatz und den Pazifikkrieg im Allgemeinen. In seinen Büchern stand, dass etliche Inseln im Pazifik mit Kriegsschrott nur so vollgestopft sind. Aber „seine" Insel scheint leider eine Ausnahme zu sein. *Ein* einsamer Flugplatz und im weiteren Verlauf „seine" überaus natürlich gebliebene Insel. Wie sehr würde er sich jetzt über ein bisschen Kriegsschrott freuen. Zerstörte Panzer, Haubitzen, alte Transportlastwagen und natürlich zerbombte Gebäude. Wo ist das alles? Auf „seiner" Insel ist von alledem nichts zu finden. Ja, da ist er sich sicher, Kriegsschrott würde sein Leben auf der Insel bereichern. Er wäre froh, hier einmal einen alten Panzer zu entdecken, ein anderes Mal einen zerstörten Jeep und wenig später ein abgestürztes Transportflugzeug, in dem man sich vielleicht noch ins Cockpit setzen könnte. Ganz nebenbei könnte er noch allerhand nützliche Dinge finden, die sein Leben auf der Insel angenehmer machen könnten. Vielleicht ein richtiges Messer oder noch besser ein Gewehr mit Munition von einem toten Soldaten. Martin seufzt und erreicht wenig später einen Platz, an dem er die anstehende Nacht verbringen möchte. In Gedanken versunken lässt er sich müde nieder und verzehrt einen Teil seines mitgebrachten Proviants. Kriegsschrott hat für jemanden, der ganz alleine auf einer Insel lebt, eine magische Anziehungskraft, stellt er fest. Ja, eine Abwechslung, die würde ihn frohlocken lassen, versucht er sein Verhalten zu erklären. Heilmittel: Kriegsschrott – um sich von der Eintönigkeit und Einsamkeit der Insel abzulenken.

Am nächsten Morgen ist er schon früh auf den Beinen. Nachdem er seinen mitgebrachten Proviant vollkommen verzehrt hat, ist er sofort weitergezogen. Endlich möchte er auch den letzten Zipfel „seiner" Insel erkunden. Nach einem nur einstündigen Fußmarsch hat er den von seinem Lagerplatz am weitesten entfernten Teil der Insel erreicht. Wie von Geisterhand spuckt ihn der Urwald plötzlich aus und er steht an einer breiten, mit Gras bewachsenen baumlosen Ebene. Keine hundert Meter weiter fallen die Klippen auch schon steil und senkrecht in die Tiefe und vereinen sich mit dem Pazifikwellen, die tosend an ihnen brechen. Ihm bietet sich eine fantastische Aussicht auf die unermesslichen Wassermassen vor sich. Martin legt sich hin und robbt auf dem Bauch liegend bis zur Klippenkante vor, um an ihnen hinunterzusehen. Er befindet sich weit über dem Meeresspiegel. Mindestens einhundert Meter thront er über dem Pazifikwasser. Bei seiner Wanderung ging es oft etwas auf und ab, aber er hatte nie so richtig das Gefühl gehabt, bergauf zu laufen. Er ist erstaunt! Martin schaut den Wellen noch eine Weile zu, wie sie an die Felsen schlagen. Wie groß mag „seine" Insel wohl noch unter Wasser sein, denkt er ohne besonderen Grund. Der Teil, der aus dem Wasser ragt, ist sicherlich nur der Gipfel von einem mächtigen Unterwasserbergmassiv. Wenn der Pazifik an dieser Stelle dreitausend Meter tief wäre, dann würde er sich jetzt auf einer verdammt hohen Bergspitze befinden. Wenn jemand plötzlich das Wasser ablassen würde, was für eine Aussicht würde sich ihm wohl dann bieten? Martin ist fasziniert! Warum sind ihm solche Überlegungen nicht schon früher gekommen? Der Gedanke an die Erforschung des Pazifikbodens oder noch besser aller wasserbedeckten Böden der Erde. Denn nicht immer waren die mit Wasser bedeckten Flächen genau dort mit Wasser bedeckt, wo sie es jetzt sind. Vor Millionen oder Milliarden von Jahren war der Pazifik an der Stelle, wo er sich jetzt befindet, vielleicht mit grünem Weideland für Dinosaurier bedeckt. Oder der Urwald der Insel erstreckte sich bis zum Horizont, wo sich jetzt etliche Billiarden Kubikmeter Salzwasser befinden. Martin richtet sich wieder auf und setzt schließlich seinen Weg an dem unbewaldeten Ende der Insel am Rande der Klippen fort. Kritisch schaut er dabei in den Himmel und glaubt, anhand der chaotischen, verworrenen Wolkenformation zu erkennen, dass schlechtes Wetter heranzieht. Bis jetzt hatte er Glück gehabt, denn seit seiner Strandung ist das Wetter der Insel ihm freundlich gesonnen gewesen. Es hat einen nicht unerheblichen Anteil dazu beigetragen, dass er sich schnell mit seiner Situation arrangierte. Aber diese pechschwarzen Wolken in der Ferne am Himmel sind eindeutig – obwohl er kein Meteorologe ist. Diese Zeichen kann man nicht fehldeuten. Der Pazifik funktioniert dabei wie ein zusätzliches Vorwarnsystem. Er ist dunkel und schmutzig geworden und nicht mehr so klar und strahlend wie sonst. Wie viel Zeit bleibt ihm wohl noch, bis das Unwetter losbricht? Er ist sich nicht sicher, aber er glaubt, dass es heute nicht mehr losbrechen wird. Er hat also noch etwas Zeit, um sich hier umzusehen. Der Weg führt ihn an wunderschönen Aussichtspunkten vorbei. Immer wieder bleibt er stehen und lässt den fantastischen Anblick seiner Umgebung auf sich wirken. Obwohl er sich eigentlich schon daran gewöhnt haben müsste, faszinieren ihn die facettenreichen Farbnuancen der Vegetation „seiner" Insel immer wieder. Nebeneinander geben sie einen prächtigen Kontrast ab und ziehen zwangsläufig die Aufmerksamkeit seines Auges auf sich. Das Sonnenlicht, es beleuchtet die Dinge anders als bei ihm zu Hause. Alles sieht so frisch und neu aus. Die Natur präsentiert sich ihm jungfräulich und unverbraucht. Sein Auge gleitet vom hellblauen Himmel zum dunkelblauen, trüben Pazifik hinüber. Über die cremefarbenen Wellenkämme erreichen sie die strahlend weißen, in der Sonne funkelnden Klippen. Hinauf an hell- und dunkelbraunen Felswänden, begleitet von beigefarbenen Möwen. Über rostroten Felssand weiter in den schwarzen Wald hinein, aus den hell- und dunkelgrünen Bäumen, die wie Stecknadelköpfe herausstechen. Dazu gesellen sich die zarten Klänge der Tierwelt und die leichte, warme Brise des Windes. Ja, „seine" Insel ist eine richtige Trauminsel, und er ist sich darüber im Klaren, dass er das alles nach seiner Rettung vermissen wird. Begierig versucht er, die Eindrücke in sich aufzunehmen, um sie im Leben nie wieder zu vergessen. Währenddessen laufen seine Füße weiter über den weichen, mit Gras durchsetzten Sandweg. Eine Wohltat für sie nach dem Gang über den harten Waldboden gestern. Dadurch, dass Martin stets barfuß laufen muss, hat er zwar schon eine beachtliche Hornhaut an seinen Fußsohlen bekommen, aber dieser Boden ist eine Massage für seine beanspruchten Füße. Erleichtert atmet er bei jedem Schritt auf. Wie auf Federn läuft er langsam immer weiter und folgt willig dem Klippenpfad mit all seinen wirren Schlängelungen. Doch nachdem er eine kleine Steigung hinaufgegangen ist, bleibt er plötzlich stehen. Vor ihm steht eine moosbewachsene, mit Sträuchern überwucherte Betonwand. Sie ist durch die Jahre der Verwitterung so gut getarnt, dass er sie erst erkennt, als er direkt vor ihr steht. Als hätte er ein Gespenst vor sich, stockt ihm der

Atem und er starrt diese ungläubig an. Seine Gedanken brauchen eine Weile, bis sie ihn aus seinem einsamen Trott herausholen können. Doch plötzlich hat er die Situation begriffen, er steht vor einem von Menschenhand geschaffenen Objekt. Kaum hat er das zu Ende gedacht, läuft er auch schon – wie ein kleiner Junge um sein neuestes Spielzeug – hektisch erfreut um das kleine Gebäude herum. Es ist ein fünfmal acht Meter großer, fensterloser Schuppen, der nur mit einer schweren, verrosteten Stahltür versehen ist, die an der zur Insel zeigenden Frontseite liegt. Ohne weiter darüber nachzudenken, tritt er entschlossen an die verschlossene Tür heran. Mit einem kräftigen Ruck versucht er sie aufzuziehen, doch sie erzittert nur ein wenig. Martin zieht noch einmal mit seiner ganzen Kraft daran, erst jetzt gibt sie den Weg unter laut knarrendem Protest frei und gleitet rumpelnd zur Seite. Neugierig tritt er in den feuchten, muffigen Raum ein, bleibt aber schon kurz danach in der Dunkelheit stehen. Seine Augen müssen sich erst an die Finsternis gewöhnen, denn selbst die Lichtstrahlen, die durch die Tür hereinleuchten, können diesen nicht merklich erleuchten. Er bekommt eine Gänsehaut, die Härchen an seinen Armen und Beinen richten sich im Nu auf. Hier drinnen ist es merklich kühler als draußen an den Klippen. Zusätzlich pfeift ein kräftiger, kühler Wind – wie durch einen Schornsteinschlot – an ihm vorbei und saust durch die Tür ins Freie. Allmählich gewöhnen sich seine Augen an die Dunkelheit und er kann die Konturen einer Treppe direkt vor sich erkennen. Angestrengt starrt er in die Dunkelheit und versucht, an der Treppe hinabzusehen, aber etwas tiefer ist es wieder pechschwarz. Nur ganz weit unten, glaubt er, einen Lichtschein zu erkennen, der das Ende der Treppe zeigen könnte. Dort unten muss ein Ausgang sein. Denn schließlich muss die Treppe ja irgendwohin führen. Behutsam steigt er die steile Treppe hinab. Dabei hält er sich an einem verrosteten und verbogenen Geländer fest, das er in der Dunkelheit ertastet hat. Vorsichtig geht er Schritt für Schritt in die Tiefe und ertastet dabei mit seinen Füßen die kalten Felsstufen. Die Luft wird immer muffiger und feuchter, von der Decke tropfen Wassertropfen auf seine Haut, die sich wie kleine Eiskügelchen anfühlen. Das Licht in der Tiefe kommt näher, er hat sich nicht getäuscht, dort unten ist etwas. Am liebsten würde er vor Neugier die Treppe hinunterrasen, doch er bleibt konzentriert, denn die alten, feuchten Treppenstufen sind sehr tückisch und an unzähligen Stellen ausgewaschen und ausgebrochen. Nach einer schieren Unendlichkeit erreicht er schließlich die Lichtquelle, die sich als ein in den Fels geschlagener Ausgang herausstellt. Martin schreitet durch ihn hindurch, geht noch einmal fünf Stufen hinab und steht auf einer großen, ebenen Felsplattform. Es besteht kein Zweifel, er hat eine alte Bootsanlegestelle entdeckt. Dieser Felsen ist eindeutig bearbeitet worden und unterscheidet sich merklich von den anderen, die darum herum liegen. Hier und da ist noch etwas von dem Beton zu erkennen, der einmal zur Begradigung aufgetragen wurde. Gewissenhaft geht er den Anlegeplatz ab. An der Außenkante zum Pazifik hin sind noch vier verrostete armstarke Eisenringe im Boden verankert, an denen mit hoher Wahrscheinlichkeit Boote festgezurrt wurden. Hier konnten keine Ozeanriesen anlegen, aber Boote bis etwa dreißig Meter Länge konnten hier durchaus ohne Probleme festmachen. Der Pazifik ist an dieser Stelle auffallend ruhig und die natürlichen, schützenden Felsformationen machen aus dem Anlegeplatz einen sicheren – vom Meer aus nicht einzusehenden – Hafen. Martin ist beeindruckt von dem Aufwand, der augenscheinlich betrieben wurde, um das alles in den Fels zu schlagen. Aber wofür? Diese Arbeit hätte sich doch niemand gemacht, wenn es nicht einen triftigen Grund gegeben hätte. So ein Vorhaben wird nicht aus einer Laune heraus in die Tat umgesetzt! Dieses Bauvorhaben wurde mit Sicherheit von langer Hand geplant. Dieses hier ist ein idealer Platz für einen Bootsanlegeplatz und von hier aus kann man die Insel zusätzlich zum Strandabschnitt betreten. Den Erbauern war wohl der ansonsten einzige Zugang der Insel über den Strand zu wenig. Martin stutzt. „Seine" Insel ist ohne Zweifel schon immer unbewohnt gewesen und wurde anscheinend nur im Zweiten Weltkrieg als Marinestützpunkt benutzt. Aber warum um Himmels willen findet er nicht mehr Hinweise auf ihr? Die einzig logische Erklärung ist, dass diese Insel mal benutzt werden sollte, es aber nie dazu kam. Der Flugplatz und der Bootsanlegeplatz wurden zwar errichtet, aber zu einer Nutzung kam es anscheinend nicht mehr. Vielleicht war der Krieg bis dahin schon entschieden und die Insel wurde – wie zuvor auch – wieder unbedeutend. ‚Aber trotzdem!', schießt es ihm durch den Kopf. ‚Warum ist sie dann so aufgeräumt?' Wenn etwas im Krieg errichtet und nicht vollendet werden kann, dann müsste es doch normalerweise halb fertig wie auf einer Baustelle ausschauen. Aber diesen Eindruck machen die Bauwerke nun wirklich nicht. Sie sehen zwar alt und verwittert aus, aber dennoch richtig fertig. Was auf dieser Insel errichtet wurde, wurde auch fertiggestellt! Martin kann sich auf all das keinen Reim machen. Aber er spürt, dass er noch nicht allen Geheimnissen der Insel auf die Schliche gekommen ist. Er geht noch einmal den Anlegesteg ab, schüttelt dabei ungläubig mit seinem Kopf und spricht laut mit sich selbst: „Was für ein Aufwand! Für was nur?" Wenig später verlässt er den geheimnisvollen Ort wieder und steigt behutsam die Treppen hinauf. Sorgfältig verschließt er die Tür, die abermals knarrend und nur unwillig ihren Dienst verrichtet. „So etwas macht man doch nicht, um die Insel danach nicht zu nutzen", murmelt Martin, während er sich auf den Heimweg zum Strand macht.

Es ist schon dunkel, als er seine Hütte am Strand betritt. Müde lässt er sich aufs Bett gleiten und schläft unmittelbar danach ein. Doch mitten in der Nacht wird er durch Wasser geweckt, das ihm übers Gesicht läuft. Er schreckt auf und setzt sich ruckartig hin. Im ersten Augenblick weiß er nicht, wo er ist. Sekunden vergehen, ehe er begreift, dass er sich in seiner Hütte befindet. Ein Albtraum! Er hat vom Seecontainer geträumt. Von den Haien, von den Banditen. Mit der Hand wischt er sich das schweißnasse Gesicht ab und richtet sich auf. Es donnert ohrenbetäubend und blitzt grell dazu. Martin erschrickt und zuckt zusammen. Das Unwetter ist da! Neugierig streckt er seinen Kopf aus der Hütte heraus und blickt zum Meer hinüber, das von Blitzen mehrmals hell erleuchtet wird. Es regnet wie aus Eimern und der Strand ist vom Pazifikwasser kaum noch zu unterscheiden. Die Wellen dringen weit in das fremde, sandige Strandterritorium ein. Die sich im starken Wind krümmenden Bäume verursachen ein ähnlich bedrohliches Rauschen wie die schäumenden Wellen des Pazifiks. Obwohl Martin sein eigenes Wort nicht verstehen kann, flucht er vor sich hin. Sein erstes Unwetter auf „seiner" Insel – und was für eins. Rabenschwarze Wolken ziehen währenddessen schnell am Nachthimmel vorüber. Der Sturm überfällt die kleine Insel mit solcher Brutalität, dass jedes Lebewesen auf ihr sich ihm nur widerstandslos fügen kann. Martin kommt es vor, als ob alle Tiere der Insel rechtzeitig evakuiert worden wären, denn es ist überhaupt kein Laut von ihnen wahrzunehmen. Selbst die Heerscharen abendlicher Grillen haben ihren Gesang eingestellt. Der Sturm wütet die ganze Nacht über, selbst am Tag mindert sich seine Intensität nur unwesentlich. Die Sonne kann an diesem Tag nicht durch die schwarzen Wolken dringen, weshalb sich die Insel in einem farblosen, finsteren, trist grauen Kleid zeigt. Die Farbenpracht der vergangenen Tage scheint weggeweht worden zu sein oder mit den Tieren die Flucht ergriffen zu haben. Er ist alleine! Alleine war er eigentlich vorher auch schon, aber wiederum nicht so alleine wie an diesem Morgen. ‚Es gibt immer noch eine Steigerung!', denkt er zusammengesackt in seiner mittlerweile vom Sturm schon stark zerschundenen Hütte. Vielleicht gibt es vom Tod auch noch eine Steigerung? Martin hält es nicht für ausgeschlossen. Nachdem man gestorben ist, kommen erst die richtigen Qualen! Von wegen „Erlösung" ... Lautes Krachen unterbricht seine Schwermütigkeit. Er riskiert einem Blick nach draußen. Alles, was nicht niet- und nagelfest ist, wird vom Sturm wie ein Spielball hin- und hergeworfen und für immer von der Insel fort in den Pazifik hineingeschleudert. Nichts und niemand kann einem richtigen Pazifiksturm etwas entgegensetzen. Selbst seine stabil gebaute Hütte löst sich immer weiter auf und verteilt sich in alle Himmelsrichtungen. Zusammengekauert wartet er weiterhin ab. Den ganzen Tag über und in der darauffolgenden Nacht wütet der Sturm mit ungeminderter Intensität weiter und verliert erst am nächsten Morgen spürbar an Kraft. Doch der Regen prasselt unvermindert weiter auf die Insel ein, als wolle er sie im Pazifik ertränken. Die Wolken reißen an einigen Stellen auf und vermindern ihre Zuggeschwindigkeit deutlich. Zögernd kehrt die Sonne auf seine Insel zurück und sendet einige Strahlen als Vorboten, wie um vorsichtig nachzusehen, ob die Insel noch da ist. Der Regen plätschert gleichmäßig weiter und verursacht jetzt ein Rauschen in den großen Blättern der umherstehenden Bäume. Einige Nebelschwaden liegen verstreut über der Insel und lassen einen vollständigen Blick auf sie nicht zu. Doch nach und nach werden diese von der immer präsenter werdenden Sonne verdrängt. Und plötzlich hört es wie auf Knopfdruck kurz vor der Mittagszeit abrupt auf zu regnen. Platsch, platsch, platsch, ... Platsch, platsch, platsch, ... Totenstille! Sekunden vergehen, eine gespenstische, leblose Atmosphäre. Doch auf einmal wird auch dieser Schalter umgelegt. Und als hätte jemand einen Zauberspruch ausgesprochen, zwitschert, piepst und krächzt es plötzlich von überall her. Erleichtert stellt Martin fest, dass seine Freunde doch nicht geflohen sind und das Unwetter gut überstanden haben. Akrobatisch, ja beinahe leichtsinnig fliegen die Vögel mit kräftigem Flügelschlag wild umher. Mit der besonderen Gabe der Natur ausgestattet, nur nach vorne blicken zu können, haben sie den Sturm und die Folgen sofort vergessen. Unmittelbar danach machen sie sich an die Arbeit, Futter zu suchen und ihre Nester wieder instand zu setzen. Martin verlässt seine arg ramponierte Hütte und geht einige Schritte an seinem zerstörten Lager entlang. Der Strand ist verwüstet, vom ehemals weißen Sand ist an vielen Stellen nicht mehr viel zu sehen. Überall liegen Zweige, Blätter und frische Algen chaotisch übereinandergehäuft herum. Im Inselinneren liegen etliche Bäume, die vom Sturm wie Strohhalme umgeknickt wurden, quer. Da er es nicht wie die Tiere machen kann, trauert er erst einmal über den Verlust seiner Blattbehausung. Der Sturm hat sein Leichtbauhäuschen dermaßen in Stücke gerissen, dass es neu errichtet werden muss. Seinen überlebenswichtigen Besitz hat Martin aber retten können. Wohlweislich hat er auf seine Stöcke zum Feueranzünden und seinen Speer besonders gut aufgepasst. Müde von den schlaflosen Tagen während des Sturms legt er sich in den Sand und sieht der Sonne zu, wie sie am Himmel immer mehr die Oberhand gewinnt. Morgen muss er eine neue Hütte bauen. Aber erst morgen!

Martin braucht zwei Tage, um sein Wohnumfeld so zu gestalten, dass es annähernd wie vor dem Sturm aussieht. Eigentlich hat der

Sturm für ihn nicht nur negative Seiten gehabt, stellt er nach Vollendung seines „Neubaus" fest. Er hat einige Verbesserungen in sein Haus einfließen lassen. Das Dach seines Hauses hat er dieses Mal mit Blättern so gedeckt, als ob er es mit Schieferplatten eindecken würde. Jedes Blatt wurde sorgfältig ausgerichtet, um das nächste genauso akkurat daneben und ein wenig über dem Vorherigen zu platzieren. Beim nächsten Sturm soll das Dach seines Hauses nicht noch einmal so regendurchlässig wie ein Sandsieb sein. Auch die Statik hat er verbessert und hofft nun, dass sein Haus beim nächsten Sturm weniger Schäden davonträgt als beim letzten Mal. Voller Stolz begutachtet er sein neues Lager im knietiefen Wasser vom Pazifik aus. Majestätisch ragt seine Bleibe aus einer Baumlücke, die der Sturm verursacht hat, heraus. Er hat sein Haus ein kleines bisschen mehr in den Wald gebaut, sodass seine Eingangsluke mit dem Ende des Strandes eine Einheit bildet. Direkt davor liegt jetzt der Feuerplatz und gleich daneben unter einem umgestürzten Baumstamm hat er ein Erdloch gegraben, in dem er seine Vorräte lagert. Es ist ein schöner Platz, um ein Haus darauf zu bauen, stellt er zufrieden fest. Eine Toplage, das beste Grundstück der ganzen Insel. Das Leben auf der Insel hat sich wieder normalisiert.

Wie an jedem Tag nach der Jagd packt ihn die Neugier und er verbringt am nächsten Morgen einige Zeit damit, den Pazifik nach eventuell vorbeifahrenden Schiffen abzusuchen. Doch heute wandert er dabei nicht nur bis zum Ende des Strandes, sondern klettert über die großen Felsen, um seinen Beobachtungsstandort zu verändern. Mühsam überwindet er einige riesige Felsbrocken, die seinen kleinen Sandstrand als natürliche Wellenbrecher vor dem Wegschwemmen durch die immerwährenden Wellen schützen. Hierbei ist höchste Konzentration gefordert, sodass er nicht wie bei seinen unbeschwerten Wanderungen am Strand in Gedanken verweilen kann. Nur ein falscher Tritt, eine kleine Unachtsamkeit und er könnte sich dabei verletzen. Ein Beinbruch wäre in seiner Situation eine Katastrophe! Das würde seinen sicheren Tod bedeuten! Sehr vorsichtig balanciert er deshalb Schritt für Schritt gleichmäßig und ruhig über die mannshohen Felsen. Selbst das gelegentlich hochspritzende Wasser der

Wellen bringt ihn dabei nicht aus der Konzentration. Die Sonne scheint ihm ins Gesicht, und damit er nicht geblendet wird, richtet er seinen Blick die ganze Zeit auf seine Füße, die die Unebenheiten geschmeidig ausgleichen. Nach einer Weile muss er einige Meter durch brusthohes Wasser waten, um in eine abgelegene Bucht, die er von seiner jetzigen Position nicht einsehen kann, zu gelangen. Bedingt durch den leichten Seegang schwappt das Salzwasser ihm dabei einige Male ins Gesicht. Wenig später ist er am Rande der Bucht angelangt und zieht sich an den Felsen hinauf ins Trockene. Um endgültig in die Bucht zu gelangen, muss er noch einige Felsbrocken überwinden und findet sich schließlich im Zentrum der Bucht wieder. Sie ist riesig und von der Insel hoch über ihm nicht einzusehen, weil das dichte Gestrüpp des Urwaldes bis zur Abgrundkante reicht. Teilweise hängt es sogar daran herunter und lässt diesen Ort noch unwirtlicher und wilder aussehen, als er ohnehin schon ist. Er will sich gerade hinsetzen, um sich auszuruhen und auf das weite Meer zu blicken, als hinter einem weiteren großen Gesteinsbrocken unerwartet ein Seecontainer zum Vorschein kommt. Martin traut seinen Augen nicht! Direkt vor ihm, unterhalb der Felsen liegt ein zwanzig Fuß großer weißer Seecontainer. Der Sturm muss den Container bis hierher getrieben haben. Hastig rennt er auf den „weißen Riesen" zu und begutachtet ihn von allen Seiten. Es ist nicht „seiner", auf dem er tagelang durch den Pazifik getrieben ist, aber er ist sich sicher, dass dieser ebenfalls vom Schiffsuntergang stammt. An einigen Stellen blüht Rost und die Roststellen wechseln sich mit unzähligen Beulen ab. Aber der Container ist noch verschlossen und ansonsten vollkommen intakt. Martin kann es kaum erwarten, ihn zu öffnen, und macht sich sofort daran, die Querverriegelung zu verschieben, doch ein kleines, massives Schloss blockiert seine Versuche zunächst. Nervös fuchtelt er mit seinen Händen daran herum, doch das Schloss kommt seiner Aufgabe selbst nach so langer Zeit im Pazifik noch nach. Es verhindert erfolgreich seinen Versuch, den Container unbefugt zu öffnen. Ungeduldig packt Martin einen großen Stein und hämmert darauf ein. Aber der Stein zerspringt bloß. Er greift nach einem stabileren Stein und schlägt mit diesem wieder auf das „sicherheitsbewusste" Schloss ein. Aber auch dieser Stein zerbröselt in seiner Hand. Er blickt ungeduldig und hektisch umher, um einen anderen Gegenstand in der Umgebung ausfindig zu machen, der geeigneter ist, um dieses verdammte Schloss zu knacken. Ein Holzstamm! Er spurtet auf ihn zu, greift nach dem Klotz, hebt ihn mit beiden Händen über seinen Kopf und schlägt dann brutal und ohne Gnade auf das Schloss ein, welches schließlich seinen Widerstand aufgibt und der brutalen, rohen Gewalt nachgibt. Laut knackend springt es auf und fliegt durch die Wucht der Schläge im hohen Bogen durch die Luft, um schließlich mit einem hörbaren Platschen ins Salzwasser zu fallen. Martin greift außer Atem nach den Containertürverriegelungen, reißt sie nach oben und dann zur Seite auf, genauso, wie es die gemalte Skizze auf der Tür verlangt. Durch die Hebelwirkung gibt diese nach einigem Hin- und Herruckeln seiner ungeduldigen Hände schließlich mit lautem Knirschen nach. Die Türen lassen sich weit öffnen, Martin könnte nun bequem in den Container hineingehen, aber ein ekeliger, muffiger Gestank strömt ihm entgegen, der ihn zuerst einmal zurückweichen lässt. Angewidert kehrt er dem Container fluchtartig den Rücken und atmet einige Meter entfernt an der frischen Luft erst einmal tief durch. Der Container ist mit großen, dicken Pappkartons so straff bis unter die Decke vollgestopft, dass diese noch nicht einmal verrutschen konnten. Aber durch die lange Seereise im Salzwasser sind sie vollkommen durchnässt und teilweise zusammengefallen. Martin überwindet sich, nimmt einen Karton heraus und legt ihn behutsam auf den felsigen Boden. Er kann von außen nicht erkennen, was sich in ihm befindet, hält aber trotz seiner Neugier für einen kurzen Moment inne. Für den Bruchteil einer Sekunde ist er sich nicht sicher, ob sein Handeln, einfach fremdes Eigentum zu öffnen, richtig ist. Er verwirft diesen lächerlichen Gedanken aber sofort wieder und reißt den ersten Karton oben am Deckel entschlossen auf. Er greift hinein und zieht ein kleines Netz mit ... Martin ist schockiert. Ungläubig hält er ein Netz mit Blumenzwiebeln in seinen Händen. „Blumenzwiebeln!", sagt er ungläubig, als ob seine Augen noch einmal genauer hinsehen sollten, um einen Sehfehler in seinem

Gehirn auszuschließen. Blumenzwiebeln, ja, das sind Setzlinge, die man in den Boden steckt, mit Erde bedeckt, ein bisschen mit gedüngtem Wasser gießt und wartet, bis eine schöne Pflanze daraus wird. Was soll er damit? Er durchwühlt den Karton, als würde er ernsthaft daran glauben, darin noch etwas anderes außer abgepackten Netzen mit Blumenzwiebeln zu finden. Blumenzwiebeln, Blumenzwiebeln, Blumenzwiebeln, nur Blumenzwiebeln ... Martin läuft erneut zum Container hinüber und entnimmt einen weiteren Karton. Er vergleicht diesen mit dem ersten und stellt ernüchtert fest, dass sie identisch sind. Trotzdem reißt er ihn ungeduldig auf und hält wieder ein Netz mit nassen, stinkenden, ausgetriebenen Blumenzwiebeln in den Händen. Er schmeißt das Netz vor Wut weit von sich fort. „Scheiße, Scheiße, Scheißeeeeeee!", schreit er sich seinen Frust laut von der Seele. Er ist außer sich, vieles hätte er für möglich gehalten, was er in dem Container finden könnte, aber mit Blumenzwiebeln hatte er nun wirklich nicht gerechnet. Wieder stürmt er zum Container hin und wirft einen Karton nach dem anderen hinaus. Als mehrere Dutzend auf den Felsen liegen, begutachtet er sie erneut. Alles die gleichen Kartons, alle mit der gleichen Aufschrift ... Martin stutzt! Denn erst jetzt sieht er den feinen, dunkelblauen Aufdruck. „Blumenzwiebeln zu fünfzehn Stück im Netz in 1a Qualität". Sein Gehirn ist leer, seine Gefühle fahren mit ihm Achterbahn. Als er den Container entdeckt hatte, verband er damit unweigerlich große Hoffnungen, darin etwas zu finden, was seiner Situation auf der Insel dienlich sein könnte. Etwas, was ihn auf andere Gedanken bringen würde, aber dieser schöne Traum zerplatzt jetzt wie eine Seifenblase. Alles wäre besser gewesen als der tatsächliche Inhalt. Alles wäre besser gewesen ... als Blumenzwiebeln! Martin wünscht sich in diesem Moment, diesen verfluchten Container nie gesehen zu haben. Niedergeschlagen setzt er sich auf die Felsen. Mit leblosen, traurigen Augen blickt er auf den Container und den davorliegenden, aufgerissenen Karton. Überall verstreut liegen Blumenzwiebeln herum. Kreischende Möwen über ihm warten schon ungeduldig darauf, dass er endlich verschwindet und ihnen den Ort des Futters überlässt. In waghalsigen Flugmanövern versuchen sie, ihre Angst vor ihm zu überwinden, und schnappen sich hier und da selbst in seinem Beisein schon einmal einen von diesen ungewöhnlichen Happen. Martin nimmt eine einzelne Zwiebel auf und dreht sie prüfend in der Hand, um sie danach achtlos wegzuwerfen. Er steht auf, fasst nach einem heilen Netz Blumenzwiebeln und verlässt die Bucht. Ohne sich noch einmal zum Container umzudrehen, kehrt er zu seinem Strandlager zurück. Kaum hat er den Ort verlassen, stürzen sich etliche Möwen wild kreischend auf ihre Beute und zanken sich lautstark um die besten Stücke.

*

Regungslos liegt Martin schon über eine Stunde auf seiner Liege in der Hütte. Er weiß selbst nicht so recht, was mit ihm los ist. Na gut, das mit dem Container ist niederschmetternd, aber warum er deshalb in solch eine Abgeschlagenheit verfällt, kann er sich selbst nicht erklären. Sicher ist es ein Schicksalsschlag für ihn, dass, wenn schon einmal ein Container auf seiner Insel liegt, der ausgerechnet mit Blumenzwiebeln gefüllt ist. Selbst, wenn dieser nur mit Kinderspielzeug gefüllt gewesen wäre, wäre das erfreulicher gewesen als blöde Blumenzwiebeln. Mal ganz abgesehen von wirklich brauchbaren Dingen. Wie sich das Wort schon anhört, B-l-u-m-e-n-z-w-i-e-b-e-l-n! Martin mag es nicht und streicht es aus seinem Vokabular, schickt es in die Verbannung! Nie wieder will er dieses Wort auf seiner Insel hören! Am nächsten Morgen hat er den Container mit den „Dingern", wie er sie jetzt nennt, fast vergessen. Trotz seines schlechten Tages gestern geht das Leben auf der Insel unaufhaltsam weiter. Das weiß auch Martin. Längere Resignationsphasen kann sich kein Lebewesen in der freien Natur leisten. Er muss jagen, um essen zu können. Die notwendigen Pflichten, um das Überleben zu sichern, rufen und lassen nur wenig Spielraum, um längere Zeit traurig zu verharren. Nichts kann man dem Zufall überlassen, alles muss mit den eigenen Fähigkeiten in Einklang gebracht werden. Nur geschicktes, überlegtes Handeln – oder bei Tieren instinktives Verhalten – kann das Überleben auf einer einsamen Insel sichern. Gefühlsduseleien haben in dieser harten Realität keinen Platz. Die Dinge müssen nüchtern betrachtet werden, denn es können nur diejenigen überleben, die in der Lage sind, sich dieser Wirklichkeit anzupassen. Eine ganz einfache „Formel". Der Starke überlebt und der Schwache stirbt! Da gibt es nichts rumzudeuteln. Es ist so – garantiert! Die Natur hat keinen Platz für schwache, alte oder kranke Kreaturen. Sie möchte nicht, dass sie überleben. Nur die Starken, Gesunden und Schlauen sollen sich weiter fortpflanzen und ihr starkes Erbgut weitergeben können. Fressen oder gefressen werden, siegen oder verlieren, leben oder sterben! Jeder kann sich entscheiden, zu welcher Gruppe er gehören möchte. Selten gibt es in der Natur eine zweite Chance. Eine unwirkliche Wahrheit für den modernen Menschen. Das Wort „sozial" existiert hier im Sprachgebrauch nicht. Hier kann auf niemanden Rücksicht genommen werden. Egoismus ist der einzige Garant dafür, dass ein Lebewesen fern der Zivilisation überhaupt überleben kann. Martin kaut geistig abwesend einige Beeren aus seinem Vorrat. Er braucht dringend Abwechslung auf seinem Speiseplan, denkt er. Es fällt ihm immer schwerer, seine Hauptnahrungsquelle, Fisch, zu essen. Inzwischen muss er ihn oft regelrecht hinunterwürgen, so überdrüssig ist er des Geschmacks seines Fleisches. Er muss wohl eines von diesen kleinen, süßen Erdschweinchen töten. Ob er will oder nicht! Das ist egal! Es hat lange gedauert, aber jetzt ist er bereit, auch ein größeres Tier als einen Fisch zu erlegen. Martin ist an einem Punkt angelangt, an dem sein Hunger nach Nahrungsabwechslung über seiner Ekelschwelle steht. Bei dem Gedanken an einen saftigen Schweinebraten läuft ihm das Wasser im Mund zusammen, obwohl er sich da nichts vormacht, dass es etwas anderes ist, ein Schwein zu töten, als einen Fisch zu erbeuten. Ein Fisch fügt sich scheinbar seinem Schicksal. Er kann nicht vor Schmerzen schreien, sondern zappelt nur ein wenig herum. Aber ein Schwein! Ein Schwein zu töten, wird ihm mehr an die Nieren gehen, da ist er sich ganz sicher. Er greift noch einmal nach einer Beere in das Vorratsloch hinein, doch es ist leer. Mit einem Ruck steht er auf und greift entschlossen nach seinem Speer. Prüfend dreht er ihn in den Händen und tippt mit dem Zeigefinger auf die

Spitze der Lanze. Als ob ihm noch etwas fehlen würde, sieht er sich im Lager noch einmal kurz um. Aber er belässt es bei dem Speer und eilt schließlich mit schnellen Schritten in den dicht bewachsenen Urwald hinein. Große Fahnenblätter streifen seinen Körper, unter seinen Füßen spritzt die lockere Erde des Waldbodens auf, locker pendelt der Speer in seiner Faust. Wie ein Ureinwohner spurtet er durch den Urwald und legt in kürzester Zeit eine beachtliche Wegstrecke zurück. Er ist dabei laut, stampft mit den Füßen kräftig auf den Boden und versucht erst gar nicht, die Zweige der Büsche leise an seinem Körper abgleiten zu lassen. Dabei gibt er unverständliche, kreischende Laute von sich, um alle Tiere unmissverständlich zu warnen, dass Gefahr für sie droht, wenn sie ihm nicht weichen. So hält er sich die gefährlichen Tiere seiner Insel vom Leib, die vor dem Krach geschwind fliehen. Er kann sicher sein, dass die vielen Schlangenarten auf der Insel seinen Weg nicht mehr kreuzen. Eine Taktik, die viele Ureinwohner der Erde benutzen. Bei den Ureinwohnern hat dieses Verhalten aber noch einen anderen Grund. Leises Heranpirschen bedeutet bei ihnen eine feindliche Gesinnung. Lautes Auftreten zeigt: Es ist alles in Ordnung, ich will euch nichts Böses! Vom offensichtlichen Kriegsgeschrei einmal abgesehen. Eine Praxis, die Martin bei seiner Reise durch Kenia von einem Englisch sprechenden Einwohner erklärt wurde. Früher, als es noch viele Löwen gab, machten die Ureinwohner sich vor der Gefahr bei der Jagd mit diesen Geräuschen Mut. Außerdem konnte man so zum Jagdgebiet laufen, ohne dass einem die gefährlichen Löwen auflauerten. Diese verschwanden bei dem Krach und die Jäger, die nur auf Antilopen oder Zebras aus waren, mussten nicht befürchten, von einem aufgeschreckten Löwen angegriffen zu werden. Auch untereinander, als die Stämme noch Stammesfehden austrugen, war das nicht nur eine Höflichkeitsform. Mit Trommeln, Rasseln und Kreischen zeigte man, dass man in Frieden kam. Kriege wurden oft hinterhältig geführt, deshalb war leises Anschleichen eine feindliche Handlung und führte schnell zu Aggressionen. Eigentlich einleuchtend! Jedenfalls kamen ihm die Rituale der Ureinwohner nach den Erklärungen nicht mehr so merkwürdig vor. Es waren einfache und ehrliche Menschen, die meinten, was sie sagten. Eine Wohltat in der heute haltlos verlogenen, scheinheiligen, modernen Zivilisation. Was gab ihm die Zivilisation, in der er aufwuchs, an die Hand, um hier auf „seiner" Insel zu überleben? Er würde ohne sein persönliches Interesse an Überlebenstaktiken jetzt wahrscheinlich nicht mehr leben. Alleine in der Wildnis muss man selbst Hand anlegen, nichts kann man kaufen, bei Gefahren kann keine Polizei helfen, bei Krankheit kein Arzt heilen. Martin hat schon längst das Dickicht durchquert und läuft seit geraumer Zeit an majestätisch aufragenden, hohen Bäumen entlang. Unterwegs grübelt er darüber nach, wie er es am besten anstellt, ein Schwein zu jagen. Erneut stellt er fest, dass er noch nie in seinem Leben ein so großes Tier getötet hat. Als er die Berge passiert hat, erreicht er etwas später das Tal, in dem ihm die Schweinchen vor einigen Tagen einen großen Schreck eingejagt haben. Es geht schon gegen Mittag und Martin ist sich nicht sicher, ob die Zeit zur Jagd optimal ist. Bei Rotwild, das nicht auf seiner Insel lebt, weiß er, dass es am besten frühmorgens nach Sonnenaufgang oder kurz vorm Dunkelwerden am Abend zu jagen ist. Aber bei Schweinen? Martin will es einfach darauf ankommen lassen. Er ist guter Dinge und bleibt schließlich an einem Baum nahe des Trampelpfads der Tiere stehen. Mit gespitzten Ohren lauscht er in den Wald hinein und versucht, zwischen all den kreischenden Vögeln ein verräterisches Geräusch der Schweine herauszuhören. Minuten vergehen. Martin ist ganz ruhig und spürt nur in seinen Adern, wie das Herz gleichmäßig tuckert. Aber kein einziges Grunzen der Schweine unterbricht das Vogelkonzert. Seine wachsamen Ohren werden durch seine scharfen Augen unterstützt, aufmerksam durchkämmen sie die vielen Gebüsche und die etlichen daraus hervorragenden Bäume. Während er geduldig wartet, vergeht die Zeit, regungslos und mucksmäuschenstill harrt er aus und wartet wie ein Adler auf seine Beute. Aber von den Schweinchen ist nichts zu hören, geschweige denn zu sehen. Nur manchmal gesellt sich ein leises Rauschen der Baumblätter im schwachen Wind, der fast immer über die Insel weht, zu dem Vogelgezwitscher hinzu. Martin weiß, dass Schweine sehr schlaue Tiere sind und relativ scheue noch dazu. Er ist sich absolut sicher, dass auch seine Erdschweinchen, obwohl sie den Menschen nicht kennen, einen angeborenen Schutzmechanismus vor allem Fremden haben. Die Sonne, die durch die Baumkronen zu sehen ist, wandert am Himmel weiter und er glaubt, schon fast eine Stunde zu warten. Obwohl er auf der Insel gelernt hat, geduldig zu sein, schmerzen seine Beine vom reglosen Stehen. Leise tanzt er von einem Bein auf das andere und muss feststellen, dass es um seine Aufmerksamkeit nicht mehr zum Besten bestellt ist. Er wechselt seine Position einige Meter näher an den Pfad heran und stellt sich neben eine dichte Gebüschfront, um nicht sofort gesehen zu werden. Tollpatschig tritt er dabei auf einen am Boden liegenden Ast, der mit einem lauten Krachen unter seinen Fuß zerbricht. Sofort flattern einige Papageien laut krächzend von den Bäumen auf und bekunden der Umgebung, dass an dieser Stelle etwas Merkwürdiges vor sich geht. ‚Verdammter Mist!', schießt es ihm durch den Kopf. Kaum hat er das zu Ende gedacht, durchbricht – völlig unerwartet – keine zehn Schritte von ihm entfernt, ein laut quiekendes Durcheinander die Stille des Waldes. Plötzlich schießt die gesamte Erdschweinrotte blitzschnell und mit wildem Getöse an ihm vorbei und verschwindet so schnell, wie sie auftauchte, auch schon wieder ins nächstgelegene dichte Unterholz. Aufgewühlter Staub liegt in der Luft. Martin wurde von dieser unerwarteten Aktion förmlich überrannt. Er hat noch nicht einmal Zeit gehabt, zu reagieren und seinen Speer zum Wurf emporheben zu können. Verdutzt steht er Sekunden später wieder alleine vor dem Schweinetrampelpfad und wundert sich über die schlauen kleinen Erdschweinchen. Sie haben ihn schon lange, bevor er sie selbst entdeckt hatte, beobachtet und auf einen passenden Moment zur Flucht gewartet. Martin ist beeindruckt, nach dieser cleveren Aktion wird es ihm nicht leichter fallen, später eines von ihnen zu töten. Für heute ist die Jagd beendet, die Tiere sind gewarnt und gehen bestimmt nicht mehr in eine erneute Falle. Er muss sich eingestehen, dass es bedeutend einfacher ist, Fische zu fangen, und er sich beim nächsten Mal eine bessere Taktik einfallen lassen muss.

Geschlagen und mit leeren Händen tritt er hungrig den Heimweg an. Als er die Berge passiert, wird es schon dunkel, und er beschließt spontan, die heutige Nacht auf dem zuerst erklommenen Gipfel zu verbringen. Als er dort ankommt, ist es bereits stockdunkel, die Sterne funkeln glitzernd auf ihn herab. Müde legt er sich auf dem Rücken in den weichen Sand hinein, sodass er – wie in einer Kinovorführung – eine riesige Leinwand vor Augen hat. So helle, klare Sterne hatte er zu Hause nur in einer kalten Winternacht zu Gesicht bekommen. Aber niemand dort nahm sich die Zeit, länger als ein paar Sekunden emporzublicken. Noch nie im Leben hat er sich mehr Zeit für seine persönliche Astronomie genommen als auf dem Container und auf „seiner" Insel. Beruhigend leuchten sie herab, als ob sie ihre abendliche Vorstellung nur für ihn veranstalten. Er ist überzeugt davon, dass das Weltall das Leben der Menschen mehr beeinflusst, als ihnen bewusst ist. Jedes Mal, wenn das All seine unendliche Weite nachts ausbreitet, spürt er, wie winzig und unbedeutend die Menschen auf ihrer kleinen Luftblase, der Erde, sind. Mein Gott, sie nehmen sich so wichtig! Selbst die größten Probleme und Katastrophen auf Erden sind im Weltall ohne Bedeutung. Gott sei Dank hat man die Menschen in einen Käfig gesteckt, sodass sie das restliche All nicht schädigen können. Ja, die Erde ist ein Käfig! Ein Käfig voller Narren, die sich langsam selbst dezimieren. Statt sich das Leben miteinander angenehm zu gestalten, belauern sie sich gegenseitig und misstrauen sich um des persönlichen Vorteils willen. Egoistisch zerstören sie auch noch ihre Lebensgrundlage, ihre kleine Luftblase. Martin ist sich sicher, dass die Menschen saublöd sind. Dumme, habgierige, egoistische Kreaturen, die glauben, dass sie etwas Besonderes sind. Der Mensch, so glauben die meisten von ihnen, steht über allem auf der Welt. Die Welt – was meinen sie damit? Es ist gerade einmal die Erde, über die sie zu herrschen glauben. Aber eigentlich ist es der Erde egal, ob sie überleben oder auch nicht. Sollen sie sich doch mit ihren Atombomben auslöschen. Was soll's? Nach einigen Millionen Jahren entsteht neues Leben und diesmal vielleicht sogar intelligenteres. Eine echte Chance für die Erde, einige Jahre wirklich in Ruhe zu existieren! Ihm ist dabei durchaus bewusst, dass er bei solchen Gedankenspielen auch über sich selbst sinniert. Er kann es nicht leugnen, auch er ist ein Mensch mit all seinen Schwächen. Ein Gedanke, der ihm Unbehagen bereitet. Es ist schon eigenartig, wie kritisch er seit dem Schiffsuntergang über die Menschen denkt, gerade, als ob er keiner von ihnen sein will. Aussuchen kann er es sich schließlich nicht, als was für eine Kreatur er auf der Erde lebt. Das Leben ist schon eine verrückte Sache, je mehr er über die Belange der Menschen in der Zivilisation nachdenkt, desto weniger kann er sie verstehen. Als er noch unter ihnen weilte, hat er nicht annähernd so kritische Gedanken gehabt. Er muss eingelullt worden sein, erst die Einsamkeit hat sein Gehirn Stück für Stück freigelegt. Mit seinen Augen geht er die Sterne einzeln ab und hat fast das Gefühl, im Weltall zu schweben. Ringsherum leuchten sie und lassen ihn die Unendlichkeit förmlich spüren. Wie selbstverständlich fragt er sich: „Was kommt hinter dem uns bekannten Weltall?"

5. Kapitel

Am nächsten Tag wacht Martin kurz nach Sonnenaufgang auf. Müde erhebt er sich vom harten Boden und streckt seine vom Liegen schmerzenden Glieder. Die Sonne spiegelt sich auf dem leicht welligen Pazifik und verursacht an verschiedenen Stellen ein kurzes, sich wiederholendes Glitzern. Majestätisch umschließen die mächtigen Wassermassen die kleine Insel, als ob es das einzig verbliebene Fleckchen Erde unserer Welt wäre. Etwa so, wie eine letzte Bastion, die es so bald wie möglich zu überfluten gilt, wie alle anderen trockenen Ebenen davor auch. Martin blinzelt müde in die große Wasserpfütze. Vielleicht ist er ja der letzte Mensch des Planeten und der Rest ist schon ersoffen! Aber vielleicht hat er den Untergang des Containerschiffs auch nur geträumt und in Wirklichkeit hat er die Insel noch nie im Leben verlassen. Martin spürt, wie die Wirklichkeit immer mehr verschwimmt und sich mit seinen Gedanken vermischt. Es fällt ihm immer schwerer, sich an sein damaliges Leben zu erinnern. Es erscheint ihm so erbärmlich, so fremd. Er ist nicht mehr der Alte, denn seine Einstellung zu den Dingen des Lebens hat sich grundlegend geändert. Ist das die Vorstufe eines Inselkollers? Oder eine klare, unbeeinflusste Eigenständigkeit? Eventuell ist es für alle Beteiligten besser, wenn er von der Menschheit für tot gehalten wird und hier auf „seiner" verlassenen Insel verreckt. Ein Alcatraz im Pazifik, sein persönliches, sicheres Gefängnis, dem er nicht entrinnen kann. Das Glitzern des Wassers führt währenddessen kontinuierlich sein blinkendes, monotones Spiel fort. Blink, blink, blink ... Von Nord nach Süd und von Ost nach West. Dann wieder von Nordwest nach Südost und plötzlich wild durcheinander, sodass eine richtungsbezogene Position nicht mehr auszumachen ist. Ein großes, kräftigeres Blinken ist im Osten zu sehen, blinkt sich langsam in Richtung Süden vorwärts und scheint direkt auf die Insel blinken zu wollen. Die Wellen scheinen dort hinten höher zu sein, denn dieses Blinken wird von einem weißen Wellenkamm begleitet. Abermals ein kräftiges Blinken und wieder aus derselben Richtung noch mehrmals kräftiges Blinken. Martin wendet seinen Blick vom Pazifik ab, dreht sich um und sieht auf die Insel hinab. Er muss sich etwas zu essen besorgen, denkt er, und schließt seine Augen, um diese anschließend müde mit den Händen zu reiben.

Plötzlich ist ein leises Surren wahrzunehmen. Sanft und unaufdringlich, aber kontinuierlich und an Lautstärke zunehmend. Motorengeräusche! Martin reißt die Augen auf, dreht sich blitzschnell um und sofort fällt ihm wieder das gleichmäßige Blinken im Wasser auf. Es ist nah, sehr nah und entpuppt sich nun als eine unter Vollgas fahrende Jacht, die auf den Wellen auf- und abtanzt. Mit weit aufgerissenen Augen starrt er auf das schnell fahrende Boot, aber sein Gehirn hat die Botschaft anscheinend noch nicht verstanden. Wie angewachsen verharrt er auf dem Felsboden und bewegt sich keinen Millimeter von der Stelle. Doch etwas später scheint er seinen Augen und Ohren wieder zu trauen und seine Lippen fangen an zu zittern. Ein Schiff! Es steuert direkt auf die Insel zu. Martin lässt es nicht aus den Augen und beobachtet jeden Meter der Jacht. Wo will sie vor der Insel ankern? ‚Am Strand sicherlich!', schießt es ihm sofort durch den Kopf. ‚Nur vom Strand aus kann man die Insel betreten!' Martin verfolgt die Jacht weiter aufgeregt mit den Augen. Aber sie fährt nicht in Richtung des Strandes. Merkwürdigerweise jagt sie zielstrebig in Richtung des – nicht vom Wasser aus einzusehenden – Bootsanlegestegs. Ganz so, als ob der Kapitän genau wüsste, wo er anlegen kann! Martin ist verdutzt, die Besatzung muss die Insel kennen. Kein Schiff, das die Insel zum ersten Mal ansteuert, käme auf den Gedanken, so zielstrebig auf die unbedeutende, schroffe Felsenbucht zuzusteuern. Jede Schiffsbesatzung, die zum ersten Mal auf die Insel träfe, würde zuerst nach dem besten Ankerplatz suchen, indem sie die Insel umrunden würde. Muss die Insel nicht eigentlich für jedes Schiff unbekannt sein? Aber diese Jacht schlängelt sich zielstrebig durch die Felsen der Bucht, um schließlich aus seinem Blickfeld zu verschwinden. Martin wundert sich, aber seine Freude, endlich gerettet zu sein, übermannt ihn schließlich und er rennt, so schnell er kann, vom Berg hinunter in Richtung des Bootsanlegestegs. Egal ob das Schiff ihn systematisch gesucht hat oder zufällig hier anlegt, wichtig ist doch nur, dass er endlich von der Insel verschwinden kann. Mit beherzten Schritten eilt Martin so schnell wie noch nie über „seine" Insel. Er ist unkonzentriert und stolpert einige Male, weil er nur noch an seine Rettung denkt. Er lässt sich dadurch aber nicht bremsen und rennt immer weiter auf den Ankerplatz in der Bucht zu. Nach einer Weile bekommt er Seitenstiche, aber er rennt dennoch weiter, denn nichts auf der Erde könnte sein Tempo drosseln. Er fliegt förmlich und hat das erste Mal kein Auge für die Schönheit der Umgebung. Er schaltet seine Schmerzen ab und rennt und rennt und rennt. Schließlich erreicht er den Ausgang der Treppe, noch bevor die Jacht angelegt hat. Vollkommen außer Puste beobachtet er hechelnd, wie drei Männer vom Boot herunterspringen und zur Treppe gehen, während der vierte das Schiff befestigt und unten am Steg stehen bleibt. Aber Martins Vorfreude, Menschen zu sehen, stockt augenblicklich und seine Skepsis den Menschen gegenüber übermannt ihn plötzlich wieder. Er ist irritiert, die kennen sich aus und kommen ihm nicht vor wie ein Liebespärchen, das hier manchmal vergnügliche Stunden verbringt. Martin ist unschlüssig, ob er ihnen zurufen oder sich erst einmal verstecken sollte. Ihr Verhalten ermahnt ihn zur Vorsicht, es erscheint ihm zu suspekt. Er schleicht zur Ausgangstür und horcht, ob er Stimmen hören kann. Es dauert sicherlich einige Zeit, bis sie die steile, rutschige Treppe wieder hinaufgelaufen kommen. Ohne dass er die schwere Stahltür öffnen muss, kann er hallende, fremdartige Stimmen hören, die schnaufend immer näher kommen. Die Männer gehen gleichmäßig, er ist sich sicher, dass sie diese Treppe nicht das erste Mal erklimmen. In seinem Gehirn rasen die Gedanken wild durcheinander. Was soll er bloß machen? Die Schritte werden immer lauter, die Männer sind bald hier oben angelangt. Er muss jetzt eine Entscheidung treffen. Wie soll er auf ihr merkwürdiges Verhalten reagieren? „Mein Gott, Martin!", sagt er zu sich selbst, „Du hast Wahnvorstellungen!" Es können doch auch einfach nur Naturforscher sein, die diese Insel in ihrer Unberührtheit untersuchen, gelegentlich vorbeischauen und sie stets unberührt verlassen. Deshalb hat er von ihnen wahrscheinlich auch noch keine Spur entdeckt! Das würde ihr zielstrebiges

Verhalten erklären. Er entschließt sich, in die Offensive zu gehen und sich nicht zu verstecken. Er postiert sich schließlich knapp dreißig Meter von der Tür des Treppenausgangs entfernt, am Rande des Waldes und wartet ab. Mit schweißnassen Händen umklammert er seinen Speer. Wenig später wird die Tür laut krachend aufgestoßen. Die drei Männer treten aus dem Ausgang heraus ans Tageslicht und bemerken ihn zuerst gar nicht. Doch plötzlich erblicken sie ihn doch und bleiben augenblicklich stehen. Martin sieht in ihren Augen, dass sie erschrocken sind. Er spürt ihre strengen Blicke förmlich auf seiner Haut. Kritisch mustern sie ihn. Regungslos steht er vor ihnen und muss mit seiner zerlumpten Hose und dem Speer in seiner Hand auf sie befremdend wirken. Die Sekunden schleichen, die Zeit scheint stillzustehen. Gegenseitig mustern sie sich, eigentlich gleicht es mehr einer gegenseitigen Belagerung. Martin hat sich seine erste Begegnung mit Menschen anders vorgestellt. Diese Leute sind eindeutig keine Forscher. Sie tragen großkalibrige Waffen bei sich und sie sehen auch nicht aus wie Polizisten. Jeder hat ein Maschinengewehr in der Hand und eine schwere Pistole im Gürtel stecken. Einer von ihnen besitzt außerdem noch ein Furcht einflößendes, riesiges Messer, das bedrohlich an seiner Hüfte baumelt. Sie sind kleiner als er und eindeutig asiatischer Abstammung. Was sind das für Leute? Martin kann sich des Eindrucks nicht erwehren, dass sie nicht gewillt sind, ihm zu helfen. In Jeans, T-Shirt und Turnschuhen stehen sie immer noch grimmig vor ihm und ihr Gesichtsausdruck wird auch eine Weile später nicht freundlicher. Martin ergreift schließlich die Initiative und durchbricht das qualvolle Schweigen. „Hallo!", sagt er mit einer freundlichen, langsam ausgeführten Handbewegung. Er versucht dabei, ein freundliches Gesicht zu machen und lächelt die Männer ein wenig an. Doch sie antworten nicht. „Ich heiße Martin und bin ein Schiffbrüchiger", fügt er danach mit ruhiger Stimme hinzu. Die Männer bleiben weiter regungslos stehen. Plötzlich schreit ihn einer kurz, aber sichtlich erbost an. Doch Martin kann ihre Sprache nicht verstehen. „Ich kann euch nicht verstehen", sagt er ruhig auf Deutsch und fügt auf Englisch hinzu: „I don't understand anything at all. Do you speak English?" Sie antworten nicht. Verstehen sie ihn nicht? Martin ist unsicher. Englisch kann doch irgendwie jeder ein bisschen. Aber Deutsch, na ja, Deutsch mit Sicherheit nicht. Er versucht es noch einmal auf Englisch. „Where do you come from?" Die Männer sehen sich gegenseitig an und signalisieren ihm so ungewollt, dass sie kein Wort verstanden haben. „Mein Schi-ff ist un-ter-ge-gan-gen!", sagt Martin schließlich sehr deutlich und führt langsam weiter aus: „Ich bin hier ge-stran-det!" Der Mann, der ihn vorhin schon angeschrien hat und der Anführer der Gruppe zu sein scheint, schreit ihn wieder an und lädt dabei mit einer kräftigen, routinierten Handbewegung sein Maschinengewehr durch. Martin erschrickt, er weiß nicht, was sie von ihm wollen und hebt sogleich beruhigend die Hände vor seine Brust. „Hey, hey, langsam!", sagt er. „Lasst uns darüber reden!" Doch die Männer scheinen kein Interesse daran zu haben, mit ihm zu reden und stellen sich nebeneinander auf. Danach laden die anderen beiden ebenfalls – wie ihr Anführer zuvor – ihre Gewehre durch. Martin blickt jetzt direkt in ihre Gewehrmündungen und kommt sich mit seinem Speer ausgeliefert vor. Er wird unruhig und tänzelt von einem Bein auf das andere. „Man, was wollt ihr von mir?!", schreit er schließlich erbost. „Ich bin zufällig auf der Insel, deshalb müsst ihr mich doch nicht gleich erschießen! Ich hatte keine andere Wahl! Versteht ihr mich denn nicht?" Seine Stimme bebt, aber zu seiner Enttäuschung finden seine Worte bei ihnen kein Gehör. Er kann deutlich erkennen, wie die Männer sich aus ihren Augenwinkeln heraus verständigen und er rechnet jeden Augenblick damit, dass sie das Feuer eröffnen. Panik überkommt ihn, denn er spürt, dass jedes weitere Wort von ihm nutzlos verhallen würde. Die Zeit des Redens scheint abgelaufen zu sein, Martin ist sich bewusst darüber, dass ihm zum Handeln nicht mehr viel Zeit bleibt. Sie werden ihn abknallen! Er entschließt sich, zu handeln und will sich seinem Schicksal nicht kampflos fügen. Blitzschnell und ohne Vorwarnung springt er plötzlich rücklings in den Wald hinein. Die Banditen sind von seiner Flucht zwar zunächst überrascht, eröffnen aber schon kurze Zeit später das Feuer. Martin kann ihren ersten knatternden Gewehrsalven leicht entkommen. Aber unmittelbar danach sausen schon etliche Geschosse dicht an ihm vorbei und knallen kraftvoll in die umherstehenden Bäume. Martin jagt wie ein gehetztes Tier geduckt durch den Wald. Dabei schlägt er geschickt Haken – wie ein flüchtender Hase – erreicht schon kurze Zeit später den Schweinetrampelpfad. Die Männer sind ihm dicht auf den Fersen, kennen sich im Wald allerdings nicht so gut aus. Voller Panik hechtet Martin immer weiter um sein Leben und baut seinen Vorsprung trotz seiner guten Ortskenntnisse nur langsam aus. Die Banditen laufen mit lautem Geschrei hinter ihm her und lassen aus ihren Gewehren permanent laut knatternde Geschosshagel an seinem Kopf vorbeifliegen. Die Äste der Büsche peitschen ihm durchs Gesicht. Martin jagt immer tiefer in den dichten Wald hinein und weiß selbst nicht mehr so genau, wo er sich gerade befindet. Als die Schussgeräusche leiser werden, bleibt er an einem Busch geduckt stehen und versucht, den Standpunkt der Banditen neu zu orten. Er muss aufpassen, nicht in eine Falle zu laufen, denn sie scheinen sich geteilt zu haben. Sein Herz rast, er ist vollkommen aus der Puste und trotz seiner guten Kondition nicht wesentlich besser in Form als seine Angreifer. Seine Lungen schmerzen, seine Atmung ist schnell und hart. Was kann er nur machen? Ihm will einfach nichts Passendes einfallen. Er muss seine Strategie ändern, ansonsten haben sie ihn in kürzester Zeit zur Strecke gebracht. Während er überlegt, hört er leises Knacken des Waldbodens. Jemand ist in der Nähe. Martin erschrickt, legt sich auf den Boden und sucht aus seinem Versteck heraus die Umgebung ab. Tatsächlich steuert ein Bandit direkt auf ihn zu. Martins Hände umklammern fest den Speer. Der Bandit ist nicht besonders aufmerksam und sieht fast ein wenig gelangweilt vor sich hin. Ihm scheint die Jagd keinen Spaß zu machen und er ärgert sich über die Schlingpflanzen am Boden, in denen er sich immer wieder verheddert. Leise fluchend setzt er seinen Weg fort und richtet seine Waffe dabei in die Ferne. Martin kann aus seinem Versteck heraus den Revolver erkennen, den er mit leicht ausgestrecktem Arm locker hält. Das Maschinengewehr baumelt genauso lose an der Schulterseite wie sein mächtiges Messer. Martin vermindert seine Atmung und unterdrückt angestrengt sein Hecheln, sodass es von den natürlichen Geräuschen des Waldes überdeckt wird. Der

Bandit ist jetzt unmittelbar neben seinem Versteck, scheint ihn aber nicht zu bemerken. Durch die Blätter des Gebüsches kann Martin seine neuen, aber verstaubten Turnschuhe erkennen. Murmelnd bewegt er sich weiter und tritt tollpatschig immer wieder auf Blätter und Äste, die noch überall vom Sturm auf dem Boden herumliegen. Seine Kameraden rufen ihn. Er antwortet sogleich mit einem kurzen, lauten Kommentar. Er muss schreien, weil seine Freunde nicht unmittelbar in seiner Nähe sind. Sie kontrollieren sich gegenseitig, um ihre Position zu überprüfen. Das ist seine Gelegenheit. Etwas Besseres hätte ihm nicht passieren können. Martin lässt den Mann noch etwas weiter laufen, sodass er ihm den Rücken zuwendet. So leise wie möglich kniet er sich danach hin. Doch plötzlich bleibt der Bandit stehen. Hat er ihn gehört? Er dreht die Lanze in seiner schweißnassen Hand und hält sie in Richtung des Banditen. Martin ist unentschlossen: Wann soll er angreifen? Der Bandit rührt sich nicht vom Fleck und verharrt ebenfalls weiterhin bewegungslos. Plötzlich dreht der Bandit sich wie ein Blitz um, zielt mit dem Revolver in seine Richtung und drückt sofort ab. Das Geschoss pfeift mit einem ohrenbetäubenden Knall dicht über Martins Kopf hinweg. Er hat den Lauf der Waffe zu hoch gehalten, da er nicht damit gerechnet hat, dass Martin kniet. Martin gönnt dem Kerl keine zweite Chance und springt nach dem Schuss aus seiner Deckung hervor und stößt mit voller Wucht seinen spitzen Speer in den Unterleib des Banditen. Die spitze, kraftvoll gestoßene Lanze durchbohrt den Mann mühelos und stößt durch seinen Körper, bis sie schließlich weit aus seinem Rücken ragt. Das Blut spritzt dabei in alle Himmelsrichtungen, auch in Martins Gesicht. Mit ungläubigem Gesichtsausdruck starrt der Verbrecher in Martins Augen und sackt schließlich lautlos in sich zusammen. Er ist sofort tot! Martin krabbelt schnell auf allen vieren zu der Leiche hinüber und greift nach den am Boden liegenden Waffen. Das Gewehr legt er zusammen mit dem Patronengürtel und dem Messer an seine Seite, während er mit dem Revolver in der Hand die Umgebung beobachtet. Von den anderen beiden Banditen ist noch nichts zu sehen. Haben sie den Schuss überhört? Martin rechnet jeden Moment mit ihnen, aber noch ist alles ruhig. Er schaut noch einmal in das leblose Gesicht des toten Mannes und stellt beiläufig fest, dass er jetzt gar nicht mehr Furcht einflößend aussieht, sondern eher klein und zerbrechlich. ‚Ja, es stimmt', denkt er, ‚der Tod verändert einen Menschen schlagartig!' Laute Rufe der anderen Banditen hallen zu ihm herüber. Er richtet seine Aufmerksamkeit wieder auf sie. Martin blickt auf und versucht, ihre Entfernung einzuschätzen. Sie sind nicht mehr weit entfernt und kommen langsam näher. Er schaut sich nach einem besseren Verteidigungsplatz um und verschanzt sich hinter einem nur wenige Meter entfernten, querliegenden Baumstamm. Wenig später sind die anderen beiden Banditen in Sichtweite und schleichen zielstrebig auf ihren am Boden liegenden Kameraden zu. Als sie dreißig Meter von ihm entfernt sind und dieser immer noch nicht auf ihr Zurufen antwortet, verschanzen sie sich schließlich auch. Sie sind unschlüssig und wittern Martins Falle. Sie rechnen anscheinend damit, dass ihr Kamerad tot ist und dass seine Waffen den Besitzer gewechselt haben. Aus ihren Deckungen heraus schreien sie sich gegenseitig an. Martin kann ihre Streitereien ganz deutlich hören. Er richtet den großkalibrigen Revolver in ihre Richtung, hat aber kein gutes Schussfeld. Er muss abwarten, bis die beiden näher herankommen. In was ist er hier nur hineingeraten? Doch noch bevor er über seine Situation nachdenken kann, verlassen die anderen beiden Banditen ihr Versteck. Es geht wieder los! Martin hält den Revolver in ihre Richtung. Mit ihren Maschinengewehren im Anschlag laufen sie langsam weiter auf ihren toten Kameraden zu. Nervös blicken sie sich dabei immer wieder um. Martin nimmt einen ins Visier des Revolvers und verfolgt ihn mit der Waffe aus seiner Deckung heraus. Dieser kommt näher heran. Martin muss sich beruhigen, denn sein schneller Puls lässt die Waffe an seinem ausgestreckten Arm unruhig werden. Sie tänzelt auf und ab, lässt so einen guten Schuss nicht zu. Er atmet tief durch, spannt den Hahn, zielt und drückt ohne Vorwarnung ab. Mit einem lautem Knall, der ihm beinahe das Trommelfell zerreißt, zischt das Geschoss ab und schlägt – dicht an den Banditen vorbei – in einen Baum ein. Ohne auf eine Reaktion zu warten, drückt Martin abermals ab und kurz darauf noch einmal. Der gellende Aufschrei eines Banditen hallt durch den Wald. Der Mann fasst sich an seinen blutverschmierten Arm und sucht winselnd hinter einem Baum Deckung. Sein Freund erwidert Martins Schüsse unmittelbar mit mehreren Salven aus seinem Maschinengewehr, ehe auch er den Schutz der Bäume sucht. Martin nutzt die Verwirrung der Banditen und läuft geduckt mit den Waffen in der Hand schnell außer Reichweite seiner Verfolger. Mit zitternden Knien rennt er aus dem Wald heraus und erreicht wieder den Berg, von dem aus er ihr Schiff zum ersten Mal gesehen hatte. Dort angekommen lädt er seine Waffe nach und beobachtet die Umgebung. Vermutlich ziehen sich die Banditen zurück, denn mit einem Toten und einem Verletzten werden sie nicht weiterkämpfen wollen. Vielleicht sollte er sie jetzt alle töten, bevor sie mit der Jacht verschwinden und mit Verstärkung zurückkommen können. Mit der Jacht könnte er endlich von der Insel verschwinden und nach Hause zurückkehren. Martin stockt der Atem! Er denkt ans Töten, als ob es für ihn das Selbstverständlichste der Welt wäre! Mein Gott, er hat soeben einen Menschen mit den eigenen Händen umgebracht und überlegt nun, wie er auch die anderen hinrichten könnte. Er ist über seine Kaltblütigkeit selbst schockiert. Diese Seite kannte er bis jetzt noch nicht an sich. Aber sie haben angefangen, versucht er, sein Handeln vor sich selbst zu rechtfertigen. Sie wollten ihn – warum auch immer – erschießen! Martin hebt den mächtigen, mattschwarzen Revolver in die Höhe und zielt damit auf verschiedene Gegenstände des Waldes. Taktisch gesehen wäre es äußerst unklug, wieder die Rolle des Gejagten einzunehmen, die Ausgangsposition des Jägers ist wesentlich besser. Auf diese Männer muss er wahrlich keine Rücksicht nehmen, denn die hatten nur das Ziel, ihn zu töten. Er beschließt, erst einmal zum Bootsanlegesteg zu laufen, und wenn die Jacht noch dort ist, kann er ja immer noch überlegen, wie er sich verhält. Vorsichtig läuft er einen Umweg in Richtung der Klippen. Er möchte nicht durch den unübersichtlichen Wald laufen, auch wenn das kürzer wäre, da ihm dieser Weg als zu gefährlich erscheint. Überall könnten sie auf ihn lauern. Der Weg entlang der Klippen ist um einiges länger, aber dafür zum Wald hin versteckt und mit Sicherheit den Banditen unbekannt. Selbst er hatte diesen schmalen, an manchen Stellen nur einen halben Meter breiten Pfad am Rande des Abgrundes nur durch Zufall entdeckt. Schnellstmöglich läuft er den Weg ab und balanciert hoch oben am Rande der Klippen zwischen dem Wald und dem Pazifik. Für die wunderschöne Aussicht hat er heute keinen Blick übrig, denn seine Gedanken kreisen nur um die Frage, ob die Jacht noch am Bootsanlegesteg liegt oder nicht. Seine Schritte werden schneller, erst jetzt wird ihm richtig bewusst, dass dieses Schiff noch heute seine Fahrkarte nach Hause sein könnte. Nach so langer Zeit in der Einsamkeit ist der Reiz dieses Gedankens unbeschreiblich. Aber wäre er auch bereit, dafür noch einmal zu töten? Er weiß es nicht, vielleicht könnte er die Banditen überrumpeln und diese als Strafe auf der Insel aussetzen. Martin verdrängt die Gedanken, denn jetzt muss er nur noch um eine Biegung herumlaufen, dann ist der Anlegesteg unten im Tal schon zu sehen. Er nimmt den Revolver wieder in seine Hand und verlangsamt sein Tempo. Nirgends ist etwas Verdächtiges zu sehen. Langsam wie in Zeitlupe riskiert er einen Blick nach unten in die tiefe Bucht hinein. Die Jacht liegt immer noch dort! Martin sieht sich hektisch um und beschleunigt wieder sein Tempo in Richtung des nur noch zweihundert Meter entfernten Treppenaufganges. Von den Banditen ist nichts zu sehen, vielleicht warten sie im tiefen Wald noch auf ihn? Sie rechnen bestimmt nicht damit, dass er zurückkommt. Beim Laufen blickt er zur Jacht hinunter und sieht, dass sich dort unten doch etwas bewegt. Er bleibt stehen und beugt sich tief am Abgrund hinunter, sodass Steine krachend von der Kante abbrechen und in die Tiefe fallen. Durch das staubige Getöse der Steine werden die Banditen auf ihn aufmerksam und schauen zu ihm empor. Er kann deutlich drei Männer erkennen, die an der Jacht stehen. Die Leiche des vierten Mannes liegt noch auf dem Steg, sie wollten diese gerade ins Boot tragen. Er ist zu spät gekommen! Vom Boot schallen wüste Beschimpfungen zu ihm herauf. Sie drohen ihm mit geballten Fäusten und geben einige Salven aus ihren Maschinengewehren in seine Richtung ab. Martin duckt sich und lässt die ungenauen Geschosse wirkungslos in der Luft vorbeizischen. Als er wieder hinunter sieht, haben sie die Leiche schon an Bord getragen und lösen die Leinen des Schiffes, um abzulegen. Der Motor wird angelassen, das Schiff mit geschicktem Manöver aus dem Hafen herausmanövriert. Kaum haben sie die Klippen passiert, geben sie Vollgas und fahren in den Pazifik hinein. Martin schaut dem hohe Wellen schlagenden, entschwindenden Boot hinterher, bis es aus seinem Blickfeld weit hinten am Horizont verschwindet. Er ist wieder alleine!

Niedergeschmettert setzt er sich auf den Boden. Mit zitternden Händen streicht er durch sein verschwitztes Gesicht und massiert sich die müden Augen. Die Ereignisse haben sich überschlagen, erst langsam erwacht er aus seiner Trance. Er hat ums Überleben gekämpft und hätte die anderen Männer, wenn er die Gelegenheit dazu bekommen hätte, ebenfalls kaltblütig ermordet. Er hätte sie erschossen, da ist er sich jetzt absolut sicher. Er hätte nicht eine Sekunde gezögert. Was ist aus ihm bloß geworden? Ein Killer? Oder ein Lebewesen, das verzweifelt versucht zu überleben? Er hat sich auf der Insel dem Gesetz der Natur vollkommen angepasst. Denn es gibt nur zwei Arten von Lebewesen auf der Erde: Jäger und Gejagte! Er ist eindeutig vom Gejagten zum Jäger auf der Insel mutiert. Der erste Kontakt mit Menschen seit Monaten und dann gleich so ein brutales Fiasko. Was ist nur aus den Menschen geworden? Martin weiß es nicht, aber er ist sich bewusst, dass er die längste Zeit auf der Insel alleine gewesen ist. Die Banditen kommen wieder! Da ist er sich absolut sicher. Aber was wollten sie auf der Insel? Woher kamen sie? Sie kannten den versteckten Anlegeplatz. Mit Sicherheit hatten sie die Insel schon öfter besucht, aber er hatte nie eine Spur von ihnen entdeckt. Sie waren anscheinend immer bedacht gewesen, keine Spuren zu hinterlassen. Aber warum? Wenn er davon ausgeht, dass die Männer diese Insel in regelmäßigen Abständen besuchen und nicht wegen seines Notfeuers, dass er vor einigen Tagen entzündet hat, kamen, dann müssen sie hier ein bestimmtes Ziel gehabt haben. Irgendetwas muss auf der Insel sein, weshalb die Männer hierher kommen müssen! Überhaupt fallen ihm bei genauerer Überlegung immer mehr Ungereimtheiten auf. Diese – aus der Entfernung – neu aussehende Luxusmotorjacht kostete mit Sicherheit mehrere Hunderttausend Dollar und passte irgendwie nicht zu ihnen. Mit diesem großen Schiff konnte die Besatzung sehr schnell sehr große Entfernungen zurücklegen. Außerdem waren sie allesamt schwer bewaffnet. Sie trugen ihre Waffen so selbstverständlich bei sich, wie andere Leute ihren Füllhalter im Aktenkoffer zur Arbeit tragen. Diese Waffen gehörten zu ihrem Leben, sie hatten täglich damit zu tun und brauchten sie für ihren Job. Je mehr er über seine Begegnung nachdenkt, desto mulmiger wird ihm zumute. Mit wem hat er sich da eingelassen? Oder noch wahrscheinlicher, mit welcher Organisation? Das waren auf keinen Fall ehemalige, arme Fischer, die ums Überleben kämpften. Vielmehr so eine Art professionelle Seeräuber oder Schmuggler, die besser ausgestattet sind, als jedes Polizeirevier in der Umgebung es sein könnte. „Grandios", murmelt Martin. Das unbeschwerte Leben auf der Insel ist nun vorüber. Sie wissen jetzt, dass ein Fremder auf „ihrer" Insel lebt! Er kann sich nicht vorstellen, dass sie das einfach hinnehmen, sondern hält es für viel wahrscheinlicher, dass sie mit Verstärkung zurückkehren, um ihn zur Strecke zu bringen. Sie werden ihn beim nächsten Mal überrollen. Denn das Einzige, was er ihnen entgegenzusetzen hat, ist ein Revolver mit insgesamt zehn Schuss Munition, ein Gewehr mit drei vollen Magazinen und ein großes Messer. Er ist kein Prophet, aber er weiß, dass das nicht reichen wird, um sich angemessen zu verteidigen. Das nächste Mal hat er den Überraschungsmoment nicht noch einmal auf seiner Seite. Sie wissen, dass er da ist und nicht flüchten kann. Selbst ein Blinder hätte gesehen, dass dieser verwahrloste Mann auf der Insel gestrandet ist. Martin ist niedergeschlagen, er ist in eine nicht kalkulierbare Situation geraten. Wie lange hat er Zeit, bis die Banditen wiederkehren? Dem Schiff nach zu urteilen, haben sie bis zur Heimatbasis eine mehrtägige Seereise vor sich gehabt, ansonsten wären sie wahrscheinlich mit einem kleineren Boot gekommen. Also bleiben ihm schätzungsweise fünf bis sieben Tage. Eine Schätzung mit vielen Unbekannten, aber für ihn wenigstens ein Anhaltspunkt, wann er wieder mit einem Angriff rechnen muss. Martin steht auf und geht langsam in den Wald hinein, in dem ihn die Banditen zuvor gejagt hatten. „Eine Woche", murmelt er immerzu vor sich hin, ganz so als ob er sich seine Situation immer wieder vor Augen führen müsste, um sie nicht zu vergessen. Die Uhr läuft ab heute rückwärts für ihn und keine Minute auf „seiner" Insel wird mehr so sein wie vor der Begegnung. Er durchstreift den Wald weiter in Richtung Berg und will vor der Dunkelheit noch sein Camp am Strand erreichen. Ab und zu sieht er mehrere Patronenhülsen auf dem Boden liegen und steigt respektvoll und mit großen Schritten darüber, als ob er für die Polizei keine Spuren verwischen möchte. Danach sausen die Bäume wieder an ihm vorbei, die Vögel krächzen wie gewohnt von ihnen herab, auf den ersten Blick hat sich auf seiner Insel nichts verändert. Doch ein „Paradies" ist die Insel nicht mehr, er ist nicht mehr alleine, sondern wieder unter Menschen, mit all ihrer „Menschlichkeit". Es ist die Hölle! Zum ersten Mal seit Langem ist ihm richtig kalt. Das Lagerfeuer knistert vor seinen Füßen und wärmt ihn wenigstens etwas. Auf dem Rücken liegend sieht er den Flammen beim Auf- und Abtanzen in der Glut zu. Er glaubt, Figuren darin zu sehen, die miteinander kämpfen. Das Holz kämpft verzweifelt gegen das Feuer an. Welch einseitiges Kräftemessen! Das Holz wehrt sich, will das Feuer abschütteln, aber so sehr es sich auch bemüht, es will nicht gelingen. Wie Säure auf der Haut frisst sich das Feuer am Holz unerbittlich fest und brennt sich unnachgiebig in dessen Eingeweide, bis es schließlich in weiße Asche zerfällt und vom Wind in alle Himmelsrichtungen davongetragen wird. Niemand wird je erfahren, was dort im Feuer geschah. Niemand wird je einen Beweis finden. Niemand auf der Welt wird jemals den Stock vermissen, der einst ihm zum Wärmen diente. Er ist einfach nicht mehr da!

Die Tage vergehen wie im Flug. Martin hat sein Camp noch immer nicht verlegt, obwohl er sich sehr wohl der Gefahr bewusst ist. Er konnte sich einfach nicht entschließen, wo er sein Lager erneut errichten sollte. Seit einer Woche ist er, seitdem er zum ersten Mal auf die Banditen gestoßen war, bereit für den Kampf. Er kann sich auf der Insel sowieso nicht ewig verstecken, dafür ist sie zu klein. Er muss diese Schlacht schlagen! Die Grausamkeiten des letzten Kampfes hat er mit der Zeit verdrängt. Die Zeit heilt alle Wunden und lässt den Gegner nicht mehr ganz so übermächtig erscheinen. Sein einziger Gedanke am Tage und in der Nacht ist, wie er sich am besten verteidigen kann. Wirkungsvoller, damit den Banditen der nächste Angriff noch bitterer aufstößt als der Letzte. Sein Problem ist, dass er nicht an beiden Bereichen, an denen man die Insel betreten kann, gleichzeitig kämpfen kann. Er kann nicht am Strand und zur selben Zeit am Ausgang des Bootsanlegeplatzes sein. Selbst wenn er sie an einem Platz in Schach halten könnte, hätten sie immer die Möglichkeit, ihn von der anderen Seite anzugreifen. Sie würden ihn umzingeln. Damit wäre er dann verloren! Martin schaut sich die massive rostbraune Stahltür am Bootsanlegesteg noch einmal genauer an und öffnet sie dazu ein Stück weit. Quietschend und widerwillig weicht sie ratternd zur Seite und gibt den Tunnel mit den steilen, in die Dunkelheit herabfallenden Stufen frei. Sicher könnte er den Ausgang vom Bootsanlegesteg verbarrikadieren, aber das wäre für sie bestimmt kein unüberbrückbares Hindernis. Sie können den Ausgang bestimmt frei sprengen. Nein, das ist ihm zu unsicher, er muss sich noch etwas Besseres einfallen lassen. Er könnte ... Ihm stockt der Atem, er ist über die Kaltblütigkeit seiner nächsten Idee selbst schockiert. Er könnte den Ausgang von innen mit Holz füllen, dieses, kurz bevor die heraufstürmenden Männer den Ausgang erreichen, entzünden und danach die Tür verkeilen. Der Qualm des Feuers würde die Männer töten, noch bevor sie wieder den Eingang erreichen könnten, da sie die steile und schlüpfrige Treppe nicht schnell genug hinauflaufen können. Er würde ihnen den Sauerstoff zum Atmen nehmen. Sie würden elendig ersticken! Er ist ein wenig später von seinem grausamen Plan geradezu fasziniert und überzeugt, dass dieser gelingen könnte. Er darf nur nicht den richtigen Zeitpunkt verpassen, das Feuer zu entfachen. Nachdenklich setzt er sich ein paar Meter vom Ausgang entfernt auf einen kleinen Hügel. In einem Buch über Foltermethoden im Mittelalter hatte er einmal gelesen: Wenn du einmal mit eigenen Händen einen Menschen getötet hast und in deinem Gehirn die natürliche Hemmschwelle des Mordens überschreitest, fällt es dir bei jedem weiteren Menschen immer leichter. Hinterher ist es nichts anderes mehr, als wenn du eine Ratte in der Kanalisation erschlägst. Martin wirft einige Steine gegen die

Stahltür. Diese prallen mit einem Knall von ihr ab und verursachen im Tunnel ein schepperndes Echo. Er hofft, dass es bei ihm nicht zutrifft, denn er tötet nicht aus Habgier oder Geltungssucht. Er tötet, um zu überleben! Hoffentlich weiß sein Gehirn diese Tatsachen zu unterscheiden. Auch wenn er einen Menschen getötet hat, sieht er sich nicht als Mörder. Hätte er es nicht getan, würde er heute nicht mehr leben. Die Banditen hätten an der Treibjagd ihren Spaß gehabt und womöglich die Insel noch am gleichen Tag auf den Kopf gestellt, bis sie ihn erledigt hätten. Er musste die Chance beim Schopfe packen, um die Banditen zu schwächen. Um sie zur Rückkehr zu bewegen, um ihnen die Lust aufs Töten zu nehmen. Er musste töten, um selbst zu überleben! Beinahe gleichgültig macht sich Martin unmittelbar danach an die Arbeit, geht in den Wald hinein und schafft Holz für seinen Plan heran. Unermüdlich holt er Zweige und sogar kleinere Baumstämme heraus, die überall noch vom Sturm auf dem Waldboden herumliegen. Als schließlich ein beachtlicher Berg Holz vor dem Ausgang liegt, stapelt er es sorgsam dicht an dicht in dem Treppenausgang, hinauf bis unter die Decke des kleinen Gebäudes. Nachdem er das erledigt hat, begutachtet er seine Menschenfalle akribisch. Er hofft inständig, dass er sie nie benötigen wird, denn der Erstickungstod ist mit Sicherheit nicht der „angenehmste Tod", wenn man beim Sterben überhaupt von angenehm und unangenehm sprechen kann. Für sich selbst wünscht Martin sich auf jeden Fall einen schnellen Tod, wenn es ihn irgendwann einmal erwischen sollte. Jetzt, wo er „richtige Waffen" besitzt, würde er sich selbst ein Ende setzen, wenn er auf der Insel erkrankt und elendig und langsam sterben müsste. Ja, mit dem Tod hat er sich seit dem Untergang des Containerschiffs oft beschäftigt. Er ist kein Fremder mehr für ihn, er glaubt, ihn schon recht gut zu kennen. Aber er wollte ihn bis jetzt nicht haben, immer wieder hat er ihn von der Schippe springen lassen. Er ist fest davon überzeugt, dass, wenn es eines Tages soweit sein sollte, ihm das nicht mehr gelingen wird. Es war, auch wenn es danach aussah, noch nicht seine Zeit zu sterben! Er war noch nicht an der Reihe. Egal, wann es soweit ist, Hauptsache es geht schnell! Wenn nicht … Martin dreht den Revolver entschlossen in seinen

Händen. Eine Patrone muss er sich für den Fall der Fälle immer aufheben. Eine Patrone darf er auf keinen Fall verschießen, was auch kommen mag ... Er nimmt eine der vier losen Patronen aus seiner rechten Hosentasche heraus und hält sie in die Sonne. Sechs Patronen sind in der Revolvertrommel, drei in seiner rechten Hosentasche zum Nachladen und diese letzte Patrone ist für ihn selbst bestimmt, wenn es keinen Ausweg mehr geben sollte. Diese Patrone bekommt einen extra Platz! Die Sonne funkelt auf das braune Metallgeschoss. Martin dreht es zu allen Seiten und begutachtet die vollendete Form des Projektils. Danach steckt er es in die linke Hosentasche, nachdem er sich vergewissert hat, dass sie keine Löcher hat, aus denen die Patrone herausfallen könnte.

Geduldig wartet er auf die bevorstehende Konfrontation mit den Banditen, doch selbst nach zehn Tagen seit der ersten Begegnung ist von ihnen immer noch nichts zu sehen. Ungeduldig sitzt er auf seinem Beobachtungsposten hoch oben auf dem Berg der Insel und hält Tag und Nacht, soweit es möglich ist, Ausschau. Nur um Nahrung zu beschaffen, verlässt er seinen Posten für eine kurze Zeit. Ansonsten besteht sein Leben seit einigen Tagen darin, den Pazifik nach Schiffen abzusuchen. Doch noch immer ist ein Vergeltungsschlag gegen ihn nicht abzusehen. Vielleicht bestand die Organisation doch nur aus den vier Männern und dem einen Boot? Nachdem er ihnen diesen herben Schlag beigebracht hat, wird er sie womöglich nie wiedersehen. Sie sind ihres Lebens wohl doch nicht so überdrüssig, dass sie noch einmal angreifen wollen. Er glaubt allmählich nicht mehr daran, dass sie so mächtig sind, wie er zuerst angenommen hatte. Es waren, so glaubt er heute, nur „einfache Banditen", die anscheinend nur mit hilflosen Opfern zurechtkommen, die keine Gegenwehr leisten. Aber bei ihm hatten sie sich verkalkuliert! Er hätte sie alle töten und mit dem Schiff die Insel verlassen sollen. Womöglich würde er dann heute Nacht schon in einem richtigen Bett schlafen. „Ja, hinterher ist man immer schlauer!', denkt er und sieht der Sonne bei ihrem Untergang nach einem weiteren ereignislosen Tag zu. Am dreizehnten Tag nach der Begegnung mit den Banditen beschließt Martin, zum normalen Alltagstrott auf seiner Insel zurückzukehren. Ab heute ist sie wieder „seine" Insel, er hat die Angreifer erfolgreich abgewehrt. Die Banditen, so glaubt er, werden nie wiederkommen. Diesen Festtag möchte er gebührend feiern, dazu ein Erdschweinchen schießen und an seinem Strandhaus zubereiten.

Früh morgens verlässt er seinen Beobachtungsposten und begibt sich direkt zu dem Pfad der Tiere. Martin ist überzeugt, mit den modernen Waffen ein leichtes Spiel zu haben. So schlau die Tiere auch sind, einem modernen Gewehr können sie nicht entkommen. Am Jagdrevier angekommen bringt er sich hinter einem Baum in Position. Etliche Vögel fliegen, nachdem sie ihn entdeckt haben, wild kreischend aus den Bäumen und warnen alle anderen Tiere in der Umgebung mit ihrem Getöse. Aber nachdem Martin sich eine Zeit lang nicht von der Stelle gerührt hat, flattern sie beruhigt wieder auf ihre Äste zurück und gurren friedlich in den Himmel. Mit dem Gewehr im Anschlag beobachtet er die Umgebung. Die Waffe hat er vorher – um Munition zu sparen – auf Einzelfeuer umgeschaltet. Er möchte das Schweinchen mit einem glatten Schuss erlegen, um es möglichst schmerzfrei zu töten. Martin liebt die Tiere, nur widerwillig jagt er sie. Aber er liebt auch das Gefühl eines vollen Magens. Und dem Geschmack des Fisches ist er schon lange überdrüssig. Wie nicht anders zu erwarten, tauchen die Schweinchen einige Zeit später wie aus dem Nichts aus dem tiefen Wald auf. Zufrieden aalen sich einige von ihnen auf einer Lichtung in der Sonne und reiben sich nach einem Bad in einem Tümpel den Schlamm von ihrer borstigen Haut an einem Baum ab. Andere quieken lautstark – ihres guten Lebens froh – wohl wissend, dass es für sie auf der Insel keine Bedrohung gibt, in die Gruppe hinein und versuchen, Artgenossen für einen Schaukampf zu begeistern. Die ganze Rotte ist beisammen, kein Tier ahnt die drohende Gefahr. Doch diesmal ist ihr einziger Feind auf der Insel wesentlich weiter entfernt und ihr Instinkt für Gefahren ist auf diese Distanz wirkungslos. Martin zielt über Kimme und Korn und bewegt sein Gewehr an einigen Tieren vorbei. Er möchte es unbedingt vermeiden, ein Muttertier oder gar das Leittier zu erschießen. Er will ein Schwein erlegen, das für das Sozialverhalten der Gruppe weniger wichtig ist. Am besten ein einjähriges Jungtier, dessen Fleisch zusätzlich noch zart und schmackhaft ist. Welches Tier soll er auswählen? Ein besonders kräftig quiekendes Jungtier macht auf sich aufmerksam. Er visiert es an und beobachtet es eine Weile. Dann schießt er! Mit donnerndem Knall jagt das Geschoss aus seiner Waffe und schleudert das angepeilte Tier augenblicklich herum. Laut quiekend liegt es schwer getroffen am Boden und zappelt wild im Todeskampf. Währenddessen laufen die anderen Tiere fluchtartig und panisch in den Wald hinein und hinterlassen eine aufgewühlte Staubwolke in der Luft. Eine gespenstische Atmosphäre! Auf der Lichtung ist es plötzlich totenstill, nur das Keuchen und wimmernde Schreien des sterbenden Tieres unterbricht in unregelmäßigen Abständen die unnatürliche Ruhe des Waldes. Sämtliche Lebewesen der Insel scheinen ihren Atem anzuhalten. Martin hat das Tier mit dem Schuss leider nicht sofort getötet. Er führt es darauf zurück, dass die Waffe nicht auf ihn eingeschossen ist und er somit sein Ziel nicht genau treffen konnte. Zögernd tritt er an das Tier heran, bis er direkt neben dem verletzten, schnell keuchenden Schwein steht. Er konnte dem Schwein die Schmerzen leider nicht ersparen, und obwohl es eigentlich nur ein Tier ist, tut es ihm unsagbar leid. Dieses Tier hat ihm nichts getan! Kurz entschlossen zieht er sein Messer aus der Scheide und durchtrennt die Hauptschlagader am Hals des Schweins, um es von den Schmerzen zu befreien. Aus der Vene schießt unendlich viel Blut und spritzt auf seine Arme und auf sein Gesicht. Der Augenschlag des Schweins wird immer langsamer, müde schaut es starr in den Sandboden. Es zappelt noch einige Male kraftlos mit den Beinen. Schließlich bewegt es sich nicht mehr. Es ist tot! Respektvoll bleibt er noch einen Augenblick regungslos vor dem Tier stehen, bevor er es auf seine Schultern wuchtet und zum Strandlager transportiert. Am Nachmittag ist das Schwein schon ausgenommen und hängt appetitlich aufgespießt über dem Feuer. Martin ist vom Häuten des Tieres von Kopf bis Fuß mit Schweineblut bedeckt. Dennoch schlendert er fröhlich zum Meer hinunter und wäscht sich im hüfthohen Salzwasser seinen verschmutzten Körper ab. Der appetitliche Duft vom Schweinebraten liegt verführerisch in der Luft, Martin kann es kaum abwarten, bis das Fleisch durchgebraten ist.

Mit einem Lied auf den Lippen reinigt er sich so gründlich wie schon lange nicht mehr. Das glasklare, warme Wasser perlt von seiner Haut ab, er muss kräftig schrubben, damit er die blut- und fetthaltige Kruste darauf abgewaschen bekommt. Er kniet sich dabei hin und taucht bis zum Hals in das Wasser ein. Währenddessen schaut er in die Ferne des Pazifischen Ozeans und bewundert seine gigantisch große Badewanne. Kein Mensch auf der Erde besitzt eine größere, da ist er sich sicher.

Doch plötzlich stockt ihm der Atem! Eine große Jacht kommt hinter den Felsen, die den Strand begrenzen, hervor und steuert auf seinen Strand zu. Sein Puls steigt rapide an und er beobachtet das große Schiff eine Zeit lang beinah hypnotisierend. ‚Was für eine Jacht ist das?', rast es durch seinen Kopf. Es ist nicht dasselbe Schiff, das die Banditen gesteuert hatten. Ist es womöglich ein anderes Schiff, das ihn von der Insel fortbringen könnte? Knapp dreihundert Meter von ihm entfernt sausen wie von Geisterhand zwei mächtige schwarze Anker platschend ins Wasser. Erst jetzt kann er Männer erkennen, die langsam vom Schiff in ein Beiboot überwechseln. Martin springt aus dem Pazifik auf. Noch scheinen sie ihn nicht entdeckt zu haben, er verlässt seine Badewanne und läuft geschickt aus dem Wasser heraus. Als er bei seiner Hütte ankommt, greift er blitzschnell nach seinen Waffen, um sich danach im Wald zwischen dichten Büschen zu verschanzen, von denen aus er seinen Lagerplatz gut überblicken kann. Das gepflegte Beiboot fährt leise tuckernd an den Strand heran und direkt vor seiner Behausung auf den Sand des Strandes auf. Ohne Hektik steigen sechs Männer aus und bleiben erst einmal unschlüssig am Strand stehen. Martin schaut dem Geschehen aus dem Gebüsch heraus neugierig zu. Auch diese Männer sind bewaffnet! Aber handelt es sich bei ihnen ebenfalls um Verbrecher? Vier Männer der Gruppe sind sehr leger gekleidet und tragen ihre Waffen offen. Im Kontrast dazu passen die anderen beiden wohlgekleideten Männer in ihren Anzügen nicht in diese Gegend. Aber auch bei ihnen blitzen Pistolen unter ihren aufgeknöpften Sakkos hervor. Einer der elegant gekleideten Männer macht ein Handzeichen, worauf sich die vier leger gekleideten Männer am Strand verteilen. Die beiden Anzugtypen haben das Sagen, so viel steht schon jetzt fest! Sie treten langsam ans Lagerfeuer heran und begutachten es. Martin verhält sich in seinem Versteck mucksmäuschenstill. Er möchte sich auf keinen Fall zeigen, bevor er sicher sein kann, dass von ihnen keine Gefahr ausgeht. Dann betritt einer der beiden seine Behausung, während der andere unmotiviert die herumliegenden Gegenstände beäugt. „Das müssen die Banditen sein", zischt Martin leise zu sich selbst. „Sie sind zurückgekommen! Verfluchter Mist!" Martin ist außer sich, jetzt haben sie ihn doch völlig unvorbereitet überrumpelt. Der Kleinere der beiden Anzugtypen nimmt seine Sonnenbrille vom Kopf und hält sie in der Hand. Der andere, etwas Größere, steht einen Meter daneben und begutachtet den Schweinebraten über dem Feuer. Schließlich unterbricht der Kleinere der beiden das Schweigen und ruft mit lauter, kräftiger Stimme in akzentfreiem Englisch in den Wald hinein: „Hey, Gestrandeter, kannst du mich hören?" Und ohne abzuwarten, fügt er hinzu: „Ich weiß genau, dass du mich hören kannst!" „Also", fährt er fort: „Komm heraus und rede mit mir. Ich will dir nichts Böses. Das vor ein paar Tagen war doch nur ein Missverständnis. Komm raus und lass uns die Sache vergessen, ich weiß, dass du auf der Insel gestrandet bist. Meine Leute haben überreagiert! Ja, so sind sie, die Dummköpfe! Aber jetzt bin ich ja da und regele das für dich. Ich bringe dich wieder nach Hause!" Martin hadert mit sich, zu gerne würde er den Worten des Anführers der Gruppe trauen, aber sein Verstand sagt, dass das nur eine Falle sein kann. Andererseits könnte das seine einzige Chance sein, jemals von der Insel herunterzukommen. Er kann es sich eigentlich nicht leisten, auch nur die kleinste Möglichkeit einer Rettung ungenutzt und unversucht zu lassen. Was ist, wenn dieser Mann es wirklich ernst meint und die Sache sauber beenden möchte? Er würde nicht zur Polizei laufen und von dem Vorfall vor knapp zwei Wochen erzählen. Wenn dieser Mann sein Retter wäre und ihn von der Insel herunterholte, dann wäre er ihm einen Gefallen schuldig. Seine Gedanken kreisen im Kopf wild umher. Für was soll er sich entscheiden? Sollte er es nicht wenigstens versuchen? Notfalls kann er sich ja immer noch ins Inselinnere zurückziehen. Der Kleinere der beiden Anzugtypen ergreift abermals das Wort und tritt selbstbewusst an den Waldrand heran. „Na", ruft er, „hast du es dir überlegt? Mann, hab Vertrauen zu uns! Du könntest mich jetzt erschießen, aber trotzdem stehe ich hier ohne Deckung vor dir. Siehst du, ich vertraue dir, und du, vertraust du auch mir?" Unerwartet schaltet sich der andere etwas größere Anzugtyp ein und lacht hämisch. Er zückt sein Springmesser aus der Hosentasche und schneidet sich ein Stück vom Braten ab. Dann sagt er aggressiv: „Dein Schweinebraten ist fertig! Willst du ihn verbrennen lassen? Das sollte doch sicher ein Festbraten für dich werden! Oder? Komm raus aus deinem Versteck! Wir essen zusammen und plaudern ein bisschen. Oder bist du etwa menschliche Gesellschaft nicht mehr gewohnt und fühlst dich eher zu den Schweinen hingezogen?" Sein Witz ist für ihn offensichtlich so gut, dass er selbst daraufhin heftig zu lachen beginnt. Er wischt sich die Lachtränen mit der Hand aus den Augen und übersetzt seinen Spaß unmittelbar danach seinen Leuten in ihre Heimatsprache. Die Männer lachen daraufhin wie auf Knopfdruck los, erst ein energisches Handzeichen des kleineren Anführers unterbricht diese unwirklich anmutende Szene genauso abrupt, wie sie begann. Danach beschimpft er den größeren Anführer mit einigen fauchenden Worten in seiner Muttersprache, woraufhin dieser sich zusammenreißt und wieder in Schweigen verharrt. Für Martin steht fest, dass der Kleinere der beiden nicht nur der Chef der Gruppe ist, sondern ihm auch wesentlich sympathischer vorkommt. „Mein Bruder ist etwas rüde!", ruft der danach versöhnlich. „Hör nicht auf ihn, wir beiden ziehen das durch!" Um seine Worte zu unterstützen, zieht er sein Mobiltelefon aus der Tasche und ruft: „Möchtest du jemanden anrufen? Hier ist mein Telefon!" Er legt es in den Sand und entfernt sich einige Schritte. „Erzähl deiner Frau, dass du noch lebst! Noch heute verlassen wir die Insel und in einigen Tagen kannst du schon zu Hause sein!" Der Anführer schweigt und wartet regungslos auf eine Antwort aus dem Wald, während sein Bruder ungeduldig an seinem Sakko zupft und von einem Bein auf das andere tritt. Martin wendet seinen Blick nicht eine Sekunde von dem Anführer ab. Er ist immer noch unschlüssig, weiß aber genau, dass er keine Zeit mehr hat, lange zu überlegen. Er nimmt seinen ganzen Mut zusammen und möchte gerade aus seinem Versteck hervortreten, als der Anführer plötzlich wie sein Bruder zuvor seine Beherrschung verliert und urplötzlich in den Wald hinein schreit: „Hör mir zu, Fremder, wir können auch anders!" Mit einem Ruck dreht er sich um, geht einige Schritte auf den Schweinebraten zu und zieht währenddessen seine großkalibrige Pistole aus dem Schulterhalfter hervor. Er zielt flüchtig auf den Braten und verschießt sein ganzes Magazin in das tote, knusprige Fleisch. Dieser fliegt – von den schweren Geschossen getroffen – wie ein Gummiball vom Feuer über den sandigen Boden des Strandes und bleibt schließlich einige Meter entfernt durchsiebt liegen. Danach nimmt er stocksauer sein leeres Magazin aus der Waffe und schmeißt es weit von sich, um die Pistole danach wieder mit einem vollen Magazin aus seiner Sakkotasche nachzuladen. „Willst du, dass es dir wie deinem Schweinebraten ergeht?", schreit er in den Wald hinein. „Wenn du nicht sofort herauskommst, dann kann ich für nichts mehr garantieren. Dann bist du ein toter Mann! Ich zähle jetzt bis zehn, das ist deine allerletzte Chance! 1 ... 2 ... 3 ... 4 ... 5 ... 6 ... 7 ... 8 ... 9 .... 10!" Fluchend dreht er sich danach um und schreit seinen Leuten etwas zu. Diese eröffnen unmittelbar das Feuer mit ihren Maschinengewehren. Ununterbrochen verschießen sie ein Magazin nach dem anderen. Die Geschosse fliegen teilweise sehr dicht an Martins Versteck vorbei, sodass er immer wieder seinen Kopf schützend in den Sand stecken muss. Während des Schießens drehen sich die Männer herum, um eine möglichst große Fläche vom Strand unter Beschuss nehmen zu können. Die Banditen sind sehr ungeduldig und haben anscheinend keine Zeit, die gesamte Insel nach ihm abzusuchen, denkt er während des Geratters der Gewehre. Sie wollen die Sache möglichst schnell erledigen. Das Schießen hört auf, als der Anführer seine Hand hebt. Er hebt sein Telefon aus dem Sand auf und telefoniert kurz. Sekunden später erscheint ein zweites Beiboot von der Jacht und erreicht ebenfalls schnell den Strand. Zwei weitere Männer springen aus dem Boot heraus. Sie tragen mehrere grüne Metallkisten an Land und ein großes Standmaschinengewehr. Martin weiß genau, was das bedeutet. Sie versuchen es auf die zeitsparende, harte Tour. Noch bevor er seine Position wechseln kann, rattert das Gewehr auch schon donnernd los. Die unglaubliche Waffe durchpflügt den ganzen vorderen Strandbereich und die Zweige der Büsche und Bäume fallen massenweise wie Soldaten im Krieg zu Boden. Mit einem lauten Pfeifen drehen sich die Mündungen der Schnellfeuerkanone. Er drückt seinen Körper tief in den Sand hinein. Ihm bleibt nichts anderes übrig, als abzuwarten und das Sperrfeuer über sich ergehen zu lassen. Erst als die Waffe einen anderen Bereich des Strandes unter Beschuss nimmt, blickt er vorsichtig aus seinem Versteck hervor. Er kann seine Behausung am Strand nicht mehr ausmachen. Sie ist einfach nicht mehr da! Sein Haus wurde von der Schnellfeuerkanone in Tausende kleine Stücke zerrissen. Ohne Unterbrechung feuert die mörderische Waffe ohrenbetäubend weiter und er kann den verwüsteten Wald erkennen. Erst jetzt bemerkt er, dass seine Deckung vernichtet worden ist. Wenn er jetzt seine Erdmulde verlässt, könnte er gesehen werden. Er muss sich schnell etwas einfallen lassen. Warum wollen sie ihn nur töten? Warum ist die Insel für sie nur so wichtig? Warum? Warum? Warum lassen sie ihn nicht einfach auf der Insel? Warum stört er hier? Sie geben sich doch nicht ohne Grund solche Mühe, ihn von der Insel zu entfernen. Irgendwas muss sich also auf der Insel befinden oder für irgendwas wird die Insel sozusagen benutzt. Aber wofür? Das Boot vor etwas über zwei Wochen – was wollte es eigentlich hier? Die Männer waren erschrocken und sie wussten noch gar nicht, dass er auf der Insel war, bevor er sich ihnen gezeigt hatte. Wollten sie etwas holen oder etwas verstecken? Ist diese Insel womöglich so eine Art Lagerplatz? Ein Lagerplatz für was? Was um alles in der Welt würde man auf einer verlassenen Insel ihm Pazifik verstecken wollen? Juwelen, Waffen, Gold oder Drogen? Martins Gehirn rattert, mit was kann er die Leute täuschen? Welches Glied fehlt ihm in der Kette? Wieder zischen Hunderte von Geschossen an seinem Versteck vorbei, seine Nerven liegen blank. Was auf der Insel ist so wichtig, dass man dafür einen Gestrandeten töten will? Plötzlich hört das Dauerfeuer auf, nur noch die Mündungen der Kanone drehen sich mit einem lauten gleichmäßigen Pfeifen, um die Kühlung der erhitzten Kanonenläufe zu gewährleisten. Wenig später ist es totenstill auf der Insel, noch nicht einmal Vogelgezwitscher ist wahrzunehmen. Schließlich ergreift Martin die Initiative und steht vom Boden auf. „Hallo, ihr da!", schreit er herüber, „nicht schießen, ich komme raus!" Der Anführer geht ein paar Schritte auf ihn zu und mustert ihn aus der Entfernung. „Ja, in Ordnung!", ruft er ruhig. „Dann komm jetzt endlich raus!"

„Nein!", wendet Martin ein. „Wer garantiert mir, dass ihr mich nicht erschießt? Ich komme erst, wenn die anderen Männer zur Jacht zurückkehren!" Der Anführer schaut genervt zu seinem Bruder hinüber und fragt: „Sag mal, wie heißt du?"

„Martin!"

„Also, Martin, ich bewundere deinen Mut, aber so geht das nicht. Du bist nicht in der Situation, Bedingungen zu stellen!" Sekunden vergehen, keiner sagt etwas, die Spannung in der Luft ist zu spüren. Der Anführer wird ungeduldig und schaut auf seine Uhr. Er dreht sich schließlich um und gibt den Männern an der Kanone und drei weiteren ein Handzeichen, dass sie verschwinden sollen. Unmittelbar danach besteigen sie ein Boot und fahren ein Stück in die Bucht hinein. „Also?", fragt der Anführer. „Kommst du jetzt raus? Wir sind jetzt nur noch zu dritt, mehr kannst du nicht verlangen!" Martin verlässt langsam seinen schützenden Graben und geht auf die drei Banditen zu. Seinen Revolver lässt er locker an seiner herunterhängenden, baumelnden Hand pendeln. Rund zwanzig Meter vor ihnen bleibt er stehen und mustert die drei Männer aufmerksam. „Euer Aufpasser soll sein Gewehr wegschmeißen!", fordert Martin den Anführer auf. Dieser grinst ihn an und befiehlt dem Mann, seine Waffe in den Sand zu legen. Behutsam, als ob sie zerbrechen könnte, legt er sie im Sand ab, um sich danach sofort wieder aufzurichten und ihn abermals mürrisch anzublicken. Wohlriechendes Parfüm von den beiden gepflegten Anzugträgern strömt in Martins Nase und vermischt sich mit seinem Schweißgeruch. Die Situation scheint eingefroren zu sein. Alle Abläufe gehen wie in Zeitlupe vonstatten. Schließlich sagt Martin: „Ich habe etwas für euch!", ohne selbst genau zu wissen, was er damit eigentlich meint. Vielleicht kann er so in Erfahrung bringen, um was es hier wirklich geht, denn um ihn selbst geht es hier ganz offensichtlich nicht. „Du hast etwas für uns, Martin?", wiederholt der Anführer hämisch und fährt fort: „Glaub mir, du kannst uns nichts geben, was uns nicht schon gehören würde! Leg den Revolver zur Seite und steig in unser Boot, damit wir endlich losfahren können!" Martin rührt sich nicht von der Stelle, lügt stattdessen: „Ich habe Heroin! Viel Heroin! Kistenweise Heroin! In bester Qualität!" Er kann jetzt nur beten, dass er damit ins Schwarze trifft. Die beiden Sakkoträger schauen sich aus den Augenwinkeln heraus an, und Martin spürt, dass er mit seiner Vermutung richtig liegt. ‚Es geht tatsächlich um Drogen', geht es ihm durch den Kopf und die Gewissheit beruhigt ihn keinesfalls, denn er weiß, dass er sich mit einem Drogenkartell eingelassen hat. Er weiß, dass sie darum bis zum Ende kämpfen werden. „Wie kommst du denn auf so etwas?", heuchelt der Anführer ihm unglaubwürdig vor. „Wollt ihr es oder soll ich es in meinem Versteck verrotten lassen?", lügt Martin weiter, denn in Wirklichkeit hat er keinen blassen Schimmer, wo auf der Insel es sich tatsächlich befindet. Es muss gut versteckt sein, denn bis jetzt hat er keinen Hinweis auf ein geheimes Versteck auf der Insel gefunden. „Euer toter Freund", sagt er ruhig weiter, „hat mir euer Versteck, kurz bevor er starb, verraten!" Martin ist verwundert, wie cool er lügen kann. „Ich habe es beiseitegeschafft! Ich schätze, wenn ihr es nicht wiederbekommt, entgehen euch mehrere Millionen Dollar! Habe ich nun etwas für euch oder etwa nicht?" Martin spürt, dass seine Worte ihre Wirkung nicht verfehlen. Der Anführer wird nervös und schaut seinen Bruder nachdrücklich an. „Also gut, Martin", sagt er schließlich, „was willst du von uns?" Martin spürt, dass er an Oberwasser gewinnt, und sagt mutig: ‚Ich bin etwas sauer, ihr habt mir mein Mittagessen versaut!"

„Ha!", sagt der Anführer respektvoll zu seinem Bruder, schubst ihn leicht am Arm an und sagt: „Der Mann hat Mut, siehst du, der Mann hat tatsächlich Mut! Du gefällst mir, Martin! Aber scheiß auf deinen Braten!", schreit er herüber, „Erzähl uns lieber etwas über das ... na, wie nennst du es noch ...? Heroin? Wo ist es?"

„Es ist dort", antwortet Martin ruhig, „wo ihr es nie finden werdet! Ich habe es weggeschafft! War viel Zeug!", lügt er weiter. „Das ist meine Lebensversicherung!", fügt er schon fast keck hinzu. „Ah, deine Lebensversicherung!", wiederholt der Anführer, als ob er das nicht verstehen würde und darüber nachdenken müsste. „Was willst du mit dem Zeug machen, Martin? Bist du etwa ein Junkie?" Martin merkt, dass die Stimmung ins Aggressive umschlägt und sagt etwas kleinlauter: „Ich will es eintauschen!" Der Anführer ist wütend und würde ihn am liebsten sofort vierteilen lassen, aber er zischt nur ungehalten: „Eintauschen? Eintauschen gegen was, Martin? Gegen, verdammt noch mal, was?"

„Gegen ein Schiff!", antwortet Martin, „Ich möchte ein Schiff, mit dem ich von der Insel verschwinden kann. Außerdem eure große Schnellfeuerkanone mit Munition, damit ihr mich garantiert nicht verfolgt. Dann, und auch nur dann bekommt ihr euer Heroin wieder!" Der Anführer schaut ihn finster an und sagt erbost: „Mann, Martin, du bist ein Verbrecher! Du handelst mit He-ro-in! Du willst dir Waffen und ein schickes Schiff zulegen? Ja, ja, du bist ein Gauner!", spöttelt der Anführer weiter. „So läuft das Geschäft und nicht anders!", untermauert Martin energisch seine Forderung. „Bist du einverstanden?", faucht Martin ihn an. „Martin, Martin, warte mal, ich versteh das nicht! Ich soll für mein Heroin bezahlen? Du hast uns doch das Mistzeug gestohlen, ja, ja ..., gestohlen!", wiederholt der Anführer zum x-ten Mal. Martin ist sich sicher, dass die Leute absolut durchgeknallt sind und ein Versprechen von ihnen nichts wert ist. Er muss höllisch aufpassen, denn er bewegt sich auf sehr dünnem Eis. Mit einer abwehrenden Handbewegung versucht der Anführer, die Forderung zu ignorieren, und sagt schließlich: „Nein, nein, das ist unakzeptabel, da musst du dir was anderes überlegen."

„Alles ist möglich bei diesem Deal, es liegt in deiner Hand!", antwortet Martin barsch und schaut dem Anführer mit ernstem Blick in seine tückischen Augen. „So ein frecher Bursche!", sagt dieser schließlich lachend. „Der hat überhaupt keinen Respekt vor mir! Martin, dir fehlt es an Respekt!" Urplötzlich schlägt seine Stimmung wieder um und er schreit: „Was sollen meine Männer von mir denken? Sollen die etwa denken", fährt er sichtlich erbost fort, „dass ich mir von einem dahergelaufenen, verlausten Affen, der bei den Schweinen lebt, ans Bein pinkeln lasse? Weißt du was, ich werde dich einfach über den Haufen schießen!" Martin geht einen Schritt zurück, er ahnt, dass die Verhandlung an einem Punkt angelangt ist, der zu keinem Ergebnis führen kann. Sein tollkühner Plan scheint außer Kontrolle zu geraten. Ohne den Anführer noch einmal zu Wort kommen zu lassen, reißt er blitzschnell seinen Revolver hoch, zielt auf den Chef der Banditen und sagt: „Du hast recht, aber zuerst wirst du dran glauben müssen! Wenn du dich nur einen Millimeter bewegst, reiße ich dein hässliches Gesicht in tausend Stücke!" Der leger gekleidete Bandit, der neben den beiden Anzugträgern steht, fasst plötzlich unter seine ärmellose Weste und hat schon beinahe eine versteckte Pistole herausgezogen. Doch Martin ist auf den Angriff vorbereitet und schießt dem Mann, noch bevor er zum Schuss kommt, mit seinem Revolver in die Brust. Dieser wird von dem gewaltigen Geschoss umgeworfen, auf den Rücken geschleudert und bleibt mit einer faustgroßen, klaffenden Wunde im weißen Sand liegen. Sofort danach richtet Martin seine Waffe wieder auf die Brüder. Dieses Mal ist der Anführer sprachlos, mit seiner entschlossenen Aktion hat Martin ihn beeindruckt. Überrascht und regungslos steht er vor Martins Revolverlauf. Der sterbende Mann im Sand röchelt, bäumt sich auf und hält sich mit den Händen hilflos das Loch im Brustkorb zu. Blut läuft ihm aus Mund und Nase und er muss einige Male fürchterlich husten, bevor er schließlich leblos im Sand liegen bleibt. Er ist tot. Der Größere der Brüder schaut ungläubig in Richtung des toten Mannes und wirkt sichtlich nervös. „Keine Bewegung!", zischt Martin beiden zu und richtet drohend seinen Revolver abwechselnd langsam von dem einen zu dem anderen. Die Männer auf dem Beiboot, das zwischen dem Strand und dem Schiff wartet, werden unruhig. Der Motor startet und sie fahren wieder auf den Strand zu. „Sag deinen Männern", faucht Martin, „dass sie nicht näher kommen sollen!" Doch der Anführer reagiert nicht. „Los, tu es!", schreit Martin ihn an und spannt drohend den Abzug seiner Waffe. Daraufhin dreht der sich widerwillig um und schreit seinen

Leuten – mit den Händen als Trichter geformt – etwas zu. Danach wedelt er abweisend mit seinen Händen, sodass auch der Dümmste unter ihnen verstehen kann, dass sie nicht näher kommen sollen. Das Boot stoppt und verharrt weiter auf dem Wasser, jedoch wesentlich näher am Strand als zuvor. Der Anführer dreht sich wieder zu Martin um, der daraufhin entschlossen sagt: „Zieht eure Waffen langsam mit den Fingerspitzen aus dem Gürtel und legt sie auf den Boden!" Widerwillig gehorchen die Brüder und legen ihre eleganten, großen Pistolen in den Sand hinein. „Fünf Meter zurückgehen!", befiehlt er ihnen angespannt. Doch die beiden gehorchen nicht sofort. „Los, wird's bald!", schreit Martin sie an und merkt selbst, dass ihm die Situation an die Nerven geht. Er hat keinen Plan, wie es weitergehen soll. Er zermartert sich währenddessen sein Gehirn, er muss seine Lage irgendwie in eine für ihn halbwegs gute Richtung dirigieren. Langsam weichen die Männer von ihren am Boden liegenden Waffen zurück. Martin bückt sich, nimmt die Waffen auf und steckt sie sich selbst in den Gürtel, ohne die beiden auch nur einen Moment aus den Augen zu lassen. „Und wie soll es weitergehen?", fragt der Anführer ihn schon fast gleichgültig. Seine unsichere Art bleibt den beiden natürlich nicht verborgen, sie spüren, dass er in sich förmlich um eine Lösung ringt. „Ich glaube", fährt er ruhig fort, „du hast noch nicht begriffen, in was für einer Situation du gerade steckst. Du bist alleine auf der Insel, es wird dir niemand helfen. Vielleicht weißt du es noch nicht, aber du bist schon so gut wie tot. Ich rede gerade mit einem Toten!" Er lacht daraufhin und stupst seinen Bruder wieder mit dem Arm an. „Los", fordert Martin sie drohend mit dem Revolver auf, „geht zu dem Baumstamm da hinüber!" Er muss sie irgendwie dazu bringen, die Insel zu verlassen, um sich einige Tage Zeit zu verschaffen. In dieser Situation kann er nur verlieren. Seine Trümpfe sind alle ausgespielt. Die beiden gehen widerwillig zu dem Stamm am Rande seines zerschossenen Lagers und trampeln dort angekommen ungeduldig auf der Stelle herum. „Los, Martin, warum schießt du denn nicht?", sagt der Anführer spöttisch. „Du fängst an, mich zu langweilen!"

„Wir hätten ihn erschießen sollen!", schreit sein Bruder plötzlich unerwartet auf. „Halt dein beschissenes Maul!", schreit der Anführer seinen Bruder an, packt ihn am Kragen und schüttelt ihn kräftig durch. Noch bevor Martin eingreifen kann, hat sich unter den beiden ein handfester Streit entwickelt. Er ist überrascht und möchte gerade dazwischen gehen, als der Bruder des Anführers sich umdreht und plötzlich eine kleine Pistole in der Hand hält. Sofort eröffnet er das Feuer mit der kleinen, zierlichen Waffe und schießt in seine Richtung. Doch wegen der – nur gespielten – Rauferei verzieht er sie und schießt haarscharf daneben. Martin reagiert sofort und rennt in Richtung des nahegelegenen Waldes im Zickzack um sein Leben. Die Geschosse der kleinen Waffe sausen um ihn herum. Aber es ist eine kleine Waffe und die vier Schuss in dieser ungenauen Pistole sind in der Hektik vom Bruder des Anführers schnell wahllos verschossen. Am Wald angekommen wirft Martin sich hinter einen schützenden Baum und erwidert das Feuer mit seinem Revolver. Die beiden Brüder laufen zum Wasser hinüber, auf dem ihnen schon ihre Männer mit dem Beiboot entgegenkommen. Martin ist in eine Falle geraten. Die beiden hatten ihm einen Streit vorgespielt, um unbemerkt an die kleine versteckte Waffe zu gelangen. Martin feuert mit seinem Revolver weiter, bis die letzte Patrone verschossen ist. Danach wechselt er die Waffe und nimmt eine Pistole der Banditen, die er sich zuvor angeeignet hat. Er zielt grob aus seiner Deckung heraus in Richtung der Männer und feuert mehrere Schuss aus der Pistole ab, bis auch dieses Magazin verschossen ist. Er kann erkennen, dass der Bruder des Anführers zusammenbricht. Er muss ihn mit einem Geschoss seines Feuerhagels getroffen haben. Mittlerweile haben auch die anderen Banditen wieder den Strand erreicht und bringen sogleich die mörderische Standmaschinenkanone in Stellung. Sekunden später donnern die schweren Geschosse schon in Martins Stellung hinein und begraben ihn sogleich mit etlichen Zweigen, die von den Bäumen heruntergeschmettert werden. Martin wechselt wieder die Waffe und greift nach der anderen erbeuteten Pistole der Brüder. Aber er kann nicht aus seiner Deckung hervorschauen, um zu zielen, denn die Schnellfeuerkanone feuert ohne Unterbrechung immer noch in seine Richtung. Immer und immer wieder schlagen die Geschosse mit lautem Donnern in seiner Umgebung ein. Er hält sich schützend die Arme über den Kopf und kauert sich so tief wie möglich auf den Boden. Die Geschosse peitschen pfeifend in die Bäume und reißen riesige Löcher in diese. Von überall her splittern Unmengen von Holzstücken auf ihn ein. Wenig später ist nur noch das Pfeifen der Kühlung der sich drehenden Läufe der Kanone zu hören. ‚Wahrscheinlich müssen sie die Waffe nachladen', denkt er. Martin nutzt die Unterbrechung und krabbelt, ohne sich weiter umzusehen, in den Wald hinein. Kaum hat er die tiefer liegenden Bäume des Waldes erreicht, donnert die Kanone auch schon weiter. Martin drückt sich noch tiefer auf den Boden. Diese Waffe ist mörderischer als andere. Alles, was dünner ist als ein beindicker Ast, wird einfach in Stücke gerissen. Martin kriecht in Richtung des Waldes. Obwohl er schon ein Stück weit vom Strand entfernt gekrabbelt ist, dröhnen die Geschosse immer noch unbeirrt weiter bis tief in den Wald hinein. Nachdem er einige Bäume, die Schutz bieten, am Rande des Waldes erreicht hat, springt er auf und rennt geduckt fort. Zu seiner Erleichterung wird das Grollen des großen Maschinengewehres stetig leiser. Nach einer Weile bleibt er schnaubend stehen, ringt vollkommen außer Atem nach Luft und lehnt sich erschöpft mit einem Arm an einem Baum an. Das Knattern der Kanone ist nur noch unterschwellig wahrzunehmen, als ob er den Fernseher zu Hause während eines Kriegsfilms leiser gestellt hätte. Wie soll es jetzt weitergehen? Eines steht fest: Diese Leute wollen ihn mit absoluter Sicherheit zur Strecke bringen. Martin begutachtet die noch übrig gebliebene erbeutete Pistole der Brüder. Schwer liegt die vernickelte zwölfschüssige Automatikpistole zwischen seinen Fingern und dem Handballen. Noch nie zuvor hat er eine so große Pistole in seinen Händen gehalten. Eine mächtige Pistole, das Gegenstück seines sechsschüssigen Magnum-Revolvers. Eine Sonderanfertigung, die nur auf Wunsch zahlungskräftiger Kundschaft hergestellt wird. Martin ist sich sicher, dass einer der Brüder die geliebte Waffe vermissen wird. Er horcht, aber die Schnellfeuerkanone ist verstummt, sie haben aufgehört, wahllos in den Wald hineinzufeuern. Vielleicht haben sie ihre Boote schon bestiegen und sind mit der Jacht verschwunden? Eine Wunschvorstellung, denn kaum hat dieser Gedanke sein Gehirn passiert, kann er auch schon mehrere vorpreschende Männer, die durch den Wald hetzen, hören. Sofort dreht er sich um und läuft weiter wie ein gehetzter Hase durch den Wald. Seine Verfolger haben ihn anscheinend schon entdeckt, denn es werden mehrere Salven aus ihren Automatikwaffen auf ihn abgefeuert. Äste von kleineren Bäumen fliegen an ihm vorbei, peitschen ihm schmerzend in sein Gesicht und ritzen kleine Wunden in die Haut. Martin läuft und läuft wie ein Besessener, der kurz vor dem Wahn steht. Er jagt immer tiefer in einen Bereich des Waldes hinein, den er bisher immer gemieden hat, weil er diesen Teil für unpassierbar hielt. Durch beinahe undurchdringbares Gebüschgeflecht zwängt er sich vorwärts und achtet dabei schon lange nicht mehr auf die vielen Wunden, die er sich dabei zuzieht. Er fällt immer wieder hin und schlägt hart auf den Boden auf, da sich die am Waldboden rankenden Pflanzen wie Tentakel um seine Beine wickeln. Aber er rafft sich mühselig – so schnell er eben kann – immer wieder auf und stürmt strauchelnd, so gut es in seiner Verfassung noch möglich ist, weiter. Es geht um sein Leben, nicht etwa um einen schnellen Tod, sondern – und da macht er sich nichts vor – um eine Folter, bis das Herz versagt. Eher würde er sich selbst hinrichten, als sich den Banditen zu ergeben. Aber noch ist es nicht soweit, noch haben sie ihn nicht zur Strecke gebracht. Die Banditen scheinen mit dem dichten Bewuchs in diesem Bereich des Waldes ebenfalls Probleme zu haben, denn er kann seinen Vorsprung zu ihnen wieder vergrößern. Plötzlich rutscht Martin erneut aus und fällt rücklings hart auf den Boden. Noch bevor er sich aufrichten kann, gleiten seine Füße abermals auf dem schmierigen feuchten Boden aus, er rutscht einen kleinen Hang hinunter. Ehe er sich versieht, fällt er durch den dichten Sträucherbewuchs am Boden in ein tiefes Loch hinein, rutscht einige Meter weiter in eine Schlucht. Danach kracht er in eine ein Meter tiefe Schlammpfütze. Das stinkende, faule alte Wasser spritzt in alle Richtungen und das Keuchen seines Stöhnens beim harten Aufschlag hallt durch die Finsternis. Er beißt die Zähne zusammen und umschließt seinen schmerzenden Bauch mit den Armen. Mühsam unterdrückt er das Hecheln seiner schnellen Atmung und lauscht gebannt in Richtung des schwachen Lichtkegels durch das Loch, durch das er gefallen ist, herauf. Aber es ist still dort draußen, kein Laut seiner Verfolger ist wahrzunehmen. Er kann eigentlich gar nichts mehr hören, es braucht einige Zeit, bis die Geräusche des Waldes zart und leise durch das Loch hinunterdringen. Die Vögel zwitschern aufgebracht, leichtes Blätterrascheln vervollkommnet die gewohnte Klangkulisse der Insel wieder. Martin robbt von der nassen Schlammpfütze auf ein trockenes Fleckchen am Rande der Grube. Er ist erschöpft, sein Gehirn ist leer und jeder einzelne Knochen in seinem Körper schmerzt. Ohne selbst zu wissen, warum seine Gedanken ausgerechnet jetzt um sein ehemaliges Leben kreisen, ergibt er sich ihnen und döst ein.

*

Ein Leben, das so langweilig war, dass es darüber nicht viel zu berichten gibt. Kindergarten, Schule, Ausbildung und Beruf. Frühstück, Mittagessen und Abendessen. Aufstehen, Arbeiten und Schlafengehen. Ein Leben, in dem Monotonie und stete Wiederkehr des Alltäglichen den Tagesablauf bestimmten. Ein Leben, das von der Geburt an Zwängen und Normen unterworfen war. Ein Leben, das einen, ohne dass man gelebt hätte, sehr alt werden ließ. Ein Leben, nach dem man, wenn man tot war, von niemandem vermisst wurde. Ein Leben ohne Heldentaten, Aufrichtigkeit und Ehrgefühl. Ein Leben in einer konsumorientierten Gesellschaft, in die man sich stets einfügen und eingliedern musste oder ansonsten als Sonderling abgestempelt wurde. Ein Leben, das einen zum Teamwork verdammte, ohne jeden Individualismus, der anderen Artgenossen irritieren hätte können. Ein Leben, das eigentlich nicht besonders lebenswert war. Verschwendete Zeit! Aber trotzdem ein Leben, in das er zurückkehren möchte.

*

... Martin wacht auf, es ist Nacht! Im Stockdunkeln versucht er aufzustehen. Er untersucht mit vorgestreckten Händen seine Grube und ertastet eine Felswand. Vorsichtig geht er diese entlang und läuft keine drei Meter weiter wieder vor eine Wand. Die kleine „Hölle" scheint schon zu Ende zu sein. Er tastet die kalte Wand ab, sie ist außergewöhnlich gerade und vollkommen eben. Er tastet weiter und fühlt einen gebogenen Metallstab, der an beiden Enden an der Wand seitlich befestigt ist. Es ist eine Tür! Eine Tür hier unten? Aber er kann keinen Hebel zum Öffnen fühlen. Kein Loch für einen Schlüssel. Martin tastet aufgeregt weiter und kommt zu dem Schluss, dass sie nur von der anderen Seite zu öffnen und zu verriegeln ist. Irgendetwas muss dahinter liegen und es muss noch einen zweiten Eingang geben. Von hier aus kann niemand den Raum betreten. Wahnsinn, auf der Insel gibt es wohl mehr zu entdecken, als es zuerst den Anschein hatte! Zuerst der Flugplatz, dann der Bootsanlegeplatz und jetzt dieser Unterschlupf mit einer eingelassenen Stahltür im Fels. Haben die Banditen vielleicht hier ihre Drogen versteckt? Wenn das zutrifft, dann ist er an diesem Ort in großer Gefahr! Aber hierher führte kein Weg, er musste über altgewachsenes Gestrüpp laufen. Außerdem würden sie diesen Platz dann bestimmt aufsuchen, um zu überprüfen, ob ihre wertvolle Ware tatsächlich nicht mehr an Ort und Stelle ist. Aber dann würde es von ihnen hier schon nur so wimmeln. Doch es ist alles ruhig. Nein, um das Versteck der Banditen kann es sich nicht handeln, dieses Versteck muss etwas mit den alten Militäranlagen der Insel zu tun haben. Martin reißt und zieht fest an dem Türgriff, aber die Tür bewegt sich keinen Millimeter. Von hier kommt er nicht in den Raum hinein. Aber eigentlich hat er auch andere Sorgen. Wo halten sich die Banditen gerade auf? Suchen sie ihn noch? Bei Tagesanbruch muss er sich erst einmal darum kümmern. Inständig hofft er, dass sie die Suche nach ihm abgebrochen haben, denn er könnte einige Tage Ruhe gut gebrauchen. Martin fällt erschöpft auf seine Knie, rutscht wieder halb in das kalte Schlammloch. Mühselig versucht er sich erneut ins Trockene zu ziehen, aber seine Kraft versagt, sodass er einfach so liegen bleibt, wie er liegt. Zwei Stunden später wird es hell.

Umständlich versucht Martin, an der schmierigen Wand hinaufzukrabbeln, kommt aber nicht weit und plumpst wieder auf den Boden der Grube. Die Wände sind steil, geradezu unheimlich steil und dabei aalglatt. Er glaubt nicht daran, dass dieses Loch auf natürliche Art entstanden ist. Aber wieso führt eine Tür in eine Grube hinein, aus der man dann nicht hinaufsteigen kann? Er untersucht das Gestrüpp, das sich in all den Jahrzehnten hier unten breitgemacht hat. Mit seinem großen Messer, das er erbeutet hat, schiebt er die Äste an die Seite und entdeckt schließlich eine verrostete alte Stahlleiter, die im Fels verankert ist und hinauf zum Rand der Grube führt. Es ist so, wie er sich diese Tür erklärt hat – es ist ein Notausgang aus der Höhle für Soldaten. Alle vernünftig geplanten Bunker des Krieges hatten so eine Fluchtmöglichkeit. Vorsichtig klettert er die verrostete Leiter hinauf. Am Rand der Grube hält er inne und observiert, bevor er endgültig hinausklettert, die Umgebung. Es scheint alles ruhig zu sein. Langsam klettert er ganz hinauf und kauert in der Hocke auf dem Waldboden. Er zieht seine Pistole aus dem Gürtel und sucht noch einmal die Umgebung nach den Banditen ab. Am Rande der Grube wuchert das Gestrüpp fast einen halben Meter hoch und er wundert sich überhaupt nicht weiter darüber, dass er sie nicht gesehen hat und bei seiner Flucht hineingefallen ist. Schon einen Meter von der Grube entfernt ist sie für jedermann wie vom Erdboden im Dickicht verschwunden. Nur durch Zufall ist sie zu entdecken, er ahnt, dass er sie, wenn er nicht hineingefallen wäre, niemals entdeckt hätte. Die Banditen haben ihn ungewollt zu einem neuen Geheimnis der Insel geführt. Martin schleicht, nachdem er sich die Stelle der Grube eingeprägt hat, durch den Wald in Richtung des Strandes. Er muss vorsichtig sein, denn die Banditen könnten sich hinter jedem Baum im Wald verschanzt haben. Möglichkeiten, sich zu verstecken, gibt es bei dem dichten Bewuchs mehr als genug. Auf gar keinen Fall möchte er in einen Hinterhalt geraten. Manchmal bleibt er stehen und bezieht einen sogenannten Horchposten, so wie er es bei den Wachen während seiner Bundeswehrzeit gelernt hat.

Es ist nichts anderes, als ab und zu stehen zu bleiben und mehrere Minuten vollkommen still in die Umgebung zu lauschen. Dadurch hört man auch die Geräusche, die man selbst beim Schleichen durch das dadurch immer noch vorhandene Eigengeräusch nicht hören kann.

Oft hatte er diese simple Taktik während seines Vaterlandsdienstes bei den Wachrunden, auf denen er alleine war, an den abseits gelegenen Munitionsbunkern seiner Kaserne angewendet. Wenn er das schwach besetzte Wachhäuschen des Areals der Munitionsbunker verlassen hatte und seine Runden drehte, war er ebenfalls stets auf sich alleine gestellt. Nur hin und wieder musste er an völlig veralteten Telefonstationen, an denen man noch die Spannung der Verbindung durch Drehen einer Handkurbel selbst aufbauen musste, Meldung machen. Hier auf Personen zu stoßen, die sich widerrechtlich auf dem umzäunten Areal der Bundeswehr aufhielten, war gar nicht so abwegig. Denn mindestens zwei- oder dreimal im Jahr wurden Einbruchsspuren an den Belüftungsschächten einzelner Bunker entdeckt. Er aber traf während seiner Militärzeit gottlob nicht auf solche Personen, denn er war sich bewusst, dass er nicht zögern würde, sich selbst zu verteidigen und von dem G3-Gewehr, das er bei sich trug, Gebrauch machen würde. Einmal erlebte aber auch er einen kleinen Zwischenfall, den er jedoch nicht meldete. Er war damals der Meinung, dass dieser Vorfall zu unbedeutend war, um ihn weiterzuleiten. Als er an einem Wachabend an einem Außenzaun stand, der das Areal vom danebenliegenden Übungsgelände trennte, und seinen „Horchpflichten" nachkam, pöbelte ihn ein Passant, der sich dort aufhielt, völlig grundlos an. Er hielt diesen Mann, der so um die fünfzig Jahre alt war, entweder für besoffen oder aber lebensmüde. Dieser stellte sich auf der anderen Seite des Zaunes ihm gegenüber und beleidigte ihn aufs Schlimmste. „Du Drecksau!", sagte er. „Wenn du nicht gleich verschwindest, haue ich dir in die Fresse. Ich komme gleich über den Zaun!", schimpfte er weiter. „Verpiss dich, du Penner!" Er versuchte außerdem, Martin anzuspucken, aber der Rotz flog zur Enttäuschung des fremden Mannes nicht bis zu ihm hinüber. Dann stellte er sich direkt an den Zaun. Er wurde immer wütender, weil Martin sich – völlig unbeeindruckt – nicht von der Stelle rührte. Er packte den stabilen Zaun und rüttelte daran wie ein Affe an seinen Gitterstäben. Aber auch dieses Verhalten verursachte bei Martin nur ein mitleidsvolles Grinsen im Gesicht. Er konnte einfach nicht verstehen, was dieses Affentheater sollte. Aber als er anfing, den Zaun zu besteigen, und dabei rief: „Jetzt reicht es mir, jetzt komm ich rüber und hau dir aufs Maul!", sagte er nur: „Ich kann dich nicht daran hindern!" Mehr nicht! Aber das meinte er durchaus ernst. Er war entschlossen, wenn der Kerl es wirklich wagen sollte, über den Zaun zu klettern, auf ihn zu schießen. Der Mann kletterte etwas höher, Martin entsicherte seine durchgeladene Waffe und ging einige Schritte vom Zaun zurück, um bei einem eventuellen Angriff eine bessere Position zu haben. Halb am Zaun hängend hielt der Mann dann aber doch an und beschimpfte ihn weiter: „Du Arschloch, du kleiner Hosenscheißer, du blöder Wichser … !" Martin sagte ganz ruhig darauf zu ihm: „Komm, sei kein Feigling und mach deine Drohung wahr! Los, komm, ich warte auf dich!" Der Mann stutzte. Er merkte wohl auf einmal, dass er zu weit ging. Er hatte plötzlich Angst, die Hosen voll und kletterte den Zaun schnell wieder herunter. Martin trat wieder an den Zaun heran. Der Mann schaute ihm wütend ins Gesicht, murmelte noch etwas Unverständliches und zog – genauso unerwartet, wie er gekommen war – auf einmal wieder seines Weges. Er schaute ihm noch hinterher, bis der Mann schließlich das Übungsareal der Bundeswehr verlassen hatte. Was war das für eine Aktion? Er grübelte noch während seiner ganzen weiteren Dienstzeit des Tages über den Vorfall nach und hakte das Ereignis schließlich am Abend mit einem Schulterzucken ab. War es wirklich ein verrückter Fremder? Oder ein Prüfer der Bundeswehr, der die Soldaten auf ihre Entschlossenheit testete? Martin wusste es nicht, aber wie auch immer die Wahrheit aussah, gefährlich war es für diese Person auf jeden Fall gewesen. Der fremde Mann hätte nicht viel weiter gehen dürfen. Es ist schon eine lange Zeit her, dass er an diese Begegnung erinnert wurde. Martin schüttelt unbewusst seinen Kopf über das absurde Verhalten des Fremden damals am Zaun des Areals der Munitionsbunker. Einige

Überlebenspraktiken seiner Militärzeit konnte er auf der Insel schon gut gebrauchen, so jetzt auch diese sogenannten „Horchposten". Er war damals nicht gern zur Bundeswehr gegangen, hat diese Zeit aber nicht in allzu schlechter Erinnerung behalten. Trotz des Drills der Vorgesetzten hatten die vielen Monate in der Kaserne durchaus ihre Vorzüge gehabt. Er hatte zwar niemals daran geglaubt, seine erlernten Kenntnisse je gebrauchen zu können, aber er wurde schon des Öfteren auf der Insel eines Besseren belehrt. Er war seinerzeit Panzerfahrer und seine Hauptaufgabe bestand darin, einen fünfunddreißig Tonnen schweren Schützenpanzer zu fahren, der im Gelände viel Spaß mit seinen turboaufgeladenen sechshundert Pferdestärken starken Motor bereitete. Es war wirklich ein Spielzeug für große Kinder. Denn egal, wie tief ein Schlammloch auch war, dieses Kettenfahrzeug wühlte sich mit Leichtigkeit überall durch. Geländefahrten waren in der Tat ein großes Vergnügen, und dass auf dem Rücken des Fahrzeugs eine riesige Bordkanone saß, störte dabei überhaupt nicht. Es war kein Krieg, deshalb wirkte das Waffenarsenal der aufgerüsteten Kriegsmaschine auch überhaupt nicht bedrohlich. Aber ursprünglich wollte er viel lieber seinen Dienst in der Armee bei der Luftwaffe als bei den Panzergrenadieren absolvieren. Wie etliche seiner Kameraden auch hätte er viel lieber einen Hubschrauber oder ein Flugzeug geflogen. Schon als kleines Kind war er stets auf der Suche nach Lesestoff über Flächen und Drehflügler und hatte ihn förmlich verschlungen, sobald er ihn in seinen Händen hielt. Theoretisch, so meinte er seinerzeit, war er bestimmt schon ein guter Pilot. Aber praktisch ist er über mehr als einen mehrstündigen Flug mit einer Sportmaschine eines Fluglehrers nie hinausgekommen. Bei der Bundeswehr, so hoffte er, würde es mit etwas Glück bald soweit sein. Doch zu seinem Leidwesen entsprach er nicht den damals gültigen Skelettregeln der menschlichen Anatomie des Militärarztes. Sein von Geburt an „krummes Kreuz" war sein Verhängnis, deshalb kam eine Ausbildung als Pilot bei der Bundeswehr niemals infrage. Martin war sehr enttäuscht, fand sich mit der Tatsache aber schließlich ab und fuhr wenig später nach seiner Grundausbildung Panzer.

Die Zeit ist um, er hat circa drei Minuten in den Wald hineingehorcht. Nur Vogelgezwitscher von den Ästen und das Rauschen der Blätter der Bäume waren zu hören. Nichts Verdächtiges, das ihn am Weitergehen hindern würde. Vorsichtig geht er weiter und erreicht schließlich den Strand, der ihn mit einer frischen Brise vom Pazifik und dem Rauschen der Wellen empfängt. Die Jacht der Banditen ist fort, sie scheinen die Suche nach ihm erst einmal abgebrochen zu haben. So erleichtert, wie er über diese Tatsache auch ist, ist ihm doch nicht zum Feiern zumute. Er weiß nur allzu genau, dass sie wiederkommen werden und ihr Ehrgeiz, ihn zu töten, dann mit Sicherheit unerschöpflich sein wird. Sie haben ihn unterschätzt, da ist er sich sicher. Diesen Umstand konnte er als Vorteil für sich nutzen, aber noch einmal werden sie diesen Fehler bestimmt nicht begehen. Er sieht sich am verwüsteten Strand um. Unzählige Äste und Blätter, die von den Bäumen gefallen sind, sind darauf verstreut, als ob eine große, urzeitliche Mammutherde frontal in den Wald getrampelt ist. Die Schnellfeuerkanone hat fürchterlich gewütet und unnachgiebig große Löcher in den ansonsten dicht bewachsenen Wald gerissen. Es sind richtige Schneisen entstanden, man kann bequem über einen wahren Blätterteppich zwanzig bis dreißig Meter tief in den Urwald hineingehen. Auch von seinem Strandhaus, das im Zentrum des Geschosshagels stand, ist nichts mehr zu sehen. Sein Zuhause ist abermals vernichtet worden und ihm wird bewusst, dass er es an dieser Stelle nicht mehr errichten wird. Orientierungslos läuft er am Strand entlang. Er ist am Leben, aber wie soll es weitergehen? Er kann jetzt nicht einfach wieder zu einem „normalen Tagesablauf" übergehen. Ab jetzt muss er jederzeit mit einem erneuten Eintreffen der Banditen rechnen, die ihn dann quer über die Insel hetzen werden, bis sie ihn getötet haben. Diese Schmach lassen sie nicht auf sich sitzen. Er weiß, was er von dem Anführer zu erwarten hat. Es geht um Geld, wie so oft im Leben. Diese Insel wird von ihnen als eine Art Umschlagplatz ihrer Drogen genutzt. Sicher haben die Banditen die Suche nach ihm nur deshalb so schnell aufgegeben, weil der Bruder des Anführers angeschossen wurde und dringend ärztliche Hilfe benötigte. Warum sonst sind sie allesamt verschwunden'? Vielleicht war die Verletzung des Bruders aber auch nicht so schlimm und sie haben nur ihre wertvollen Drogen in Sicherheit gebracht. Sie haben sie aus dem Versteck – irgendwo auf der Insel – geholt und sind aus Termingründen so schnell fortgefahren. Wenn sie die Drogen haben sollten, dann wissen sie auch, dass er sie angelogen hat. Er hat sie reingelegt, rast es – nicht ganz ohne Stolz – durch seinen Kopf. Wie oft mag der Anführer der Bande wohl schon reingelegt worden sein? Sicher ist er außer sich und ärgert sich über seine Naivität. Ja, sie kommen bestimmt wieder! Martin setzt sich auf die nahegelegenen Felssteine und lässt seinen Blick langsam über den ehemals schönen, friedvollen Sandstrand gleiten. Na ja, versucht er sich aufzumuntern, immer noch besser, als auf einer Insel zu stranden, auf der Menschenfresser leben, so wie einst bei Robinson Crusoe. ‚Aber wie soll es weitergehen?', hämmert es erneut durch seinen Kopf. Außer seiner Pistole hat er den Banditen nichts entgegenzusetzen. Noch nicht einmal sein Gewehr – es lag dort, wo er es bei seiner Flucht liegen lassen musste. Sie scheinen es auf der Suche nach ihm im schützenden Graben am Waldrand gefunden zu haben. Auch sein Revolver, für den er noch einige Reservepatronen in der Hosentasche trägt, ist nicht mehr aufzufinden. Leider hat er ihn bei der Flucht ebenfalls irgendwo liegen gelassen, als er in der Hektik die Waffen wechseln musste. Die Zeit läuft für die Banditen, dessen ist er sich durchaus bewusst. Er hat überhaupt keine Möglichkeit, Hilfe herbeizurufen oder gar die Insel zu verlassen. Das wissen sie auch! Außerdem kann er davon ausgehen, dass, wenn die Banditen diese Insel für ihre Geschäfte auserkoren haben, diese Insel hervorragend dafür geeignet ist. Das heißt für ihn, dass niemals Menschen hier auftauchen, dass keine Schifffahrtsrouten in unmittelbarer Nähe hier vorbeiführen und dass diese Insel von niemandem beansprucht wird. Kein Wunder also, dass in all den Wochen, die er auf der Insel verbracht hat, noch keine ihm wohlgesonnene Menschenseele hier aufgetaucht ist. Er sitzt in einer Falle! Wie ein Kaninchen im Käfig, das darauf warten muss, dass es geschlachtet wird! Das sicherste Gefängnis der Welt! Ohne jegliche Fluchtmöglichkeiten! Martin greift mit der Hand in den Sand und lässt diesen durch seine Faust gleiten. Sobald der Sand aus seiner Hand herausfließt, wird er von der leichten Pazifikbrise davongetragen und erreicht erst einige Meter weiter wieder den Boden der Insel. Angst kommt in ihm hoch. Angst, die in der Hektik der Schlacht mit den Banditen nicht hochkommen konnte. Angst, die immer dann zur Stelle ist, wenn nach einer bedrohlichen Situation Ruhe einkehrt. Angst, die rationales Denken und Handeln blockiert und so die Überlebenschancen mindert. Angst, die er in seiner Lage überhaupt nicht gebrauchen kann! Verzweifelt kämpft er gegen das beklemmende Gefühl an, greift aber dennoch nach der Pistole und zieht sie aus seinem Gürtel raus. Er konnte es nie verstehen, warum Menschen Selbstmord begingen und ihr Leben frühzeitig beendeten, aber sie müssen sich in einer ähnlich ausweglosen Lage befunden haben. Ein Zwiegespräch, eine Rangelei mit sich selbst um die Erlösung oder das Weiterleben. Jetzt kann er sie verstehen, denn er weiß jetzt, was für eine Überwindung es kostet, sich selbst zu töten. Wenn jemand das macht, dann findet er keinen Ausweg mehr für sich. Dann steht er vor einer unüberwindbaren Mauer, in einem Labyrinth ohne Wiederkehr und fühlt sich alleine, so alleine, wie er jetzt auch ist. Man muss schon sehr verzweifelt sein! Unschlüssig dreht er die Pistole in seiner Hand und hält sie sich danach an die Schläfe. Er müsste nur abdrücken und sein wochenlanges Martyrium wäre endlich beendet. All seine Sorgen und Nöte im Bruchteil einer Sekunde gelöst. Doch mutlos nimmt er sie schließlich wieder vom Kopf und lässt sie schlaff an seiner herunterbaumelnden Hand pendeln. Mit wem hat er sich da nur eingelassen? Zuerst kamen sie mit einer knapp zwanzig Meter langen Jacht und diesmal schon mit einem richtigen großen Kreuzer, der um einiges größer war als das erste Boot. Diese Organisation scheint doch mächtiger zu sein, als er zunächst geglaubt hatte. Der Anführer der Banditen ist bestimmt entschlossen, ihn weiter zu jagen. Sie werden ihn das nächste Mal wie bei einer Fuchsjagd quer über die Insel treiben, bis er erlegt ist. Er ist sich sicher, dass der Anführer der Bande daran großen Spaß haben wird, um ihn danach wie eine Trophäe über die Insel zu tragen, auf einen Spieß zu stecken und wie einen Schweinebraten über dem Feuer zu drehen. Ja, das würde ihm bestimmt gefallen und Martin glaubt, die Gedanken des verrückten Mannes zu kennen. Ihn schaudert bei der Vorstellung! Bis jetzt hatte er unwahrscheinliches Glück, dass er diesen Männern jedes Mal entkommen konnte. Er war wie eine Katze, die in die Ecke gedrängt gefährlicher ist als ein großer Hund. Aber das nächste Mal wird bestimmt alles anders sein, das nächste Mal sind auch diese Leute gut vorbereitet und werden nicht noch einmal den Fehler machen, ihn zu unterschätzen. Martin steht auf und geht langsam den Strand entlang. Es will ihm einfach nichts Sinnvolles einfallen, so sehr er sich auch sein Gehirn zermartert. Auf jeden Fall sollte er sich erst einmal ins Inselinnere zurückziehen und ein gutes Versteck im undurchdringbaren Teil des Waldes suchen. Ein Versteck, um der nächsten Konfrontation vielleicht sogar auszuweichen, ganz so, als ob er die Insel gar verlassen hätte. Er weiß es noch nicht, aber diese Idee scheint eine Möglichkeit zu sein. Aber ist es überhaupt möglich, die kommenden Ereignisse zu steuern? Sein letzter Plan ging jedenfalls voll daneben. Die Realität hat seine Theorie über den Haufen geworfen und seinen Plan zunichtegemacht. Völlig unvorbereitet hatten sie ihn am Strand überrascht, obwohl er sich tagelang über die bevorstehende Konfrontation Gedanken gemacht hatte. Den Faktor Zeit hatte er nicht ausreichend berücksichtigt und so wurde er nach einigen Tagen unvorsichtig und hatte sogar geglaubt, dass die Banditen nicht wiederkommen würden. Ein Fehler, wie sich herausstellte! Vielleicht ist es vollkommen egal, wie er sich vorbereitet, vielleicht überschlagen sich die Ereignisse sowieso, ohne dass er diese auch nur ein bisschen steuern kann. Martin ist entschlusslos und glaubt nicht ernsthaft daran, dass er heute zu einer Lösung seines Problems kommen wird. Er muss sich erst einmal auf andere Gedanken bringen. Sein Gehirn ist so gelähmt, dass es rationales Denken im Augenblick nicht zulässt. Er ist von den Ereignissen regelrecht geschockt. Diese haben ihm nun endgültig den Boden unter seinen Füßen weggerissen. Am liebsten würde er sich in eine ruhige Ecke setzen und mit jemandem die unglaublichen erlebten Szenarien des letzten Tages in Ruhe besprechen, um die erst einmal zu verarbeiten. Aber mit wem soll er irgendwas besprechen? Außerdem fehlt ihm die Zeit dafür! Er muss die Ereignisse erst mal zur Seite schieben und sich um das Lebensnotwendigste kümmern. Er hat Hunger und muss jagen, um essen zu können.

6. Kapitel

Schon früh am Morgen des darauffolgenden Tages ist Martin auf den Beinen und sucht die Grube auf, in die er bei seiner Flucht hineingestürzt war. Obwohl er nicht ernsthaft daran glaubt, etwas Brauchbares zu entdecken, ist er neugierig und freut sich auf die Ablenkung. Martin ist erstaunt, durch welch dichtes Gebüsch er vor zwei Tagen bei seiner Flucht gerannt ist. Nur mühsam kommt er jetzt vorwärts und muss sich mit seinem großen Messer den Weg durch das Dickicht freischlagen. Erst eine ganze Weile später steht er vor Anstrengung keuchend wieder vor der Grube. Verschwitzt sieht er sich um – es wundert ihn nicht, dass seine Verfolger ihn nicht gefunden haben. Es ist selbst für ihn unfassbar, wie er auf seiner Flucht so schnell bis hierher vordringen konnte. Seine blutigen, langsam verheilenden Striemen am ganzen Körper bestätigen ihm allerdings, dass er hierher wie von Sinnen gelaufen sein musste und nicht geträumt hatte. Besonnen steigt er die rutschige Stahlleiter hinab und muss dabei höllisch aufpassen, dass er nicht abrutscht und wieder in das nasskalte Schlammloch hineinfällt. Auf der Plattform angelangt ist es nicht mehr weit bis zur Tür, die ihn mit ihrer rostroten Farbe schon anblitzt. Er tritt an die vermoderte Tür heran. Abermals versucht er, sie am angeschweißten, gebogenen Metallgriff aufzuziehen, doch trotz ihres hohen Alters gibt sie nicht nach. Sie erzittert noch nicht einmal, als er mehrmals versucht, sie aufzureißen, und man könnte glauben, dass sie man sie nicht öffnen kann, weil es nur die Attrappe einer Tür ist. Sie ist sehr massiv und außerdem gut im Fels verankert. Auch heute kann Martin – trotz relativ guter Lichtverhältnisse – kein Schloss und keinen Hebel zum Öffnen dieser Tür entdecken. Als er sie zum ersten Mal abtastete, hat er schon geahnt, dass diese Tür nur von innen geöffnet werden kann. Irgendwo muss in näherer Umgebung also noch ein weiterer Eingang sein. Martin rüttelt noch einmal mit aller Kraft am massiven Handgriff, aber wie zuvor hält die Tür auch diesmal seinem Kraftakt locker stand. Resigniert steigt er umständlich wieder die Leiter empor. Ein zweiter Eingang, wo könnte sich ein zweiter Eingang befinden? Aufmerksam sucht er mit seinen Augen die Umgebung ab. Aber außer dem zehn Quadratmeter großen Loch vor seinen Füßen ist nichts Auffälliges zu erkennen. Der andere Eingang kann nicht allzu weit vom Loch und der Tür dort unten entfernt sein, denn dieser Raum muss mühsam in den harten Felsen gesprengt worden sein. Er glaubt nicht daran, dass der Eingang sich etliche Meter weiter irgendwo im Wald befindet. Nein, er muss sich in der Nähe befinden. Aber wo? Martin läuft aufmerksam am Kraterloch entlang und versucht, sich vorzustellen, wo er den Eingang platziert hätte. Währenddessen tritt er mit seinen Füßen fest auf den mit Zweigen überwucherten Boden auf. Er registriert ein Knacken und Rascheln unter der Last seines Körpergewichtes. Martin entfernt sich vom Kraterloch und geht parallel von der Tür dort unten in der Grube die ebene Fläche immer weiter ab. Abermals knacken die Äste, wenn seine Füße auf den Boden auftreten. Doch nach einigen Schritten verändert sich tatsächlich das Geräusch. Er tritt mit seinen Füßen auf den – zwar rein äußerlich gleich aussehenden – Boden, vernimmt aber erneut ein anderes Geräusch. Martin bleibt stehen. Dann trampelt er abermals auf derselben Stelle herum. Was ist das? Er bückt sich, schiebt an diesem Platz die widerspenstigen Zweige mit seinem Messer beiseite und zu seinem Erstaunen kommen mehrere massive Holzbohlen zum Vorschein. Hastig befreit er die Holzbohlen vom Gestrüpp und kratzt am Rand mit dem Messer ein Loch, um sie anzuheben. Hektisch reißt er danach die schweren Bretter vom Boden und wirft sie kraftvoll beiseite. Zum Vorschein kommt eine Betontreppe, die circa vier Meter tief in den Boden hinabführt und an einer weiteren Tür endet. „Das muss die Eingangstür zur Höhle sein!", jubelt er innerlich und tatsächlich lag er mit seiner Vermutung richtig. Erstaunlicherweise ist das Loch nach all den Jahren noch nicht einmal mit Wasser gefüllt, sodass er gleich hinabsteigen kann. Es muss irgendwo ablaufen können. Martin gleitet die feuchte, teils zerbröselte Betontreppe hinab und steht wenig später vor der von der anderen Seite vermuteten Stahltür. Aber hier besitzt sie einen Schnapphebel, den er sogleich kräftig mit den Daumen herunterdrückt. Es knackt, mit seinem Körpergewicht stößt er die Tür zur Seite, die – wie erwartet – nach all den Jahren nur widerspenstig weicht. Muffiger Geruch empfängt ihn. Vor ihm erstreckt sich ein dunkler, feuchter Raum, nur das wenige Tageslicht, das den Weg die Treppe hinab gefunden hat, beleuchtet die lange, schmale Höhle. Er tritt ein und bemerkt sofort die Umrisse der vielen Holzkisten, die rechts und links vom Gang übereinandergestapelt sind. „Es ist ein Lagerraum!", fährt es ihm über die Lippen. Er ist bis unter die Decke ordentlich mit vielen braunen Holzkisten gefüllt. Martin ist außer sich, es ist tatsächlich eine Art Lagerraum, der völlig unberührt vor ihm liegt. Mit den Händen an den Kisten geht er tastend langsam auf dem freien Mittelgang tiefer in die Höhle hinein. Das Tageslicht dringt nicht sehr tief in die Höhle vor und schon wenige Schritte weiter ist es um ihn herum stockfinster. Vorsichtig geht er weiter. Er passiert unzählige Kistenstapel und gelangt schließlich wieder, nachdem er eine kleine freie Fläche ohne irgendeinen Kontakt mit den Händen an den Kistenreihen überqueren musste, an eine Stahltür. Martin ahnt, dass diese Tür jene sein muss, die er in der Grube entdeckt hat. Hier muss auch das Wasser in all den Jahren abgeflossen sein, um den Hauptaufgang trocken zu halten. Diese Höhle ist ohne Zweifel so konstruiert, um auch längere Lagerzeiten der Waren in den Kisten zu gewährleisten. Mit den Händen tastet er den kalten, rostigen Stahl ab und erfühlt einen großen massiven Querriegel, den er schließlich rechts zur Seite hochdrücken kann. Knarrend gibt auch diese Tür nun widerwillig den Ausgang frei und zeigt so, dass sie über Jahrzehnte nicht bewegt worden ist. Er tritt hinaus und befindet sich auf der unteren Plattform der Grube, in die er hineingefallen war. In die Höhle dringt nun durch die zweite offene Tür etwas mehr Tageslicht hinein und er entdeckt an der freien Fläche am Ende der Höhle, die er durchqueren musste, ein hölzernes Schreibpult. Auf diesem steht ordentlich, als ob sie soeben erst abgestellt worden ist, eine Petroleumlampe. Er schüttelt sie und am Schwappen der Flüssigkeit im Inneren fühlt er, dass sie noch gefüllt ist. Wo befinden sich Streichhölzer? Er öffnet das kleine Holzkästchen, das akkurat daneben liegt. Tatsächlich liegen in Alufolie eingeschweißte Streichhölzer darin. ‚Hier hat einer mitgedacht!', schießt es ihm durch den Kopf. Ganz so, als ob dieser Raum für jemanden vorbereitet ist, der noch nie im Leben hier zugegen war. Idiotensicher und logisch! Martin reißt die Schutzverpackung auf und entzündet ein Streichholz. Dieses geht unmittelbar in Flammen auf. Er schiebt die längliche Glasschutzröhre des Dochtes herauf, hält das Zündholz an den Docht der Petroleumlampe und regelt die Helligkeit des Lichtes an dem darunterliegenden kleinen knirschenden Handrädchen. Der Raum erhellt sich unmittelbar merklich. Auf dem Schreibpult liegt am oberen Rand noch eine kleine hölzerne Schreibschale, in der sich zwei neue angespitzte Bleistifte, ein metallener Anspitzer und ein ungebrauchtes Radiergummi befinden. Martin hebt den Deckel des Pultes an und inspiziert den darin liegenden – mit einem Wachssiegel verschlossenen – dicken Umschlag. Neugierig reißt er ihn auf und zieht mehrere am unteren Rand ebenfalls mit Siegeln versehene Unterlagen heraus und blättert das mit japanischen Schriftzeichen versehene fünfseitige Dokument langsam durch. Sie sehen wichtig aus, nicht wie eine Betriebsanleitung, die eine Waschmaschine erklärt, sondern eher wie eine geheime Nachricht. Auf allen Seiten befinden sich fettgeschriebene Hinweise, die verschiedene, ordentlich mit der Hand niedergeschriebene Textstellen hervorheben. Am Schluss des für Martin unverständlichen Dokuments befindet sich noch eine Karte von der Insel, auf der einige Stellen mit Kreuzen markiert sind. Er sieht sich die Lage der Kreuze genauer an. Fast alle Orte auf der Insel sind ihm bekannt, nur zwei Stellen kann er nicht zuordnen. Ein Kreuz ist an der Bootsanlegestelle, ein weiteres befindet sich am Flugfeld und das nächste kennzeichnet diesen Ort, an dem er sich jetzt aufhält. Aber die anderen beiden mit Kreuzen versehenen Orte sind neu für ihn. Eines befindet sich noch im Wald in der Nähe des Bootsanlegesteges an den Klippen. Es könnte sich um eine Art Bunker handeln, aber Martin ist sich nicht sicher. Das andere Kreuz ist direkt neben dem Flugfeld, dort, wo die kleine abzweigende „Straße" der Start- und Landebahnen vor dem Berg endet. Dort ist aber nichts. Er ist diesen Weg mehrmals abgegangen, dieser endete stets vor einem riesigen Geröllhaufen. Meinen sie diese Steine damit? Vielleicht waren die Steine ja einmal mehr? Eventuell ein Haus oder so etwas! Er muss sich die beiden Stellen noch einmal genauer ansehen, vielleicht hat er ja etwas übersehen. Er vermutet, dass für jeden Punkt auf der Karte ein Blatt des Dokuments gedacht ist. Jede Seite hat so etwas wie eine Überschrift mit Nummerierung, die, so glaubt er jedenfalls, sich auf die einzelnen Standpunkte bezieht und im Folgenden deren Funktion erklärt. Jetzt müsste er japanische Schriftzeichen lesen können! Er vergleicht die Zeichen neben den Überschriften der einzelnen Dokumente und findet diese Zeichen an den verschiedenen Punkten der Karte wieder. Die Seite, die sich auf den Geröllhaufen neben der ehemaligen Start- und Landebahn bezieht, ist besonders voll beschrieben. Genauso wie die Seite, die sich auf diese unterirdische Höhle bezieht. Die Seiten, die sich auf das Flugfeld selbst, den Bootsanlegesteg und den eventuellen Bunker in der Nähe des Bootsanlegesteges beziehen, nehmen dagegen nicht einmal ein Viertel des Blattes ein. Kann er daran die Wichtigkeit der Punkte abschätzen? Martin weiß es nicht, aber dass es sich bei diesem Stützpunkt um einen geheimen japanischen Stützpunkt handelt, da ist er sich jetzt hundertprozentig sicher. Aus irgendwelchen Gründen scheint er aber nie richtig benutzt worden zu ein. War er vielleicht die letzte Bastion in einem aussichtslosen Kampf? Oder wurde dieser Stützpunkt erst in den letzten Kriegswochen aufgebaut, und als der Krieg abrupt mit den Atombombenabwurf der Amerikaner auf die japanischen Städte Hiroshima und Nagasaki endete, nicht mehr benötigt? Martin steckt das alte Dokument ehrfürchtig wieder in den angestaubten Umschlag zurück und schließt gewissenhaft das ansonsten leere Pult. Mit seinen Fingern tippt er nachdenklich auf die Kante des weichen feuchten Pultholzes. Er hat die Höhle aus ihrem Tiefschlaf gerissen. Sie muss in all den Jahren des Nachkriegsgewirrs in Vergessenheit geraten sein. Durch sein Betreten hat er einen Zeitsprung in die vierziger Jahre, direkt in die erbitterte Schlacht um die Vorherrschaft im Pazifischen Ozean gemacht. Bestimmt würden sich für seinen Fund jede Menge Geschichtsexperten überall auf der Welt interessieren. Dieser Ort ist unberührt und er spürt förmlich, dass sein Fund erst die sprichwörtliche Spitze des Eisberges ist. Er ist der erste Mensch, der diese Höhle seit über einem halben Jahrhundert wieder betritt. Eine geschichtshistorische Sensation! Martin wendet sich vom Schreibpult ab und geht an den Kistenreihen entlang. Schließlich schnappt er sich eine kleinere und hebt sie an. Doch er hält inne, denn sie ist sehr schwer. Schließlich wuchtet er eine braune, koffergroße Kiste ans Tageslicht vor der Höhle. Behutsam hebelt er mit seinem Messer den dicken, morschen Holzdeckel hoch und wirft ihn zur Seite. Zum Vorschein kommt Stroh. Martin streicht es zur Seite und stößt auf eine Metallkiste, die sich an zwei Schnappverschlüssen öffnen lässt. Er klappt den Deckel zur Seite und der Duft von ölhaltigem, rostschützenden Papier dringt in seine Nase. Er legt die immer noch schmierigen und leicht reißenden, mit Öl getränkten Blätter an die Seite, die den Inhalt abdecken. Die Waren in der Kiste sind aufwendig verpackt worden, um sie vor der feuchten Seeluft zu schützen. Danach zeigt sich schließlich der Inhalt der Kiste. Es sind Handgranaten! Ordentlich in Reih und Glied, in eine Art Eierwaben gesteckt, kommen sie zum Vorschein. Respektvoll nimmt er eine in die Hand und begutachtet sie von allen Seiten. Die Handgranaten, die er während seiner Militärzeit kennengelernt hat, waren grün und rund, aber diese sind dunkelbraun und ein wenig länglich. Ein anderes Fabrikat, aber von der Funktion sicher gleich zu bedienen. Vorsichtig legt er den faustgroßen Gegenstand wieder in die schützende Kiste. Die Granaten sehen aus, als ob sie gerade verpackt worden wären, beinahe wie neu. Die Waffen sind so gut verpackt gewesen, dass sie über all die Jahre noch funktionstüchtig zu sein scheinen. Er ist sprachlos. Handelt es sich bei dem Lager etwa um ein Waffendepot? Er geht wieder in die Höhle und zieht eine große, längliche Kiste aus einer anderen Reihe ans Tageslicht. Sie ist ebenfalls mit Sorgfalt gepackt worden. Nach dem Stroh kommt wieder eine Metallkiste zum Vorschein und nach dem Öffnen schließlich ebenfalls ölhaltiges Papier. Erst danach kann er sehen, was sich darin befindet. Diesmal entdeckt er Maschinenpistolen, die ihn mit ihren zusammengeklappten Armstützen sehr an seine damalige Stammwaffe, eine Uzi, erinnern. Martin greift nach einer leicht angerosteten Waffe, klappt den Armbügel aus, zieht den Spannhebel durch, entsichert die Maschinenpistole, zielt auf einen Baum und drückt schließlich ab. Mit einem kräftigen Klacken schlägt der Bolzen – wie erwartet – in seine Ausgangsposition zurück. Jetzt braucht er nur noch die passende Munition, hat aber keine Sorge, dass diese nicht ebenfalls im Depot zu finden ist. Martin transportiert eine weitere Kiste – wieder von einem anderen Stapel – vor die Höhle. Jede Kistenreihe scheint die gleichen Waffenarten zu verbergen, deshalb öffnet er immer nur die erste Kiste eines Stapels. In der dritten Kiste befinden sich Pistolen. Martin entnimmt eine Waffe und prüft sie ebenfalls auf ihre Funktionsfähigkeit. Aber nichts spricht dagegen, dass sie ebenfalls einsatzbereit sind. Er schleppt weiter Holzkisten aus der Höhle heraus und seine Vermutung, dass er eine Waffenkammer gefunden hat, bestätigt sich aufs Neue. Denn neben den schon entdeckten Waffen fördert er noch weitere ans Tageslicht. Maschinengewehre, Mörser, Panzerfäuste und die dazugehörigen Munitionssorten der verschiedensten Waffengattungen. Er ist fasziniert! Hunderte von alten Waffen lagern in diesem alten, unscheinbaren Depot. Damit kann er sich zwar nicht von der Insel davonmachen, aber den Banditen als ebenbürtiger Gegner begegnen. Diese Waffen werden ihm sein Überleben sichern. Sorgfältig stellt Martin die Kisten wieder in das Depot zurück. Denn er möchte vermeiden, dass sie entdeckt werden. Danach hängt er sich eine Maschinenpistole um und munitioniert fünf Magazine auf. Patrone für Patrone drückt er mit dem Daumen in das Metallmagazin gegen die starke, sich darin befindende Feder. Eine mühevolle Aufgabe, bei der schon nach kurzer Zeit der Daumen zu schmerzen beginnt. Wieder draußen angelangt testet er die scharfe Waffe. Zuerst steckt er das volle Magazin unterhalb des Griffes ein und spannt die Maschinenpistole am Spannknopf oberhalb des Laufes. Nachdem er die Armstütze ausgeklappt hat und diese eingerastet ist, entsichert er die Waffe und zielt über Kimme und Korn auf einen circa zwanzig Meter entfernten dicken Ast eines Baumes. Doch er hält inne und drückt nicht ab. Bevor er die alte Waffe abfeuert, geht es ihm warnend durch den Kopf, sollte er noch einen Blick in den Lauf werfen. Wenn dieser nicht frei ist, könnte dieser Test ansonsten in einem Fiasko enden. Er sichert die Waffe wieder und prüft den Lauf, nachdem er das Geschoss vom Lauf und das Magazin entfernt hat. Aber bis auf etwas Flugrost ist es vollkommen frei von Dreck. Der Rost dürfte nicht stören und wird nach ein paar Schüssen beseitigt sein. Nachdem er die Maschinenpistole abermals schussbereit gemacht hat, zielt er wieder auf den Ast und drückt ab. Mit lautem Rattern spuckt die Maschinenpistole ihre Geschosse aus der Mündung, diese zerfetzten den stattlichen Ast so schnell, dass er schließlich abknickt und vom Baum bricht. Martin wechselt das verschossene Magazin gegen ein volles, aufmunitioniertes aus und schaltet die Waffe auf Einzelfeuer um. Ohne weitere Verzögerung verschießt sie auch dieses Magazin und feuert ein Geschoss nach dem anderen gezielt auf verschiedene Blätter der umherstehenden Bäume ab, die – so getroffen – blitzschnell davonfliegen. Aus dem Lauf qualmt es, Martin senkt die Waffe überglücklich. Was für ein Fund! Obwohl er weiß, dass im Pazifikkrieg viele Inseln von der „Kaiserlich Japanischen Armee" besetzt worden waren, hat er eine so überraschende Wende nicht für möglich gehalten. In den ersten Kriegsjahren wurden einige Inseln zu meist kleineren Flugplätzen umgebaut, um ein Stück näher an die Schiffsverbände des Feindes heranzukommen und heranfliegende Flugzeugstaffeln auszuschalten. Diese Stützpunkte fügten den Amerikanern in den ersten Kriegsmonaten große Verluste zu. Erst am Ende des Krieges, als diese relativ leicht einzunehmenden Flugzeugstützpunkte vernichtet waren, lenkte die US-Armee ihr Augenmerk auf die schwerer einzunehmenden Inseln. Die japanischen Soldaten hatten der „Amerikanischen Armee" bis zuletzt durch Taktik standgehalten. Gegen die vielen Angriffe der Amerikaner schützten sie sich, indem sie sich in unterirdischen, selbst angelegten Höhlen und Tunnelsystemen verschanzten. Dadurch waren sie überall auf den Inseln präsent, ohne dass die zahlenmäßig weit überlegenen Amerikaner auch nur einen Japaner zu Gesicht bekamen. Sie waren praktisch unsichtbar! So mussten die amerikanischen Streitkräfte große Verluste hinnehmen, um die Inseln vom Feind zu säubern. ‚Säubern ...', denkt Martin augenblicklich. ‚Was für ein bescheuertes Wort für brutalstes Töten von Menschen!' Die japanischen Kämpfer wurden Insel für Insel von den amerikanischen Soldaten eingekesselt. Mit ihrer gigantischen Übermacht wurde zuerst die zu „säubernde" Insel über mehrere Tage und Nächte hinweg mit dem Artilleriefeuer ihrer vielen Kriegsschiffe übersät, bis die japanischen Soldaten „weich gekocht" waren, das heißt, dass die Menschen den andauernden Druck des ohne Unterbrechung schießenden Kanonenfeuers nicht mehr aushielten. Wenn viele ihrer Kameraden gestorben waren und sie vom Nachschub ihres Landes abgeschnitten waren, rückten die amerikanischen Soldaten schließlich mit einer riesigen Übermacht auf der Insel ein und besiegten die übrig gebliebenen, idealistisch kämpfenden japanischen Soldaten. Es war ein Gemetzel, ein Abschlachten von Menschenleben und kein „Säubern" der Inseln! Es war Krieg mit all seinen widerlichen Begleiterscheinungen. Martin fand es schon immer abstoßend, wenn man für diese Geschehnisse Worte der Verniedlichung oder gar der Verharmlosung benutzte.

Am nächsten Tag entdeckt Martin den gut versteckten Bunker, der auf der Karte in der Nähe des Bootsanlegestegs eingezeichnet ist, ohne Probleme. Dieser ist so gut getarnt gewesen, dass er ihn bisher nicht entdecken konnte. Nachdem er einen schmalen Pfad entlanggelaufen ist, stößt er auf einen mit grünem Moos bewachsenen, rundlichen, fast unsichtbaren Betonbau. Die schwere Tür ist weit geöffnet, Martin erkennt sofort, nachdem er eingetreten ist, dass diese großen, flachen Räume von den Banditen für ihre Zwecke hergerichtet wurden. Sie wurden isoliert und in die Außenöffnungen des Betonbaus hat man gegen die Feuchtigkeit sorgfältig Fenster eingesetzt, deren Scheiben nachträglich zur Tarnung grün angemalt wurden. Aber er ist vollkommen leergeräumt, und aufgrund der teilweise umgeworfenen Regale, die zuvor an der Wand standen, ist es für ihn eindeutig, dass dieser Raum in Eile ausgeräumt wurde. Er hat keinen Zweifel. Dies muss der Lagerort ihrer Drogen gewesen sein!

*

Yokoshima, dem Anführer, ist unwohl zumute, als er einige Tage später seinem Vater gegenübersteht. Der alte, kräftige Mann hält trotz seines hohen Alters noch immer alle Fäden der Organisation in seinen Händen. Die Ahnen seiner Familie stammen von einer alten japanischen Samuraidynastie ab und sein Vater hat den Mut und den Stolz der vergangenen Zeit noch immer nicht abgelegt. Die Organisation arbeitet im Neuzeitlichen, aber die Führung unter seiner Leitung ist traditionell straff geordnet. Ohne ihn zu begrüßen, steht er mit dem Rücken zugewandt vor ihm und richtet seinen Blick aus dem großen Fenster des Arbeitszimmers. Erst nach einer ganzen Weile fragt er ruhig und mit ernster Stimme: „Wie konnte so etwas geschehen, Yokoshima? Dein Bruder ist tot! Ihr solltet auf der Insel nur diesen Mann beseitigen! Einen einzelnen Mann, der seit Wochen alleine auf der Insel lebt." Yokoshima ist verlegen, zeigt seine Gefühle aber nicht und antwortet hart: „Die Dinge sind außer Kontrolle geraten! Dieser Mann ist ein Wilder! Wir hatten ihn schon gestellt, aber er kennt sich gut auf der Insel aus und versteckt sich dort wie eine Ratte!"

„Wie eine Ratte?", schreit sein Vater plötzlich unbeherrscht und dreht sich ruckartig herum. „Dieser Mann, Yokoshima, ist keine Ratte! Dieser Mann ist mehr wert als du und deine Männer zusammen. Er führt euch an der Nase herum!", schreit sein Vater ihm ins Gesicht und fährt wütend – etwas gedämpfter – fort: „Er hat euch schon zweimal lächerlich gemacht! Wir können es uns nicht leisten, dass dieser Mann eines Tages jemandem etwas von der Insel erzählt. Oder das Versteck entdeckt!"

„Das ist ausgeschlossen, Vater ...", doch Yokoshima wird von seinem Vater unterbrochen. „Hör mir genau zu, Yokoshima, du erledigst noch diese große Lieferung in zwei Wochen und dann besteht deine einzige Aufgabe darin, mir den Kopf des Mannes zu bringen, der deinen Bruder erschossen hat! Keine weiteren Entschuldigungen. Keine Ausreden!" Daraufhin wird Yokoshima mit einer kurzen Handbewegung von seinem Vater entlassen. Die beiden schauen sich noch einen Moment lang schweigend in die Augen, bevor er das Arbeitszimmer, ohne weitere Worte zu verlieren, verlässt. Draußen am Pool auf einer der Terrassen des Anwesens warten fünf seiner Männer auf ihn. Es ist Sommer und das Sonnensegel, das über ihren Köpfen gespannt ist, kann die Hitze der Mittagssonne nur wenig

mildern. Ein weiß gekleideter Diener serviert den Männern große, kühlende, hübsch dekorierte Longdrinks. Erwartungsvoll blicken seine Leute zu ihm herüber, als er auf sie zukommt, und ihre gerade noch geführten angeregten Gespräche verstummen sofort. Yokoshima sieht jedem Einzelnen seiner Vertrauten schweigend ins Gesicht und sagt schließlich entschlossen: „Wir fahren wieder hin!" Innerlich jubeln die Männer, lassen es sich aber – bis auf gegenseitige Blicke – nicht allzu sehr anmerken. Für jeden von ihnen ist es eine Ehre, den Tod des Bruders von Yokoshima zu rächen. „Ich wickle noch das New-York-Geschäft in zwei Wochen mit den Männern meines Vaters ab", fährt Yokoshima fort, „aber dann kümmern wir uns um die Insel! Ihr bereitet alles vor, sodass wir danach sofort aufbrechen können! Also, hört gut zu! Roße, deine Aufgabe besteht darin, die Männer für die Operation auszusuchen! Ich möchte, dass du die besten zwanzig Leute aussuchst! Marires, du siehst zu, dass die Jachten einsatzbereit sind! Ich möchte den Katamaran und das Forschungsboot vom letzten Mal dabei haben! Equados, du bist für die Waffen zuständig! Ich möchte auf dem Forschungsboot eine Zwanzig-Millimeter-Kanone installiert haben. Außerdem sollen alle Männer mit dem neuen amerikanischen Schnellfeuergewehr ausgerüstet sein, das wir letzten Monat neu dazubekommen haben! Jetzt zu euch, Rammieres und Salvatorre, wir wollen genauestens vorbereitet sein, besorgt alle Informationen über die Insel, die aufzutreiben sind! Karten, Pläne, historische Dokumente, einfach alles, was jemals über die Insel aufgezeichnet wurde! Sorgt dafür, dass jeder Mann, der mit uns fährt, diese Insel genauso gut kennt wie seinen Heimatort! Außerdem setze ich eine Belohnung von dreißigtausend US-Dollar für denjenigen aus, der mir als Erster den Kopf des Einsiedlers bringt!"
Die Männer nicken zufrieden und einer nach dem anderen schlürft seinen Longdrink leer. Danach verabschieden sie sich mit festen Handschlägen voneinander, die ihre Entschlossenheit auch optisch untermauern, und verlassen das große, private Anwesen.

Yokoshima schaut alleine über den riesigen Pool auf die in einiger Entfernung dahinterliegenden Berge. Diese Berge erinnern ihn seit dem Tod seines Bruders immer wieder an die weit entfernte Pazifikinsel. Auch wenn er sich mit seinem Bruder nicht sonderlich gut verstanden hat und der Einsiedler ihm damit eigentlich einen großen Gefallen getan hat, muss er ihn töten, um die ihm zugefügte Schmach zu rächen. Die Niederlage auf der Insel fördert nicht gerade den Respekt und die Furcht seiner Leute vor ihm. Yokoshima hat das im Gefühl, auch wenn seine Männer es niemals wagen würden, ihn darauf anzusprechen, denn sie wissen, dass das für ihre Karriere in der Organisation tödlich wäre. Tödlich in jeder Hinsicht! Denn Yokoshima ist jetzt der direkte Nachfolger seines Vaters, dem großen Kossomasek. Durch den Tod seines Bruders gibt es keinen Nebenbuhler mehr, er wird nach dem Ableben seines Vaters in dessen Fußstapfen treten. Wenn der alte Kossomasek stirbt, ist er, Yokoshima, der Chef der Organisation, die Nummer eins. Das zeigt sich nur allzu deutlich. Selbst die Leibgarde seines Vaters, die immer sehr aufmerksam seine Schritte beobachtet, ist ihm seit dem Vorfall extrem freundlich gesonnen. Er ist sich sicher, dass es ihm jetzt möglich wäre, seinen Vater vom „Thron" zu stoßen, denn mit großer Gegenwehr ist nicht mehr zu rechnen. Aber Yokoshima möchte erst das Problem auf der Insel lösen, nur noch diese eine Sache, dann ist die Zeit des Machtwechsels endlich gekommen. Endlich könnte er die lange überfällige Reformierung der Organisation durchführen und die mittlerweile „weiche" und kompromissreiche Gangart seines Vaters beenden. Yokoshima macht schon jetzt kein Geheimnis daraus, dass er niemanden in dem „Familienunternehmen" dulden wird, der sich ihm nicht bedingungslos unterordnet. Schon bald wird seine Firma die größte Organisation im asiatisch-pazifischen Raum sein und in einigen Jahren besitzt er vielleicht das größte Imperium der ganzen Welt.

*

Martin hat den leeren Bunker wieder verlassen und befindet sich jetzt auf dem Flugfeld. Aufmerksam blickt er über die Start- und Landebahnen und ist abermals von den langen und breiten Schneisen im Wald beeindruckt. Von diesem Ort geht etwas Unerklärliches, etwas Mystisches aus, aber wahrscheinlich empfindet man das an jedem Platz der Erde, der künstlich vom Menschen bearbeitet wurde und seit Jahrzehnten unberührt ist, automatisch. Zielstrebig bewegt sich Martin auf die seitliche Abzweigung zu, die vom Rollfeld abgeht und nach knapp fünfzig Metern vor einem breiten Felsmassiv endet. Nachdenklich betrachtet er den davor liegenden riesigen Geröllhaufen und bleibt stehen. ‚Hm, hier ist die Stelle auf der Karte, wo ebenfalls ein Kreuz eingezeichnet ist‘, denkt er. Er sieht sich suchend um, kann aber außer dem „Berg", der mit faustgroßen Steinen vor ihm aufragt, nichts Besonderes entdecken. Leidenschaftslos besteigt er den etwa acht Meter hohen Geröllhaufen und nimmt auf dem „Gipfel" einen Stein in die Hand; er begutachtet ihn und wirft ihn schließlich in den nahegelegenen Wald hinein. ‚Sie haben alle in etwa die gleiche Größe‘, fährt es ihm durch den Kopf, als er sich erneut bückt und zwei weitere aufhebt. Sie sind alle sehr gleichmäßig! Aber müssten sie nicht extrem unterschiedlich aussehen, wenn diese Steine von einem gesprengten Gebäude oder Ähnlichem stammen würden? Diese Steine sehen nicht aus wie Steine vom Schutthaufen eines zerstörten Gebäudes. Nirgendwo auf der Insel hat er einen vergleichbaren Steinhaufen vorgefunden. Vermutlich sollten mit diesen Steinen Wege gebaut werden, damit diese an Regentagen nicht so schlammig sind. Aber warum bloß? Hier ist doch nichts! Außerdem endet die Abzweigung vor einer Felswand. Eine „Straße", die zu einer Felswand führt, die möchte man doch nicht befestigen. Es gibt an dieser Stelle nirgendwo einen Hinweis, dass hier einmal ein Haus gestanden hätte, was einer solchen Aktion wenigstens einen Sinn geben würde. Aber alle anderen künstlich errichteten Bauten auf der Insel haben einen Sinn! Denn es wäre ja auch zu aufwendig, einfach mal etwas auf einer einsamen Insel zu errichten und einfach darauf loszubauen, ohne sich vorher gründlich Gedanken über diese Maßnahme zu machen. Es macht einfach keinen Sinn, dass dieses Kreuz auf der Karte keinen Sinn macht. Das passt so gar nicht in sein Konzept, das er sich nach dem Waffenfund erneut zusammengereimt hat. Also, wenn dieser Haufen auf den ersten Blick keinen Sinn macht, aber alles andere auf der Insel sehr wohl einen Sinn ergibt, dann muss dieser Geröllhaufen etwas verbergen. Ein kühner und verrückter Gedanke! Denn was sollte man darunter verstecken? Martin gesteht es sich nur ungern ein, aber Ruhe vor seiner abstrusen Idee wird er erst haben, wenn er nachgeschaut hat. Zu seinem Leidwesen wird er wohl oder übel einige Steine abtragen müssen, um die abwegigste Möglichkeit aller Möglichkeiten auszuschließen. Unmotiviert macht er sich sogleich an die Arbeit, indem er einen Stein nach dem anderen von der Spitze des Geröllhaufens in den Wald hineinwirft. Mit nackten Händen eine mühselige Arbeit, bei der diese schnell aufgerissen sind. Nachdem er eine halbe Stunde fleißig gearbeitet hat, bemerkt er, dass das Ergebnis niederschmetternd ist. Seine Hände sind mit Wunden übersät, aber der Geröllhaufen ist optisch überhaupt noch nicht geschrumpft. Wenn er so weiter gräbt, braucht er etliche Tage für diese unangenehme Arbeit und Wochen, um seinen geschundenen Körper zu regenerieren. Aber so viel Zeit hat er nicht, wenn er dieses „Geheimnis" lüften möchte, bevor die Banditen erneut die Insel betreten. Er muss sich etwas anderes, etwas Schnelleres einfallen lassen. Ansonsten kann er die Arbeiten sogleich einstellen. Verschwitzt steigt er von dem Steinhaufen herunter und setzt sich müde auf eine alte, morsche Baumwurzel. Er muss seine Taktik ändern. Grübelnd betrachtet er aus der Entfernung den Steinhaufen. Der scheint merkwürdigerweise immer größer zu werden, und je länger er darüber nachdenkt, desto unbezwingbarer. Wie könnte er seine Arbeit beschleunigen? Nicht einmal eine Schaufel, mit der er wenigstens halbwegs schnell graben könnte, steht ihm zur Verfügung. Martin ist sich nicht mehr so sicher, ob er den Steinberg überhaupt noch abtragen möchte. Wahrscheinlich ist es nur ein Steinhaufen und sonst nichts. Die ganze Quälerei wäre am Ende umsonst gewesen. Soll er für so etwas seine Kraftreserven verschwenden? Und was würde er, wenn überhaupt, dort vorfinden? Noch mehr Waffen? Er hat schon jetzt mehr als genug davon. Eigentlich gibt es keinen vernünftigen Grund weiterzuarbeiten. Martin stützt seinen Kopf auf die Arme und lässt den Steinhaufen dabei nicht aus den Augen, damit dieser nicht in einem weiteren, unbeaufsichtigten Moment noch größer werden kann. Jedes Mal, wenn er seinen Blick abwendet, scheint er weiter zu wachsen. ‚Vielleicht sollte ich ihn sprengen‘, schnellt es ihm plötzlich durch den Kopf. Sprengen! ... Ja, das ist es! Für solch ein Vorhaben hat er ja genug Munition zur Verfügung. Ohne weiter darüber nachzudenken und das Für und Wider einer solchen Maßnahme abzuschätzen, macht er sich auf den Weg zum Waffendepot. Probieren geht über Studieren, sagt er sich, er möchte es einfach versuchen und dann beurteilen, ob das Experiment geglückt ist oder auch nicht. Nachdem er eine Kiste mit Handgranaten und einen Mörser mit zehn kleinen Raketen in die Nähe des Geröllhaufens geschafft hat, kann er es kaum erwarten, die Sprengung einzuleiten.

Am späten Nachmittag ist es dann soweit, die erste Handgranate wird ungeduldig bis zum Sicherungsstift in den Steinhaufen gesteckt. Dann entfernt er die Speereinrichtung der Waffe und läuft schnell zu einem zwanzig Meter entfernten großen Baum, hinter den er sich zu seinem Schutz wirft. Er wartet ab, aber nichts passiert. ‚Verdammter Mist!‘, denkt er, aber noch bevor er zu Ende gedacht hat, erschüttert eine Explosion den Boden. Die Detonation der Handgranate ist wesentlich leiser, als er es sich vorgestellt hatte. Aber einige Steine scheinen dennoch durch die Luft geschleudert worden zu sein, denn diese prasseln kurz danach ringsherum auf den Boden nieder. Martin tritt hinter dem Baum hervor und geht zum Geröllhaufen. Das Ergebnis ist nicht schlecht, aber er hatte sich doch mehr von seiner Sprengung versprochen. An der Stelle, an der die Granate lag, sind einige Steine fortgeflogen, aber die Steine, die darüber lagen, sind sofort in das entstandene Loch gerutscht und haben ihren Platz eingenommen, sodass die Wirkung objektiv nur schwer zu beurteilen ist. Wenn er so weiter sprengt, muss er wohl noch etliche Granaten zünden, um den Geröllhaufen sichtbar zu reduzieren. Das Problem ist, dass er die Granaten nicht tief genug im Geröllhaufen platzieren kann, um sie mittig zu zünden. So verpufft die Kraft der Granate an der Oberfläche und geht ins Leere. Martin wechselt die Waffen und bereitet schwereres Gerät, den Mörser, vor. Knapp einhundert Meter vom Geröllhaufen entfernt stellt er ihn auf. Aber er hat überhaupt keine Ahnung, auf welchen Winkel er das Rohr der Waffe einstellen soll, um den Geröllhaufen zu treffen und so justiert er es nach Gefühl. Er kurbelt das kleine Geschützrohr auf einen Winkel von etwa sechzig Grad, wodurch die Mündung schräg in den Himmel zeigt. Danach lässt er die Mörsergranate von oben in das Rohr des Mörsers rutschen, duckt sich und hält seine Ohren zu. Unmittelbar danach kracht es, die Rakete zischt in den Himmel hinein und verändert ihre Flugbahn in Richtung des Geröllhaufens. Aber – wie fast schon erwartet – verfehlt das Geschoss ihn und kracht stattdessen mit einer lauten Explosion oberhalb des Berges ein. Dadurch getroffene Bäume knicken ab und fallen zusätzlich polternd auf den Geröllhaufen. Die Wirkung der Waffe ist beeindruckend und wesentlich stärker als die der Handgranate. Dort, wo die Rakete eingeschlagen ist und die Bäume fortgerissen hat, qualmt es mächtig, und Martin befürchtet einen Moment lang, dass der Wald anfängt zu brennen. Doch zu seiner Erleichterung springen die Funken nicht auf die anderen Bäume über und erlöschen schon sehr bald. Martin justiert die Neigung des Rohres neu und startet einen zweiten Versuch. Wieder lässt er eine Rakete in die Mündung fallen, wieder zischt die kleine Rakete nach dem Bruchteil einer Sekunde los und steuert auf den Geröllhaufen zu. Aus den Augenwinkeln heraus beobachtet er den Flug des Geschosses und zu seiner Erleichterung stimmt die Flugbahn diesmal. Mit hohem Tempo schlägt die Rakete direkt in den Geröllhaufen ein – doch eine Explosion bleibt aus, stattdessen fällt sie nur mit lautem Scheppern auf den Haufen. Sie hat nicht gezündet, das Material der Waffe hat durch die lange Lagerung anscheinend doch gelitten. Daher lässt er eine weitere Rakete in die Mündung fallen. Diese nimmt ebenfalls die Flugbahn ihrer Vorgängerin ein und schlägt ebenfalls mittig auf dem Steinhaufen auf, aber auch diese explodiert nicht, poltert stattdessen nur einige Meter an diesem herunter und bleibt schließlich auf dem Boden liegen. Martin ist enttäuscht, der Sprengstoff oder der Aufschlagzünder der Raketen scheint über all die Jahre unbrauchbar geworden zu sein. Jetzt hat er schon zwei Fehlversuche mit Raketen, die nicht explodiert sind, zu verzeichnen. Er nimmt eine vierte Rakete aus der Kiste und begutachtet sie vorsichtig in seinen Händen. Äußerlich scheint die Rakete in einem guten Zustand zu sein, nur die bräunliche Farbe ist ein wenig abgeblättert und etwas Flugrost hat sich auf dem Metall abgelagert. Die vierte Rakete fällt in das Rohr des Mörsers hinein und zischt ebenfalls unmittelbar, nachdem der Bolzen unten am Rohr den Treibsatz des Geschosses aktiviert hat, aus der Mündung heraus. Gespannt verfolgt Martin – mit den Fingern in seinen Ohren – den Flug. In atemberaubendem Tempo erreicht die Rakete den Geröllhaufen und schlägt wieder mittig in ihm ein. Aber diesmal explodiert das Geschoss mit einem so gigantischen Knall, dass Martin heftig zusammenzuckt. Einige umherfliegende Steine fliegen sogar bis zu ihm hinüber und er hat großes Glück, dass keiner ihn trifft. Eine mächtige Staubwolke liegt über dem Ort der Explosion, sodass er nicht sofort beurteilen kann, ob die „Sprengung" erfolgreich war. Ohne das Auflösen der Wolke abzuwarten, rennt er zum Geröllhaufen hinüber. Die Staubwolke verzieht sich schnell, noch während Martin läuft, kann er erkennen, dass dieser Einschlag ein voller Erfolg war. Erwartungsvoll erreicht er den Geröllhaufen, der jetzt merklich geschrumpft ist, und begutachtet die Wirkung seiner Sprengung aus der Nähe. Die Rakete hat einen großen, spitzen Krater in den Steinberg geschlagen. Tausende von Steinen müssen durch die Luft katapultiert und in alle Himmelrichtungen verstreut worden sein. Wieder am Mörser angelangt lässt er unmittelbar eine weitere Rakete in den Himmel aufsteigen. Doch diesmal hält er sich nicht nur die Ohren zu, sondern rennt gleichzeitig hinter einen Baum in Deckung. Wieder erschüttert die Explosion den Erdboden, wieder prasseln etliche Steine des Geröllhaufens wie ein Meteorregen vom Himmel herab. Ohne sich den Erfolg erneut anzusehen, feuert er sogleich eine sechste Rakete hinterher. Auch diese explodiert und als der Steinregen aufgehört hat, setzt er sich in der Nähe des Mörsers auf einen umgefallenen Baum. Die Staubwolke ist zäher als die anderen, Martin packt geduldig sein Mittagessen, einen mitgebrachten getrockneten Fisch, aus den Blättern aus. Mit den Fingern pult er das weiße Fleisch aus dem Körper und beobachtet dabei die sich verziehende Staubwolke. Eigentlich erwartet er keine besondere Überraschung unter den Steinen, vielmehr betrachtet er seine Sprengungen als realistische Übungen, um sich auf die bevorstehende Konfrontation mit den Banditen vorzubereiten. Sein Waffenfund hat ihn sehr beruhigt und gibt ihm eine besondere Gelassenheit. Er weiß, dass er sterben kann, aber den Tod fürchtet er eigentlich sowieso nicht mehr. Das Einzige, was er sich noch einmal wünscht, ist, in den Straßen seiner Kindheit zu schlendern und die Vergangenheit Revue passieren zu lassen. In all den Monaten, die er jetzt schon auf der Insel lebt, ist er auf eine besondere Art hart geworden, aber andererseits hat er sich auf eine andere Art und Weise auch merkwürdig sentimental verändert. Martin bräuchte einen Psychologen, mit dem er seine Gefühlsregungen erörtern könnte, denn seine Gefühle irritieren ihn selbst zunehmend. Er verdrängt sie daher schon die ganze Zeit, sie stören und bereiten ihm großes Unbehagen. Die zähe Wolke verzieht sich, Martin ist schon aus der Entfernung erstaunt, wie klein der Steinhaufen geworden ist. Die beiden letzten Raketen scheinen eine größere Sprengkraft besessen zu haben als die erste funktionierende zuvor. Langsam geht er auf den jetzt nur noch knapp fünf Meter hohen Steinberg zu und pult sich die letzten Fleischreste mit den Fingern aus den Zahnlücken. Überall liegen Steine auf dem Weg verstreut herum, die durch die Wucht der Explosion Hunderte von Metern weit weg vom Ursprungsort geschleudert wurden. Den Geröllhaufen besteigt er sogleich und begutachtet den kleinen „Berggipfel", kann aber wieder nichts Außergewöhnliches entdecken. Der Geröllhaufen scheint, ohne irgendein Geheimnis unter sich zu verbergen, wirklich nur ein gewöhnlicher Steinhaufen zu sein.

Er will den „Gipfel" gerade verlassen, als ihm knapp oberhalb der Steinkante im angrenzenden Berg ein kleines Loch auffällt. Er weiß nicht genau, aber … Wurde es von ihm hineingesprengt oder war das schon immer dort? Er kniet sich vor das fuchsbauähnliche Loch und begutachtet es kritisch. Mit seinen Händen greift er – so weit er kann – hinein und fasst dabei mit seinen Fingern ins Leere. Es ist tief. Dort ist ein Hohlraum! Hektisch schiebt Martin mit seinen Händen weitere Steine beiseite. Und tatsächlich, das Loch wird breiter und breiter. Er glaubt, dass er vor einer Höhlendecke kniet. Das hatte er nicht erwartet, denn, wenn seine Vermutung zutrifft, dann wollte man mit diesem Geröllhaufen optisch etwas verbergen. Nicht irgendetwas war mal hier verborgen, sondern ist wahrscheinlich immer noch in der Höhle. Martin schiebt weitere Steine beiseite, sodass das Sonnenlicht in das immer größer werdende Loch hineinleuchten kann. Danach steckt er neugierig seinen Kopf in das breite Loch hinein und staunt über das, was er sieht. Knapp zwei Meter weiter stoßen die Steine vor eine Art Holzwand. Eine Holzwand? Martin ist zunächst irritiert, aber dennoch könnte sie einen Sinn haben. Schließlich muss das Innere der Höhle vor dem davor liegenden Geröllhaufen geschützt werden. Seine Gedanken rasen durch seinen Kopf, er kann sich auf diese Insel, die er schon so gut zu kennen glaubte, einfach keinen Reim machen. Welche Rolle hat sie damals im Krieg tatsächlich gespielt? Zuerst war es einfach nur eine Insel, wie jede andere unbewohnte Insel auch, und jetzt überschlagen sich seine Entdeckungen förmlich. Sie werden gar immer spektakulärer! Was hat er noch zu erwarten? Hektisch gräbt er mit bloßen Händen weiter, ohne auf die Wunden zu achten, die er sich dadurch zufügt. Wie ein Goldgräber in den kanadischen Bergen schürft er wie ein Süchtiger die Steine beiseite. Wild wirbeln sie fort, nachdem er sie mit seinen Händen kraftvoll beiseitegeschoben hat, und purzeln den Geröllhaufen herunter, um schließlich auf dem trockenen, sandigen Boden liegen zu bleiben. Den ganzen Tag über und die darauffolgende Nacht arbeitet er weiter, bis zum nächsten Morgen des neuen Tages. Denn das Risiko, den Inhalt, den er in der Höhle vermutet, durch eine erneute Sprengung zu zerstören, ist ihm zu hoch. Jetzt ist filigraneres „Werkzeug" gefragt, und nachdem seine Hände „verschlissen" und mit blutigen Wunden überdeckt sind, benutzt er einen Gewehrkolben als Spaten zum Graben. Dieser entpuppt sich für die Arbeiten als sehr tauglich und offenbart sich ihm wenig später gar als Sportgerät. Mit seinen Händen am Lauf kann er mit dem „Schläger" weit ausholen und die Steine mit dem Gewehrkolben, wie mit einem Golfschläger, weit in den Wald hineinkatapultieren. Der Geröllhaufen wird tatsächlich kleiner und nach zwei weiteren Tagen schweißtreibenden Schuftens, ist dieser nur noch ansatzweise zu sehen. Er gibt jetzt großzügig die dahinterliegende, mit Brettern versperrte Höhlenfront frei.

Neugierig tritt Martin an die massiv wirkende Holzwand heran. Mit seinen Händen tastet er das Holz ab und ist erstaunt, dass sie sich noch in einem so guten Zustand befindet. Stück für Stück wurden die großen Bretter sauber zusammengefügt, bis sie tatsächlich den riesigen Eingang der Höhle bedeckten. Majestätisch ragt die Wand empor und es kommt ihm beinahe so vor, als stamme sie aus einer anderen Welt. Mit einer Breite von etwa zwanzig Metern und einer Höhe von circa fünf Metern kann sie wahrlich Eindruck schinden. Martin steht respektvoll, ja ungläubig, mit weit aufgerissenen Augen vor seiner neuen Entdeckung. Immerzu kreist ihm die gleiche Frage durch den Kopf: Warum wurde auf dieser Insel solch ein großer Aufwand betrieben, um diese Dinge zu verstecken? Auf der rechten Seite befindet sich eine Öffnung. Martin tritt an die Einstiegsluke heran und duckt sich wegen der niedrigen Höhe, als er sie betritt. Geduckt geht er den immer dunkler werdenden Holztunnel ab, und da er schließlich um eine Rechtskurve laufen muss, ertastet er schließlich in stockdunkler Finsternis mit seinen Händen den Weg. Der Tunnel endet sehr bald, Martin wird von ihm in einen dunklen, kalten Raum entlassen. Es ist feucht und riecht intensiv nach Maschinenöl. Er blickt sich fröstelnd um, aber außer einigen kleinen Ritzen in der Holzwand, aus denen ein wenig Licht fällt, ist die Höhle stockdunkel. „Hallo!", ruft er laut. Seine Stimme wird blitzschnell durch die Höhle getragen und von den Wänden reflektiert, sodass sein Echo dieses Wort unendlich oft wiederholt. ..... allo, allo, allo, allo, allo, allo, … allo, … allo, …… allo …………" Stille! Die Höhle scheint groß zu sein, denn sein Echo wird bis tief in einige Winkel von ihr fortgetragen. Ab und zu glaubt er, dass seine Worte nicht zurückgeworfen werden, aber schließlich kehren diese, bis zum endgültigen Verstummen, doch wieder zu ihm zurück. Eine unwirkliche Situation, er greift in seine Hosentasche und entzündet ein Streichholz. Die kleine Flamme erhellt kurzfristig den Raum und für einige Sekunden kann er einen großen, sich vor ihm aufbäumenden Gegenstand ausmachen, bis das Flämmchen schließlich wieder schnell erlischt. Er braucht die Petroleumlampe aus dem Munitionsbunker. Vor Aufregung zitternd schmeißt er das abgebrannte Streichholz fort. Da ist etwas direkt vor ihm. Nachdem er die Höhle wieder verlassen hat, läuft er wie benommen durch den Wald. Er ist sich unsicher, ob das intensiv stinkende Öl in der Höhle die Ursache ist, oder ob eher die Tatsache, dass er vor seiner größten Entdeckung steht, dafür verantwortlich ist. Beflügelt durch seine unendliche Neugier ist er schon kurze Zeit später mit der Lampe in der Hand zur Höhle zurückgekehrt. Hastig läuft er wieder durch den Holztunnel, schon einen Moment später umfängt ihn wieder die nasse Kälte der seit Jahrzehnten verschlossenen Höhle. Die feuchten schwarzen Wände schlucken gierig das Licht seiner Petroleumlampe, unmittelbar nachdem er sie angezündet hat. Zunächst kann er nicht viel mehr erkennen als mit dem kleinen Streichholz in der Hand. Aber wenig später setzt sich seine Lampe schließlich doch gegen die übermächtige Dunkelheit durch, und nachdem er das Flämmchen am kleinen Rändelrad justiert hat, erleuchtet es die ganze Höhle. Sein Herz rast, er ist vollkommen aus der Puste und die Gegenstände, die seine Augen erblicken, lassen den Pulsschlag in seinen Adern nicht minder tuckern. Sofort fallen ihm die drei gigantischen, mit Tüchern bedeckten Gegenstände in der Höhle auf, die – ordentlich in Reih und Glied gestellt – fast die gesamte Höhle einnehmen. Respektvoll und staunend schreitet er langsam an den Objekten entlang und kann es immer noch nicht fassen, dass – über Jahrzehnte unentdeckt – unter diesem unscheinbaren Geröllhaufen eine solche Sensation begraben ist. Obwohl er nichts von den durch Tücher geschützten Gegenständen selbst sehen kann, lässt die Form der mächtigen, verpackten Teile den Inhalt leicht erahnen. Es müssen Flugzeuge sein, die sich darunter und im tiefen Winterschlaf befinden. Seine Entdeckung verschlägt ihm die Sprache, mit offenem Mund starrt er ungläubig auf die drei abgedeckten Maschinen. Er braucht eine Weile, um sich aus seiner Starre zu lösen, bis er respektvoll an eine Maschine herantritt und schließlich einige schmierige, stinkende Öltücher beiseiteschiebt.

Er hat sich nicht geirrt! Vor ihm entblättert sich eindeutig ein Flugzeug. Ein Flugzeug der „Kaiserlich Japanischen Armee", das Hoheitszeichen am Einstieg lässt keinen Zweifel aufkommen. Nervös entfernt er weitere Tücher, bis das Cockpit vollständig freigelegt ist und entriegelt vorsichtig die Kabinenverriegelung, um das erstaunlich leichtgängige Dach nach hinten zu schieben. Der Einstieg ist frei! Etwas unbeholfen steigt er in das Cockpit des Flugzeuges und lässt sich auf den schrägen Pilotensitz gleiten, der durch das Spornrad der Maschine stark zur Decke der Höhle gekippt ist. Die vielen Schalter und Uhren der Instrumentenpaneele leuchten im Schein der Petroleumlampe auf und sehen, obwohl sie schon so alt sind, noch fast neu aus. Mit zitternden Händen umschließt er zaghaft den Steuerknüppel und bewegt ihn ein wenig auf und ab. Dabei kann er sich gut vorstellen, was für ein erhabenes Gefühl es damals gewesen sein muss, mit solch einem mächtigen Jäger durch die Lüfte zu gleiten. Mit starren Augen blickt er aus dem Cockpit heraus direkt auf die Holzbretterwand und bewegt – wie von Geisterhand geführt – seine Finger, um die Sicherung des Feuerknopfes am Steuerknüppel der Maschine freizulegen. Doch Martin zögert, den Knopf zu drücken. Zitternd pendelt der Zeigefinger seiner rechten Hand Millimeter vor dem Knopf hin und her. Wie von einer unsichtbaren Kraft gehalten, kann er einen Widerstand zwischen dem Feuerknopf und dem Finger, mit dem er die Kanonen in den Flügeln aktivieren kann, förmlich spüren. Unfähig, einen Entschluss zu fassen, nimmt er seine Hand schließlich wieder vom Steuerknüppel und legt sie auf sein Bein. Obwohl es in der Höhle verhältnismäßig kalt ist, schwitzt er mächtig, der Schweiß läuft ihm in Strömen aus den Achseln am Körper herunter. Er ist wie besinnungslos, völlig desorientiert und muss sich mächtig zusammenreißen, um über diesen unfassbaren Fund nicht den Kopf zu verlieren. Martin schließt die Augen und lehnt sich zurück. Mit seinen Händen massiert er sich sein strapaziertes Gesicht und reibt müde seine Augen. Ist es vielleicht möglich, mit einem Flugzeug die Insel zu verlassen? Kann er eventuell den mit Sicherheit wieder auftauchenden Banditen ausweichen und so eine Konfrontation mit ihnen verhindern? Wenn das möglich wäre, dann hat er nicht mehr allzu viel Zeit, um eine Maschine flugbereit zu machen, bis die Banditen erneut eintreffen. Vielleicht könnte er es schaffen! Vielleicht kann er doch noch seinem sicheren Tod entfliehen. Martin bückt sich und betätigt den Spannhebel der Bordkanonen des Flugzeuges, welcher sich unterhalb am Cockpit befindet. Beherzt greift er danach wieder zum Steuerknüppel und betätigt mit dem Zeigefinger unmittelbar den Feuerknopf. Werden die Waffen noch funktionieren? Nur den Bruchteil einer Sekunde später stellt sich zumindest diese Frage nicht mehr. Mit höllisch lautem Knattern feuert die Bordkanone sofort los. Das Flugzeug rollt durch den Rückstoß der Waffen ein Stück nach hinten und dadurch tiefer in die Höhle hinein. Der Pilotensitz vibriert wie eine Rüttelmaschine beim Straßenbau. Schon ein kurzer Feuerstoß aus den mächtigen Waffen reicht aus, um einen großen Teil der Holzwand in tausend Stücke zu reißen. Sofort pfeifen seine Ohren durch das laute Krachen der Waffen und blitzartig werden seine Augen durch das plötzliche Tageslicht, das die Höhle im Nu überflutet, geblendet. Voller Ehrfurcht und Schrecken lässt seine Hand den Steuerknüppel sofort nach dem ersten Feuerstoß los. Sein Herz steigert noch einmal die Blutzirkulation in seinen Adern und pocht so gewaltig, dass er jeden einzelnen Schlag in seinem Brustkorb spüren kann. Als er sich beruhigt hat, begutachtet er das Flugzeug genauer. Erst jetzt fällt ihm die spartanische Ausstattung des Flugzeugs auf. Der Pilotensitz, auf dem er sitzt, besteht aus einer ungepolsterten Metallschale und einer hölzernen Rückenlehne. Sämtliche Bautenzüge im Flugzeug laufen frei und ungeschützt durch das Cockpit, denn man hat sich die Verkleidungen gespart. Das ganze Flugzeug wirkt auf ihn ein wenig improvisiert. Auch an den Instrumentenpaneelen wurde gespart. Einige Löcher sind noch nicht einmal mit Anzeigeinstrumenten gefüllt und man hat sich auch nicht die Mühe gemacht, sie mit Abdeckkappen zu verschließen. Beschriftungen sind nur handschriftlich und nur an den wichtigsten Hebeln vorgenommen worden. Ja, selbst diese rote Farbe ist schon verblasst und blättert bereits an mehreren Stellen merklich ab. Alles in allem wurde sehr sparsam mit den Materialien umgegangen. Dieses Flugzeug scheint nur auf das Wesentliche, das Fliegen und Kämpfen, beschränkt zu sein. Alles, worauf man verzichten konnte, wurde einfach weggelassen. Von Komfort oder Muße beim Fliegen konnten die Piloten, die mit diesen Maschinen in den Kampf befohlen wurden, wohl nicht berichten.

Diese Flugzeuge wurden eindeutig in den letzten Kriegsmonaten hergestellt und da war bekanntlich – wie bei den Deutschen schließlich auch – das Material sehr knapp. Auf alles Überflüssige wurde verzichtet, und wenn nötig, wurden sogar geeignetere Materialien gegen ungeeignetere ausgetauscht. Nicht selten, so wusste er, ging das auf Kosten der Flugeigenschaften der Flugzeuge oder sogar auf die Lebensdauer der Triebwerke. Daraus resultierend war natürlich auch die Schadensrate der Luftflotte sehr hoch, einige Triebwerke mussten schon nach wenigen Betriebsstunden überholt werden. Diese „einfach hergestellten" Maschinen sollten nur noch eins: TÖTEN! Die verzweifelten Befehle der Befehlshaber an ihre Piloten lauteten, so viele Feinde wie möglich ins Verderben zu schicken, um damit den Kriegsverlauf vielleicht doch noch herumzureißen und zu gewinnen. Ja, auch nur mit dem Allernötigsten ausgestattet, kann ein guter Pilot noch töten! Martin nimmt den leichtgängigen Steuerknüppel abermals in seine Hand und stellt seine Füße auf die Metallpedale des Seitenruders, sodass er die mögliche Leistung des großen, mächtigen, in den Himmel starrenden Triebwerkes erahnen kann. Es wäre fantastisch, mit einem der Flugzeuge in den Himmel zu steigen, und – er mag gar nicht mal daran denken – nach Hause zu fliegen ... Was für eine Geschichte! Eine Sensation für die Presse!

> Verschollener Schiffbrüchiger rettet sich von einer einsamen Insel und landet mit einem über fünfzig Jahre alten japanischen Kriegsflugzeug wohlbehalten auf einem Flugplatz. <

Martin muss sofort selbst über seinen absurden Gedanken lachen. Diese Flugzeuge sind vielleicht auf den ersten Blick noch in einem recht guten Zustand, aber dass sie noch fliegen können, hält er für ausgeschlossen. Doch es kann ja nicht schaden, sich die Maschinen einmal genauer anzusehen. Denn schließlich sind sie sehr gut „eingelagert" und für eine längere Abstellzeit platziert worden. Warum nicht? Er könnte es zumindest versuchen! Immerhin ist es eine Chance, wenn auch nur eine ganz kleine, die Motoren wieder zum Leben zu erwecken. Martin fuchtelt interessiert an einigen Schaltern und Knöpfen im Cockpit herum, doch die Batterien scheinen nach all den Jahren – wie zu erwarten – leer zu sein. Keine Anzeige rührt sich und kein Lämpchen leuchtet auf – nichts passiert. Mit weichen Knien steigt er schließlich wieder aus dem Cockpit des Flugzeugs heraus. Respektvoll begutachtet er die von den Geschossen durchschlagenen, immer noch qualmenden Holzverkleidungen des Höhleneingangs, die jetzt auf den Resten des Geröllhaufens liegen. Er steigt über sie drüber und setzt sich auf eines der Bretter, das auf dem Boden liegt. Er muss überlegen! Er braucht eine Auszeit und starrt grübelnd in den dicht bewachsenen, grünen Urwald, in den die Start- und Landebahnen eingebettet sind, hinein. Nach einer kleinen Phase der Beruhigung fasst Martin einen Entschluss: Morgen wird er an den Maschinen arbeiten. So aberwitzig es auch sein mag, aber er braucht Hoffnung zum Überleben, eine Aufgabe, und diese Maschinen geben ihm das.

Schon kurz nach Sonnenaufgang des nächsten Tages ist er auf den Beinen. In der Nacht konnte er überhaupt nicht schlafen, er wälzte sich von einer Seite auf die andere. Immerzu kreisten seine Gedanken um die historischen Flugzeuge und er wünschte, dass schon bald die Sonne aufginge, um die zermürbende Dunkelheit zu beenden. Er kann es kaum erwarten, endlich an den Flugzeugen zu arbeiten. Nach einigen flüchtigen kleinen Happen zum Frühstück begibt er sich sofort zur Höhle und erreicht sie gleichzeitig mit den ersten Sonnenstrahlen, die gerade die Flügelspitze der Maschine berühren, die er gestern grob vom Leinentuch befreit hatte. Fasziniert steht er erneut vor dem mächtigen Jäger und glaubt, noch immer zu träumen. Spielerisch kneift er sich fest in den Unterarm, um sicher zu sein, dass er keinem Fantasiestreich seines Gehirns erlegen ist. Ungeachtet des feinen, stechenden Schmerzes am Arm zweifelt er jedoch immer noch, greift aber dennoch mechanisch zur Schaufel, die er im Hangar der Flugzeuge gefunden hat, und fängt an, die letzten Steine des Geröllhaufens beiseite zu schippen. Unermüdlich kracht das Metall der Schaufel in die Steine, wieder und wieder lässt er diese in den angrenzenden Wald hinter seinem Rücken hineinfallen. So ehrgeizig und voller Tatendrang war er schon lange nicht mehr bei der Arbeit, und obwohl sie körperlich sehr anstrengend ist, geht sie ihm gut von der Hand. Monoton gleitet die Schaufel an diesem Tag unzählige Male über seine Schultern, manchmal spürt er seine Bewegungen nicht einmal mehr, da er wie in Trance arbeitet. Erst als die Sonne an diesem Tag nicht mehr am Himmel zu sehen ist und sich langsam die Dunkelheit verbreitet, stellt er sein Arbeitsgerät beiseite. Ernüchtert stellt er fest, dass die Flugzeuge noch etwas auf ihn warten müssen, denn er benötigt mit Sicherheit auch noch den nächsten Tag, um den Höhlenhangar gänzlich frei zu bekommen. Die unliebsame Unterbrechung, sich Nahrung zu beschaffen, erledigt er in Windeseile. Er pirscht schnell, tötet schnell und verspeist die Nahrung dann schnell, denn er kann es kaum erwarten, endlich an den Flugzeugen selbst zu arbeiten. Jede Unterbrechung ärgert ihn, deshalb reduziert er seine Bedürfnisse auf das Notwendigste. Für ihn gibt es nur noch eine Frage: Kann eines dieser Flugzeuge noch fliegen? Und er setzt alles daran, auf diese zermürbende Ungewissheit, die ihm jede Nacht seit der Entdeckung den Schlaf raubt, endlich eine Antwort zu finden.

Erst am dritten Abend, an dem er erschöpft in seine „Schlafkoje" fällt, hat er es geschafft. Die Höhle ist endlich frei von Geröll und Brettertrümmern, der Ausgang des Hangars ist offen. Am nächsten Morgen kann er an den Jägern selbst arbeiten und einen aus der dunklen Höhle hinaus ins helle Tageslicht ziehen. Dann wird er sehen! In jener Nacht knistert ein kleines Feuer vor seinen Füßen. An Schlaf ist wieder nicht zu denken und er schaut beim Essen in die tanzenden Flammen. Großes Unbehagen bereiten ihm die Batterien der Flugzeuge. Nach so langer Zeit ist es unmöglich, dass eine Batterie noch Energie spenden kann. Aber ohne die Batterien wird er das Triebwerk, wenn es wirklich noch funktionstüchtig sein sollte, niemals starten können. Nein, um die Motoren an sich macht er sich nicht die größten Sorgen, denn er hat in der Höhle neben verschlossenen Ölfässern noch Werkzeug und andere hilfreiche Dinge gefunden. An den Motoren wird er erst einmal sämtliche Flüssigkeiten, soweit vorhanden, tauschen. Auch die Zündkerzen und andere Verschleißteile lassen sich bestimmt reinigen und instand setzen. Aber die Batterien ..., ja, die Batterien machen ihm die größten Sorgen.

Wenn er hierfür keine Lösung findet, sind die Flugzeuge unbrauchbar, schön anzusehen, aber flugunfähig. So ein riesiger, achtzehn Zylinder Sternmotor mit knapp zweitausend Pferdestärken lässt sich nicht einfach ankurbeln. Zwar gab es damals Flugzeuge, die so angeworfen wurden, aber bei den Jägern in dem Hangar handelt es sich um neuere Modelle mit elektrischen Anlassern beziehungsweise Hilfsmotoren. Unkontrolliert flackern die Flammen des kleinen Feuers stetig vor seinen Augen weiter und lassen ihn müder werden. Inmitten der ansonsten vollkommenen Dunkelheit der Insel spenden sie ihm ein wenig Licht, sie sind ein kleiner Hoffnungsschimmer in seiner Einsamkeit. Die Müdigkeit übermannt ihn schließlich doch, erst spät am Morgen des neuen Tages lässt ihn Vogelgezwitscher aus seinem tiefen Schlaf erwachen. Immer noch völlig übermüdet flattern seine Lider und nur widerwillig lassen sie sich – geblendet durch die Sonne – ganz öffnen. Mühsam richtet er sich auf, seine Knochen im Leib schmerzen und es bedarf einer Weile, bis er gerade stehen kann. Zermürbt bewegt er seinen Kopf im Kreis und schüttelt seine Arme und Beine, um den Kreislauf in Schwung zu bringen und die flirrenden Schatten vor seinen Augen zu beseitigen. Ein großer Schluck Wasser hilft schließlich, und nachdem dieser kalt in seinen Bauch geflossen ist, geht es ihm schon viel besser. Auf einmal wird er ungeduldig und geht zielstrebig auf den nur wenige Meter entfernten Höhlenhangar zu, aus dem schon das erste Flugzeug herausschaut. Erwartungsvoll bleibt er am riesigen Triebwerk stehen und blickt an diesem hoch. Gegenüber dem Flugzeug kommt er sich klein und verloren vor und seine Zweifel, den Jäger jemals fliegen zu können, sind größer denn je. Sein Blick gleitet vom Triebwerk zum Heck und schließlich zum Bugfahrgestell hinunter, das den Boden der Höhle mit platten, luftleeren Reifen berührt. Seine erste Maßnahme, seine erste Reparatur steht damit fest, und er schaut zu den Reservereifen am Rande der Höhle hinüber. Das Ersatzteillager der Flugzeughöhle ist prall gefüllt, er kann aus dem Vollen schöpfen. Die japanische Armee hat diesen Stützpunkt außergewöhnlich gut ausgerüstet und er wäre selbst dann funktionsfähig, wenn er von der Außenwelt abgeschnitten wäre. Diese Flugzeuge sollten lange stehen, sie sollten, wenn nötig, vor Ort repariert werden können. Dieser Stützpunkt hatte einmal, so glaubt er jedenfalls, eine besondere Bedeutung gehabt und ist dann aus irgendeinem Grund in Vergessenheit geraten. Vielleicht wussten nur wenige Offiziere davon und die wurden im Krieg getötet oder haben Selbstmord nach der Niederlage begangen. Vieles ist möglich, vieles Spekulation, aber eines steht fest: Alles, was er bisher auf der Insel entdeckt hat, ist für eine lange, sehr lange Lagerung bestimmt gewesen. Nachdem er die Reifen gewechselt hat, bockt er das Flugzeug mit dem hydraulischen Heber herunter. Schon bei dieser kleinen Reparatur muss er feststellen, dass er selten mit solch präzisem Werkzeug gearbeitet hat. Das Werkzeug im Hangar ist nicht mit dem billigen Ramsch, den man heutzutage überall erwerben kann, zu vergleichen. Dieses Werkzeug, obwohl es schon so alt ist, ist von absoluter Güte und über jeden Zweifel erhaben. Werkzeug fürs Leben und nicht schon nach dreimaligem Gebrauch für die Mülltonne.

Das Kampfflugzeug ist jetzt rollfähig und Martin befestigt die Zugstange am Fahrwerk, um es zum ersten Mal ans Tageslicht zu ziehen. Gut „gelagert" lässt sich die Maschine leichter, als er gedacht hätte, aus dem Hangar ziehen. Martin entfernt die letzten mit Öl getränkten Tücher, die an einigen Stellen immer noch das dunkle Grün der Maschine abdecken, und wirft sie beiseite. Erhaben steht sie funkelnd auf dem sandigen Boden vor dem Hangar im Sonnenschein. Sein erstes eigenes Flugzeug und dann gleich so eine unglaubliche Maschine. Er ist jetzt stolzer Besitzer von drei Kawanishi NIK2-J Shiden-kai geworden, einem modernen, japanischen Kampfflugzeug, das erst in den letzten Kriegsmonaten zum Tragen kam und aufgrund der immer stärker werdenden Angriffe der amerikanischen Streitkräfte auf Japan nicht mehr in großen Massenstückzahlen gebaut werden konnte. Dieses Flugzeug war für damalige Verhältnisse ein wahres Kraftpaket mit stolzen 1990 PS in einem luftgekühlten Nakajima NK9H Homare 21 18-Zylinder-Sternmotor. Die Bewaffnung entspricht dem damaligen Standard und besteht aus vier mächtigen 20-mm-Kanonen, die jeweils zu zwei Stück in den Tragflächen untergebracht sind. Martin hat über diesen Flugzeugtyp schon einmal etwas gelesen und weiß, dass diese Maschinen bis zu 600 Stundenkilometer schnell sein können und im sparsamen Flug eine Reichweite von bis zu 1800 Kilometern haben. Dieses Flugzeug ist auf Bildern im Buch schon beeindruckend, aber das ist nicht mit der Realität zu vergleichen, wenn man direkt vor dem Original steht. Er kann noch nicht einmal die Tragflächen im Stand mit seinem Kopf berühren. So hoch ragen sie über ihm. Die Flügelspitzen dieser hohen Tragflächen liegen ganze zwölf Meter auseinander und die Länge der Maschine beträgt fast zehn Meter. Ein mächtiges, einsitziges Flugzeug und das schönste, das er bis jetzt je zu Gesicht bekam, noch dazu. Martin hatte vor seiner Weltreise oft historische Flugzeuge in Museen angesehen und immer mit bewunderndem und ehrfurchtsvollem Blick vor diesen gestanden. Zu seinen Lieblingsmaschinen zählten bisher immer die Focke-Wulf 190 der Deutschen Luftwaffe und der amerikanische Navy-Jäger Grumman F4F-3 Wildcat. Natürlich ist jedes andere alte Flugzeug für ihn auch interessant und spektakulär. Egal, ob es eine Hawker Fury FB MK 10, eine North American P-51 Mustang, eine Curtiss P-40 Kittyhawk oder eine legendäre Spitfire war, aber die beiden erstgenannten Jäger mochte er aus irgendeinem Grund besonders. Nun aber ist dieser leibhaftig vor ihm stehende Jäger der „Japanisch Kaiserlichen Armee" eindeutig sein Favorit. Kein Flugzeug der Welt kann diesem „Vogel" den Platz streitig machen! Er ist seine persönliche Nummer eins! Mit der Hand dreht er den Propeller einige Mal kräftig durch, um das Öl im Motor nach der langen Standzeit zu verteilen. Danach besteigt er eine Leiter und öffnet die Wartungsklappen des Triebwerks. Die Messstäbe an den verschiedenen Öl- und Schmierstoffbehältern sind am Griff mit roter Farbe gekennzeichnet. Nacheinander dreht er die einzelnen Messstäbe heraus und prüft den Füllgrad der Behälter. Die Füllgrade sind gut und bewegen sich alle innerhalb der zulässigen Markierungen. Danach schraubt er einige Zündkerzen aus den großen Zylinderblöcken heraus und überprüft diese ebenfalls auf sichtbare Schäden. Sie sind aber auch in einem sehr guten Zustand und können nach einer Reinigung weiter benutzt werden. Da das Triebwerk ein geschlossenes System ist, sind weder an den Schmierstoffen noch an den wohl neu verbauten Zündkerzen irgendwelche Verschleißerscheinungen zu erkennen. Das Triebwerk wurde ebenfalls – wie das Flugzeug selbst – in einem hervorragenden Zustand eingemottet und auf den ersten Blick sind keine gravierenden Mängel festzustellen. Martin ist überglücklich! Der Jäger ist seiner Ansicht nach voll flugfähig, wenn man einmal von den leeren Batterien absieht. An diesen macht er sich sogleich zu schaffen. Er baut eines der vier schweren Aggregate aus und wuchtet es auf den Sandboden. Er will sie überprüfen und benutzt dazu einen Trick, den er in seiner Ausbildung zur Erheiterung seiner Ausbilder gelernt hat. Wenn ihr einmal Feuer braucht, so sagten sie, und kein Feuerzeug habt, dann wisst ihr, wie es auch anders geht. Aber beachtet, schmunzelten sie, dieser Trick kommt bei Frauen nicht so gut an. Er wickelt um jeden Pol einen etwa fünfzig Zentimeter langen, dünnen Metallstab und häuft davor einen kleinen Berg mit Zweigen an. Diesen übergießt er mit Benzin und führt, nachdem er seine Hände schützend mit alten Baumwolllappen umwickelt hat, die Metallenden der beiden Pole über den Zweigen kurz zusammen. Wenn die Batterie genug Energie hat, brennt danach unmittelbar schon das Feuer durch den überspringenden Funken. Aber sein Holzhäufchen zeigt sich unbeeindruckt und es passiert überhaupt nichts. Die Batterien sind – wie befürchtet – leer. Martin bleibt ruhig, denn er hat in der Höhle einige Batterien entdeckt, die noch nicht aktiviert wurden. Er hat jetzt noch eine Möglichkeit: Er muss die dazugehörige Säure mit den neuen Batterien zusammenführen und hoffen, dass diese nach all den Jahren noch funktionieren. Eine realistische Chance und immerhin eine weitere Hoffnung, dass er diesem Jäger schließlich doch noch Leben einhauchen kann. Schon kurz darauf packt er die neuen Batterien aus ihren Holzkisten aus und füllt sie mit Batteriesäure, um sie zu aktivieren. Dieser chemische Prozess dauert einige Stunden und er ist sich bewusst, dass er frühestens am nächsten Morgen Gewissheit haben wird, ob der Ladevorgang erfolgreich war. Es ist schon spät geworden. Widerwillig verlässt er die kühle Höhle wieder und tritt verschwitzt ans Tageslicht. Das Flugzeug funkelt in der Abendsonne, er kann der Versuchung, sich erneut ins Cockpit zu setzen, nicht widerstehen. Er ist mit seiner Arbeitsleistung an diesem Tag mehr als zufrieden und sogar ein bisschen euphorisch, weil er hofft, dass er mit diesem Flugzeug eventuell die Insel verlassen kann.

Vielleicht ist seine Pechsträhne, die er seit Monaten durchläuft, nun endlich vorbei. Warum sollte er nicht auch einmal endlich richtig großes Glück haben? Wenn er dieses Triebwerk wirklich zum Leben erwecken kann, dann muss er sich ernsthaft Gedanken darüber machen, ob er tatsächlich in dieses Flugzeug steigt und es wagt, sein Leben ohne jegliche praktische Flugerfahrung zu riskieren, wenn er mit diesem Flugzeug fliegt. Diese Jäger des Zweiten Weltkriegs sind ja schließlich keine Flugzeuge für einen Sonntagsausflug, mit denen der Pilot ohne Anstrengungen locker als unerfahrener Flugzeugführer einige Runden über den Platz fliegen könnte. Es ist keine narrensichere Cessna Skyhawk! Er hat oft gelesen, dass diese Maschinen beim Fliegen viele Tücken haben, denn sie sind nicht so gutmütig wie ein 08/15-Flugzeug der heutigen zivilen Luftfahrt. Ihre sichere Bedienung ist nur mit regelmäßigen Flugstunden auf den jeweiligen Mustern zu gewährleisten. Flugstunden, in denen man selbst als erfahrener Pilot immer aufmerksam und konzentriert sein musste. Diese Flugzeuge waren Kriegsmaschinen und wurden zumindest in den ersten Kriegsjahren nur von sehr gut ausgebildeten Piloten geflogen.

Martin schaut sich in seinem Kawanishi-Jäger weiter um. Der „Uhrenladen" ist ihm von seinen Büchern her nicht völlig unbekannt. Leicht kann er die wichtigsten Instrumente entschlüsseln. Mit seinem Zeigefinger tippt er auf die Instrumente, die er sofort erkennt. Da wären der Fahrtenanzeiger, der künstliche Horizont und der Höhenmesser. Sein Blick tastet langsam weitere Instrumente ab. Die Ladedruckanzeige, die Öldruckanzeige und der Kompass. „Diese Anzeige …", murmelt er und berührt mehrmals fragend mit seinem Finger das Glas der Uhr. „Sie muss den Treibstoffdruck anzeigen. Ja, genau", sagt er schließlich sicher, „neben der Öldruckanzeige muss die Treibstoffdruckuhr montiert sein. Links daneben liegt die Öltemperaturanzeige und darüber …" Martin ist sich nicht sicher, aber er glaubt, dass diese Anzeige nur die Zylinderkopftemperatur anzeigen kann.

Sein Blick wandert weiter umher, er zählt konzentriert laut vor sich hersagend die weiteren Instrumente und Schalter auf. „Tankinhaltsanzeige und darunter der Tankwahlschalter, daneben ... äh ... die Fahrwerkspositionslichter und darüber die Leuchten für den hydraulischen Druck. Ah, ja ..., direkt daneben muss der Hauptschalter für die Stromzufuhr sein. Wo ist die Anzeige des Variometers? ... Dort!" Er entdeckt sie rechts an den Paneelen unterhalb einer klassischen Zeituhr. „Hier sind die Wahlschalter für die Landeklappen ..., der Anlassschalter zum Starten des Triebwerks und darunter der Magnetzündschalter." Jetzt macht es sich für ihn bezahlt, dass er sich zumindest theoretisch mit der Materie des Fliegens recht gut auskennt. Aber kann er sein Wissen, wenn es darauf ankommt, auch in der Praxis anwenden? Unterhalb des Pilotensitzes findet er die Dreierkombination, bestehend aus dem Gashebel, der Gemischverstellung und der Propellersteuerung. Etwas entfernt davon den Kühlklappenhebel, den Fahrwerkswahlschalter und die Fahrwerksnotkurbel, die, mit einer Art Fahrradkette bestückt, schon in der damaligen Zeit recht altertümlich gewirkt haben muss. Aber diese einfache Konstruktion hat in dem ansonsten modern gestalteten Cockpit durchaus ihre Berechtigung. Spätestens dann, wenn der notwendige hydraulische Druck zum Ausfahren des Fahrwerks versagte, dürfte jeder Pilot über diese primitive Möglichkeit des manuellen Notausfahrens des Fahrwerks glücklich gewesen sein. Ob der hydraulische Druck in Ordnung war, konnte der Pilot leicht an der dafür vorgesehenen Anzeige erkennen. Auch wenn die Positionslampen nicht von Rot auf Grün umsprangen, wenn man das Fahrwerk ausfahren wollte, war das ein ziemlich sicheres Indiz dafür, dass der hydraulische Druck, den man brauchte, nicht vorhanden war. Martin kann fast alle Instrumente und Schalter sicher zuordnen und hofft, dass er damit die Voraussetzung besitzt, um das Flugzeug mindestens theoretisch fliegen zu können. Ob ihm das tatsächlich auch in der Praxis gelingen wird, bleibt bis zuletzt ungewiss. Schon der Versuch birgt ein hohes Risiko. Aber wenn es ihm gelingt, dann bekommt er das Schönste, was er sich im Augenblick vorstellen kann: einen Flug nach Hause! Über die Zieleinrichtung der Bordkanonen, die mittig oberhalb der Instrumentenpaneele liegt, schaut er aus dem Cockpit des Flugzeuges heraus. Die Sicht nach vorne ist gleich null, denn er kann wie bei allen mit einem Spornrad bestückten Flugzeugen nur einige Baumwipfel und den blauen Himmel vor sich sehen. Durch das Spornrad bedingt zeigen sie im Stand schräg nach oben. Zusätzlich wird die Sicht durch die breite Triebwerkshaube erschwert, die, selbst wenn man an der Seite des Flugzeuges entlang blickt, die Sicht doch ziemlich einschränkt. Beim Start muss der Pilot zwangsläufig seitlich aus dem Fenster sehen, um das Flugzeug auf der Startbahn zu halten, bis das Heck vom Winddruck angehoben wird und die sich neigende Triebwerkshaube der Maschine die Sicht nach vorne freigibt. Solch ein Flugzeug zu starten, muss selbst für geübte Piloten eine Herausforderung gewesen sein. Erschwerend hinzu kommt noch die gigantische Triebwerksleistung, die gerade in der Startphase im Zaum gehalten werden will. Würde der Pilot den Gashebel beim Start ruckartig nach vorne schieben, würde das Flugzeug durch die Kräfte des Propellerdralls verunfallen. Es würde sich nach rechts oder links – je nach der Propellerdrehrichtung – überschlagen. Die geballte Triebwerksleistung beim Start muss vom Flugzeugführer sehr feinfühlig geregelt werden und der Schubhebel darf nur allmählich und im Einklang mit der schneller werdenden Maschine betätigt werden. Bei aller Faszination, die das Flugzeug auf ihn ausübt, ist er sich darüber bewusst, dass es auch sein Sarg sein kann. Es wird sehr gefährlich werden, diese Maschine zu starten, geschweige denn sie zu fliegen und notgedrungen irgendwann auch wieder zu landen. Der kleinste Fehler, ja die kleinste Unachtsamkeit würde ausreichen, um in diesem Flugzeug noch am Boden der Insel zu sterben. Martin weiß, dass sein Vorhaben voller Gefahren ist, dass die Chancen, im Jäger zu sterben, größer sind als die, zu überleben. Aber er weiß auch, dass er sich, wenn diese Maschine wirklich noch fliegen kann, diese einzigartige Chance auf keinen Fall entgehen lassen sollte. Wenn die Batterien morgen aufgeladen sein sollten und das Triebwerk tatsächlich zündet, dann wird er auch fliegen. Dieser Jäger bedeutet sein Schicksal, so oder so! Welch erhabenes Gefühl muss es sein, mit diesem Kraftpaket durch den Himmel zu fliegen? Dieses Propellerflugzeug hat adlergleiche Flugleistungen, schon bei den Gedanken daran, kommt er ins Schwärmen und kann den nächsten Tag eigentlich kaum mehr abwarten.

Die darauffolgende Nacht verbringt er unter einer Tragfläche des Flugzeuges. Von wilden Albträumen geplagt wälzt er sich stundenlang im Schlaf hin und her und wacht am nächsten Morgen mit starken Kopfschmerzen auf. Die Mücken haben es in dieser Nacht besonders gut mit ihm gemeint, er muss schmerzlich feststellen, dass es im Inselinneren viel mehr davon gibt als unmittelbar am Strand. Obwohl seine Haut im Laufe der Monate auf der Insel schon wesentlich derber und robuster geworden ist, sind seine Arme und Beine übersät mit kleinen roten Punkten. Nur mühsam kommt er an diesem entscheidenden Morgen in Fahrt. Langsam steht er auf, nur widerwillig wollen ihn seine Beine an diesem Tag tragen. Einerseits ist er ungeduldig, andererseits fühlt er sich matt und niedergeschlagen. Er hat sogar ein wenig Angst, Angst vor der Wahrheit. Was passiert, wenn die Batterien nicht funktionieren? Sein ganzes Traumgebilde bräche in wenigen Sekunden zusammen. Er hat es plötzlich gar nicht mehr eilig, festzustellen, ob die Batterien tatsächlich geladen sind. Er möchte die Hoffnung noch ein bisschen aufrechterhalten und darin schwelgen. Er kann an diesem Tag eine gewisse Resignation an sich feststellen. Seine Gefühlsschwankungen haben ihn wieder fest im Griff und sausen an diesem jungen Morgen rauf und runter wie eine Seilbahn, die vom Tal zum Gipfel pendelt. Nervös geht er vor der Höhle, in die er gestern die Batterien gestellt hat, auf und ab. Er fühlt sich sehr unwohl und möchte in diesem Zustand nicht herausfinden, ob diese nun betriebsbereit sind oder nicht. Schnürt ihm die Ungewissheit die Kehle zu? Überkommt ihn plötzlich die pure Angst? Er muss sich erst etwas beruhigen, bevor er die Batterien auf ihren Ladezustand hin überprüft. Martin reibt sich nervös die Hände und versucht erneut, seinen Gemütseinbruch selbst zu analysieren und wenigstens notdürftig zu therapieren. Was ist mit ihm los? Hat er aufgrund der Einsamkeit einen Inselkoller? Er hat schon festgestellt, dass er gar nicht mehr so viele Selbstgespräche führt wie zu Anfang nach seiner Landung auf der Insel. Mittlerweile gibt es Tage, da kommen keinerlei Laute über seine Lippen. Er ist sich nicht sicher, ob das schon der erste Schritt zum Wahnsinn ist oder eine völlig normale Eigenart bei Menschen, die monatelang nicht mit ihrer eigenen Spezies kommunizieren konnten. Auch hat er eine gewisse Verwahrlosung an sich festgestellt. Es fällt ihm immer schwerer, sich die Haare zu schneiden, die Fingernägel zu kürzen oder sich einfach nur zu waschen. Immer öfter hat er dies in den vergangenen Wochen einfach ausgelassen und ignoriert. Für wen soll er das auch tun? Er hat ja nicht einmal einen Spiegel, um sich selbst anzuschauen. Jeder zivilisierte Mensch, der ihn jetzt sehen könnte, würde ihn für einen völlig heruntergekommenen Penner halten. Für einen Menschen, mit dem niemand etwas zu schaffen haben möchte und um den man besser einen ganz großen Bogen macht. Einen Menschen, der durch das feinmaschige Raster der Gesellschaft gerutscht ist und nicht mehr zu ihnen gehört. Keiner wird hinterfragen, wie es dazu kommen konnte. Ob er etwas dafür konnte oder ob er durch eine Verkettung unglücklicher Umstände in diese Situation hineingeschlittert ist. Martin streicht mit seinen dreckigen Händen durch sein bärtiges Gesicht und beginnt den Tag wieder, ohne sich vorher zu waschen oder die Zähne mit den Fingern zu putzen. Schließlich geht er zum Hangar hinüber und tritt mit zitternden Händen an die Batterien heran. Unentschlossen verweilt er so einen Augenblick vor den schwarzen Blöcken und schaut sie kritisch an, als ob er das Ergebnis seines Versuches auch ohne Ausführung erahnen könnte. Schließlich hebt er einen Block mit den Händen an und wuchtet das schwere Monstrum vor die Höhle ans Tageslicht. Hektisch häuft er einige Sträucher zusammen und gießt danach Flugbenzin darüber. Der große Augenblick ist gekommen, Martin kann nicht leugnen, zu wissen, was ihm blüht, wenn dieser Versuch fehlschlägt. So viele Hoffnungen hängen an dieser Batterie. Vielleicht sogar sein Leben! Er muss sich regelrecht zwingen, die Metallstäbe in seinen Händen zusammenzuführen, und es kostet ihn weitaus mehr Überwindung, als er in seinen schlaflosen Nächten geahnt hatte. Martin schließt die Augen und führt die Metallstäbe schließlich doch zusammen.

Es ertönt ein leises „Paff" und das Knistern der kleinen Zweige verrät ihm, dass die Batterie Energie aufgeladen haben muss. Er reißt seine Augen auf! Tränen bilden sich unmittelbar in seinen Augenwinkeln und plötzlich schreit er – so laut es ihm möglich ist – seinen aufgestauten Frust von der Seele: „Es brennt! ... Mein ... Gott ..., es brennt!" Seine Lebensgeister plustern sich auf einmal im Körper auf, als ob sie ihn nie verlassen hätten. Sofort übernehmen sie wieder die Kontrolle über ihn und schieben selbst den verstecktesten, wehmütigsten Gedanken in seinem Gehirn beiseite. Voller Ungeduld wuchtet Martin auch schon die schwere Batterie auf eine Holzkarre und schleppt die fehlenden drei weiteren aus der Höhle ebenfalls hinzu. Die vollgepackte, schwere Karre ächzt unter der Last und hinterlässt selbst im knüppelharten Sandboden Radspuren. Kraftvoll schiebt Martin sie zum wartenden Flugzeug hinüber und parkt sie unterhalb der linken Tragfläche. Er macht sich sogleich an die Arbeit und schon eine halbe Stunde später verschließt er die Wartungsklappen des Jägers wieder hinter den sorgfältig eingebauten Aggregaten. Mit flauem Gefühl im Magen besteigt er das Cockpit und lässt sich auf den Pilotensitz fallen. Mit seiner zitternden rechten Hand greift er zum Stromhauptschalter und legt ihn um. Die Instrumentenpaneele beginnen zu „leben". Sämtliche „Uhren" fangen wie auf Kommando an sich zu drehen und kreisen in ihre unter Energie üblichen Ausgangspositionen. Dazu springt die Benzinpumpe an und untermalt die unwirkliche Szenerie mit ihrem surrenden, fortwährend saugenden Geräusch. Er stellt die Magnetzündschalter auf die richtigen Positionen um und dreht den Tankwahlschalter auf die vollen Tanks der Tragflächen. Ohne weiter zu überlegen, drückt er ungeduldig den Startknopf. Der riesige Vierblattpropeller fängt mit einem lauten Ansauggeräusch an sich zu drehen und wirbelt schon beachtlich schnell im Kreis herum, doch es erfolgt keine Zündung. Kraftlos dreht der Propeller danach noch einige Runden im Kreis und bleibt schließlich regungslos stehen. Es ist wieder still, nur noch das surrende Geräusch der Treibstoffpumpe ist zu hören. Martin schwitzt und ermahnt sich innerlich zur Ruhe. „Was habe ich falsch gemacht?", sagt er laut fluchend. „Ruhig, Martin, ruhig ... Versuch, dich zu konzentrieren!" Der Motor zündet überhaupt nicht und nur der Anlasser dreht den Propeller durch. Leise, fast behutsam spricht er mit sich selbst und tippt nervös, während er grübelt, mit seinen schmutzigen Fingern auf dem Instrumentenbrett herum. „Natürlich!", flucht er. Er ist über die Heftigkeit seiner Reaktion selbst erschrocken. „Mensch, Martin, reiß dich zusammen!", ermahnt er sich energisch. „Du hast die Gemischverstellung völlig vergessen!", tadelt er sich selbst, fasst sich verlegen mit der Hand an den Kopf und wundert sich über sein Fehlverhalten. Unmittelbar danach wiederholt er noch einmal die Startprozedur. Erstens, die Propellersteuerung auf Höchststellung schieben. Zweitens, den Gemischhebel auf „Fettes Gemisch" schieben. Drittens, den Gashebel auf Leerlaufposition schieben. Viertens, Belüftungsklappen öffnen. Fünftens, Batterien einschalten. Sechstens, beide Magnetzündschalter aktivieren. Siebtens, Tankwahlschalter umlegen. Achtens ... Anlasser betätigen. Martin hält den Startknopf fest gedrückt, der Anlasser lässt den Propeller sich abermals drehen, nur diesmal wird er schneller und schneller, als plötzlich das Triebwerk mit lautem Krachen und gigantisch dunkler Rauchentwicklung aus den Abgasrohren zu zünden beginnt. Das ganze Flugzeug schüttelt sich unter dem im Leerlauf dröhnenden Triebwerk. Martin hätte nie gedacht, dass es so laut ist. Aber er ist überglücklich, und wenn es doppelt so laut brummen würde, es wäre Musik in seinen Ohren. Erschöpft lehnt er sich zurück und genießt den flatternden blauen Himmel, den er durch den laufenden Propeller sieht. Das Triebwerk läuft beinahe rund, ihm scheinen all die Jahre, die es in völliger Abschottung verbringen musste, nichts ausgemacht zu haben. 1990 Pferdestärken stehen ihm jetzt abrufbereit zur Verfügung und schon durch ihr Getöse signalisieren sie ihm, dass es nicht leicht sein wird, sie zu zähmen. Nur zögernd greift er nach dem Steuerknüppel und löst mit zitternden Beinen die Bremsen. Doch kaum hat er das getan, bewegt sich das Flugzeug – angetrieben durch den leerlaufenden Propeller – auch schon rückwärts. Erschrocken stemmt er seine Füße schnell wieder auf die Bremsen, worauf der Jäger mit einem Ruck wieder zum Stehen kommt. Sein Herz rast im Brustkorb. Aber schon kurze Zeit später fasst Martin neuen Mut und drückt den Gashebel ein wenig nach vorn. Die Motordrehzahl ändert sich sofort, die triebwerküberwachenden Anzeigen auf dem Instrumentenpaneel beginnen weiter auszuschlagen. Er löst die Bremsen erneut und schon rollt das Flugzeug – ganz langsam über den unebenen Boden hüpfend – vom Hangar fort. Martin gibt ein wenig mehr Gas, doch plötzlich giert die Maschine nach rechts. Er tritt sofort leicht in das Seitenruder, worauf die Maschine durch das Spornrad gelenkt wieder seine ursprüngliche, gerade Richtung zur Startbahn einnimmt. Er schiebt den Gashebel weiter nach vorn, das Triebwerk brummt immer aggressiver und er hat schon jetzt große Mühe, den Jäger in seiner gewollten Bahn zu halten. Das Flugzeug beschleunigt weiter, die quer vor ihm liegende Startbahn, auf der er erst einmal einige Rollversuche mit der Maschine absolvieren möchte, kommt schnell näher. Er muss sich mit dem Flugzeug erst einmal am Boden vertraut machen, bevor er überhaupt daran denken kann, damit zu starten. Er hofft, das Risiko für sich dadurch zu minimieren, denn aus seiner Erfahrung weiß er, dass viele Piloten, die zum ersten Mal einen fremden Flugzeugtyp bewegen, erst einmal ein bisschen damit „herumfahren". Er bremst seine Maschine am Übergang zur querliegenden Startbahn bis zum Stillstand ab, als ob er ein herannahendes Flugzeug passieren lassen müsste. Konzentriert schaut er aus dem Cockpit und ist sich unsicher, welche Richtung er einschlagen soll, gibt aber trotzdem erneut Gas und tritt nach dem Zufallsprinzip ins linke Seitenruderpedal. Der Propeller dreht sich schneller, das Triebwerk faucht regelrecht auf, aber das Flugzeug bewegt sich nicht. Martin schiebt den leistungsregulierenden Hebel weiter nach vorn, denn die Maschine muss über eine Unebenheit am Boden rollen, wofür sie mehr Schub benötigt. Das Flugzeug ruckelt leicht hin und her. Martin erhöht die Leistung noch weiter. Das Triebwerk kreischt nach seiner Leistungssteigerung regelrecht auf, überwindet plötzlich das Hindernis am Boden und hüpft mit den Rädern darüber hinweg. Martin wird in den Sitz gedrückt, der Jäger schießt durch den jetzt vorhandenen Leistungsüberschuss wie ein Blitz nach vorne. Martin wird von der plötzlichen Beschleunigung vollkommen überrascht, reißt aber geistesgegenwärtig den Gashebel in die Leerlaufstellung und tritt beherzt in die Bremsen. Das Flugzeug dreht sich mit unglaublicher Energie um die eigene Achse und kommt schließlich bedrohlich schwankend zum Stehen. Mit seiner ungewollten Pirouette hat er den Sand der Startbahn so sehr aufgewirbelt, dass er einige Sekunden lang von einer riesigen Staubwolke umgeben ist. Martins Nerven liegen blank, um ein Haar hätte er mit dem Flugzeug schon Bruch gemacht. Das gewaltige Triebwerk spielt mit dem Flugzeug und ihm. Es könnte sie beide mit seiner Urgewalt sehr schnell ins Verderben reißen. Hier ist Fingerspitzengefühl gefragt und daher wäre es besser, wenn er sich endlich etwas entspannen würde. Er löst seine verkrampfte, den Steuerknüppel fest umschließende Hand und schüttelt sie aus. Locker greift er danach wieder zu und versucht, die Stange zwischen seinen Beinen nicht mehr zu erdrücken. Es ist eigentlich einfach und wie alles im Leben überwindet man die vor sich stehenden Hindernisse mit einer gewissen Portion Unbeschwertheit leichter. Martin versucht, daran zu denken, als er seiner zitternden Hand erneut befiehlt Gas zu geben. Mit einem Tritt ins Seitenruder und einem kurzen, aber bestimmten Gasstoß dreht er das Flugzeug wieder in die gewollte Richtung. Schließlich gelingt es ihm, die Startbahn gleichmäßig entlangzurollen und sogar an den langsam vorbeiziehenden Bäumen Gefallen zu finden. Am Ende der Startbahn dreht er eine gleichmäßige Kurve und bremst das Flugzeug rechtzeitig ab, sodass sich die lange „Straße" direkt vor ihm erstreckt. Aus dem Seitenfenster kann er die baumumsäumte Schneise gut erkennen und weiß jetzt, wie sich ein Pilot der damaligen Zeit kurz vor dem Start mit einem so fantastischen Jäger gefühlt haben muss. Das Triebwerk brummelt im Leerlauf. Martin umfasst wieder den vibrierenden Steuerknüppel und schiebt den Gasgriff mit der linken Hand langsam nach vorne. Der Jäger rollt an und beschleunigt wie von einem unsichtbaren Gummiband gezogen. Martins Adrenalin steigt, durch die „raketenartige" Beschleunigung wird er fest in den Sitz gedrückt, während die Bäume immer schneller an ihm vorbeihuschen. Als sich das Heck des Flugzeugs erhebt, kann er endlich die vor ihm liegende Startbahn aus dem Frontfenster sehen, und erst jetzt bemerkt er, dass er im Rausch der Eindrücke schon über die Hälfte der Strecke überrollt hat. Das Vorderfahrwerk hat zwar noch Bodenkontakt, aber er ist sich sicher, dass ein kurzer Ruck am Steuerknüppel ausreichen würde, um mit dem Flugzeug in den Himmel emporzusteigen. Aber Martin schiebt schnell den Gasgriff in die Leerlaufposition zurück und bremst das Flugzeug unter Kontrolle der Seitenruder sanft ab, bis das Spornrad wieder auf dem Boden rollt. Doch die Geschwindigkeit ist immer noch beachtlich. Die Startbahn neigt sich dem Ende entgegen, die Bäume am Ende werden immer größer. Er bremst stärker ab, seine Beine bohren sich energisch in die Pedale. Doch kaum hat er das getan, hebt sich das Heck des Flugzeuges wieder bedrohlich in die Höhe, der Propeller kommt dem Boden dabei gefährlich nahe. Sofort nimmt er die Energie von den Bremsen, worauf das Heck sich senkt und langsam wieder zu Boden gleitet. Er muss aufpassen, dass er sich beim Bremsen nicht mit dem Flugzeug überschlägt. Martin gibt dem Flugzeug noch etwas Zeit, um selbst Geschwindigkeit abzubauen und betätigt die Bremse nur sehr gefühlvoll mit Stotterbremsungen. Das ist zwar gut für sein Rollmanöver, hindert aber die Bäume am Ende der Startbahn nicht daran, näher zu kommen. Er muss radikaler bremsen, wenn er rechtzeitig zum Stehen kommen will. Schweißgebadet beobachtet er das vor seinem Flugzeug immer kürzer werdende letzte Stück der Startbahn. Die Nadel der Geschwindigkeitsanzeige sinkt weiter. Aber es reicht nicht. Er muss wirklich stärker bremsen, selbst, wenn das Flugzeug dabei zu Bruch gehen sollte, ansonsten kracht er unausweichlich in die Bäume hinein. Die verbliebene Rollbahn ist mittlerweile so kurz, dass selbst ein Durchstarten unmöglich wäre. Er bremst stark ab, seine Füße bohren sich in die Pedale und sogleich steigt das Heck abermals bedrohlich in die Höhe. Doch zu seiner Erleichterung sackt es einen Moment später wieder etwas ab und bäumt sich nicht mehr so hoch in den Himmel empor wie zuvor. Stattdessen blockieren die Räder des Flugzeuges jetzt und kratzen tiefe Furchen in den harten Sandboden. Das Flugzeug schlittert – wie auf einer Eisbahn – die restliche Piste entlang, und Martin kann nichts anderes tun, als die Maschine sich selbst zu überlassen. Die Bäume sind schon fast erreicht, aber das Flugzeug schießt weiter unbeirrt auf sie zu. Beherzt versucht Martin noch einmal einzugreifen und tritt energisch in das Seitenruder, das mit dem Spornrad gekoppelt ist. Das Flugzeug schleudert herum, wieder türmt sich eine mächtige Staubwolke auf und umhüllt die seitwärts rutschende Maschine. Er verliert im Staubnebel die Orientierung und reißt schützend seine Arme über den Kopf. Das alte Material des Flugzeugs ächzt ohrenbetäubend unter der groben Behandlung und er rechnet jede Sekunde mit einem Einschlag in die Bäume. Doch plötzlich ist es still! Er steht! Sprachlos schiebt er die Kabinenhaube nach hinten. Die Sonne brennt wie üblich vom Himmel auf ihn herab und suggeriert ihm einen ganz gewöhnlichen Tag auf der Insel. So, als sei gar nichts Besonderes vorgefallen. Doch ihm ist nur allzu bewusst, dass er in diesem Flugzeug heute beinahe gestorben wäre. Es steht quer zur Startbahn, zwischen der rechten Flügelspitze und dem nächstgelegenen Baum liegen nur wenige Zentimeter. Nur haarscharf konnte er im letzten Moment eine Katastrophe verhindern. Er weiß selbst nicht genau, welche seiner Maßnahmen im Cockpit letztendlich die entscheidende war, aber ganz so dumm hat er sich anscheinend nicht angestellt. Martin atmet erleichtert tief durch und seine Zuversicht kehrt zurück. Wieder ist ihm die Gefahr, die von diesem Flugzeug ausgeht, sehr deutlich klar geworden. Er ist sich im Moment nicht sicher, was gefährlicher ist. Das Flugzeug zu fliegen oder eine Konfrontation mit den Banditen zu überstehen. Beides beinhaltet ein hohes Risiko, letztendlich doch noch zu sterben. Vorsichtig dreht er das Flugzeug und rollt langsam ...., sehr langsam zum Hangar zurück. Es scheint die grobe Behandlung unbeschadet überstanden zu haben und verhält sich wie „eh und je", ganz, wie er es gewohnt ist. Nachdem er es geparkt hat, steigt er mit „Puddingbeinen" aus dem Cockpit. Seine nackten Füße berühren wieder den harten, sandigen Boden der Rollbahn. Der Stress der letzten Minuten steht ihm immer noch auf die Stirn geschrieben, obwohl er sich weitestgehend schon beruhigt hat. Schnell schiebt er die Parkklötze unter die Räder und begutachtet das Flugzeug sorgenvoll. Aber er kann keine äußerlichen Schäden feststellen. Es scheint sehr robust konstruiert und gebaut zu sein. Die Hitze des Triebwerkes strahlt, als er es passiert, zusätzlich zur glühenden Sonne Wärme auf seine braune, schmutzige Haut ab. Er geht abermals bewundernd um das Flugzeug herum und fasst dabei mit seiner Hand über den kalten, kühlenden Lack des Flugzeugrumpfes. Beinahe ..., denkt er, beinahe wäre er tatsächlich geflogen! Auf und davon, weit fort von dieser Insel. Aber er muss, bevor er endgültig von der Insel starten kann, noch einige Vorbereitungen treffen. Ohne Trinkwasser zum Beispiel, wäre es Leichtsinn, einfach fortzufliegen. Außerdem muss er das Flugzeug nach dem Rollversuch noch einmal genauer untersuchen. Um sicherzugehen, dass es all die Jahre der Ruhezeit unbeschadet überstanden hat. Zärtlich streicheln seine Finger dabei über die Tragflächen und er spürt dabei ein Kribbeln, als ob er den Körper einer nackten Frau berühren würde. ‚Morgen werde ich starten!', beschließt er. Bis dahin gibt es aber noch viel zu erledigen. Er widmet sich wieder ganz dem Flugzeug und kontrolliert abermals die Füllstände der Flüssigkeiten des Triebwerks. Nachdem er es betankt hat, sucht er die noch fehlenden Utensilien zusammen, die er auf seine Reise in die Zivilisation mitnehmen möchte. Er befüllt einen Fünf-Liter-Tank mit Frischwasser und packt getrockneten Fisch und einige Beeren als Wegzehrung in ein Tuch. Zur Sicherheit legt er noch das große Messer, eine Pistole und eine Maschinenpistole mit jeweils drei zusätzlichen Magazinen dazu. Denn wer weiß, auf welche Insel es ihn das nächste Mal verschlägt! Dann wäre da noch die Dokumententasche aus dem Waffendepot als Beweis, um seine Glaubwürdigkeit bei Befragungen seitens der Behörden zu untermauern. Er ist sich bewusst, dass man ihn eventuell für einen Spinner halten wird, wenn er seine Erlebnisse schildert und keinen Beweis vorlegen kann. Das Flugzeug allein ist ihm als einziges Beweismittel zu unsicher, denn es könnte auf der langen Reise, die bevorsteht, verloren gehen. Während er die verschiedenen Dinge zusammensucht, begreift er nur allmählich, was sein Abflug am nächsten Morgen für ihn tatsächlich bedeutet. Es fällt ihm schwer, zu glauben, dass sein Martyrium nun endlich beendet sein soll. Er hält sich mit seiner Freude bewusst zurück, um nicht erneut enttäuscht zu werden. Schließlich weiß er ja noch nicht einmal, in welche Richtung er überhaupt fliegen soll. Wichtig ist – so scheint es ihm –, dass er den einmal eingeschlagenen Kurs konsequent beibehält. Im orientierungslosen Zickzack über den gigantischen Wasserflächen des Pazifischen Ozeans umherzufliegen, würde mit absoluter Sicherheit seinen Tod bedeuten. Die Chance, auf diese Weise in den unendlich scheinenden Wasserflächen des Pazifiks Land zu finden, wäre damit gleich null. Er muss – auch wenn er während des Fluges über seine Flugrichtung zweifelt – den Kurs unbedingt beibehalten. Entweder, er entdeckt mit der zur Verfügung stehenden Treibstoffmenge des Flugzeuges Land oder aber er stürzt in den Pazifik und ... Vieles kann außerplanmäßig passieren! Unter der Dauerbelastung könnte das Triebwerk im Flug explodieren oder die alte Flugzeugzelle hielte der Beanspruchung vielleicht nicht mehr stand und die Maschine bräche auseinander. Außerdem könnte er durch einen Flugfehler auch einfach nur abstürzen, so wie es selbst erfahrenen Piloten im Flug aus unerklärlichen Gründen passiert. Es gibt Hunderte von Gründen, nicht zu fliegen, aber Tausende Gründe, es letztendlich – entgegen aller Vernunft – doch zu wagen. Es gibt unzählige Möglichkeiten, nicht dort anzukommen, wo er ankommen möchte. Martin läuft nervös am Hangar auf und ab und überlegt, ob er nicht noch etwas vergessen haben könnte. Skeptisch begutachtet er sein „Reisegepäck" und verstaut es schließlich hinter dem Pilotensitz im Flugzeug. Er kann kaum erwarten, dass endlich die Dunkelheit der Nacht hereinbricht und sie dann schließlich vom darauffolgenden neuen Tag abgelöst wird. Seinem alles entscheidenden Tag! Unruhig setzt er sich ein Stück weit entfernt vom Flugzeug nieder und wirft kleine Steine, die vor seinen Füßen liegen, zum Zeitvertreib spielerisch von sich fort. Die Minuten kriechen spürbar träge ganz langsam vorbei und es kommt ihm so vor, als ob der Tag sich niemals neigen möchte. Einen Kieselstein nach dem anderen wirft er ungeduldig in Richtung der Maschine und betrachtet seinen Jäger dabei aufmerksam. Auf Flugschauen, die er in seinem früheren Leben des Öfteren besucht hatte, konnte er einige Male beobachten, wie Flugzeuge der vierziger Jahre starteten und flogen. Alles sah so leicht aus und unterschied sich aus der Entfernung betrachtet überhaupt nicht von den Manövern neuerer Maschinen. Er wusste natürlich, dass die historischen Flugzeuge aus den Vorführungen meist nur äußerlich noch dem Original entsprachen. Fast alle historischen Flugzeuge, die noch im flugfähigen Zustand sind, waren eigentlich „Nachbauten". Fast alles an ihnen wurde in aufwendiger Kleinarbeit erneuert. Kaum eine Flugzeugzelle ist im Originalzustand, kaum ein Fahrwerksschacht ist noch mit den hydraulischen Leitungen der damaligen Zeit bestückt und ihm ist auch kein Triebwerk bekannt, das ohne Austausch der Zylinder, Pleuels, Kolben, Druckschläuche oder zumindest ohne gründliche und intensive Generalüberholung erneut zum Leben erweckt wurde. An vielen wurden die betagten Motoren demontiert und gänzlich gegen modernere ausgetauscht. Sämtliche Bautenzüge für die Steuerorgane, sämtliche Kleinbeschläge und viele Instrumente wurden dem heutigen Standard angepasst. Aber sein Jäger ist wirklich im Originalzustand! Martin stellt dies abermals nicht ohne Sorge fest. Wie lange mag solch eine wirklich alte Maschine zuverlässig funktionieren? Dieser einst stolze Jäger der Lüfte ist ein waschechter Oldtimer und so historisch, dass er Angst davor bekommen könnte. Martin versucht, die quälenden Gedanken zu verdrängen, aber sie huschen immerzu, seit er die Maschinen entdeckt hat, in seinem Kopf herum. Eine alte Pistole, die kann noch zuverlässig und ohne Gefahr abgefeuert werden, aber ein altes Flugzeug zu fliegen, das ist etwas anderes, eine andere Dimension. Martin lacht plötzlich lautstark, so als ob er in der Lage wäre den Teufel zu besiegen. ‚Mein Gott, du alte Memme!', schießt es ihm durch den Kopf, ‚was soll dir denn schon passieren? Schon mehrmals hast du Tod und den Teufel verspottet und ... Sieh hier, du lebst noch!' Sein Lachen erstarrt, ernst wendet er seinen Blick vom Flugzeug ab und schaut zum Himmel hinauf. Wäre doch nur dieser verfluchte Tag schon zu Ende! Um sich die Zeit zu vertreiben, kürzt er sich seine Finger- und Fußnägel, sodass ein langer, dreckiger Nagel nach dem anderen in den weißen, leuchtenden Sand fällt. Die rostige Schere aus dem Hangar quietscht bei jeder Schneidbewegung und ahmt täuschend echt eine vom Wind auf- und zuschlagende Tür in einem alten, verlassenen Haus nach. Martin gefällt das Geräusch so sehr, dass er nicht widerstehen kann und sich danach auch noch den Bart und die Haare kürzt. Er möchte halbwegs menschlich aussehen, wenn er tatsächlich noch einmal in seinem Leben auf Menschen trifft. Mit einer Spiegelscherbe kontrolliert er seinen Stylingversuch und ist voller Bewunderung für den ihm gegenübersitzenden, fremden Mann. „Hallo, du Schöner", kommt es über seine Lippen, „ich habe dich lange nicht mehr gesehen." Er ist zufrieden mit seinen Maßnahmen und tatsächlich sieht er nicht mehr ganz so zerzaust aus wie vorher. Die Farben der Insel verblassen allmählich, es wird dunkel. Langsamer als sonst versinkt die Sonne an diesem Tag in den Tiefen des Salzwassers am Horizont, um dem hell leuchtenden Mond zu weichen. Für Martin ist es der längste Tag auf der Insel gewesen, aber zu seiner Erleichterung – und da ist er sich sicher – wird es auch sein letzter sein. Müde von den Ereignissen des Tages legt er sich unter die Flugzeugtragfläche, um sich für den anstrengenden morgigen Tag zu entspannen. Schlafen wird er vor Aufregung in dieser sternklaren Nacht wohl nicht und deshalb beobachtet er den ihm sehr vertrauten Mond. Die Erinnerung an die hoffnungslose Zeit des Treibens auf seiner Plattform dringt unerwartet wieder in den Vordergrund seiner Gedanken. Lange hat er darüber nicht mehr nachgedacht. Warum gerade jetzt? Martin bereitet die Erinnerung großes Unbehagen und er wendet sich deshalb mit der dünnen Flugzeugplane, die er sich wegen der Mückenangriffe der Nacht übergelegt hat, vom Mondschein ab. Der andere Blickwinkel offenbart ihm über dem schwarzen Wald der Insel Millionen funkelnder Sterne und die Vielzahl dieser mal hell, mal dunkel leuchtenden Punkte lässt ihn schließlich doch vor Müdigkeit einschlafen.

 Während er bewegt träumt, schieben sich dunkle Wolken von Westen kommend näher an die Insel heran. Eine breite Regenfront überlagert weite Teile des Pazifischen Ozeans und deckt schließlich im Laufe der Nacht auch die von ihm bewohnte Insel mit Regenschauern ein. Trotz seines unruhigen Schlafs bemerkt er zunächst nichts davon. Schützend hält die Tragfläche des Flugzeuges die ersten Regentropfen von ihm ab. Aber durch die Intensität des Regenschauers laufen schon bald kleine Wasserläufe auf dem noch harten Boden der Insel unkontrolliert umher und er wird schon wenig später grob vom kühlen Nass der am Boden im Zickzack laufenden Rinnsale durchnässt und wacht erschrocken auf. Martin springt auf die Beine und braucht einen Moment, um die Situation zu begreifen. Im ersten Moment glaubt er sogar, sich wieder auf seiner Plattform im Pazifik zu befinden. Aber schnell registriert er ernüchtert, dass es nur regnet. „Scheiße, es regnet!", flucht er. Eigentlich nichts Absonderliches, er ist es gewöhnt, dass das Wetter in dieser Gegend schnell umschlagen kann, doch in dieser Nacht blickt er mit Bangen in die sich auftürmenden, pechschwarzen, immer dichter werdenden Wolken. Es regnet Bindfäden, gießt wie aus Eimern! Kein Luftzug ist auf der Insel zu spüren, sodass die Regentropfen senkrecht vom Himmel zum Boden herabfallen. Mürrisch schaut er auf den Sandboden und sieht den Wasserrinnsalen zu, wie sie sich sprunghaft vermehren und dass sie immer größer werden, schon bald den trockenen, harten Boden aufweichen. Kurz danach eilt er zum Höhlenhangar hinüber und greift hektisch nach der Schubstange, die er benötigt, um das Flugzeug ins Trockene zu schieben. Er befestigt sie am Fahrwerk. Erst jetzt begreift er die Problematik, wenn aus dem ehemals harten Sandboden eine schlammige, aufgeweichte Piste wird. Langsam rollt er das Flugzeug rückwärts in die trockene Höhle zurück und rutscht dabei mit seinen Füßen schon jetzt an etlichen schmierigen Stellen aus, an denen sich bereits Pfützen gebildet haben. Er wundert sich, wie schnell aus knüppelhartem Boden Morast werden kann. Pitschnass vom Regen nimmt er im Hangar die Schubstange wieder vom Fahrwerk ab und hofft, dass das Flugzeug durch die unfreiwillige „Dusche" keine Schäden davongetragen hat. An Schlaf ist jetzt nicht mehr zu denken, Martin muss hilflos mit ansehen, wie der Regen die Rollbahn immer weiter aufweicht.

Am nächsten Morgen regnet es immer noch unverändert stark. Das Rollfeld ist nass und schlammig und für einen Start des Flugzeuges in diesem Zustand nicht zu gebrauchen. Ihm bleibt nichts anderes übrig, als in der Höhle weiter auf bessere Wetterbedingungen für seinen Start zu warten. Mit kritischen Blicken schaut er abermals hinauf zu den schwarzen Wolken, die immer noch keinen Sonnenstrahl durchlassen wollen. Er hofft, dass der Regen nicht allzu lange anhält und sein Start sich dadurch nur etwas verzögert. Sein Wunsch ist es, wenn irgendwie möglich, die Insel noch heute zu verlassen. Er ist über den plötzlichen Wetterumschwung schockiert, und obwohl er weiß, dass es auf der Insel selbst windstill sein kann und in den oberen Luftschichten Wolken durchaus schnell ziehen können, hat er mit einem heutigen Regenschauer überhaupt nicht gerechnet. Währenddessen regnet es unvermindert weiter. Auf der Start- und Landebahn befinden sich gegen Mittag großflächige Pfützen, die diese wie unüberwindbare Hindernisse regelrecht absperren. Martin ist erbost und langweilt sich sehr! Zähneknirschend und lustlos baut er seine Maschinenpistole auseinander und reinigt sie, um die quälend lange Wartezeit zu überbrücken. Immer wieder schaut er hinauf in den Himmel und fleht diesen förmlich an, endlich mit diesem nassen Unsinn aufzuhören. Aber zu seiner Enttäuschung weichen die schwarzen, dunklen Wolken nur zur Seite, um anderen pechschwarzen Artgenossen Platz zu machen. Wie an einer Endloskette fügen sie sich geduldig in die Reihe, um ihren Auftritt abzuwarten und die Insel beim Überflug – wie ihre Schwestern zuvor – ebenfalls zu ersäufen. Die Insel scheint ihre Wasserabwurfstelle zu sein und präzise wie ein Bomberpilot, der seine vernichtenden Bomben zielgenau abwirft, lassen die Wolken ihre zermürbende Wasserfracht auf das kleine Eiland herab. Es regnet immer weiter und Martin rechnet schon mit dem Schlimmsten. Was macht er, wenn es sich schon um einen tagelangen Monsunregen handelt? Ihm wird schwindelig bei dem Gedanken und ihm bleibt nichts anderes übrig, als während des Waffenreinigens weiter in die Fluten zu starren. Am späten Nachmittag hat sich das Bild nicht geändert und weitere immer größer werdende Wasserlachen haben sich vor dem Hangar gebildet. Die Wassermassen auf den Rollbahnen gleichen beinahe denen eines Stausees, Martin hat sich zähneknirschend damit abgefunden, dass er heute definitiv nicht mehr starten kann. Stattdessen hantiert er an den noch nicht eingebauten Batterien für die beiden anderen Flugzeuge herum. Obwohl er weiß, dass er die überzähligen Maschinen nicht benötigen wird, interessiert es ihn in seiner Langeweile schon, ob diese genauso problemlos gestartet werden können wie sein auserwähltes Flugzeug. Da die Flugzeuge sich wie eineiige Drillinge gleichen, findet er sich auch an den beiden bis jetzt unbeachteten Maschinen sofort zurecht. Nachdem er die Batterien in Stellung gebracht hat, kann er sie ohne weitere Probleme sogleich ans Bordnetz anschließen. Nachdem er auch bei diesen Jägern die Flüssigkeiten überprüft hat, startet er diese, um sie im Stand laufen zu lassen. Geschickt rutscht er in den Pilotensitz des zweiten Jägers und lässt den Anlasser nach der üblichen Gemischaufbereitung seinen Dienst verrichten. Abermals ist er erstaunt darüber, dass auch dieses Triebwerk schon nach einigen Propellerdrehungen bereitwillig startet, so als ob es erst vor einigen Tagen abgestellt worden wäre. Auch dieses Triebwerk hat im Stand einen guten, gesunden Klang und scheint die lange Zeit ebenfalls unbeschadet überstanden zu haben. Er lässt es weiter laufen und möchte die Nadel der Öltemperaturanzeige weiter steigen lassen. Sogleich hat ihn das Flugzeug wieder in seinen Bann gezogen und schon allein der ölhaltige Duft im Cockpit versprüht eine merkwürdige Faszination von Abenteuer und Freiheit. Wehmütig schaut er durch die seitliche Cockpitscheibe hinaus und sieht dem Regen vor der Höhle zu, wie dieser seinen „See" weiter befüllt. Es schmerzt ihn sehr, dass er noch nicht unterwegs ist, um endlich dieser Insel zu entfliehen. Es ist ein bisschen wie ein böser Fluch, der auf ihm lastet, denkt er, eine unsichtbare Macht verhindert, dass er ihr entkommen kann. Zehn Minuten später stellt er das Triebwerk ab und wechselt ins Cockpit des dritten Flugzeugs. Sorglos durchläuft er erneut die Startprozedur. Kurz danach dreht der Anlasser den mächtigen Propeller um die eigene Achse und das Triebwerk zündet. Doch schon im Leerlauf bemerkt Martin, dass dieses Triebwerk merkwürdig klingt. Die Maschine vibriert wesentlich stärker, als die anderen beiden Flugzeuge geschüttelt haben, und das Triebwerk macht ein merkwürdig röchelndes Ansauggeräusch, bei dem sich einem die Nackenhaare sträuben. Noch bevor er seine Hand bewegen kann, um das offensichtlich beschädigte Triebwerk abzustellen, kommt es ihm mit einem lauten Knall und starker, schwarzer Rauchentwicklung aus dem Abgasrohr zuvor. Martin wird heftig durchgeschüttelt und ahnt schon das Problem. Er hatte es eigentlich bei allen drei Flugzeugen erwartet. Nachdem er aus dem Cockpit ausgestiegen ist, um das Triebwerk zu checken, bemerkt er sofort die riesige schwarze Öllache auf dem Höhlenboden. Nach Öffnen der Triebwerkshauben erkennt er einen gewaltigen Riss unterhalb des Getriebeflansches, der durch einen Überdruck verursacht wurde. Mit Unbehagen begutachtet er den Schaden, wohl wissend, dass ihm etwas Ähnliches auch bei den anderen beiden Flugzeugen jederzeit im Flug geschehen kann.

Es regnet weiter. Die schwarzen Wolken ziehen gemächlich über die Insel hinweg, sodass sie dabei noch nicht einmal ihre zerklüftete Form einbüßen. Sie scheinen einen unerschöpflichen Wasservorrat dabei zu haben und werfen diesen unbeirrt weiter auf die Insel ab. Gleichmäßig prasseln die warmen Regentropfen herunter, sodass nur ihr Aufschlagen auf dem Boden der Insel ein Geräusch verursacht. Die Tierwelt der Insel hat sich verkrochen, von ihr ist kein Laut wahrzunehmen. Nur manchmal gleiten einige größere Vögel schweigend über die Baumwipfel, um nach kurzem Flug irgendwo im Geäst der Bäume zu verschwinden. Eine friedvolle, beruhigende Atmosphäre liegt über dem einsamen Eiland, auf dem sich jetzt jedes Lebewesen auf ein Minimum an Aktivitäten beschränkt. Geduldig, wie Hunderte Male zuvor, wird auch jetzt von jedem hier geborenen Bewohner das Naturereignis abgewartet und als gegeben akzeptiert. Aber Martin kann sich über die eingekehrte Ruhe auf der Insel nicht freuen und läuft stattdessen nervös und voller Ungeduld am Eingang des Hangars auf und ab. Das Warten auf den lang ersehnten Start zermürbt ihn sehr und lässt erneut große Zweifel über sein Vorhaben aufflammen. Die Durchführbarkeit seiner Idee, mit einem Flugzeug die Insel zu verlassen, scheint ihm jetzt – nach stundenlangem Warten – wieder selbstmörderisch zu sein. Wäre er doch nur gestern, ohne lange zu überlegen, gestartet! Am liebsten würde er jetzt sofort losfliegen, obwohl ihm bewusst ist, dass er bei der schlammigen Startbahn nur eine geringe Chance hätte, mit den Rädern der Maschine vom Boden loszukommen. Doch trotz seines Verlangens, endlich zu starten, hält ihn seine Vernunft bisher zurück. Mathematisch gesehen stehen seine Chancen, bei einem jetzigen Start zu sterben, vielleicht bei 85 Prozent und bei diesen Bedingungen zu fliegen, nur bei 15 Prozent. Aber selbst, wenn das Flugzeug sich von der schlammigen, nassen Startbahn lösen kann und er Höhe gewinnt, sinken seine Chancen beim Flug rapide weiter, weil dann die dichte Wolkenformation wohl sein Todesurteil werden könnte. Nein, obwohl sein Verlangen, endlich von hier fortzukommen, unerträglich ist, kann er das unmöglich jetzt in die Tat umsetzen. Genauso gut könnte er sich in die Fluten des Pazifischen Ozeans begeben und hoffen, dass ihn in absehbarer Zeit ein Schiff aufnimmt. Es wäre sein Todesurteil, und obwohl er sich dessen bewusst ist, hadert er immer noch mit sich selbst. Er kann sich nur schwer mit der Tatsache abfinden, nicht starten zu können. Und erschwerend kommt noch hinzu, dass es noch nie seine Stärke gewesen ist, auf etwas zu warten. Mehrmals hat er sich heute schon ins Cockpit seiner Maschine gesetzt und von hier aus das schlechte Wetter begutachtet, als ob diese Perspektive die Bedingungen verbessern würde. Einmal hat er sogar die Cockpithaube geschlossen und mit dem Finger unentschlossen auf den Anlasserknopf getippt. Wie eine Raubkatze in ihrem ausbruchsicheren Käfig vor der Fütterung stieg Martin aber letztendlich doch immer wieder aus und schritt abermals ungeduldig am Eingang des Hangars auf und ab. Zerknirscht sieht er dabei den Millionen Regentropfen zu, die unentwegt monoton vom Himmel fallen und ihm wie Gitterstäbe den Weg in die Freiheit versperren. Platsch, platsch, platsch, platsch, platsch ... Die kontinuierlichen Trommelgeräusche des Regens auf dem Boden dauern weiter an, als wären sie schon immer da gewesen und selbst am fünften Morgen seit Beginn des Regens schüttet es unvermindert weiter. Die Sonne hat sich während der dunklen Tage nicht einmal blicken lassen und Martin ist sich nicht sicher, ob es sie überhaupt noch gibt. Er befindet sich in einer tiefen Resignationsphase und lebt seit Einsetzen des Regens wie in Trance. Nur das Allernötigste wird auf der farblosen Insel erledigt, um ansonsten den Tag zu verdösen. Er ist in einer Art Winterschlaf, aus dem er erst erwachen kann, wenn sich der alles umhüllende Regen verzogen hat. Auf dem Boden kauernd wirft er abermals kleine Steine auf die Räder des Flugzeuges, die, wenn sie das Gummi des Rades berühren, zu ihm zurückspringen. Dabei verursachen sie ein Geräusch, das dem der Regentropfen sehr ähnlich ist.

*

Yokoshima verlässt zügig seinen Privatjet und steigt zu seinem wartenden Vater Kossomasek in die Limousine. Schweigend sitzen beide sich eine Zeit lang gegenüber. „Ich bin mit dir zufrieden!", sagt Kossomasek schließlich zu seinem Sohn und bricht damit die angespannte Stille. Kossomasek schaut ihm dabei weiter ins Gesicht, er wundert sich nicht darüber, dass Yokoshima auf sein Lob nicht reagiert und fragt schließlich: „Gab es Probleme, von denen ich noch nichts weiß?"

„Nein, Vater!", antwortet Yokoshima und erklärt: „Unsere Geschäftsfreunde sind mir sehr aufgeschlossen begegnet!"

„Gut!", antwortet der alte Kossomasek. „Sehr gut!", wiederholt er – mehr zu sich selbst – und nickt dabei wohlwollend mit seinem Kopf. Schweigend sitzen Yokoshima und Kossomasek nebeneinander, während die Mercedes-Benz-Limousine das Rollfeld des Privatflughafens verlässt und in Richtung des nahegelegenen Anwesens gleitet. Das Vancouver-Geschäft – wie sie es nennen – ist hervorragend abgewickelt worden, Yokoshima konnte für die Ware einen guten Preis erzielen. Durch die Geschehnisse auf der Insel gab es eine gewisse Verzögerung der Lieferung, aber er hat aufgrund seiner geschickten Vorgehensweise diese Unpässlichkeit komplett ausgleichen können. Seine Geschäftspartner haben der Firma ihr volles Vertrauen ausgesprochen und eine weitere, größere Bestellung in Auftrag gegeben. Des Weiteren kommt ihnen seine Art Geschäfte abzuwickeln sehr gelegen. Selbstverständlich haben sie sich nicht gegen seinen Vater ausgesprochen, aber sie begrüßen ganz offen seine neuen, radikalen Ideen, um den Verkauf der Waren überproportional zu steigern. Auch seine Kunden wissen, an wen sie sich in absehbarer Zeit zu halten haben, und sie sind erleichtert, mit

Yokoshima einen gleich denkenden Geschäftspartner gefunden zu haben. Yokoshima ist ein Mann nach ihrem Geschmack, eine Führungspersönlichkeit der neuen Generation, einer, der keine Grenzen und Tabus akzeptiert. Ein Mann, der entschlossen seine zukünftige Firma vorantreibt, ein Mann, der bedenkenlos über Leichen geht, um seine Interessen zu wahren. Yokoshima und Kossomasek gehen gemeinsam zum Eingangsportal des Anwesens und passieren dabei mehrere schwerbewaffnete Wachen, die respektvoll mit dem Kopf nicken, als sie an ihnen vorbeigehen. Kossomasek bricht erneut das Schweigen und dreht sich zu seinem Sohn um: „Wann brichst du zur Insel auf?"

„In zwei Tagen, Vater, schon übermorgen!", antwortet er kühl und knapp. „Wir können den Tod deines Bruders nicht ungesühnt lassen, Yokoshima! Du musst den Mann töten! Hast du verstanden? Er ist dein Bruder gewesen!"

„Natürlich, Vater!", antwortet Yokoshima abermals kurz. „Ich werde dir den Kopf des Mannes zeigen, damit du ihm in die Augen schauen kannst. Ich verspreche es dir!" Um nach einigem Zögern hinzuzufügen: „Um meines Bruders willen!"

„Ich verlasse mich darauf, Yokoshima!", ermahnt ihn Kossomasek mit seinen alten, nervös unruhigen Augen. Yokoshima blickt hinein und ist sich sicher, dass diese seine Schritte die längste Zeit beobachtet haben. Ohne weitere Worte oder Gesten dreht er sich auf seinem Absatz um und geht in Richtung seines eigenen Hauses, das sich in unmittelbarer Nähe des Haupthauses seines Vaters befindet. Noch auf dem Weg dorthin – entlang an wunderschönen rot, gelb und weiß blühenden Rosenstöcken – telefoniert er. „Ja, hier Yokoshima, ist alles für unseren Ausflug ins ‚Grüne' vorbereitet?" „… Ja, gut", murmelt er mehrmals während des Gehens, wenn auf der anderen Seite geantwortet wurde. „Ihr habt nicht nur eine, sondern gleich zwei montiert? … Nein, kein Problem! … Ja, in Ordnung! Kann nicht schaden! … Ist die Gruppe komplett? Ah, alle zusammen! Ja, gut! … Nein, keine Verzögerung! Der Ausflug wird wie besprochen durchgeführt, wir treffen uns übermorgen am Flugplatz!" Yokoshima legt auf, als er seine Villa erreicht. Müde setzt er sich in einen bequemen Stuhl auf seiner Terrasse und sieht in die Ferne. Von hier aus kann er einen großen Teil des Anwesens überblicken, da er sein „Haus" auf einem Hügel hat errichten lassen. Die Umwälzpumpe des nahen Pools ist zu hören und einige Vögel zwitschern im Hintergrund, ansonsten ist es um sein privates Anwesen herum wunderbar still. Einen Augenblick später kommt seine Frau aus dem Haus und begrüßt ihn freundlich mit einem Kuss auf die Lippen. Sie setzt sich ihm gegenüber. Ihr blondes, kurzes Haar leuchtet im Sommerlicht und fasst ihr hübsches Gesicht gekonnt ein. Ein hellblaues, kurzärmliges T-Shirt betont ihre schlanke Figur und steckt in einer legeren, dunkelblauen dreiviertellangen Jeans. „Wann wirst du aufbrechen?", fragt sie ruhig. „Morgen!", antwortet er kurz und nickt dabei mit seinem Kopf. „Gehst du gern?", fragt sie in einer sympathischen Art weiter. Eine Art zu fragen, die sich außer seiner Frau und seinem Vater kein dritter Mensch auf der Welt erlauben dürfte. Seine Frau kann sich aber – verglichen mit seinem Vater – beinahe noch mehr erlauben, weil er sich bei ihr geborgen fühlt. Yokoshima glaubt sogar, dass sie ihn liebt. Bei ihr kann er Gefühle zeigen, die er sich ansonsten niemals zugestehen würde. Mit seiner Frau kann er über alles sprechen, aber selbst ihr erzählt er nur das, was für sie – in seinen Augen – auch zumutbar ist und die Firma nicht gefährden kann. Zu seinem Vater hat er kein gutes Verhältnis. Ihm gegenüber zeigt er lediglich den Gehorsam und Respekt eines japanischen Sohnes, bis er gänzlich erstarkt und damit in der Lage ist, eine „Palastrevolution" herbeizuführen. Es ist ihm bewusst, dass er kein guter Mensch der Gesellschaft ist, sondern das Erzeugnis einer straffen, militärischen Erziehung in einer wohlhabenden, sehr mächtigen Familie. In seinem vorbestimmten Beruf gibt es kein Privatleben, seine Arbeit ist oft sehr grausam, brutal und schmutzig. Sein Beruf hat abscheuliche Seiten und neben dem ganzen Luxus beinhaltet er das Muss steter Wachsamkeit, um nicht selbst getötet zu werden. „Es geht mir nicht um den Mann", antwortet Yokoshima schließlich ausweichend. „Sein Handeln ist für mich nachvollziehbar, ich kann es sogar verstehen. Er hat wirklich Mut, aber ich kann ihn nicht ungeschoren davonkommen lassen. Er muss sterben! Ich muss ihn zur Strecke bringen. Es hängt mehr davon ab, als du dir vorstellen kannst, meine Liebe!" Yokoshima schaut seiner Frau dabei einen Augenblick zärtlich in die Augen, um schon kurz darauf wieder zu seiner vorherigen kühlen Art zurückzukehren. Seine Frau schweigt und massiert ihm, während er spricht, die Hand, um zu signalisieren, dass sie sein Handeln im Herzen zwar nicht gutheißt, aber durchaus versteht. „Du weißt schon, was für die Firma am besten ist", unterstreicht sie einen Augenblick später ihre Zärtlichkeit mit Worten und lächelt dabei so attraktiv süß, dass selbst er seine Liebe zu ihr nicht leugnen kann. Beide schauen danach schweigend in die wunderschöne, akkurat gepflegte parkähnliche Gartenanlage ihrer Villa und genießen sichtlich die außergewöhnliche Ruhe und Stille dieses paradiesischen Fleckchens Erde. Dies sind die seltenen Augenblicke in seinem Leben, in denen er sich für wenige Stunden so geben kann, wie er im Ursprung seines Herzens einmal gewesen ist.

Yokoshima spricht mit seiner Frau nur unwesentlich mehr als mit seinen Männern, denn im Laufe seines Lebens hat sein Vater ihm eingetrichtert, dass das als Schwäche ausgelegt werden kann. Seine Familie gehört schon seit Generationen zu den reichsten Familien der Erde und kann sich daher ihre Eigenarten erlauben. Sie wird von den bedeutendsten und mächtigsten Menschen des Planeten geschätzt und geachtet. Man lässt ihnen ihre Freiheiten, weil diese Familie nicht nur finanziell die Politik auf dem Planeten wohlwollend unterstützt. Die Firma kauft, besticht, schmiert, bedroht und tötet bedeutende Menschen, Beamte und sogar Regierungsoberhäupter auf der ganzen Welt. Sie besitzt eine Monopolstellung und operiert in allen Geschäftsfeldern, die hohe Gewinne im Verborgenen versprechen. Sie betreibt etliche Öl- und Gasfelder und erschließt stetig neue. Sie schreckt selbst vor Kriegen nicht zurück, die von bestochenen befreundeten Staaten geführt werden, um sich die Quellen anzueignen, die sie begehren. Patriotismus, Glaubens- und Völkerunterschiede werden gekonnt ausgenutzt, um die einfachen Menschen mit einem Lügengebilde anzuheizen und gegeneinander aufzubringen, sodass das Militär nur noch mit dem Wohlwollen der Weltgemeinschaft in das anvisierte Land einfallen muss. An der Börse bestimmen ebenfalls die mächtigen und reichen Familien das Handeln. Gekonnt wird spekuliert und mit erfundenen Prognosen und nicht vorhandenen Werten der Geldkreislauf in Schwung gehalten. Dabei spielen nicht nur die gesetzten Vermögen der Firmen, sondern auch das Kapital der Milliarden Kleinanleger durchaus eine bedeutende Rolle. Mit geringen „Gewinnprognosen" werden diese angeregt und mit der Hektik des Geschäfts zu unüberlegten Einlagen bewegt, um sie danach kontrolliert zu melken. Aber immer nur so viel, dass der Reiz des Glückspiels dabei nicht verloren geht. Ja, auch die Börse ist nichts anderes als ein Spielautomat für Kapitalinhaber. Man darf die Droge, die ein Süchtiger benötigt, nicht unbezahlbar machen. Sie muss genau so teuer sein, dass dieser sie sich gerade noch leisten kann. Wo das Geld dafür herkommt, ist vollkommen gleichgültig. Seiner Frau war das alles schon vor der Heirat mit Yokoshima bewusst, aber sie ist bis heute – entgegen aller Bedenken ihrer Eltern – davon überzeugt, die richtige Wahl getroffen zu haben. Sie hasst zwar die Brutalität, mit der die Firma gegen ihre Widersacher vorgeht, aber sie liebt auch das unbesorgte Leben im unbegrenzten Luxus. Eine Art Leben, das in keiner Hinsicht mit dem Leben der „normalen Menschen" zu vergleichen ist. Ihr Leben ist eher mit jenen des alten Kaiserreiches zu vergleichen, mit all den Vorzügen, aber auch mit gehörigen Umstellungen. Die Familie, der sie seit drei Jahren angehört, besitzt riesigen, fast schon unermesslichen Grundbesitz in vielen Ländern der Erde und sogar mehrere Inseln im Pazifischen Ozean. Diese Familie besitzt mehr Juwelen, Diamanten, Gold und Geld als manche Regierungen dieser Erde und verkehrt dementsprechend nur in den obersten Kreisen der Weltgemeinschaft. Es gibt nur einen Unterschied zu königlichen Häuptern: Bis zum heutigen Tage kümmern sie sich selbst um die Geschäfte. Das ist Familiensache, und wenn ihnen auch eine ganze Armee von Untergebenen dabei hilfreich zur Seite steht, die Entscheidungen trifft wie vor Hunderten von Jahren immer noch das Familienoberhaupt. Momentan ist das Yokoshimas Vater! Kein Richter, kein Jurist, kein Prokurist besitzt das letzte Wort! Noch nicht einmal Yokoshima selbst kann wichtige Entscheidungen in eigener Verantwortung beschließen. Noch immer muss er den letzten Segen seines Vaters bekommen, um ein wichtiges Geschäft zu besiegeln. Jeder seiner Geschäftspartner weiß das und ohne diese Zustimmung ist – egal, was er vorher auch ausgehandelt hat – kein Vertrag abgeschlossen! Ein untragbarer Zustand! Aber Yokoshima arbeitet an diesem Problem!

*

Die glühend gelbe Sonne steigt über den nahe gelegenen Bergen in den Himmel empor und zeigt sich in ihrer vollen Pracht. An diesem Tag steht früh morgens ein großer, vierstrahliger Learjet auf dem Rollfeld des Anwesens zum Abflug bereit. Glitzernd funkelt der saubere blaue Lack des Jets in der Sonne und hebt sich anschaulich von der schwarz geteerten Rollbahn und den angrenzenden grünen Rasenflächen ab. Die Piloten – in ihren adretten Anzügen – checken den Jet, laufen um diesen herum und beobachten zusätzlich den Ladevorgang der Ausrüstungsgegenstände. Nacheinander steigen die Soldaten, die für die „Inselsäuberung" ausgewählt wurden, in das Flugzeug ein. Yokoshima selbst steht mit ernster Mine davor und schaut sich das ruhige, professionelle Treiben an, während sich seine engsten Vertrauten nacheinander zu ihm gesellen. Als alle Ausrüstungsgegenstände verladen sind und der letzte der zwanzig Kämpfer eingestiegen ist, macht sich auch Yokoshima mit seinem Gefolge auf, in die Maschine einzusteigen. Unmittelbar danach startet das Flugzeug und steigt schnell in den glasblauen Himmel empor, um nach vierstündigem Flug inmitten des Pazifischen Ozeans auf einer Privatinsel der Organisation zu landen. Hier liegen die Schiffe am Kai festgemacht, die extra ausgerüstet wurden, um das Zielgebiet anzusteuern, welches sich noch fünf Seetage weit entfernt befindet. Yokoshima selbst betritt mit seinen Vertrauten und sieben Söldnern eine der mächtigen Motorjachten und besichtigt unmittelbar danach die beiden nachträglich montierten schweren Kanonen. Die anderen Söldner besteigen wie vorgesehen das andere Schiff. Zufrieden nickt er seinen Männern zu, worauf diese sogleich die Taue der Schiffe vom Kai lösen und aus dem kleinen Hafenbecken Fahrt in Richtung des Ozeans aufnehmen. Vom Bug aus schaut Yokoshima in die sich vor ihm erstreckenden Wassermassen. Er ist heilfroh, wenn diese unangenehme Angelegenheit endlich erledigt ist und er sich wieder seinen „normalen Geschäften" widmen kann. Die Zeit, den überraschenden, aber ihm sehr gelegen kommenden Tod seines Bruders zu vergessen und nun endlich seinen Vater vom Thron der Macht zu stoßen, ist gekommen. Unter normalen Umständen wäre die Hetzjagd auf der Insel eine willkommene Abwechslung gewesen, aber zum jetzigen Zeitpunkt der „Umstrukturierung" in der Organisation ist sie nur ein lästiges Übel. Mit voller Motorleistung jagen die beiden Schiffe in Formation über das ruhige Seewasser. Es ist schon eine Weile her, denkt Yokoshima, dass er den Pazifik an einem so wolkenverhangenen Tag mit so tristen, dunkelgrauen Farben zu Gesicht bekam.

7. Kapitel

Die Zeit verrinnt, er weiß nicht einmal mehr, seit wie vielen Tagen es schon regnet. Martin „duscht" seit einer Stunde ausgiebig im warmen Dauerregen. Splitternackt läuft er tänzelnd die Rollbahn entlang und reibt sich dabei mit den Händen den mehrere Wochen alten Dreck vom Körper. Erst wenn die Dreckkrusten eingeweicht sind, kann er sie abwaschen und die sich darunter befindliche Haut reinigen. In Windeseile läuft das Wasser dabei, sobald es auf ihn niedergefallen ist, an seinem Körper entlang und versickert schon wenig später im Matsch, in dem seine Füße bis zu den Knöcheln eingesunken stehen. Der tagelang andauernde Regen ist bedeutend wärmer als die Wassertemperatur im See und zusätzlich sprudelt dieser wohltuend, wie aus dem gigantischen Massagebrausekopf einer riesigen Dusche, vom Himmel herunter. Eine Wohltat, die ihm ein wenig die Qualen des Wartens erleichtert. Mit einem Stück Seife, das er im Hangar gefunden hat, seift er sich jetzt schon zum wiederholten Mal ein und duftet so gut wie schon lange nicht mehr. Er weiß, dass er seiner Haut damit etwas Gutes tut, und fühlt sich zusätzlich seit langer Zeit rundherum wieder richtig sauber. Kaum hat der Regen die Seifenschicht abgewaschen, seift er sich erneut ein, sodass etwas später aus der anfangs dicken Seife ein äußerst schlankes Seifchen geworden ist. Immer und immer wieder reibt er sich ein und genießt den Luxus, den er, seit er auf der Insel gestrandet ist, nicht einmal sonderlich vermisst hat. Abermals reibt er sich ein, sodass sich auf seiner Haut viele dicke Schaumkronen bilden. Doch diesmal bleibt plötzlich der Regen aus. Ungläubig schaut er in den Himmel hinauf und kann es zunächst gar nicht glauben. Mit seinen Händen versucht er, sich die Seife vom Körper zu reiben, doch der glitschige Schaum verteilt sich noch mehr und wird zusätzlich von der durchdringenden Sonne, die sich durch die dunklen Wolkenpakete zwängt, angestrahlt. Er patscht sich seinen frisch eingeseiften Körper mit den Händen ab und ist heilfroh, dass ihn jetzt niemand sehen kann. Festgewurzelt bleibt er eingeseift auf der Stelle stehen und begreift nur allmählich, dass er bald mit dem Flugzeug starten kann. Er wird die Insel schon sehr bald verlassen! Er weiß, dass die alles durchnässenden Wasserlachen schon bald verdunstet sein werden. So etwas kennt er schon. Schon mehrmals hat er auf der Insel einen mehrere Tage andauernden Regen erlebt und sich gewundert, wie schnell die Sonne danach den durchnässten Boden wieder trocknete. Eilig läuft er zu einer großen Pfütze hinüber und will sich mit dem Wasser die Seifenreste vom Körper waschen, doch kaum hat er sich mit den Händen damit benetzt, muss er feststellen, dass er durch den Pfützenschlamm nicht wesentlich sauberer aussieht als vor der Dusche im Regen. „Das darf doch nicht wahr sein!", flucht er ungeduldig. „Seit Tagen regnet es wie aus Eimern und gerade jetzt, wo ich eingeseift bin, hört es auf. Also doch wieder der kalte See!", murmelt er gefrustet, während er hastig dorthin läuft, um sich den abermals verschlammten Körper zu reinigen.

Als er den Hangar wenig später wieder erreicht hat, wärmen ihn schon einige Sonnenstrahlen, die zunehmend den Weg durch die aufreißenden Wolkenformationen finden. Sekündlich und rasend schnell erobern sie wie gewohnt das kleine Eiland und versuchen, bis in den letzten Winkel vorzudringen. Kaum ist das geschehen, kehren die paradiesischen Geräusche und Farben, für die er „seine" Insel so liebt, blitzschnell zurück. Die Insel erwacht aus ihrem Schlechtwettertiefschlaf und wie auf Knopfdruck blühen die Blumen, kreischen die Vögel und übersättigen die Augen und Ohren im Übermaß. Fasziniert bleibt Martin vor dem Flugzeug stehen und schaut wehmütig in den erwachenden Wald hinein. Denn die energiegeladenen Sonnenstrahlen belagern alle Wassertümpel schon süchtig und saugen gierig den Inhalt auf. Martin beobachtet den Verdunstungsvorgang kritisch und ahnt, dass er morgen früh nun endlich starten kann. Aber bis dahin hat er noch viel Arbeit vor sich, denn sicherheitshalber möchte er den Jäger, den er für seine Rückkehr in die Zivilisation ausgesucht hat, noch einmal checken. Martin ist sichtlich erregt. Seine Lebensenergie ist zurückgekehrt und voller Vorfreude auf den morgigen Tag macht er sich sofort an die Arbeit. Noch einmal checkt er die Maschine konzentriert auf Schäden und lässt dabei das Triebwerk mit geöffneten Wartungsklappen im Stand laufen. Aufgrund des ohrenbetäubenden Lärms muss er sich die Ohren mit den Fingern zuhalten, während er das mächtige Triebwerk kontrolliert. Zuverlässig wie ein altes Uhrwerk brummt es monoton vor seinen Augen. Martin ist hoffnungsvoll, dass, wenn er morgen einen sauberen Start hinlegt, der Motor im Flug nicht versagt und die Flugzeugzelle den Belastungen noch standhält, er dann durchaus eine Chance hat, mit diesem Jäger in den Weiten des Pazifischen Ozeans weiteres Land zu finden. Eine Insel, vielleicht sogar einen Kontinent, auf dem Menschen leben, die ihn nicht bekämpfen wollen, sondern ihm weiterhelfen. Endlich wieder in einem richtigen Bett schlafen, an einem gedeckten Tisch sitzen und mit anderen Menschen einen Dialog führen. Endlich wieder nach Hause zurückzukehren!

*

Die Insel befindet sich am frühen Morgen noch vor Sonnenaufgang in Sichtweite der Schiffe. Yokoshima ist schon früh aufgestanden und erkennt deutlich die Inselumrisse an der Steuerbordseite seiner Jacht, die vom Mondschein angeleuchtet aus dem Pazifik ragen. Wie vorher abgesprochen positioniert sich seine Jacht in der Nähe des Strandes, während das andere Schiff in Richtung der Bootsanlegestelle fährt, um davor abzuwarten. Yokoshima raucht einen Zigarillo und beobachtet von der Schiffsreling aus seine Insel, die sich schon seit etlichen Jahren in Familienbesitz befindet. Sein Vater hatte dieses Eiland inmitten des Pazifiks vor langer Zeit für einen Spottpreis von fünf Millionen US-Dollar erworben und damit Weitsicht für die bevorstehenden „neuen Geschäfte" der Organisation bewiesen. Diese Insel ist in der restlichen Welt in Vergessenheit geraten und fernab der regulären Schifffahrtsrouten ist es völlig ausgeschlossen, dass sie von zufällig vorbeifahrenden Schiffen besucht wird. Die nächstgelegene bewohnte Inselgruppe liegt 650 Seemeilen entfernt, somit ist dieses Stückchen Erde am Ende der Welt der ideale Ort, um ihre Handelsware zwischenzulagern. Nachdem seine Jacht unweit des Strandes Anker geworfen hat, steigen einige seiner Leute in ein kleineres Beiboot um und bereiten sich auf den Landgang vor. Bekleidet mit dunkelgrünen Kampfanzügen sehen sie wie Soldaten von einer Spezialeinheit aus und mit ihren schwarz angemalten Gesichtern und den bedrohlichen schweren Waffen, die sie bei sich tragen, machen sie auf jedermann einen Furcht einflößenden Eindruck. Tatsächlich stammen seine Kämpfer nur aus den besten Armeen und Söldnergruppen der Welt. Umso unverständlicher ist es für Yokoshima, dass sie schon zweimal von einem Gestrandeten – beim ersten Mal von einem nur mit einem Stock bewaffneten Mann – an der Nase herumgeführt wurden. Yokoshima respektiert Männer, die mutig und unerschrocken sind, und kann sich deshalb einer gewissen Faszination für den Fremden nicht entziehen.

*

Martin konnte vor Aufregung die ganze Nacht über nicht schlafen. Im Schein seiner Petroleumlampe hat er deshalb schon in der Nacht sein Flugzeug aus dem Hangar hinausgerollt. Erwartungsvoll läuft er, kaum dass sich die ersten Lichtzeichen des neuen Tages am Himmel abzeichnen, unruhig vor dem Jäger hin und her. Seine Gedanken kreisen währenddessen um den bevorstehenden Flug und er fragt sich innerlich, ob dies der Anfang oder das Ende seines neuen Lebens sein wird. Ungeduldig läuft Martin dabei die Rollbahn ab und versucht, die letzten Eindrücke der Insel auf sich wirken zu lassen. Automatisch rattert das Erlebte der letzten Monate in seinen Gedanken ab und es ist ihm durchaus bewusst, dass er sehr wahrscheinlich nie wieder in seinem Leben einen Fuß auf diese Insel setzen wird. Diese Insel barg so viel Einsamkeit in den ersten Wochen, dass er fast daran zerbrochen wäre. Andererseits hat er hier, nachdem er sich eingelebt hatte, aber auch wunderschöne Glücksmomente erlebt. Es ist schwer für Martin, sich sein früheres Leben in diesem Moment vorzustellen und er hofft sehr, dass er sich wieder so unbeschwert in die Gesellschaft einleben kann wie zuvor auch. Momentan erscheint ihm sein früheres Leben vor der Weltreise irreal und sein damaliges Handeln und Denken spiegelt sich vor seinen Augen wie das eines Fremden wider. Über was er sich alles aufgeregt hatte. Auf was er so

Wert gelegt hatte. Was für Eigenarten er an den Tag legte, welche Verhaltensmuster er ungefiltert nachahmte und sich doch niemals selbst dabei fand. Jetzt in diesem Augenblick kann er seine Vergangenheit nicht verstehen. Er ist überzeugt davon, erst hier auf der Insel richtig zum Leben gefunden zu haben. Rückwirkend betrachtet ist der Untergang des Containerschiffes für ihn kein Unglück gewesen, sondern ein Erwachen aus einem „Tiefschlaf". Eine Prüfung, die man nur meistern kann, wenn man abrupt aus der Trance des Gewohnten herausgerissen wird. Von dieser Lektion wird er noch sein ganzes Leben lang profitieren können, falls er seinen bevorstehenden Flug überlebt. Er ist dem Schicksal sogar sehr dankbar, dass er durch dieses Überlebenslabyrinth musste und es ihm nicht erspart blieb, wie vielen anderen Milliarden Menschen dieser Erde. Aus der Bewältigung des Unmöglichen schöpfte er unermessliche Kraft und meisterte bis hierher trotz aller Widrigkeiten sein Überleben. Er ist ein bisschen stolz auf sich und sieht ehrfurchtsvoll der grell leuchtenden Sonne beim Aufgang zu. Im Nu erleuchtet sie die riesige, dunkle Fläche über der Insel mit ihrer unermesslichen Leuchtkraft. Dieses morgendliche Schauspiel, das der moderne Mensch schlicht „Sonnenaufgang" nennt, ist mit einem unvorstellbaren Energiepotenzial verbunden. Einer Kraft, die jegliches Vorstellungsvermögen sprengt, aber als Naturphänomen nicht mehr sonderlich zur Kenntnis genommen wird. Das Leben des scheinbar modernen, zivilisierten Menschen wird vom Alltäglichen und scheinbar bedeutenderen und wichtigeren morgendlichen Dingen geprägt: Ist der Kaffee zum Frühstück fertig? Was für eine Krawatte nehme ich heute? Ist das Badezimmer frei? Komme ich auf dem Weg zur Arbeit in einen Stau? Ist die Zeitung wieder nass, weil der Bote sie nicht richtig in den Schlitz steckte? Usw., usw. In der Natur ist das anders, hier ist nur Platz für die wirklich wichtigen Dinge des Tages und die Aufmerksamkeit wird nur auf diese Ereignisse fokussiert. Eine Eigenart, die auch dem Menschen in vielen Lebenssituationen hilfreich sein kann. Aber diese Denkweise ist bei vielen abhandengekommen. Alles, was man tut, wirklich alles sollte konzentriert und vollkommen erledigt werden. Weniger ist dabei wesentlich mehr, Konzentration auf das Wesentliche, eine Begabung, die bei Martin durch das einsame Leben auf der Insel und dem damit verbunden Überlebenskampf wieder aktiviert wurde. Ein Leben mit allen Sinnen, mit reinen, nicht abgelenkten Gedanken.

Der Zeitpunkt seines Starts ist jetzt gekommen. Martin setzt sich mit Herzklopfen ins Cockpit seines Jägers. Sorgfältig durchläuft er die Startprozedur des Triebwerks, worauf es unmittelbar danach zuverlässig startet. Nach wenigen Minuten ist der für den Start erforderliche hydraulische Druck aufgebaut. Nun ist es endlich soweit, gefühlvoll schiebt Martin nach kurzem Zögern mit der linken Hand den Gashebel nach vorn, worauf das Flugzeug sich bewegt und gemächlich über die Rollbahn zur Startbahn rollt. Durch die immer noch geöffnete Cockpithaube blickt Martin zum Abschied zum letzten Mal auf die Insel, er wird sie nun definitiv verlassen. Mit einem kurzen Gasstoß richtet er kurz danach sein Flugzeug auf der Startbahn aus und hält dabei den Steuerknüppel mit seiner schwitzigen rechten Hand so locker wie möglich fest.

*

Das Beiboot verlässt die Jacht und fährt mit fünf Männern besetzt zum Strand hinüber. Dort angelangt verteilen sich die Söldner und verschanzen sich hinter den schützenden Bäumen, um zum Vorrücken weitere Befehle abzuwarten. Yokoshima gibt den beiden wartenden Soldaten an den beiden Bordgeschützen ein Zeichen, dass auch sie sich bereit machen sollen. Erwartungsvoll richten sie danach ihre schweren Geschützrohre auf die Insel aus.

*

Martin schließt die Cockpithaube und richtet seinen Blick noch einmal prüfend auf die Instrumente. Sein Flugzeug ist startklar, jetzt gibt es für ihn kein Zurück mehr. Ohne weiter darüber nachzudenken, schiebt er fest entschlossen den Gashebel langsam, aber stetig nach vorn. Das Flugzeug fängt an zu rumpeln, schließlich rollt es und wird schneller und schneller, sodass schon nach wenigen Metern das mit dem Spornrad besetzte Heck den Bodenkontakt verliert und vom Fahrtwind emporgehoben wird. Die Sicht nach vorn ist frei, Martin kann nun das Flugzeug besser auf der Startbahn halten und justiert mit dem Steuerknüppel gefühlvoll das Seitenruder, das mit steigender Geschwindigkeit des Jägers immer besser anspricht. Er schiebt den Gashebel ganz nach vorne, worauf der Motor laut dröhnend seiner Höchstdrehzahl entgegen brummt. Die aneinandergereihten Bäume der Startbahn sausen mit zunehmender Geschwindigkeit immer schneller an seiner Cockpithaube vorbei und verschmelzen dabei in ein mächtiges grünes Meer. Erst kurz vorm Ende der Startbahn zieht Martin langsam den Steuerknüppel zu sich heran, worauf die Räder des Fahrwerkes der Maschine ebenfalls den Bodenkontakt zur staubigen Piste verlieren und in die Höhe schnellen. Zügig befördern die knapp zweitausend Pferdestärken des Triebwerks den Jäger in die Höhe, sodass Martin schon kurz danach sicher die Baumkronen überfliegt. Der Start ist geglückt!

*

Yokoshima hebt seine Hand, worauf seine Männer sofort ihre Gespräche unterbrechen. „Hört ihr das?", ruft er seinen Leuten zu. Die auf der Jacht übrig gebliebenen Männer horchen ebenfalls auf und nehmen auch das aus der Entfernung näherkommende Motorengeräusch, das von der Insel herüberschallt, wahr. Das Dröhnen wird stetig lauter. „Was ist das?", fragt Yokoshima seinen engsten Vertrauten, der neben ihm steht. „Das ist ein Flugzeug!", beantwortet er seine Frage schon kurz darauf selber. Die Männer schauen sich verwundert und verständnislos an, als die Maschine schon kurz darauf über den Baumgipfeln zu sehen ist und direkt auf sie zusteuert. „Woher kommt das denn?", schreit Yokoshima seinen Leuten zu. Ungläubig schauen diese dem merkwürdig aussehenden, herannahenden Flieger entgegen. „Schießt es ab!", schreit Yokoshima ihnen zu, worauf sofort alle verfügbaren Waffen des Schiffes auf die Maschine gerichtet werden.

*

Angespannt hält Martin den Steuerknüppel fest. Das Flugzeug steigt für ihn überraschend schnell in die Höhe. Schon kurz nach dem Start hat er die Insel fast überflogen und steuert auf den offenen Ozean zu. Der ohrenbetäubende Lärm des Triebwerks ist so groß, dass er sich jetzt wünschte, seine Ohren vor dem Flug mit irgendwas zugestopft zu haben. Angestrengt versucht er, den in den Ohren schmerzenden Krach zu überhören und sich auf das Fliegen selbst zu konzentrieren. Die stark vibrierende Maschine unterstützt sein Vorhaben dabei nicht gerade und Martin hat schon alleine deswegen keinen Blick für die entschwindende Insel übrig. Er überfliegt den Strand, über den er die Insel zum ersten Mal betreten hatte, als er unter sich einige Schiffe bemerkt. Entsetzt schaut er aus dem Seitenfenster hinab und verzieht dabei beinahe den Jäger. ‚Die Drogenschmuggler‘, schießt es ihm sofort durch den Kopf, ‚sie sind tatsächlich wieder zurückgekommen!‘ Aufgrund der geringen Höhe nur einige Meter über den Baumgipfeln kann er einige aufgeregt umherlaufende Soldaten auf dem Schiff und auch am Strand erkennen. ‚Das war knapp!‘, denkt er weiter, nicht einen Tag später hätte er die Insel verlassen dürfen. Martin ist erleichtert, dass er so viel Glück hatte und den Banditen jetzt davonfliegen kann. Er zieht den Steuerknüppel weiter zu sich heran, um höher zu fliegen, als plötzlich mehrere laute Detonationen den Triebwerkslärm übertönen. Schnell schaut er auf seine Instrumentenpaneele, weil er zunächst glaubt, dass etwas mit dem Flugzeug nicht stimmt, aber alle Anzeigen sind auf ihren normalen Positionen. Abermals hört er etliche Detonationen. Martin schaut sich nervös um, kann aber wieder keinen Defekt am Flugzeug ausmachen. Das Flugzeug scheint in Ordnung zu sein. Was ist das für ein Krach? Er hat das Schiff schon beinahe überflogen, als ihn wieder mehrere schnell hintereinander knallende Detonationen erschrecken. Plötzlich wird sein Flugzeug kräftig durchgeschüttelt und erst jetzt bemerkt er, dass fortwährend auf ihn geschossen wird. Ruckartig reißt er den Steuerknüppel nach Backbord herum, ohne auf die Vibrationen des leicht beschädigten Jägers zu achten, um von dem Schiff weg zu kommen. Dabei drückt er den Gashebel, den er kurz nach dem Start wieder zurückgenommen hatte, wieder ganz nach vorn. Das Triebwerk reißt das Flugzeug mit seiner schier unbändigen Kraft nach vorn, aber trotzdem schlagen immer mehr Geschosse in die Maschine ein und lassen diese heftig erschüttern. Er hofft, dass die dabei entstandenen Schäden nicht zu groß sind und versucht sich – trotz der umherfliegenden Geschosse – weiter auf das Fliegen des Jägers zu konzentrieren. Überall um ihn herum explodiert es. Er ist von den Detonationen des Geschützfeuers, das seine Maschine unentwegt vibrieren lässt, regelrecht eingekreist. Auf einmal explodiert ein Geschoss direkt im Triebwerk. Stark beißender Qualm steigt unmittelbar danach im Cockpit auf. ‚Das Kühlsystem muss getroffen worden sein', denkt er, aber er hat keine Zeit, sich weiter darum Gedanken zu machen, denn es sprühen unerwartet Funken unter den Triebwerkshauben hervor. Nur einige Sekunden vergehen und es explodiert krachend. Nach diesem lauten Knall ist schwarzer, stinkender, ölhaltiger Qualm zu sehen, der an der Außenseite des Flugzeugrumpfes, angetrieben vom Winddruck, in Richtung des Cockpits weht. Der schwarze, siedende „Fluss" hat die Cockpitscheibe noch nicht erreicht, doch dann wird er durch den Winddruck davorgeschleudert, sodass die Sicht für Martin schwindet. Die Triebwerksleistung lässt nach. Es wird still und das Dröhnen des Triebwerks verstummt. Martin starrt verzweifelt auf seine Instrumentenpaneele und muss hilflos mit ansehen, wie die Triebwerksüberwachungsanzeigen stetig nach unten in die Nullposition gleiten. Er hat keinen Schub mehr und wird nur von der noch vorhandenen Eigengeschwindigkeit in der Luft gehalten. Seine Geschwindigkeit sinkt rapide und der Propeller dreht nur noch durch den Winddruck angetrieben seine kraftlosen Kreise. Kaum ist er sich dieser Katastrophe bewusst, schlagen weitere Geschosse in das Flugzeug ein und lassen es dabei in der Luft durch die Kraft der einschlagenden Fremdkörper unkontrolliert umhertanzen. Martin ist wie vor den Kopf geschlagen, durch seine Versteinerung kann er erst nach einigen Sekunden reagieren. Er drückt den Steuerknüppel von sich weg, um wieder Fahrt aufzunehmen. Aber die Maschine sackt weiter durch! Während das Geschützfeuer unvermindert weiter um ihn herum kracht, treten seine Füße, die mithilfe des Seitenruders die Maschine stabilisieren wollen, ins Leere. Die Pedale hängen nur noch schlaff am Boden des Cockpits herunter, die Steuerkabel müssen durchtrennt worden sein. Wieder wird die Flugzeugzelle heftig durchgeschüttelt, abermals wird das verlangsamte Flugzeug schwer getroffen, denn es hängt als gute Zielscheibe manövrierunfähig in der Luft. Martin versucht verzweifelt, das Flugzeug nur mit dem Querruder zu steuern und in Nähe der Insel notzulanden. Es ist ihm bewusst, dass seine Flugzeit schon in wenigen Augenblicken beendet ist. Er wird abstürzen! Die Nase kippt ab, Martin hat es geschafft, sie herunterzudrücken, um wieder etwas Geschwindigkeit aufzunehmen und nicht wie ein Stein senkrecht zu Boden zu fallen. Mit Gegensteuermaßnahmen am Steuerknüppel versucht er, eine halbwegs flache Bruchlandung vor der Insel zu erreichen. Die Maschine darf auf keinen Fall einfach nur auf den Boden krachen, er muss versuchen, die Energie des Aufschlages durch eine gewisse Vorwärtsbewegung des Flugzeuges zumindest etwas abzufangen. Aber sie bricht immer wieder aus, um dann in Trudelbewegungen überzugehen. Wie auf einem wild gewordenen Stier reitend versucht Martin, nicht abgeworfen zu werden, und kämpft mit verzweifelten Steuerbewegungen, um die immer wieder ausbrechende Maschine halbwegs zu kontrollieren. Alles geht unglaublich schnell und lässt ihm für Überlegungen keine Zeit. Ohne sicher zu sein, ob seine Steuerbefehle sein Überleben sichern oder ihn ins Verderben führen, muss er diese reflexartig ausführen. Rasend schnell kommen die hohen Klippen der Insel immer näher und er spürt eine hilflose, lähmende Angst in sich hochsteigen, die seine wagemutigen Steuerbefehle lächerlich erscheinen lässt. Mit riesigen Rauchfahnen rast die Maschine wie auf Schienen ihrem Unheil entgegen und stürzt schließlich die letzten Meter bis zum Boden unkontrolliert ab. Wie in einem Albtraum schießt ihm der steinige Boden des Klippenrandes entgegen und er kann nichts mehr dagegen machen. Reflexartig reißt er seine Arme vor sein panisches, angsterfülltes Gesicht, bevor er hart aufschlägt.

*

Die Männer an den schweren Geschützen der Jacht reißen die Arme hoch und bejubeln sich lautstark gegenseitig. Noch nie haben sie die Gelegenheit gehabt, mit den Bordgeschützen auf ein Flugzeug zu schießen oder gar eines abzuschießen. Nachdem die Maschine getroffen wurde, macht sie einen scharfen Bogen nach links und stürzt dann rauchend und Funken schlagend auf der anderen Seite der Insel ab. Die schwarzen, großen Rauchfahnen hängen immer noch gut sichtbar in der Luft und markieren die Absturzstelle deutlich. Yokoshima schaut derweil mit ernster Mine einen seiner Vertrauten, der neben ihm steht, an und fragt, ohne eine Antwort ernsthaft zu erwarten: „Woher hat der Kerl das Flugzeug?" Dieser zuckt wie erwartet nur mit seinen Schultern und sagt stattdessen: „Die Jagd ist anscheinend schneller beendet, als wir geglaubt haben!"

„Abwarten!", sagt Yokoshima ruhig. „Es käme mir gelegen", fährt er fort, „aber ich glaube nicht eher daran, bis wir die Leiche gefunden haben." Die Männer auf der Insel werden zurückbeordert. Unmittelbar nachdem sie die Jacht mit dem schnellen Beiboot wieder erreicht haben und sie an Board gelangt sind, jagt das Mutterschiff mit Vollgas zur Absturzstelle hinüber.

*

Martin erlangt durch das kalte Wasser, das bis zu seinen Knien reicht, wieder das Bewusstsein. Er kann sich nicht bewegen, denn sein rechtes Bein ist eingeklemmt. An mehreren Stellen klaffen tiefe, blutige Wunden, die ihn durch ihre stechenden Schmerzen fast wieder ohnmächtig werden lassen. Das Flugzeug ragt mit einer Tragfläche ins Wasser, während die andere auf einem Schotterstreifen an Land aufliegt. Hohe Klippen, über die es schwierig werden wird, die Insel wieder zu betreten, türmen sich steil vor der Maschine auf. Mit beiden Händen reißt er an seinem eingeklemmten Bein, um es frei zu bekommen. Er schafft es nicht! Martin stöhnt vor Schmerzen auf. Trümmerteile bedecken sein Bein, und nachdem er diese beseitigt hat, reißt er abermals daran, ohne auf die Wunden zu achten. Er muss schnell aus dem Flugzeug heraus. Wer weiß, wie lange er an diesem Ort noch alleine ist. Ruckartig, immer und immer wieder zieht er an dem blutigen Bein und kann es schließlich doch befreien. Vor Schmerzen stöhnend entsichert er seinen Gurt und schiebt sich durch die geplatzte Cockpitscheibe kopfüber hinaus ins Freie. Bis auf sein Bein scheint er unverletzt geblieben zu sein. Mit einem herumliegenden Tuch bindet er die Wunde notdürftig ab. Stöhnend und schwerfällig setzt er sich auf den Boden. Erst jetzt registriert er so richtig, was soeben geschehen ist. Er wurde abgeschossen! Und dann ist er mit dem Flugzeug über das spiegelglatte Pazifikwasser gerutscht, bis er hier auf dem Schotterstreifen vor den Klippen der Insel zum Stehen gekommen ist. Schockiert sieht er sich um und bemerkt erst jetzt, dass das Flugzeug immer noch stark qualmt. Es könnte jeden Augenblick explodieren, denn die Maschine war vollgetankt, als er startete, schießt es ihm durch den Kopf. Er springt sofort auf und humpelt – so schnell es ihm möglich ist – von dem Flugzeug fort. ‚Was soll ich jetzt machen?', hämmert es ihm durch den Kopf. Seine Ausgangsposition ist denkbar schlecht und die Banditen werden mit Sicherheit zur Absturzstelle fahren. Martin humpelt weiter. Auf den groben Schottersteinen ist das eine mühselige Angelegenheit – besonders mit einem nachziehenden Bein. Dabei richtet er seinen Blick auf den Pazifik, um zu sehen, ob er das Boot der Banditen schon ausmachen kann. Zu seiner Erleichterung ist aber alles ruhig und bis auf das immer kleiner werdende, rauchende Flugzeug ist nichts zu sehen. Martin kann keinen klaren Gedanken fassen. Er läuft und läuft. Hauptsache, er verschwindet erst einmal von der Unglücksstelle. Die Kieselsteine stechen beim Gehen unerbittlich in seine Fußsohlen und lassen ihn bei jedem Schritt sein Gesicht zusätzlich vor Schmerzen verziehen. Mit solch einem Desaster konnte er nicht rechnen, solch ein Unglück nicht vorausplanen. Die Schmerzen im Bein hemmen seine Gedanken auch weiterhin, verzweifelt versucht er, seinen Schockzustand zu überwinden und halbwegs vernünftige Gedanken zu fassen, als ihn plötzlich eine gigantische Explosion zusammenzucken lässt. Martin reißt seinen Kopf herum und sieht, dass das Flugzeugwrack explodiert ist und etliche brennende Wrackteile durch die Luft geschleudert werden. Der noch verbliebene Rumpf der Maschine brennt lichterloh und der Rauchpilz markiert seine Absturzstelle noch deutlicher, als es die vorherige Rauchfahne schon getan hat. Sie schreit den Banditen förmlich zu: „Hier ist er, los, schnappt ihn euch!" Martin humpelt schnell weiter. Er weiß, dass er nicht mehr viel Zeit hat. Er muss irgendwie auf die Insel kommen, er muss an den steilen Klippen hinauf einen Weg finden. Das ist seine einzige Chance!

*

Das große Schiff durchpflügt das Wasser und lässt dabei große, sich auftürmende Wellen am nahe gelegenen Ufer der Insel brechen. Das brennende Wrack liegt keine dreihundert Meter mehr von ihnen entfernt und kennzeichnet die Absturzstelle ausgezeichnet, sodass es kein Problem für die Besatzung darstellt, diese Stelle sofort zu finden. Unmittelbar nachdem sie so nahe wie möglich an das Flugzeugwrack herangefahren sind, steigt Yokoshima mit einigen Männern in das Beiboot um und eilt zu dem Wrack hinüber. Nachdem sie festgestellt haben, dass der Pilot nicht mehr in der Cockpitkanzel ist, verteilen sie sich und suchen nach Spuren des Mannes, während Yokoshima das Wrack untersucht. Er wundert sich über den merkwürdigen Flugzeugtyp, der zwar stark zerstört ist, aber immer noch identifizierbar vor ihm liegt. Einer seiner Vertrauten tritt zu ihm heran. „Was hältst du davon?", fragt Yokoshima. Dieser mustert das Wrack aufmerksam, schaut in das Cockpit und sagt dann überzeugt: „Ich kenne den Flugzeugtyp, es ist ein alter Marineflieger des Zweiten Weltkrieges der japanischen Armee."

„Bist du dir sicher?" Yokoshima ist erleichtert. „Bist du sicher, dass das nicht das Flugzeug von jemandem ist, der dem Einsiedler zu Hilfe kam?"

„Absolut sicher, das ist keine Maschine, die heute, außer vielleicht auf Oldtimer-Flugschauen, noch fliegt. Dieser Maschinentyp ist eines der letzten produzierten Flugzeuge der japanischen Armee, ein Flugzeug, das auch zu Kamikazeeinsätzen herangezogen wurde, in Ermangelung erfahrener Piloten kurz vor Ende des Krieges. Eigentlich eine Schande, denn diese Maschine war, soweit ich mich erinnern kann, eines der modernsten einmotorigen Flugzeuge des Zweiten Weltkriegs. Er muss dieses in einem ausgesprochen guten Zustand auf der Insel entdeckt haben!" Yokoshima betrachtet das brennende Wrack erneut, er vertraut den Worten seines Mitstreiters, denn dieser ist mit Fluggeräten aller Art bestens vertraut. Schließlich sagt er ruhig: „Dann können wir nicht ausschließen, dass diese Maschine nicht die einzige auf der Insel gewesen ist. So verrückt es klingt, aber wer garantiert mir, dass der Einsiedler nicht schon wieder auf dem Weg ist, um mit einer zweiten Maschine zu starten?" Einer der Söldner kommt zu der Führungsgruppe herübergelaufen und meldet, dass keine Leiche zu finden ist, dass er aber einige Blutspuren weiter oberhalb auf den Schottersteinen gefunden hat. Sofort macht sich die Verfolgergruppe auf und folgt der noch frischen Spur. Die Männer kommen schnell vorwärts und brauchen nicht einmal sonderlich zu suchen, um immer neue Blutspuren zu finden. Yokoshima ahnt, dass die Jagd doch nicht so schnell beendet sein wird, wie er nach dem Abschuss gehofft hatte. Andererseits dürfte es nicht mehr schwer sein, einen verletzten Mann zu finden. Schließlich sind seine Leute allesamt hoch motiviert und wollen ihm zeigen, dass die Schmach der letzten Begegnung nur ein Ausrutscher unter ungünstigen Bedingungen gewesen ist. Zusätzlich winkt eine hohe Belohnung und solch ein Auftrag ist natürlich auch eine willkommene Abwechslung unter harten Männern. Ein Spiel, eine realistische Übung, bei der die Söldner nach Herzenslust die erlernten Kampftechniken anwenden können. Ein Spaß für Männer ohne jegliches Rechtsbewusstsein, ein Abenteuer für Söldner, die das Töten amüsant finden oder zumindest nicht darüber nachdenken.

Nach einigen Hundert Metern sind erneut Blutspuren zu erkennen. Es gibt keinen Zweifel, sie befinden sich auf der richtigen Fährte. Der Weg wird unwegsamer und deshalb verlangsamt sich das Tempo der Verfolgergruppe. Aus dem erst gut begehbaren Schotterweg wird nun ein nur mühsam begehbarer Geröllweg, auf dem die Steine permanent größer werden, bis die Gruppe schließlich vor mannshohen Felsbrocken angelangt ist, die sich bis zum Rand der über ihnen ragenden Inselkante empor türmen. Die Verfolgergruppe bleibt stehen, während einer der Männer sich von ihr gelöst hat und den „Naturweg" näher auf Hinweise untersucht. Womöglich ist der Gejagte hier hinaufgeklettert. Es dauert gar nicht lange, bis der Soldat ihnen zuruft, er habe deutliche Blutflecke gefunden. „Er hat es also geschafft, dort hinaufzuklettern!", sagt Yokoshima zu seinen Männern. „Dann kann er ja nicht so schwer verletzt sein!", führt er fort und gibt seinen Leuten einen Wink, dass sie sich um ihn versammeln sollen. „Also, hört gut zu, ich will das schnell zum Abschluss bringen! Drei von Euch folgen der Spur und jagen ihn. Wenn ihr könnt, tötet ihn, aber wenn nicht, hetzt ihn vor euch her und behaltet ihn im Auge. Wir anderen fahren wieder zum Mutterschiff und gehen vom Strand aus auf die Insel, während die dritte Gruppe sie über den Bootsanlegesteg betritt. So können wir ihn einkesseln und letztendlich – spätestens dann – auch zur Strecke bringen. Habt ihr das verstanden?" Die Männer nicken und bestätigen die Vorgehensweise mit einem knappen Ja-Ja-Gemurmel. „Gut, wenn ihr den Mann seht, schießt auf ihn, bringt ihn mir tot oder lebendig. Das ist egal! Aber ich will keine wilde, unkontrollierte Ballerei auf der Insel. Denkt daran, dass wir ihn einkesseln, nicht dass ihr noch auf unsere eigenen Leute feuert! Auf geht's!" Zügig bestimmt ein Vertrauter Yokoshimas mit Fingerzeig drei Söldner und verfolgt mit ihnen die Blutspuren, die an den Klippen hinauf zur Insel führen, während die anderen zusammen mit Yokoshima in das herbeigerufene und ihnen entgegenkommende Beiboot steigen, um zum Mutterschiff zurückfahren.

*

Martin hat nach einer Weile tatsächlich einen Weg gefunden, die Klippen hinaufzuklettern. Mit großer Kraftanstrengung hat er sie erklommen und sein verletztes Bein hinterhergezogen. Keuchend liegt er auf dem weichen Sandboden am Rande der Klippen und versucht, sich nach der Anstrengung etwas auszuruhen. Er scheint taub auf den Ohren zu sein, denn außer seiner schnellen, hechelnden Atmung und seinem ratternden, harten Herzschlag hört er nichts. Nur langsam beruhigt sich sein Puls und lässt die Geräusche der Insel für seine Ohren wieder hörbar werden. Zartes Vogelgezwitscher dringt aus dem dichten, sich vor ihm erstreckenden Wald zu ihm herüber und suggeriert ihm einen ganz normalen, friedlichen Tag auf der Insel, so wie er ihn schon so oft zuvor erlebt hat. Widerwillig und nur langsam ordnen sich seine Gedanken, um ihm so wenigstens halbwegs logisches Denken zu ermöglichen. Er muss zum Flugzeughangar und versuchen, mit der zweiten Maschine zu starten. Das ist seine einzige Chance, lebend von der Insel zu entkommen. Gerade will er sich hinstellen, um weiter zu laufen, als er Stimmengemurmel wahrnimmt. „Verdammt", flucht er leise, „sie sind mir schon auf den Fersen!" Martin reißt seine Pistole aus dem Gürtel und zielt in Richtung der herannahenden Stimmen. Kaum hat er das getan, erscheint auch schon der erste hechelnde Mann am Klippenrand, ohne ihn sofort zu bemerken. Er zielt mit seiner Pistole auf ihn und schießt ohne Vorwarnung dem nur sechs Meter entfernten, verschwitzten Söldner nacheinander zwei Kugeln in den Bauch. Dieser bäumt sich daraufhin schwer getroffen auf und fällt vor Schmerzen brüllend die steilen Klippen rücklings wieder herunter. Martin springt auf und stürmt humpelnd in den nahegelegenen Wald hinein. Ohne auf die stechenden Schmerzen im verletzten Bein zu achten, zwängt er sich durch den dichten Bewuchs und macht gegenüber den Banditen einige Meter gut. Während des Laufens verfolgen ihn mehrere Schusssalven aus Schnellfeuergewehren, die ihn aber nicht erreichen, da er im dichten Gebüsch für die Banditen schon unsichtbar ist. Ohne sich umzudrehen, rast er weiter und versucht, seine günstige Ausgangsposition gegenüber seinen Verfolgern auszubauen und sie auf den nur ihm bekannten Pfaden abzuschütteln.

*

Yokoshima ist währenddessen wieder auf seiner Jacht eingetroffen und hat sofort Kurs in Richtung des Strandes befohlen. Schon Sekunden später rast das schnelle Schiff dem nur wenige Minuten entfernten Teilabschnitt der Insel entgegen. Über Funk wird er von seinen auf der Insel befindlichen Söldnern informiert, dass der Gestrandete abermals einen ihrer Männer getötet hat. Er ist außer sich und flucht seine auf der Jacht befindlichen Männer an. „Wie ist es möglich, dass ein einzelner Mann uns dauernd entwischt? Wer hat diese Versager angeheuert?", brüllt er den Vertrauten, der neben ihm steht, an und blickt ihm dabei erbost in die Augen. Der versucht, ihn zu beruhigen und wendet ein, dass der Gestrandete sich bestens auf der Insel auskenne und diesen Vorteil zu nutzen wisse. „Betet, dass er nicht wieder entwischt!", faucht er zurück. „Denn, wenn ihr mir nicht den Kopf des Mannes bringen könnt, der meinen Bruder getötet hat, dann muss eurer dafür herhalten." Ein einfacher Söldner macht daraufhin einen fatalen Fehler, um sich zu profilieren. Er geht auf Yokoshima zu und spricht ihn an: „Keine Angst, Chef, den bekommen wir schon!" Yokoshima reißt seinen Kopf herum und sieht dem Mann ins Gesicht. „Was hast du da gerade gesagt? A-n-g-s-t?", zischt er. „Weißt du eigentlich, was Angst ist?" Der Mann schaut ihn ungläubig an und bereut schon, dass er sich eingemischt hat, und sagt kleinlaut zu seiner Verteidigung: „Ich …, ich meinte ja nur so, der entkommt uns nicht!" Ohne auf seine Beinahe-Entschuldigung einzugehen, tritt Yokoshima dicht an ihn heran und schreit ihm ins Gesicht: „Komm, sei ein Mann und erschieß mich!" Der Söldner schaut ihm angsterfüllt ins Gesicht und steht bewegungslos, ohne etwas zu erwidern, da. „Was ist?", brüllt Yokoshima ihn wieder an. „Ich bin unbewaffnet, überrasch mich jetzt und zeig, dass du Mut hast!" Der Mann wird unruhig. Er tritt von einem Bein auf das andere und weiß nicht, was er machen soll und was jetzt mit ihm geschieht. Er sieht nach Yokoshimas Vertrautem hin, doch dieser kann oder will ihn nicht aus dem Schlamassel retten und blickt gleichgültig zur Seite. Yokoshima fordert ihn wieder mit Handgesten, ohne erneut zu sprechen, auf, endlich zu handeln. Die Chance, sein Leben – wenn auch nur für Sekunden – etwas zu verlängern. Doch er steht nur wie versteinert vor ihm. „Los, erschieß mich!", keift Yokoshima ihn wieder an, nimmt den Gewehrlauf des Söldners hoch und hält sich diesen selbst an seinen Kopf. „Man, was bist du feige!", sagt er verachtungsvoll nach einigen Sekunden leise, als dieser immer noch nicht abgedrückt hat. „Hey, weißt du überhaupt, wie man abdrückt?", verspottet Yokoshima ihn erneut, doch der Söldner überhört das vollkommen und hofft, mit seiner untergebenen Haltung heil aus dieser Situation herauszukommen. Er nimmt den Gewehrlauf von Yokoshimas Kopf, senkt ihn und sagt: „Das ist doch jetzt Spaß? Oder?"

„Du hast deine Chance gehabt", sagt Yokoshima ruhig und klopft ihm mit der Hand auf die Schulter. Danach streckt er seine Hand zu seinem Vertrauten aus, der genau weiß, was sein Chef von ihm will, und ihm seine Pistole hineinlegt. Yokoshima nimmt sie, hält sie dem Söldner an die Schläfe und sagt: „Hast du jetzt Angst?" Der Mann weiß immer noch nicht, was passiert. Er hat in der Tat Angst, so große Angst, dass er auf die Frage nicht antworten kann, denn seine Worte bleiben ihm in seinem trockenen Hals stecken. Yokoshima lächelt, der Mann lacht auch und glaubt nun, dass das Schauspiel beendet ist. Sie lachen beide gemeinsam über den Spaß, doch plötzlich drückt Yokoshima, ohne mit der Wimper zu zucken, den Abzug der großkalibrigen Waffe durch. Der Schuss fällt und der Söldner sinkt von dem Geschoss im Kopf getroffen augenblicklich zu Boden. Er bleibt in einer großen Blutlache tot auf dem Teakholzdeck liegen. Yokoshima dreht sich zu seinem Vertrauten um und wirft ihm die geliehene Waffe zurück. Keiner der anwesenden Männer sagt etwas, alle schweigen, denn sie wollen bestimmt nicht denselben Fehler wie ihre Mitkämpfer begehen. „Du!", sagt Yokoshima zu einem weiteren Söldner und zeigt mit dem Finger bestimmt auf ihn. „Du machst die Sauerei hier weg!" Danach dreht er sich um und geht ohne weitere Worte unter Deck – gefolgt von seinen Vertrauten. In der Besprechungskabine rollen sie die Karte der Insel auf dem Tisch aus. „Hier ist ein alter Flugplatz eingezeichnet", sagt Yokoshima, „und irgendwo dort in der Nähe muss das alte Flugzeug über all die Jahre versteckt gewesen sein. Ich denke, wir sollten uns den Flugplatz einmal näher ansehen und unsere Schlinge dort zuziehen. Also, wir machen es wie besprochen, wir gehen vom Strand aus dorthin, unsere Leute auf den Klippen und die von der Bootsanlegestelle dirigieren wir auch zu diesem Punkt. Ich habe das Gefühl, dass er wieder dorthin möchte. Durch dieses Dreiernetz dürfte er uns nicht entkommen. Aber ihr müsst aufpassen! Dieser Mann ist so unberechenbar wie eine angeschossene Raubkatze und selbst zu den absurdesten Handlungen bereit. Er hat nichts zu verlieren, das macht ihn unheimlich stark. Heute Abend haben wir ihn, dann feiern wir und fahren wieder nach Hause."

*

Die Schusssalven aus den Maschinengewehren werden immer leiser. Martin hat seine Verfolger abgehängt und humpelt in geduckter Haltung weiter durch das Dickicht. Unglücklicherweise kann er den direkten Weg zum Hangar nicht einschlagen, weil die fehlende Deckung des Gebüschs seinen Vorsprung wieder zunichtemachen würde. Geschickt schlängelt er sich weiter durch das Unterholz, immer bedacht, so wenige Geräusche zu verursachen wie möglich. Seine Wunde am Bein schmerzt bei jedem Schritt, aber das Tuch, das er sich fest um die Wunde gebunden hat, konnte wenigstens die Blutung stoppen. Die Zweige des Gebüsches trommeln weiter ununterbrochen auf seinen Körper ein und peitschen manchmal auch ziemlich unsanft in sein Gesicht. Martin nimmt das alles nur nebenbei wahr, denn seine Gedanken kreisen nur um seine Flucht. Wie kann er vor den Banditen das Flugfeld erreichen? Denn dass diese dort hinlaufen werden, nachdem sie das erste Flugzeug schon abgeschossen haben, ist mehr als wahrscheinlich. Seine Verfolger sind nicht auf den Kopf gefallen und wissen bestimmt von dem alten Flugfeld, aber natürlich hatten sie zuvor keine Ahnung von dem verborgenen „Schatz" in der Felswand. Sie sind über das plötzliche Auftauchen des Flugzeugs bestimmt ziemlich verwundert gewesen, doch er konnte den Überraschungsmoment leider nicht für sich nutzen. Aber er hatte auch nicht mit ihrem schnellen Erscheinen gerechnet. Hätte er nach dem Start eine andere Flugrichtung gewählt als die über den Strandabschnitt, dann wäre er ihnen auf und davon geflogen. Sie hätten es womöglich noch nicht einmal bemerkt und sich nur darüber gewundert, dass sie ihre Beute auf der Insel nicht mehr auffinden konnten. Sicherlich hätten sie irgendwann den Hangar mit den beiden übrigen Flugzeugen entdeckt, aber erst einmal wären sie baff gewesen. Martin verlässt den Schleichpfad und muss jetzt einige Meter durch den Bach laufen. Das kalte Wasser umspült seine geschundenen Füße und regt seinen Kreislauf an, als wenn er durch das Soletretbecken eines Kurortes waten würde. Ihm kommt diese Abkühlung gerade recht, denn dadurch bekommt er wieder einen klaren Kopf. Kurz nachdem er den Bach verlassen hat, setzt er sich auf einen Stein und macht eine Pause. Er atmet schnell, sein Puls beruhigt sich zunächst nur widerwillig, denn seine aussichtslose Lage treibt ihn zusätzlich an. Seine Situation ist erdrückend und noch nicht einmal ein unverbesserlicher Optimist würde jetzt Heiterkeit und Zuversicht versprühen können. Er muss sich zusammenreißen, um nicht in Panik zu geraten. Ihm ist zwar bewusst, dass er nur eine Chance hat, wenn er möglichst unerschrocken vorgeht, aber das ist leichter gesagt als getan. Am besten wäre es, seine Lage so zu analysieren, als wäre er selbst überhaupt nicht davon betroffen. Aber wie kann er seine Gedanken dermaßen ablenken und täuschen? Er weiß es nicht! Ihm zumindest will es nicht gelingen! Gab es überhaupt jemals einen Menschen auf der Erde, den es kalt gelassen hat, wenn er um sein Leben fürchten musste? Ist ein Mensch in der Lage, seine Angstgedanken bei Gefahr einfach auszuknipsen, so wie die Glühbirne einer Nachttischlampe und rein instinktiv zu handeln, da jedes zögerliche Abwägen seine Situation zusätzlich verschlechtern würde? Manchmal, da ist er sich absolut sicher, ist die direkte Konfrontation mit der Brechstange, durchaus angebracht. Auch wenn die pädagogisch angehauchten Menschen der Erde in ihrer wohlbehüteten Wohlstandsgesellschaft das nicht wahrhaben wollen. Es gibt Ereignisse im Leben, die kann man nicht besprechen, die lassen sich nicht erklären, nicht analysieren, nicht schlichten, nicht einmal besänftigen, sie passieren einfach und wollen brutal bekämpft werden. Eine unschöne Erkenntnis, aber leider die kalte Wahrheit, die Wahrheit des Überlebens, die Wahrheit der Naturgewalt, in der wir leben, wider den Willen unserer menschlichen Logik.

Müde steht Martin auf. Der stechende Schmerz in seiner Beinwunde lässt ihn sogleich wieder sein Gesicht zu einer Grimasse verziehen. Die ersten Schritte nach der Rast sind die pure Qual und es bedarf einiger Meter, bevor sich seine Nerven im Bein wieder beruhigen. Aber so ganz gehen die Schmerzen natürlich nicht weg. Er erhöht trotz der Schmerzen sein Gehtempo wieder und betritt kurz darauf wieder einen nur ihm ersichtlichen Pfad. Minutenlang eilt er diesen entlang. Aufgrund des immer gleich bleibenden Gestrüpps könnte er sich leicht auf dem Weg verlieren und dazu neigen, doch den direkten Weg zum Hangar zu wählen. Doch er bleibt stark und erreicht etwas später die angesteuerte große, sonnenüberflutete Lichtung, die er überqueren muss, um anschließend wieder an die Klippen auf der anderen Seite der Insel zu gelangen. Der weiche, warme, sandige Boden am Klippenweg umschließt seine geschundenen Füße beim Laufen wohltuend. Er befindet sich jetzt in der Nähe des Bootsanlegestegs, den er passieren möchte, um danach wieder in den Wald einzutauchen und dann erst den direkten Weg zum Hangar zu benutzen. Er rechnet damit, dass die Banditen die Insel über den Strand betreten werden. Sie laufen praktisch aufeinander zu und so kann Martin es vermeiden, in eine Falle zu geraten. Da das Flugfeld näher zur Bootsanlegestelle liegt als zum Strand, rechnet er sich trotz seines Umweges eine gute Chance aus, eher am Hangar zu sein als die Banditen. Er kann es schaffen! Neu motiviert eilt er weiter über den sandigen Boden und schon wenig später ist das Betonhäuschen, das hinab zum Steg führt, zu sehen. Als er es passiert, sieht er beiläufig an den Klippen zum Bootssteg hinunter und möchte schon in den Weg zum Wald einbiegen, als er abrupt stehen bleibt. Er wirft sich auf den Boden, robbt auf dem Bauch liegend zum Klippenrand hinüber und blickt erneut hinunter. Eine zweite Jacht! Dort liegt festgemacht eine verwaiste Jacht. Es ist keine Menschenseele zu sehen. Es ist ein anderes Boot, als das, was er mit dem Flugzeug überflogen hat, es ist kleiner. Die Banditen müssen mit zwei Schiffen hierher zurückgekommen sein. „Verfluchter Mist!", zischt er. Eins fuhr zum Strand und ein weiteres hierher. Damit hat er absolut nicht gerechnet. Wieder überkommt ihn Panik. Sind die Banditen womöglich schon im Wald und versperren ihm den Weg zum Hangar? Dann wäre alles vorbei. Er hätte verloren! Martin späht weiter hinunter und erkennt zu seiner Erleichterung, dass plötzlich mehrere bewaffnete Männer aus der Kabine heraustreten und das Schiff verlassen. Diese haben also die Insel noch nicht betreten. Das werden sie aber schon bald tun. Er kann eindeutig die dafür notwendigen Aktivitäten beobachten. Sie suchen ihre Ausrüstungsgegenstände zusammen. Ihr Stimmengewirr schallt bis zum Klippenrand zu ihm hoch und er weiß, dass ihm nicht mehr viel Zeit bleibt, bis sie ebenfalls die Insel betreten und nach ihm suchen werden. Martin erinnert sich an seine bereits vorbereitete Falle, die er im Treppenausgang – eigentlich für eine vorherige Konfrontation mit den Banditen – gelegt hat. Aber sie hatten ihn ja bei der letzten Begegnung am Strand überrascht, sodass er sie nicht aktivieren konnte. Wird sie funktionieren? Brennt das aufgeschichtete Holz noch oder ist es von der jede Nacht aufsteigenden Feuchtigkeit des Pazifiks so durchnässt, dass er es gar nicht anzünden kann? Acht der Banditen gehen zum Treppenaufgang hinüber und verschwinden in dem Klippenaufgang, während einer unten an der Jacht zurückbleibt. Sie haben ihn immer noch nicht bemerkt. Die Zeit zerrinnt in seinen Händen, entweder er setzt alles auf seine eventuell funktionierende Falle und versucht, die Männer im Aufgang zu ersticken, oder aber er rennt so schnell er kann zum Hangar hinüber und versucht, ihnen zu entkommen. Falls aber seine Rechnung nicht aufgeht und er am Flugfeld schon von den anderen Banditen erwartet wird, wird er von den nachrückenden Banditen eingekesselt, das verschlechtert seine Position zusätzlich. Nein, er darf nicht einfach fortlaufen, er muss alles tun, um die zahlenmäßig überlegenen Angreifer zu schwächen. Er muss versuchen, sie zu töten, bevor sie ihn töten. Martin springt aus seiner Deckung, läuft zum Aufgang hinüber und reißt die Stahltür auf. Seine Falle wird nun beweisen müssen, ob sie tatsächlich funktioniert. Der Ausgang ist genauso, wie er ihn vor Wochen verlassen hat und mit dem zusammengesuchten Holz vollkommen blockiert. Hastig sammelt Martin trockenes, am Ausgang herumliegendes Gestrüpp vom Boden auf und steckt es zwischen die Holzscharten. Lauter werdende, durcheinander quasselnde Männerstimmen schallen durch den Felsaufgang zu ihm hinauf und lassen seine Hände vor Aufregung zittern. Hastig steckt er weiter sonnengetrocknetes, strohähnliches Gestrüpp in seine Falle, um dem Feuer eine bessere Nahrungsgrundlage zu bieten. Die Stimmen werden stetig lauter, zusätzlich ist jetzt auf den Felsstufen Stiefelgetrampel, das sich mit der hechelnden Atmung der Männer vermischt, wahrzunehmen. Martin versucht sich nicht irritieren zu lassen und arbeitet halbwegs konzentriert weiter. Er kann jetzt schon deutlich ihre fremdartige Sprache hören und könnte jedes Wort vom Klangbild her wiederholen. So nahe sind sie schon. Er spürt förmlich bereits ihren kalten Atem, der direkt aus der Kehle des Teufels zu kommen scheint. Martin kramt das Benzinfeuerzeug, das er im Hangar gefunden hat, hervor und zündet es. Die Flamme springt – genährt vom Flugbenzin – sofort in die Höhe und knistert leise in seiner Hand. Er wartet noch, die Männer steigen höher. Es ist nicht leicht, allein aufgrund des Halles im Aufgang die genaue Position der Banditen abzuschätzen. Er darf den Holzstapel nicht zu früh anzünden; sie dürfen nicht die Möglichkeit bekommen, die Treppe geordnet und heil wieder hinunterzulaufen. Sie sollen von seiner Falle überrascht werden, sodass sie sich im steilen, dunklen, schmalen Aufgang gegenseitig behindern und in panischer Angst dem Qualm seines „Scheiterhaufens" nicht entfliehen können. Er wird ungeduldig und das Hecheln der schnaufenden Männer so deutlich, als ob sie schon direkt neben ihm stehen. Es ist soweit! Jetzt muss er sehr schnell handeln! Ohne weiter zu zögern, hält er das Feuerzeug entschlossen an den Holzstapel. Das Holz knistert und fängt an zu brennen, aber das Feuer ist noch so klein, dass es keinerlei Auswirkungen hat und überhaupt keine Rauchentwicklung erzeugt. Langsam, nur sehr langsam, frisst es sich durch das teils feuchte Holz und Martin bekommt den Eindruck, dass er mit dem Entfachen viel zu lange gewartet hat. Die Männer scheinen jeden Augenblick neben ihm zu stehen, so deutlich kann er ihren schweren Atem spüren.

Er glaubt sogar, schon ihren Schweiß zu riechen. Jetzt könnte er etwas Flugbenzin aus dem Hangar gebrauchen, denkt er ungeduldig, denn damit würden die Flammen den Holzstapel im Nu einnehmen. Ihm läuft die Zeit davon, gleich sind sie am Ausgang und sein Holzhaufen glimmt nur etwas. So erzielt er keine Wirkung, sie werden ihn einfach beiseiteschieben und unbeschadet durch die Tür marschieren. Mit zitternden Händen entzündet er verschiedene weitere Stellen am Holzstapel, die sich ebenfalls nur in Zeitlupe entwickeln und nicht einmal ansatzweise genug Ehrgeiz entwickeln, größer und gefährlicher zu brennen. In seiner Verzweiflung öffnet Martin sein Benzinfeuerzeug und verteilt das sich darin befindliche Benzin über dem Holzhaufen. Die Auswirkung überrascht ihn, denn die vielen kleinen verstreuten Flämmchen auf dem Holzhaufen gieren nach der Flüssigkeit und neigen sich in diese Richtung. Der Holzhaufen brennt tatsächlich wesentlich besser als zuvor. Sofort dreht er sich herum und sucht zur Unterstützung des Benzins weitere Nahrung für die wachsenden Flammen. Blitzschnell wirft er Dutzende herumliegende, trockene Gras- und Wurzelbüschel in die Flammen, um diese endlich richtig auflodern zu lassen. Und endlich geschieht das lang Ersehnte: Die Flammen lodern. Unter schwarzer, nahezu bedrohlicher Rauchentwicklung kracht das feuchte Holz Funken schlagend. Nichts kann den hungrigen, feurigen Flammen etwas entgegensetzen und alles wird schließlich von ihnen verschlungen. Die Flammen blitzen weiter auf, es zischt und pfeift im Holzstapel, woraufhin Martin schnell die Tür des Ausganges zuschlägt und verriegelt, ohne dass er Angst haben muss, dass das Feuer wieder erlischt. Seine Falle wird nun beweisen müssen, dass sie auch wirklich so funktioniert, wie er sie sich ausgedacht hat.

Martin horcht an der geschlossenen Tür. Nichts ... Nur das Knistern des Feuers ist gedämpft zu erahnen. Doch plötzlich hallen fürchterliche Schreie durch den Aufgang. Panische Rufe, gemischt mit einigen herumbrüllenden Männerstimmen. Verzweifelt versuchen die Söldner die Treppe aufgrund des Atem raubenden Qualmes wieder hinunterzurennen, aber der schmale, steile Gang lässt ein schnelles Laufen mehrerer dicht gedrängter Menschen nicht zu. Noch bevor sie verstehen, was eigentlich mit ihnen geschieht, ist die Felsenröhre schon voller Qualm, der ihnen den lebensnotwendigen Sauerstoff raubt. Die Söldner stehen sich gegenseitig im Weg und Martin glaubt, zu hören, dass einige von ihnen die steile Treppe hinunterfallen. Undefinierbare Geräusche offenbaren sich seinem lauschenden Ohr an dem immer wärmer werdenden Stahl der rostigen Tür. Verzweifelte Schreie vermischen sich mit todesnahem Röcheln und dringen erst unten am Eingang, vermischt mit dem dichten, schwarzen Qualm wieder ins Freie. Aus dem Treppeneingang am Bootsanlegesteg, an dem die Jacht der Söldner befestigt ist, qualmt es wie aus einem Kaminschlot und lässt die zurückgebliebene Wache an der Jacht hilflos herumlaufen. Immer wieder versucht sie, in den Treppeneingang zu gelangen, rennt aber schon Sekunden später wieder heraus, um nicht ebenfalls zu ersticken. Die Todesschreie der Männer sind schon nach wenigen Minuten verstummt, die Martin aber unendlich lang vorkommen. Die Wache an der Jacht bleibt alleine. Die Männer im Treppenaufgang sind tot! Kein Einziger konnte seiner Falle entkommen, und wie er es vorausgeahnt hatte, sind sie alle in der engen Röhre erstickt. Ohne irgendeine Gefühlsregung dreht er sich schließlich um, humpelt unmittelbar danach weiter und schlägt zielstrebig den bekannten Pfad durch den Wald zum Hangar ein. Er weiß, dass, obwohl er die Schlacht am Bootsanlegesteg gewonnen hat, noch eine weitaus schwierigere vor ihm liegt. Von einigen Bäumen, die er hastig passiert, fliegen Vogelschwärme auf und flattern wild und lautstark zwitschernd umher. Die Sonne steht schon hoch am Himmel und scheint in unregelmäßigen Abständen durch die Baumkronen auf den Boden des Waldes. Wieder suggeriert ihm die Insel nach einer todbringenden Situation eine friedvolle Idylle und nur allzu leicht könnte er sich darin verlieren. Seine Kaltblütigkeit erschreckt ihn zunehmend selbst, er macht Jagd auf Menschen und tötet sie, wie andere Menschen Wühlmäuse im heimatlichen Garten jagen und töten. Wühlmäuse und Menschen machen für ihn im Augenblick aber keinen Unterschied, denn er jagt nicht um des Jagens willen, er tötet nicht um des Tötens willen, sondern nur, um zu überleben. Er kämpft nicht allein um des Kämpfens willen, er kämpft gegen einen zahlenmäßig und technisch weit überlegenen Feind. Er weiß, dass das, was er macht, nicht richtig ist, aber er weiß auch, dass, wenn er nicht so handeln würde, er schon längst selbst gestorben wäre. Diese Insel ist nicht mehr unbefleckt, der Boden ist durchtränkt mit Blut und sie hat ihre Idylle für ihn seit Erscheinen der Banditen verloren. So oder so wird es eine Qual sein, auf ihr weiter zu leben, mit dem unbesorgten In-den-Tag-Hineinleben, wie er es in den ersten Wochen erlebt hat, ist es für immer vorbei. Martin kommt trotz seines verletzten Beins gut vorwärts. Nachdem er die Berge passiert hat, schlägt er den direkten Pfad zum Hangar ein. Eilig treibt es ihn immer weiter, die nächste Pause möchte er sich erst wieder im Flugzeugcockpit gönnen.

*

Yokoshimas Söldner haben währenddessen vom Strand aus den direkten Weg zum Flugfeld eingeschlagen. Er selbst ist mit einem Vertrauten und einem weiteren Söldner auf der Jacht geblieben und möchte die Operation selbst koordinieren. Durch ein Funkgerät ist er mit allen drei Gruppen auf der Insel verbunden. Im Schatten auf dem Achterdeck sitzend lässt er sich regelmäßig über den Stand der Operation informieren. „Basis an Felsengruppe! Kommen", spricht er ruhig ins Mikrofon. „Hier Felsengruppe! Kommen!", knistert es unmittelbar danach zurück. „Wie sieht es bei euch aus? Kommen!", fragt Yokoshima erwartungsvoll. „Haben ihn verloren! Es ist so, als ob er sich in Luft aufgelöst hat! Kommen!", antwortet die Felsengruppe. „Hier Basis! Verstanden! Weiter zum Flugfeld vorrücken!" Yokoshima schaut seinen Vertrauten, der neben ihm steht, an und sagt leise: „Dieser Mann ist unglaublich, er muss sieben Leben wie eine Katze haben. Sag", spricht er lauter und etwas ungehalten weiter zu ihm, „wird man unverwundbar, wenn man längere Zeit auf einer einsamen Insel leben muss?"

„Den bekommen wir schon" antwortet dieser selbstsicher. „Das steht außer Zweifel, aber …", Yokoshima stockt und wendet dabei seinen Blick in Richtung der majestätisch in den blauen Himmel ragenden beiden Berge der Insel, „… hoffentlich schon sehr bald!" Das große beige Sonnensegel, das den beiden Männern kühlenden Schatten auf dem Bootsdeck spendet, schlägt im Pazifikwind leicht auf und ab und verursacht das einzige Geräusch auf der Jacht. Das imposante, luxuriöse Schiff liegt ansonsten ruhig in einer herrlichen Bucht nur zweihundert Meter vom Strand entfernt vor Anker. Der tiefblaue Pazifik umschließt die saftig grüne Insel und bildet so einen atemberaubenden Kontrast. Selbst Yokoshima muss sich eingestehen, dass ihn dieses Stückchen Erde mit seiner Schönheit nicht unberührt lässt. Schon etwas später hat er sich wieder beruhigt und genießt ihr kleines Abenteuer sichtlich. Entspannt lehnt er sich auf dem bequemen Sessel zurück und trinkt seinen eiskalten Martini, in dem zwei Eiswürfel schwimmen, die schon Sekunden nach Verlassen des Gefrierfaches in der Hitze anfingen zusammenzuschmelzen.

Das Funkgerät knackt, sofort ist Yokoshima wieder konzentriert und seine Eindrücke von der Idylle sind verschwunden. „Bootsgruppe an Basis! Sofort kommen!", schreit jemand hinein, der offensichtlich mit dem Umgang des Gerätes nicht allzu vertraut ist. „Hier Basis! Kommen!", antwortet der Vertraute von Yokoshima unmittelbar ruhig. „Der Aufstieg brennt!", *knister*, „… alle Männer sind tot!", *knister*, „… was soll ich machen?" Panisch schreit der Söldner dabei ins Mikrofon und der Kontakt bricht mehrmals ab. Der Vertraute schaut Yokoshima entsetzt an und funkt sofort zurück. „Was ist bei euch los? Antworte!", schreit er verärgert ins Mikrofon. „Bootsgruppe! Kommen!"

„A… alle Soldaten, die sich im Aufgang befunden haben", kommt prompt die Antwort, „wurden vom Einsiedler in eine Falle gelockt und … ausgeräuchert! Sie wurden vergast! Sie sind alle erstickt! Der Aufstieg ist unpassierbar! …" *Knister*. „Scheiße!", flucht der Vertraute unbeherrscht zurück. „Wie konnte das passieren?"

„Er muss auf uns gewartet haben", schreit der Söldner keuchend vom Bootsanlegesteg zurück, „der Aufgang qualmt wie ein Schornstein! Das war eine vorbereitete Falle!" Yokoshima springt von seinem Sessel auf, reißt das Mikrofon an sich und schreit sichtlich erbost zurück: „Hör mir gut zu, du Nichtsnutz, beweg deinen Arsch wieder hierher und bete zu Gott, dass wir den Einsiedler gefasst haben, bis du zurückgekehrt bist! Ansonsten kannst du dir selbst einen Gefallen tun und deinem beschissenen Leben gleich ein Ende setzen!" Yokoshima ist außer sich und akzeptiert keinerlei Ausreden mehr. Nach dem Gespräch schleudert er das Mikrofon mit solcher Wucht von sich fort, dass es erst gebremst wird, als das Spiralenkabel das Ende seiner Dehnfähigkeit erreicht hat. Es knallt gegen den Funktisch und schnellt zurück. Nervös läuft er an der Reling entlang, macht seinem Ärger Luft und schreit zur Insel hinüber: „Ich habe die angeblich besten Söldner der Welt für teures Geld eingekauft und die schaffen es noch nicht einmal, gegen diesen zerlumpten Kerl auf der Insel zu bestehen!" Noch nie zuvor hat sein Vertrauter seinen Chef so wütend gesehen. Yokoshima läuft zu ihm hinüber, packt ihn am Kragen, schüttelt ihn kräftig durch und schreit ihn an: „Erkläre es mir! Erkläre es mir!"

*

Erst am späten Nachmittag erreicht Martin das nähere Umfeld des Flugfeldes. Ab jetzt muss er aufpassen, die Banditen könnten schon bis hierher vorgedrungen sein. Das Flugfeld ist der einzige Ort auf der Insel, von dem aus es möglich ist, ein Flugzeug zu starten. Auf der ganzen Insel gibt es keinen zweiten so großen unbewaldeten Platz wie diesen hier. Martin wird langsamer und schleicht geduckt vorwärts. Mit etwas Glück haben sie den Hangar noch nicht entdeckt, denn obwohl er ihn geöffnet hat, ist er aufgrund der abgelegenen kleinen „Straße" immer noch recht gut im Wald versteckt. Vorsichtig humpelt er weiter und etwas später erstreckt sich tatsächlich schon das Rollfeld vor ihm. Hinter einem Busch kauernd beobachtet er die unbewaldete Fläche. Die Blätter der herumstehenden Bäume bewegen sich sanft in der leichten Brise des Pazifiks und verursachen ein leises, monotones Rascheln. Hin und wieder ist Papageienkrächzen aus der Ferne wahrzunehmen, aber von den Banditen ist weder etwas zu hören noch zu sehen. Martin spitzt weiter seine Ohren wie ein Luchs, kann aber selbst nach einigen Minuten des Lauerns nichts

Verdächtiges entdecken. Auf allen vieren krabbelt er schließlich lautlos ein Stück näher an das Rollfeld heran, sodass er ein Stück weit auch in den Weg hineinsehen kann, der zum Hangar führt. Es ist alles ruhig, aus der Ferne kann er auch dort keine ungewöhnlichen Aktivitäten feststellen. Er muss die Rollbahn kreuzen, um zum Flugzeug zu gelangen, aber er zögert noch, dorthin zu laufen. Was ist, wenn die Banditen nur auf eine solche Unbedachtheit von ihm gewartet haben? Er würde sich ihnen wie eine gut zu treffende Zielscheibe präsentieren, die nur darauf wartet, abgeschossen zu werden. Eventuell sind die Banditen aber noch nicht bis hierher vorgedrungen, und wenn das der Fall sein sollte, dann zählt jede Minute, bis sie tatsächlich diesen Ort erreichen. So oder so bleibt ein hohes Restrisiko übrig, das nur schwer abzuwägen ist. Martin hadert, springt aber schließlich doch aus seiner Deckung und humpelt so schnell es geht über das Rollfeld in Richtung des Hangars. Jeden Augenblick rechnet er mit Schüssen, die auf ihn abgefeuert werden, doch es bleibt alles ruhig. Haben sie sich beim Flugzeug im Hangar verschanzt? Während er direkt auf diesen zurennt, verlässt ihn dieser Gedanke nicht mehr, aber wenn sich das tatsächlich bestätigen sollte, muss er sowieso alles auf eine Karte setzen. Dann gibt es kein Vor oder Zurück mehr, dann wird die Schlacht hier an diesem Ort entschieden. Knapp fünfzig Meter vom Hangar entfernt zieht er seine Pistole aus dem Gürtel und stürmt in Todesangst geradewegs mit der vorgehaltenen Waffe weiter in seine Richtung. Eine Tragfläche des Flugzeugs schwankt vor seinen Augen beim Laufen auf und ab und scheint ihm zum Greifen nah. Doch noch ist er nicht dort angelangt, noch ist er nicht in „Sicherheit". Martin stürmt weiter in Richtung des Hangars und zieht sein verletztes Bein, das das Tempo nicht mithalten kann, wie eine schwere Eisenkugel hinterher. Unter wahnsinnigen Schmerzen hüpft er wie ein Känguru Meter um Meter auf dem gesunden Bein vorwärts und quält sich so recht unbeholfen zum Flugzeug hinüber. Zu allem entschlossen springt er schließlich todesmutig den letzten Meter in den Hangar hinein und wirft sich mit der von sich gestreckten Waffe auf den Boden des Hangars. Der harte Aufprall auf dem Boden lässt ihn vor Schmerzen aufstöhnen, durch den aufgewirbelten Staub kann er fast nichts erkennen. Doch er ignoriert die Schmerzen, dreht sich unmittelbar danach auf dem Bauch liegend im Kreis herum und sucht mit der schussbereiten Waffe in den Händen den Hangar ab. Er ist alleine, es sind keine Banditen hier! Nach Luft ringend bleibt er hechelnd auf dem harten Boden noch etwas liegen, sein Puls beruhigt sich nur langsam. Dieses Manöver hat ihm seine letzten Kraftreserven geraubt und es vergehen einige Sekunden, bis er sich wieder auf seine Beine rappeln kann. Mit wackeligen „Gummibeinen" steht er schließlich schwankend vor der Maschine, doch plötzlich dreht sich alles vor seinen Augen: Sein Kreislauf spielt verrückt! Durch den hohen Blutverlust und die zusätzliche Anstrengung wird er beinahe ohnmächtig. Ihm wird schlecht! Er muss sich übergeben. Durch das schmerzhafte Magenziehen bricht er kreidebleich und zusammengekrümmt den wenigen Mageninhalt auf den Steinboden. Stöhnend steht er über sein Erbrochenes gebeugt und glaubt – selbst ohne Mitwirkung der Banditen – dem Tode sehr nahe zu sein. Seine körperliche Verfassung ist besorgniserregend. Es geht ihm so schlecht wie nie zuvor auf der Insel. Martin rappelt sich auf, er ist schweißgebadet und nur widerwillig beruhigen sich die kreisenden Bilder vor seinen flatternden Augen. Er wankt zum Flugzeug hinüber und schiebt es wie in Trance in Richtung des Höhlenausganges. Er scheint nicht mehr Herr über den eigenen Körper zu sein, sondern sich aus der Entfernung wie in einem Film anzusehen. Er steht neben sich, aber er darf keine Minute mehr verlieren. Martin versucht, sich zusammenzureißen und es gelingt ihm, seine vernünftigen Gedanken den wahnwitzigen Trugbildern überzuordnen. Er klammert sich am Flugzeugrumpf fest, schüttelt mehrmals seinen verwirrten Kopf hin und her und bekommt allmählich wieder scharfe und klare Bilder zu sehen. Doch auf einmal nimmt er Stimmen wahr! Martin reißt seinen Kopf in Richtung der Startbahn herum und kann zu seinem Entsetzen mehrere Söldner am Rollfeld erkennen, die direkt auf den Hangar zulaufen. Sofort humpelt er panisch zur Kiste mit den übrig gebliebenen Handgranaten hinüber, reißt drei von ihnen heraus und eilt wieder zum Hangarausgang. Die Söldner haben ihn gesehen und verschanzen sich sofort hinter mehreren Büschen am Rollfeld. Sie belauern sich eine Weile, bis die Söldner plötzlich das Feuer eröffnen und in den Hangar hineinschießen. Martin entsichert eine Handgranate. Er muss sie von sich ablenken, um in das Flugzeug zu gelangen.

*

„Strandgruppe an Basis! Kommen!", unterbricht das Funkgerät die Auseinandersetzung von Yokoshima und seinem Vertrauten. Yokoshima lässt den Kragen los und nimmt das herunterbaumelnde Mikrofon in die Hand. „Hier Basis! Kommen!"
„Wir haben ihn am Flugplatz umstellt, er ist in einer Höhle verschanzt. Wir haben das Feuer eröffnet und belagern ihn mit Trommelfeuer! ... *knister* ... Wir können noch ein weiteres Flugzeug erkennen. Basis, bitte kommen!" Yokoshima nimmt die Worte mit Genugtuung auf und braucht für eine klare Antwort nicht lange zu überlegen. „Hier Basis an Strandgruppe! Sofort auslöschen! Habt ihr verstanden?", schreit Yokoshima zur Verdeutlichung ins Mikrofon. „Tötet ihn!"
„Hier Strandgruppe an Basis, haben verstanden! Eliminieren das Objekt! Ende!"
„Endlich haben wir die Sau!", fährt es Yokoshima freudig über die Lippen. „Ich schwöre dir", sagt er sichtlich erleichtert zu seinem Vertrauten, „wenn ich dem toten Kerl gegenüberstehe, schieße ich ihm noch einige Kugeln mit meiner Pistole persönlich in den Kopf, um sicher zu gehen, dass er auch wirklich tot ist!"

*

Das Maschinengewehrfeuer der Söldner nimmt an Intensität zu. Martin kann ganz eindeutig Bewegungen in den Büschen erkennen. Er weiß, dass sie sich formieren. Ab und zu blinkt ein Gewehrlauf oder ein Hut der Söldner aus den Büschen heraus. Die Männer scheinen nicht mehr besonders darauf bedacht zu sein, sich zu verstecken. Denn gerade als er von der ersten Granate den Sicherungsstift entfernt hat, treten einige von ihnen aus ihrer Deckung heraus und gehen unter dem Dauerfeuer ihrer Gewehre direkt auf ihn zu. Er wirft eine Handgranate aus der Höhle heraus zu ihnen hinüber. Zunächst schauen sie ungläubig dem vorbeifliegenden, großen Stein nach, erkennen dann aber die Gefahr, stürzen augenblicklich zur Seite und werfen sich auf ihre Bäuche. Mit einem alles übertönenden Knall explodiert die Granate. Ein Söldner, der nicht unmittelbar reagieren konnte, wird verletzt und bricht vor Schmerzen wimmernd zusammen. Zwei weitere eilen herbei und wollen ihren verletzten Kameraden schnell hinter die schützende Deckung ziehen, aber Martin reagiert sofort und wirft seine zweite entsicherte Granate in ihre Richtung. Diesmal erkennen sie die herbeifliegende Gefahr unmittelbar. Sie lassen ihren soeben angehobenen Kameraden wieder auf den Boden fallen und bringen sich selbst in Sicherheit. Die zweite Granate explodiert ebenfalls mit einer ohrenbetäubenden Detonation und zerfetzt den verletzt auf dem Boden liegenden Söldner nun vollends tödlich. Ohne abzuwarten, wirft Martin unmittelbar danach seine dritte Granate zu seinen Feinden hinüber und zieht sich – kaum, nachdem er sie fortgeworfen hat – vom Adrenalin der Todesangst gedopt, trotz seiner Verletzungen blitzschnell ins Cockpit des Flugzeugs hinein. Eiligst durchläuft er die Startprozedur und schon kurz nach der Explosion der dritten Granate startet das Triebwerk bereitwillig. Der Propeller wirbelt mächtig viel Staub vom Hangarboden auf, sodass ihm für einen Moment die Sicht genommen wird. Der hydraulische Druck baut sich auf, Martin reißt die Cockpithaube zu und betätigt abrupt den Gashebel, um die Maschine aus dem Hangar hinausrollen zu lassen. Haarscharf passiert die Steuerbordtragfläche dabei die Höhlenwand und hätte sich fast an dieser verkeilt. Der Staubnebel lichtet sich, sodass Martin nun mit freier Sicht mehr Schub geben kann. Durch den Triebwerkslärm kann er die erneuten Schüsse der Söldner nicht hören, er sieht nur ihre überall um sich herum aufblitzenden Mündungsfeuer der Waffen. Das Flugzeug rollt schnell an und lässt sich durch die etlichen Geschosse nicht stoppen. Martin schiebt hastig den Schubhebel weiter nach vorn, ohne sich um die Geschehnisse um ihn herum zu kümmern.

Die Söldner kommen allesamt aus ihren Verstecken angelaufen und feuern, ohne auf ihre Deckung zu achten, offen mit allen Waffen, die sie zur Verfügung haben, auf ihn. Doch das Triebwerk zieht die Maschine, ohne Schaden zu nehmen, unbeeindruckt weiter nach vorn und schon bald rollt Martin mit dem Flugzeug von der Rollbahn auf die Startbahn. Die Söldner laufen behäbig dem fahrenden Flugzeug hinterher und haben große Mühe, aufgrund ihrer vielen schweren Munitionsgürtel, welche sie sich umgebunden haben, das Tempo mitzuhalten. In der Mitte der Startbahnen, auf der Kreuzung, bleiben sie jedoch stehen und wollen ihm so den Weg zum Start versperren. Kurz danach erreicht er das Ende der Startbahn und dreht seine Maschine zügig um 180 Grad und hat nun seine endgültige Startposition erreicht. Die zurückgebliebenen Söldner gehen in Formation auf ihn zu und feuern aus ihren Waffen unermüdlich weiter auf ihn ein.

*

„Strandgruppe an Basis! Kommen!", dröhnt es aus dem Lautsprecher auf der Jacht. „Hier Basis", sagt Yokoshima locker. „Habt ihr ihn? Kommen!"
„Hier Strandgruppe! Er hat Handgranaten geworfen und will mit dem zweiten Flugzeug starten! *Knister* … Wir versuchen, ihn aufzuhalten! Kommen!" Yokoshima glaubt nicht, was er hört. Blitzschnell läuft sein Kopf rot an und er ringt nach Luft. „Ihr dürft ihn nicht starten lassen!", brüllt er los. „Hört ihr! Auf keinen Fall s-t-a-r-t-e-n lassen! Kommen! Verdammte Scheiße! Verdammte Scheiße!" Yokoshima ist fassungslos und tänzelt wild gestikulierend um sich selbst herum. Sein Vertrauter eilt zu ihm hinüber. „Los schnell!", schreit Yokoshima ihn sofort an. „Lass die beiden Bordkanonen besetzen! Er versucht erneut zu starten!"

*

Martin drückt den Schubhebel kontinuierlich nach vorn. Das Flugzeug beschleunigt rasant und nimmt Fahrt auf. Schon einen Augenblick später steigt das Heck der Maschine empor und Martin kann erkennen, was vor ihm geschieht. Wie von Sinnen feuern die quer zur Startbahn stehenden Söldner auf das Flugzeug und wollen so seinen Start verhindern. Aber der Jäger nimmt weiter Fahrt auf und rast unbeeindruckt auf die wartende „Feuersbrunst" zu. Martin betätigt kurz den Feuerknopf für die Maschinengewehre in den Tragflächen. Sofort donnern die mächtigen Waffen los und durchschlagen auf der Stelle zwei oder drei Söldner. Die anderen springen zur Seite in die Büsche und schießen dem vorbeirasenden Flugzeug hinterher. Aber sie können die Maschine nicht aufhalten und müssen ernüchtert mit ansehen, wie er davonfliegt. Martin zieht den Steuerknüppel zu sich heran, worauf die Räder des Fahrwerks augenblicklich den Bodenkontakt verlieren. Er betätigt den Fahrwerksschalter und spürt das Rubbeln der einfahrenden Räder. Schon kurz danach überfliegt er die Baumkronen und fliegt ein zweites Mal über „seine" Insel. Kaum kann er die Bucht wieder einsehen, wird vom Schiff aus mit den schweren Bordgeschützen auf ihn gefeuert. Mit schwarzen Rauchschwaden zischen die Geschosse an ihm vorbei, doch diesmal ist er auf ihren Angriff vorbereitet. Er drückt den Steuerknüppel ein wenig hinunter und verschwindet so wieder aus dem Sichtbereich der Jacht. Martin fliegt an den schützenden Klippen entlang um die Insel herum und dann von hinten in die Bucht hinein, in der die Jacht ankert. Sicherlich könnte er einfach davonfliegen, aber irgendetwas im Inneren sagt ihm, dass das in diesem Augenblick nicht das Richtige wäre. Er ist wütend, so wütend, dass er nicht einmal in der Lage ist, seine Wut in Worte zu fassen. Er muss sie herauslassen, sich ihrer entledigen. Er muss diesen Meuchlern – fern jeder menschlichen Vernunft – einen Denkzettel verpassen! Ein Abschiedsgeschenk sozusagen! Wofür befindet er sich schließlich in einem Kriegsflugzeug? Einem Jäger, mit dem die japanischen Piloten damals weitaus schwerer bewaffnete Schiffe angegriffen haben. Es sollte doch selbst ihm möglich sein, dem Anführer, der sich zweifelsfrei auf dieser Jacht befindet, etwas Angst einzujagen. Angst, Todesangst, die er selbst in den letzten Wochen durch seine Sturheit erleiden musste. Warum haben sie ihn nicht einfach aufgenommen, irgendwo abgeladen und seines Weges ziehen lassen? Er hätte ja noch nicht einmal die Koordinaten der Insel gewusst, sodass er gar nicht in der Lage gewesen wäre, ihr verdammtes Geheimnis preiszugeben. Außerdem hätte er sie sowieso niemals verpfiffen, denn so bösartig ihr Geschäft auch sein mag, sie hätten doch sein Leben gerettet und ihn aus seiner misslichen Lage befreit. Sie wären einfach quitt gewesen! Martin weiß, dass seine Entscheidung, die Jacht anzugreifen, mehr als unvernünftig ist, aber was hat sein Krieg mit ihnen in den letzten Monaten schon mit Vernunft zu tun gehabt? Er wollte einfach nur überleben, ein Urinstinkt, der bei jedem Tier der Erde tief im Inneren verwurzelt ist. Je ehrgeiziger sie ihn bekämpften, desto waghalsiger musste er kontern. So war er zwangsläufig zu einem gefährlichen Gegner herangewachsen, denn jede Schlacht, der er entkommen konnte, ließ ihn unbemerkt erstarken.

Behutsam steuert er sein Kampfflugzeug um die Insel herum. Einen Augenblick später sind die Klippen schon zu Ende und Martin fliegt in einer steilen Kurve von vorn in die Bucht hinein. Mit Vollgas rast er auf die quer vor ihm liegende Jacht zu. Die Banditen scheinen überrascht zu sein und haben mit einem Angriff seinerseits nicht mehr gerechnet, denn sie müssen erst ihre Kanonen drehen, bevor sie abermals auf ihn feuern können. Diesen günstigen Umstand nutzt Martin schamlos aus und feuert sofort aus allen Mündungen seines Flugzeugs. Die schweren Geschosse des Jägers schlagen sofort große Löcher in die Schiffsaufbauten und lassen die verbauten Materialien in hohem Bogen durch die Luft wirbeln. Die Söldner auf dem Schiff scheinen völlig perplex zu sein und von der Feuerkraft des Jägers überrumpelt worden zu sein. Immer weiter und ohne Unterbrechung feuert er, während er näher heranfliegt, auf die Jacht und nimmt schon jetzt keinerlei Gegenwehr mehr wahr. Das Schiff qualmt an etlichen Stellen, kurz danach kann er mehrere offen brennende Feuer sichten, und als er sie letztendlich im Tiefflug überfliegt, muss er durch große, dichte, schwarze Rauchschwaden steuern, die sein Flugzeug für einen kurzen Moment umschließen und es mit ihrem stinkenden Geruch einnehmen. Die edle Jacht ist nur noch ein Schrotthaufen und Martin ist sich nicht sicher, ob sie überhaupt noch schwimmt oder ob sie nicht schon mit dem Kiel auf dem flachen Grund liegt. Ohne Zweifel haben seine Geschütze ihre Wirkung nicht verfehlt und ihm Genugtuung verschafft. Er zieht den Steuerknüppel stark zu sich heran und gewinnt mit Leichtigkeit an Höhe. Allerdings dreht sich sein Magen dabei herum und er muss seinen Steigflug für einige Sekunden unterbrechen. Nach knapp einer Minute wendet er und fliegt einen weiteren Angriff auf das Führungsschiff. Donnernd nähert sich sein Flugzeug erneut der Jacht.

*

Yokoshima rappelt sich leicht verletzt auf und kann das Flugzeug, das direkt auf ihn zusteuert, genau erkennen. Panisch humpelt er über die schiefen Planken der Jacht und erreicht keuchend die große Bordkanone am Heck. Er reißt die beiden toten Söldner, die davor liegen, zur Seite und lädt die Waffe neu. Mit fürchterlichem Grollen nähert sich das Flugzeug, Yokoshima kann das hasserfüllte und zu allem entschlossene Gesicht von Martin darin deutlich erkennen. Unmittelbar danach feuert Yokoshima. Von den Rückschlägen der Bordkanone erzittert sein gesamter Körper. Er sieht seine Geschosse in den Himmel jagen, er sieht, dass er sehr ungenau zielt, aber er hat auch noch nie zuvor mit solch einer Waffe geschossen. Yokoshima muss an seine Frau denken, Tränen laufen über sein Gesicht, er hätte nie gedacht, dass er solche Angst verspüren könnte. Sein gesamtes Leben zieht in diesem Augenblick an ihm vorbei und er ahnt, dass dieses sein letztes Gefecht sein könnte. Er war dem Tode noch nie im Leben so nah.

*

Die Jacht ist mehr oder weniger gesunken und liegt auf der Sandbank. Martin erkennt den Anführer, der an der Bordkanone steht, wieder. Sein weißer Anzug hängt zerfetzt an seinem Körper herunter. Sein schwarz verrußtes Gesicht schaut direkt zu ihm auf, während die Geschosse der Bordkanone ungenau an ihm vorbeischlagen.

Unbeholfen zappelt der Anführer hinter der Bordkanone hin und her und kann diese aufgrund der Schräglage der Jacht nicht mehr genau ausrichten. Martin betätigt den Feuerknopf. Unmittelbar danach dröhnt und vibriert das ganze Flugzeug unter dem Bordkanonenfeuer seiner Geschütze. Der Anführer verlässt seinen Geschützplatz und wirft sich in Deckung, aber die schweren Geschosse des Flugzeuges kann kein Schiffsbauteil aufhalten. Mühelos durchschlagen sie sämtliche Stahl- und Kunststoffkomponenten, aus denen die Jacht gebaut wurde. Der Anführer springt wieder auf und versucht, sich voller Verzweiflung mit seinen Händen zu schützen. Martin ist bis auf dreißig Meter an ihn herangeflogen und kann deutlich aus dem Cockpit des Jägers erkennen, wie etliche seiner schweren Geschosse den Chef der Organisation schließlich in Stücke reißen. Zufrieden zieht Martin unmittelbar danach am Steuerhebel und steigt schnell in die Höhe. Die Insel verschwindet wenig später hinter ihm aus dem Sichtfeld und nur die dunkle Rauchwolke der Jacht zeigt einige Minuten später noch ihre Position. Ohne sich noch einmal nach ihr umzudrehen, fliegt er fort und behält seinen schon beim Angriff auf die Jacht erfolgreichen Kurs bei. Richtung Nord-Nordwest.

*

Bei 1500 Höhenmetern pendelt er das Flugzeug aus und drosselt die Drehzahl des Triebwerks, sodass er mit einer Geschwindigkeit von 200 Meilen pro Stunde immer noch recht zügig unterwegs ist. Das Triebwerk brummt zuverlässig und Martin hat ein gutes Gefühl, dass er es tatsächlich schaffen könnte, eine weitere Insel im Pazifik zu finden. Langsam löst sich die Anspannung der letzten Stunden und er glaubt fest daran, dass er den Banditen in seinem Leben niemals mehr begegnen wird. Seine Hände halten den Steuerknüppel verkrampft fest. Er versucht, sich zu entspannen, nimmt die linke Hand vom Steuerknüppel und legt sie auf die Instrumentenkonsole. Es reicht vollkommen aus, die leichtgängige Steuerung der Maschine mit einer Hand zu bedienen. Sein Bein schmerzt plötzlich wieder, die ganze Zeit über hat er es überhaupt nicht gespürt, aber nun – durch das Nachlassen der Anspannung – ist er wieder da. Überall an seinem Körper melden sich nach und nach auch seine diversen kleineren Verletzungen zurück und wollen wieder beachtet werden. Martin ist über die vielen Risse und Blessuren an seinem Körper erstaunt, denn die meisten hat er überhaupt nicht gespürt, als er sie sich zugezogen hat. Er schaut über seine Schulter zurück in Richtung der Insel, aber noch nicht einmal die Rauchschwaden der Jacht sind noch zu erkennen. Er hat mit dem Flugzeug in kürzester Zeit schon eine beachtliche Entfernung zurückgelegt und ist sich gar nicht so sicher, ob er, wenn er jetzt umkehren würde, „seine" Insel überhaupt noch finden würde. Die Weiten des Pazifischen Ozeans haben sie schon verschlungen und er gleitet nun einsam über die riesigen blauen Wassermassen. ‚Was passiert mit mir, wenn jetzt das Triebwerk versagt?', schießt es ihm unweigerlich und aus heiterem Himmel durch den Kopf. Könnte er diese Maschine notwassern? Oder würde sie, wenn der Rumpf die Wasseroberfläche berührt, zerschellen? Vorsichtig fasst er nach diesem beängstigenden Gedanken unter seinen Sitz und stellt erleichtert fest, dass sich dort ein kleines Päckchen befindet. Es muss das Rettungsboot sein, mit dem jeder Marinejäger ausgestattet ist. Aber wird es nach all den Jahren auch noch funktionieren? Martin verwirft diesen Gedanken gleich wieder und versucht, sich auf das Wesentliche – das Fliegen – zu konzentrieren. Denn jede unbedachte Bewegung, die er im Cockpit macht, führt automatisch zu einer unwillkürlichen Steuerbewegung. Er hat nicht vor, überhaupt jemals mit dem Flugzeug notzuwassern und er sollte jetzt keine Probleme herbeireden, die überhaupt noch nicht existieren. Er hat auch so genug Hindernisse zu bewältigen und ist mit dem sensibel reagierenden Flugzeug schon vollkommen ausgelastet. Er darf also nicht auf dem Pilotensitz herumzappeln, ansonsten könnte er sich leicht in eine nicht zu kontrollierende Fluglage bringen und tatsächlich abstürzen. Dann hätte er ein realistisches, selbst verursachtes Problem! Er versucht, still in seinem harten Sitz auszuharren, wenn ihn sein verletztes und schmerzendes Bein dabei auch nicht gerade unterstützt. Ab und zu bewegt er sich trotz seiner guten Vorsätze und muss deshalb immer mal wieder gegensteuern, um die gewählte Flugrichtung beizubehalten. Der Tag neigt sich schon sehr bald dem Ende zu und die Sonne hängt tief und blutrot am Himmelsrand. Einerseits ist Martin froh darüber, weil es dadurch im aufgeheizten Cockpit kühler wird, andererseits macht ihm die herannahende Dunkelheit aber auch große Sorgen, weil er das Flugzeug dann bei Nacht steuern muss. Er muss dann nur auf seine Fluginstrumente angewiesen fliegen und das ist wesentlich schwieriger als bei Tage. Wenn es hell ist, kann er sich an festen Punkten orientieren, aber bei Nacht fehlen diese optischen Hilfszeichen gänzlich. Dazu kommt noch die aufkommende Müdigkeit, die er spürt, seit seine Anspannung nachlässt. Er möchte eigentlich nur noch schlafen und hat schon jetzt – bei Tage – große Probleme, seine Augenlider offen zu halten. Wie wird dieser Zustand erst, wenn es um ihn herum stockdunkel ist? Er muss genauso gegen seine Müdigkeit ankämpfen, wie einst Charles Lindbergh bei seinem Alleinflug über den Atlantik mit seiner Spirit of St. Louis. Dieser war zwar wesentlich besser auf seinen Flug vorbereitet und hatte fundierte Flugerfahrungen, dafür hat Martin aber den Vorteil, in der eindeutig moderneren Maschine zu sitzen. Dieser Mann hat es am 21. Mai 1927 geschafft, in einem 33-stündigen Alleinflug von Amerika nach Europa zu fliegen. Eine Sensation, nicht nur, weil er die Müdigkeit und Einsamkeit während des Fluges überwand, sondern auch, weil man einen solchen Flug bis dahin für vollkommen undurchführbar hielt. Martin weiß jetzt, wie Lindbergh sich damals gefühlt haben muss: mit sich selbst hadernd, gefangen zwischen dem festen Glauben, dass sein waghalsiges Vorhaben glücken könnte, und der menschlichen Vernunft der damaligen Zeit, die seine Expedition einfach nur für puren Leichtsinn hielt. Niemand hatte an ihn geglaubt und trotzdem hatte er es geschafft! Ja, er kann es auch schaffen und die Müdigkeit besiegen! Soweit er sich erinnern kann, hatte Lindbergh vor Aufregung vor dem Flug nicht schlafen können. Er muss also genauso müde gewesen sein, wie er es jetzt ist! Aber da ist noch etwas anderes, was ihm großes Kopfzerbrechen an der hereinbrechenden Nacht bereitet. Was ist, wenn er an einer nur bei Tage sichtbaren Insel vorbeifliegt? Eine Horrorvorstellung für ihn! Er überfliegt die einzige für ihn erreichbare Insel der Umgebung und bemerkt es noch nicht einmal. Am Tage darauf ist dann auch noch sein Flugbenzin zu Ende und er stürzt in den Pazifik. Ja, die vor ihm liegende Nacht bereitet ihm große Sorgen. Die Sonne taucht in den Pazifik ein und wird wenig später durch den Mond abgelöst. Sehr schnell, schneller als er dachte, wird es dunkel und schon bald ist er umgeben von einem glitzernden Sternenmeer. Martin glaubt zu träumen, sicher hat er den Sternenhimmel schon auf „seiner" Insel einige Male beobachtet, aber diesmal ist es trotzdem etwas anderes. Ein Naturereignis sondergleichen. Er glaubt beinahe, im Weltall zu schweben und mit seinem kleinen Raumschiff in ferne Galaxien vorzudringen. Er fühlt sich, als befände er sich als Astronaut mitten im Weltall; ein Gefühl, das durch die stetigen Vibrationen des Triebwerks, die über die Flugzeugzelle übertragen werden, noch verstärkt wird. Martin schaltet die Instrumentenbeleuchtung ein, worauf schwaches gelbliches Licht die Skalen und Zeiger der Instrumentenarmaturen beleuchtet und damit etwas Helligkeit in das finstere Cockpit einkehrt. Er versucht, sich zu konzentrieren und verdrängt das wohltuend erhabene Gefühl, durch das All zu fliegen. Er muss sich jederzeit im Klaren sein, in welcher Fluglage sich das Flugzeug befindet. Nur wenige Sekunden reichen schon aus, um in der schwarzen Nacht die Orientierung zu verlieren und nicht mehr zu wissen, wo oben und unten ist. Immer wieder fallen ihm die Augen zu. Mühsam muss er diese mit den Gesichtsmuskeln aufreißen und einige Male sogar mit dem Zeigefinger nachhelfen. Wieder fallen die Augenlider zu, eine wohltuende Müdigkeit umgibt ihn, es ist einfach wunderbar. Er wird sanft geschaukelt und möchte nun ... ja, endlich schlafen. Schlafen ...

Doch plötzlich schreckt er auf, sein Flugzeug taumelt um die eigene Achse und steht fast senkrecht in der Luft. Die Nase der Maschine ist viel zu hoch und der Propeller dreht steil zu den Sternen empor. Martin drückt den Steuerknüppel nach vorn, doch das Flugzeug sackt durch, denn es befindet sich in einem akuten Strömungsabriss. Nur langsam neigt sich die Nase nach einiger Zeit wieder, will aber jetzt nach Backbord ausbrechen. Er tritt stark in das Querruder, kontert dagegen und hält den Steuerknüppel weiter bis zum Anschlag nach vorn gedrückt. Nur widerwillig folgt das Flugzeug, gleitet schließlich aber doch wieder in seine gewohnte Bahn. Er hatte einen Sekundenschlaf! Martin schreit sich selbst aufgeregt an und wischt sich mit der Hand durch sein verschwitztes Gesicht. Das war knapp! Wieder reißt er seine Augenlider mit dem Zeigefinger auf. Er darf nicht einschlafen! Er muss sich vom Schlaf und seiner Müdigkeit ablenken. Über was kann er nachdenken? Was lässt ihn wach bleiben? Er versucht es mit grauenvollen Gedanken über Horrorschocker, die er immer schon gehasst hat. Über kopfrollendes Meuchelkino, in dem Menschen gefoltert werden: köpfen mit der Axt, mit dem Schwert, mit der Säge und zweiteilen, vierteilen von Menschen des Mittelalters. Blut, Blut, Blut, vermischt mit grauenvollem Geschrei der Hingerichteten. Fürchterliche Folterszenen laufen durch seinen Kopf und diese Gedanken lassen sein Herz tatsächlich rasen, sodass er abgelenkt wird. Als ihm nichts mehr in dieser Richtung einfällt, kommen opulente Pornogedanken dran. Nackte Frauen, geile Frauen, die nur eines wollen: Sex bis zum Atemstillstand! Wilde Orgien, bei denen jeder mit jedem, von vorn und von hinten, oben und unten, in allen erdenklichen und undenkbaren Stellungen gevögelt wird, bis zum Koma der Teilnehmer. Ihm ist alles recht, wirklich alles ..., um nur nicht einzuschlafen. Die Nacht schreitet voran und es wird kalt im Flugzeug. Er öffnet ein wenig die Belüftungen zum Triebwerksschacht und lässt so wärmende, nach Öl und Fett stinkende Luft ins Cockpit einströmen. Ihn überkommt ein Gefühl von molliger Wärme, aber auch Unbehagen durch den ekligen Gestank, was in diesem Flugzeug wohl untrennbar zusammengehört. Eine Tortour für jeden Langstreckenpiloten. Mit angewidertem Gesicht überprüft er trotzdem wenig später gewissenhaft die Anzeigeinstrumente und geht jede „Uhr" einzeln nacheinander ab. Mit dem Zeigefinger tippt er bei seiner Kontrolle auf das jeweilige Instrument, um nicht die Übersicht in der Dunkelheit und bei der Instrumentenvielfalt zu verlieren.

Das Triebwerk des Flugzeugs brummt mit gleichmäßigem, monotonem Klang ununterbrochen weiter, Martin fasst allmählich Vertrauen zu der alten Maschine. Erwartungsvoll richtet er seinen Blick aus dem Seitenfenster des Cockpits, an dem zischend die Luft entlangpfeift. Nur schwach kann er unter sich das vom Mondschein beschienene, sich leicht kräuselnde Salzwasser erkennen, das fast am Horizont übergangslos in den Himmel übergeht. Die Nacht ist klar und zu seiner Erleichterung nicht stockfinster und er weiß jetzt, dass er die Umrisse einer eventuell auftauchenden Insel auch so erkennen könnte.

Wie auf einer Kanonenkugel jagt er weiter durch die endlos scheinende Finsternis und führt seinen monotonen, sichtbegrenzten Flug fort. Manchmal meint er, am Horizont schon das Morgengrauen des neuen Tages zu erahnen, aber wenn er auf seine Uhr sieht, aber er ist sich nicht sicher und glaubt eher an einen Streich seiner Fantasie. Sein pechschwarzer, unbeleuchteter Marinejäger gräbt sich unterdessen in die trugummantelte Richtung weiter vor und ist gewillt, dieser Einbildung ein Ende zu setzen. Doch je weiter er sich vorantastet, desto weiter scheint das Morgengrauen sich nach hinten zu verschieben. Also doch eine Fata Morgana der Nacht? Martin zwingt sich, an etwas anderes zu denken, an etwas Schönes und nicht Ungewisses. Es scheint gar, als habe er seine Müdigkeit fürs Erste überwunden. Seine Gedanken ermatten ihn nicht mehr, sie sind voller Energie, als ob er tatsächlich geschlafen hätte. Er hat seinen toten Punkt überwunden. Er blickt sich im Flugzeug zum wiederholten Male um und kratzt aus Langeweile an verschiedenen Stellen den aufgeplatzten rostbraunen Lack des Eisengitters der Cockpithaube ab. Es gibt für ihn nichts zu tun und er fragt sich, wie die Piloten früher die Monotonie überwunden haben. Jeder von ihnen hatte bestimmt so seine eigene Taktik, die Langeweile eines langen Angriffs- oder Kontrollfluges zu überwinden. Wenigstens flogen sie nie alleine, sondern im Geschwader und konnten sich so über Funk gegenseitig bei Laune halten. Außerdem konnten sie den Flügelmann neben sich beobachten und so ihren Augen wenigstens ein bisschen Abwechslung zum imaginären, sich stetig wiederholenden Bild der Umgebung geben. In dem Punkt hatten sie einen Vorteil ihm gegenüber. Nicht nur, dass sie perfekt ausgebildet waren, sie kannten auch jederzeit ihr Ziel. Sie wussten, wann genau sie wieder aus der Einöde entsprangen und ins

„natürliche Leben" zurückkehren würden. Ein riesiger Vorteil, um die Monotonie selbstsicher zu überwinden. ...

Martin hält inne! Die Flugzeugzelle vibriert plötzlich stark. Ahnungslos sieht er sofort auf seine Instrumente, kann aber zuerst keine ungewöhnlichen Abweichungen auf den Anzeigen erkennen. Auf einmal schwindet die Drehzahl des Triebwerks rapide, es schüttelt sich regelrecht und wenig später erzeugt es einige Gänsehaut erzeugende knallende Fehlzündungen. Martin ist entsetzt. Was passiert gerade mit dem vor wenigen Sekunden noch zuverlässig brummenden Flugzeug? Von der einen auf die andere Sekunde scheint es seinen Dienst zu versagen und einen Motorschaden zu haben. Vor Schreck ist er mit einem Ruck nun richtig hellwach, und ehe er sich versieht, ist es um ihn herum totenstill. Das Triebwerk ist verstummt. Nur noch das Rauschen der Windgeräusche des durch die Nacht gleitenden Jägers ist zu hören. Martin ist perplex, noch hat das Flugzeug genug Eigengeschwindigkeit, um nicht in den Pazifik zu stürzen. Aber wie lange noch? Er nimmt rapide an Fahrt ab. Hilflos und wie vor dem Kopf geschlagen kontrolliert er hektisch die Instrumentenpaneele. Die Lampe des Hydraulikdrucks leuchtet rot auf. Der Öldruck ist aber in Ordnung! Der Zylinderdruck fällt! Der Ladedruck ist niedrig! Die Motortemperatur sinkt! ... Seine Augen rasen über die vielen Anzeigen ... Treibstoffanzeige steht auf ... null! Das Flugzeug wird immer langsamer, er muss den Steuerknüppel drücken, um wieder mehr Fahrt aufzunehmen, aber dadurch verliert er schnell an Höhe. Diese Maschine ist mit ihrem relativ hohen Eigengewicht und dem riesigen Vierblattpropeller ein denkbar schlechtes Segelflugzeug, es sackt rasch durch und Martin muss den Steuerknüppel immer weiter nach vorn drücken, um die zum Gleiten nötige Eigengeschwindigkeit aufrechtzuerhalten. Die Nase der Maschine zeigt steil nach unten, der Pazifik scheint förmlich auf ihn zuzurasen. Der Höhenmesser dreht sich wie ein Propeller in der Anzeige und ist durch seine Steuermaßnahmen nur etwas zu verlangsamen. Ihm bleibt nicht mehr viel Zeit! Plötzlich schießt ihm die Lösung durch seinen Kopf. Er hat vergessen, den Tankwahlschalter zu betätigen und von einem leeren Tank auf einen vollen umzuschalten.

Ein Anfängerfehler, der aus der Überforderung des Piloten resultiert. Schlichtweg: Er war unaufmerksam! Schnell schaltet er auf einen anderen Tank um, die Anzeige des Treibstoffvorrates schießt wieder nach oben. Martin versucht hastig, das Triebwerk neu zu starten, hat aber überhaupt keine Ahnung, wie die Gemischeinstellung eines betriebsheißen Aggregats sein muss. Er behält also erstmal alle Einstellungen bei und startet es einfach neu. Nichts passiert! Das Flugzeug vibriert und zeigt so an, dass ein Strömungsabriss an den Tragflächen kurz bevorsteht. Mit zitternden Händen verändert er nun doch die Einstellung der Lüftungsklappen und die Gemischeinstellung. Abermals betätigt er den Startknopf. Es gelingt, zwar dreht der Propeller zunächst zögerlich und unwillig, aber kurz danach zündet das Triebwerk mit einem Schlag und von einer grauen Qualmwolke aus dem Abgasrohr begleitet letztendlich doch. Ruckartig erhöht sich die Drehzahl wieder. Martin gibt Vollgas, abermals heult das Triebwerk in gewohnter Manier auf und fängt den Jäger rechtzeitig in einer Höhe von nur 400 Metern ab. Ein Wohlklang in seinen Ohren, niemals wird er sich mehr über das Dröhnen des Aggregates beschweren. Der Krach ist Musik in seinen Ohren. Er fliegt wieder! Kurz danach erlangt er seine ehemalige Reisehöhe und dreht auf seinen vorbestimmten Kurs ein. Nord-Nordwest! Durch die Aufregung schweißüberströmt hält er noch immer mit zitternder Hand den Steuerknüppel fest. Sein Müdigkeitsproblem hat sich mit diesem Zwischenfall vollends erledigt. Das Flugzeug brummt wie gehabt durch die sich neigende Nacht und schon wenig später zeigt sich die aufgehende Sonne am Horizont. Er hat es geschafft, ein neuer Tag beginnt!

Nachdem die Sonne die höheren Himmelsschichten erreicht hat, heizt sie das Cockpit im Nu wieder auf und verwandelt es abermals in eine Art Sauna. Schwitzend hält er Ausschau nach einer Insel, kann aber trotz der phänomenalen Sicht nichts erspähen. Wie gewohnt erstreckt sich nichts weiter als Wasser unter ihm. Mit Billionen kleinen, weiß kräuselnden Wellenkämmen übersät liegt der Pazifik ansonsten bewegungslos da und er kann keinen Zipfel Land erblicken. Nie hätte Martin es für möglich gehalten, dass es eine so riesige Fläche auf der Erde gibt, die sich noch nicht in Menschenhand befindet. Alle Landflächen der Erde sind bereits vom Menschen erforscht, aber hier draußen gibt es bestimmt noch sehr viel Unbekanntes für ihn zu entdecken. Martin glaubt, dass die Weltmeere noch für viele Überraschungen gut sind. Der weiße Kondensstreifen eines Verkehrsflugzeuges auf drei Uhr erregt plötzlich seine Aufmerksamkeit. Vielleicht sollte er auch höher fliegen und auf sich aufmerksam machen, geht es ihm durch den Kopf. Schließlich ist ein altes Flugzeug inmitten des Nichts etwas Außergewöhnliches. Wenn die Piloten ihn sehen würden, wäre es möglich, dass sie diesen merkwürdigen Vorfall dem nächsten Flughafen melden und daraufhin jemand nach dem Rechten sieht. Es wäre nicht ausgeschlossen, dass ein nahe liegendes Land ein Aufklärungsflugzeug oder ein Grenzflugzeug entsenden würde. Schließlich könnte er ja wer weiß wer sein. Martin grübelt einige Sekunden darüber nach, während sich die über ihm fliegende fremde Maschine entfernt. Er verwirft die Überlegung aber schließlich wieder, denn es wäre für ihn zu gefährlich. Selbst wenn sein betagtes Flugzeug so hoch fliegen könnte, wäre er selbst dazu nicht in der Lage. Er hat keine Sauerstoffmaske, die in dieser Höhe benötigt wird, mit an Board und sein Cockpit ist alles andere als eine Druckkabine. Außerdem liegen dort oben die Temperaturen schätzungsweise bei minus fünfzig Grad Celsius und ... Martin sieht an sich herunter, er ist nur mit einer kurzen Hose bekleidet und mit Sicherheit zu dünn angezogen. Ja, sein Flugzeug wäre dazu vielleicht in der Lage, aber er würde bestimmt ersticken oder erfrieren. Ihm bleibt nichts anderes übrig, als dem weißen, sich durch die Stratosphäre ziehenden Kondensstreifen nachzusehen. Schon fünf Minuten später ist er wieder alleine. Er blickt weiter suchend aus dem Seitenfenster hinaus. Er muss schon weit über tausend Seemeilen von seiner Insel entfernt sein und noch immer ist kein Land in Sicht. Martin macht sich allmählich Sorgen, obwohl ihm bewusst ist, dass so etwas im Pazifik durchaus normal ist. Sein Treibstoffvorrat schwindet zusehends. Wie lange mag er noch reichen? Schätzungsweise verbleiben ihm höchstens noch zwei oder drei Flugstunden. Er muss damit rechnen, dass, wenn er in den nächsten Stunden kein Land sichtet, er tatsächlich notwassern muss. Schon bei dem Gedanken daran überkommt ihn mächtiges Unbehagen. Aber er sollte sich mit dem Gedanken schon einmal anfreunden und überlegen, wie so etwas sinnvollerweise vonstattengehen könnte. Wenn der Motor versagt, sollte er wenigstens etwas darauf vorbereitet sein. Er weiß, dass er bei einer Notwasserung auf keinen Fall das Fahrwerk ausfahren darf. Das Flugzeug würde sich ansonsten bei Kontakt mit der Wasseroberfläche sofort überschlagen und augenblicklich zerschellen. Es wäre sein sicherer Tod. Er darf sich auch nicht mit dem Propeller zuerst in die Fluten bohren. Es ist wichtig, das Flugzeug bei Kontakt mit der Wasseroberfläche mit der Nase leicht nach oben zu halten und zuerst mit dem Bauch aufzusetzen. Sicherlich ein sehr schwieriges Manöver und denkbar ungeeignet für einen unerfahrenen Piloten wie ihn. Wieder wird er mit dem Flugzeug segeln müssen – ein fürchterlicher Gedanke. Einen kleinen Vorgeschmack darauf hat er ja schon letzte Nacht bekommen, als er vergaß, den Tankwahlschalter umzulegen. Er muss gleichzeitig die Geschwindigkeitsanzeige, den Höhenmesser und den Fluglagenanzeiger im Auge behalten und er wird die Anzeigewerte in seine Steuerbefehle einfließen lassen müssen. Die bevorstehende Notwasserung bereitet ihm großes Bauchweh, und je mehr er darüber nachdenkt, desto größer wird es. Aber ihm wird wohl nichts anderes übrig bleiben. So oder so kann er nicht in der Luft bleiben. Schon bei seinem letzten Gleitversuch mit dem Jäger hat er bemerkt, dass das Flugzeug wie ein vollgefressener, unbeweglicher Truthahn in der Luft hing und den Hang hatte, unnachgiebig wie ein Stein durchzusacken. Dieses Flugzeug ist kein Segelflugzeug! Aber noch ist es nicht soweit, noch hat er genügend Treibstoff im Tank, um das Triebwerk am Laufen zu halten, noch hat er einen Funken Hoffnung, doch noch Land zu sichten. Er kann mit dem restlichen Treibstoff noch mehrere Hundert Seemeilen zurücklegen. Erschöpft reckt er seine steifen Glieder, dabei knurrt sein arbeitsloser Magen laut und zwickt ihn unangenehm. Sein Kehlkopf gleitet beim Schlucken durch seine staubtrockene Kehle und fördert sein Unwohlsein mit stechendem Schmerz zusätzlich. Er fühlt sich elend und hat seine Leistungsreserven schon längst aufgebraucht.

Ohne weiter darüber nachzudenken, zieht Martin leicht den Steuerknüppel zu sich heran und ändert, um sich abzulenken, seine Flughöhe auf 2500 Meter. Sofort steigt das Flugzeug mit Leichtigkeit in den Himmel empor und schon Sekunden später ist seine gewünschte Flughöhe erreicht. Neugierig blickt er aus dem Cockpitfenster, aber er sieht abermals nichts, was er nicht seit Stunden schon gesehen hätte. Wieder zieht Martin den Steuerknüppel zu sich heran und wieder reagiert der Jäger augenblicklich, nachdem er das Steuerorgan betätigt hat. Wie eine Raubkatze, die auf den Augenblick des Sprunges wartet, schießt er mit unverminderter Kraft empor. Er ist vom Leistungsvermögen der Maschine abermals begeistert. Im Nu hat er 4000 Meter Höhe erreicht und kann eine riesige Fläche vor sich überblicken. Doch von einer Insel fehlt jede Spur. Martin ist nicht wirklich enttäuscht, er hatte nicht ernsthaft mit einer Sensation gerechnet. Eigentlich glaubt er selbst noch nicht einmal mehr an einen guten Ausgang dieser Flugreise. Er muss sich eingestehen, wohl den falschen Kurs gewählt zu haben. Aber für eine Kursänderung in eine andere, ungewisse Richtung ist es jetzt schon viel zu spät. Martin drückt den Steuerknüppel steil nach rechts und tritt gleichzeitig leicht ins Seitenruder, leitet eine Rolle ein. Schon immer wollte er dieses Flugmanöver fliegen, warum eigentlich nicht jetzt. Das Flugzeug reagiert sofort und dreht die Maschine, während sie vom Triebwerk nach vorn katapultiert wird, um die eigene Achse. Für Sekunden vermischt sich, während er sich dreht, der Pazifik mit dem Himmel und es hat den Anschein, als ob sie ihre in der Erdgeschichte angestammten Plätze tauschen würden. Als der Pazifik wieder unter ihm liegt und der Himmel über ihm, leitet Martin abermals eine weitere Rolle ein. Von den Drehungen wird ihm schlecht, dennoch leitet er nach der zweiten Rolle eine dritte und eine vierte ein. Er muss lachen, seine hochgezogenen Mundwinkel zeigen seine immer noch weißen Zähne. Es ist ein wunderbares Gefühl! Ein Gefühl, als ob alle Schmerzen und die Einsamkeit, die sich in den letzten Monaten bei ihm angesammelt haben, plötzlich abbröckeln und sich ins Bedeutungslose auflösen. Für wenige Sekunden ist er so unbeschwert wie ein Kind. Martin beendet seine Rollen. Sein Lachen verstummt, mit leeren Augen blickt er aus dem Cockpitfenster ins Nichts. Tränen schießen ihm in die Augen und laufen an seinen Wangen herunter. ‚Mein Gott‘, denkt er, ‚du drehst durch!‘ Mit seiner Hand fasst er an seine Pistole, die immer noch in seiner Hose steckt. Es gibt noch eine andere Möglichkeit, als notwassern zu müssen! Er kann wählen, ob er bei einer Notwasserung stirbt oder ob er sich selbst ein Ende setzt. Ein Kopfschuss wäre ein schneller, sauberer Tod ohne jegliche Qualen. Martin wischt sich mit den Handrücken die Tränen aus den Augen und packt den Steuerknüppel fest an. Er hat Angst, unsagbare Angst vor der ihm bevorstehenden Prüfung, seinem letzten Weg. Doch er möchte wie ein Mann sterben, wie die Samurai, die diese Flugzeuge im Krieg direkt in das Herz des Feindes bohrten. Männer, die lieber starben, als sich ihren Feinden zu ergeben. Männer voller Stolz und Mut. Männer, denen ihr Leben nichts bedeutete und die es für ihre Sache opferten. Männer, die mit ihren Maschinen Kamikazeeinsätze flogen. Männer, die lieber ein kurzes, erfülltes Leben lebten, als ein langes als bloße feige Marionetten.

Unerwartet wird Martin aus seinen wehmütigen Gedanken gerissen. Dort unten auf elf Uhr, da ist etwas. Er späht hinunter und versucht, den kleinen, unregelmäßigen Punkt auf der Wasseroberfläche zu identifizieren. Doch er fliegt viel zu hoch. Sofort drosselt er die Propellerdrehzahl und nimmt den Schub zurück. Er ändert seinen Kurs in Richtung des Punktes und drückt den Steuerknüppel nach vorn, um Höhe abzubauen. Schnell sackt er hinunter und kommt dem merkwürdigen, weit entfernten schwimmenden Gegenstand näher. Er nimmt Konturen an, er wird größer, immer größer, er bläht sich vor seinen Augen förmlich auf, und als er ihn schließlich erkennen kann, scheint er fast zu explodieren. Es ist ein Schiff! Durch den „Sturzflug" rast er sehr schnell auf das Schiff zu und kann einen Augenblick später schon das durch die Schiffsschrauben aufschäumende Wasser erkennen, das von ihnen wie ein langer weißer Schleier geradezu hinterhergezogen wird. Bei fünfhundert Höhenmetern fängt

Martin das Flugzeug ab und steuert direkt auf das vorausfahrende Schiff zu. Es ist ein riesiger Öltanker, der in aller Ruhe seinen Kurs abfährt. Schon wenig später donnert er über das große Schiff hinweg. Er ist überglücklich, obwohl er weiß, dass er mit der Sichtung noch nicht gerettet ist. Er konnte sogar beim Überflug zwei Matrosen erkennen, die neugierig zu ihm heraufstarrten und wohl ihren Augen nicht trauten. Martin wendet das Flugzeug und fliegt mit einer scharfen Kurve wieder zurück zu dem Öltanker, um ihn ein weiteres Mal zu überfliegen. Mit einer Höhe von nur zweihundert Metern zischt er kurze Zeit später erneut über das große Schiff hinweg. Zu den zwei zuvor gesehenen Matrosen haben sich in der Zwischenzeit weitere dazugesellt, um ebenfalls das merkwürdige Flugzeug, das für Abwechslung an Bord sorgt, zu sehen. Sie winken ihm zu und er kann ihre schwenkenden Arme ganz deutlich erkennen. Martin betätigt daraufhin das Querruder und lässt das Flugzeug mit den Tragflächen zum Gruß etwas hin- und herschwenken, bevor er wieder auf seinen alten Kurs zurückkehrt. Was für ein Erlebnis! Falls er keine Insel findet, kann er hierher zurückfliegen und in der Nähe des Öltankers notwassern. Er merkt sich die Kompassdaten, das könnte sein Überleben sichern. Endlich eine Alternative, eine Chance, dass doch noch alles gut werden kann. Martin schöpft neuen Mut und schaut dem immer kleiner werdenden Schiff hinterher, während sein Flugzeug wieder an Höhe gewinnt und schnell davonrast. Zügig steigt er auf 5000 Meter empor und spürt, wie die Kälte langsam an ihm hochkriecht. Trotzdem harrt er tapfer weiter hier oben aus, denn je höher er fliegt, desto größer ist seine Chance, eine Insel rechtzeitig zu sichten. Martin begutachtet erneut die Tankanzeige, die unnachgiebig immer weiter heruntersackt und sich durch nichts aufhalten lässt. Er hat nicht mehr viel Zeit, seinen alten Kurs weiterzuverfolgen. Bald muss er eine Kehrtwende machen, wenn er es noch zurück bis zum Tanker schaffen will. Er wird ungeduldig, seine Tankanzeige scheint jetzt irgendwie schneller abzusacken als zuvor. Angestrengt starrt er abwechselnd in alle drei Richtungen aus dem Cockpit heraus, ob nicht doch noch unerwartet Land zu sehen ist. Wie weit weg vom Festland mag sich der Öltanker befunden haben? Ist er schon vor Tagen oder gar vor Wochen ausgelaufen oder hat er erst vor wenigen Stunden abgelegt? Martin weiß es nicht, aber er möchte noch eine Weile seinen alten Kurs beibehalten. Noch hat er etwas Zeit! Wieder sinkt die Nadel der Tankanzeige und berührt jetzt schon fast den roten Bereich. Mit weit aufgerissenen, starren Augen, versucht Martin sie festzuhalten, doch sie sinkt schließlich zügig über die letzte schwarze Markierung hinweg und stoppt erst bei den rot ummantelten Skalen. Ab jetzt wird sein Reservetreibstoff aufgebraucht! Ihm ist nicht klar, wie viele Flugminuten ihm noch bleiben, aber er ahnt, dass er die übrig gebliebenen Gallonen an beiden Händen abzählen könnte. ‚Ich muss wenden', schießt es ihm durch den Kopf. ‚Verdammt, ich muss jetzt endlich wenden!' „Martin!", schreit sein Gehirn ihn förmlich an. „Flieg jetzt endlich eine Kurve und kehr so schnell wie möglich zum Öltanker zurück!" Doch er zögert noch. Verzweifelt schaut er unterdessen auf die riesigen Wasserflächen und sucht sie nervös immerzu ab. „Meine Güte!", schreit er plötzlich auf. „Es muss doch einmal Land kommen!" Doch er kann immer noch nichts erkennen. Er schwitzt! Der Schweiß läuft ihm in Strömen durchs Gesicht und tropft in seine Augen. Die fangen darauf an zu brennen. Die Bilder verschwimmen und er muss immer wieder mit seiner schmutzigen, verklebten Hand durchs Gesicht wischen, um einigermaßen klare Bilder vor Augen zu behalten. Sein Herz rattert wie verrückt und transportiert sein Blut in Rekordzeit durch seine weit hervorgetretenen Adern. Doch es hilft alles nichts: Er muss wenden! Martin packt den Steuerknüppel fester an und drückt ihn langsam nach Steuerbord herum. Die Maschine reagiert sofort, nur widerwillig unterstützen seine Füße die Kehrtwende, um eine saubere Kurve zu fliegen. Die Nase des Flugzeugs wendet unmittelbar, die Kompassnadel dreht sich parallel dazu herum, doch plötzlich stoppt Martin seine Steuerbewegung und pendelt die Maschine nach einer knappen Neunzig-Grad-Kurve wieder aus. Eine Insel? Martin reibt sich hektisch die Augen, um den grauen Schleier fortzuwischen. Ja, tatsächlich, sein Gehirn hat ihm keinen Streich gespielt, dort hinten ragen fast unsichtbar blasse Felsformationen aus dem Wasser. Das verdunstende Salzwasser, das von der glühenden Sonne aufgesogen wird, hätte ihm dieses Eiland beinahe vorenthalten. Flimmernd tanzt die graue Gebirgsformation vor seinen Augen immerzu auf und ab und bekommt erst etwas Farbe, nachdem er ein ganzes Stück näher herangeflogen ist. Sein Herz springt vor Freude im Brustkorb herum, aber er versucht, trotz der unerwarteten positiven Wendung seines Schicksals einen kühlen Kopf zu behalten. Die Vorbereitungen für die Notwasserung vor dem Öltanker sind sogleich vergessen, er überlegt schon, wie er mit dem Flugzeug auf einer Wiese oder Ähnlichem landen kann. Aufgeregt, aber trotzdem ruhig und locker hält er den Steuerknüppel in der Hand und gleicht so geschickt die leichten Böen aus, die das Flugzeug sanft aufschaukeln lassen. Die Entfernung zur Insel schrumpft schnell zusammen und bereitwillig wächst sie mit jeder Sekunde vor seinen Augen. Zufrieden nimmt er zur Kenntnis, dass sie wesentlich größer ist, als die, auf der er gestrandet war, und er ist sich jetzt schon sicher, dass sie bewohnt ist. Etliche massige, riesige grüne Bergmassive strecken ihre breiten Spitzen in den Himmel empor und laufen zum Tal hin nur sehr langsam aus. So verbinden sich schließlich grüne zerklüftete und mächtige Felsbrocken mit dem groben Schotter am Strand, der letztendlich im Pazifik mündet. Martin reduziert seine Flughöhe drastisch und beginnt sehr frühzeitig den Landeanflug. Noch hat er sich keine geeignete Landestelle aussuchen können, aber er schließt den zerfurchten Strandbereich sicherheitshalber jetzt schon einmal aus. Die Insel wächst weiter vor seinen Augen, überall lassen sich Zeichen von Zivilisation erkennen. Auf den Bergspitzen schießen aus dem Dunst plötzlich einzelne gigantische Stahlmasten in die Höhe, die er eindeutig als Funkmasten identifizieren kann. Wenig später überfliegt er eine ganze Armada von Fischerbooten, die ihre Netze, die sie zuvor in den Pazifik versenkt haben, hinter sich herziehen. Ja, diese Insel lebt, da gibt es überhaupt keinen Zweifel mehr. Hier wird er die Hilfe bekommen, die er schon so lange herbeigesehnt hat. Nur die bevorstehende Landung liegt noch bedrohlich zwischen ihm und seiner Rettung. Martin drosselt weiter seine Geschwindigkeit und fährt die Landeklappen ein wenig aus. Knarrend schieben sich die Kanten daraufhin aus den Tragflächen hervor und blockieren so die vorbeiströmende Luft. Die Eigengeschwindigkeit des Jägers sinkt daraufhin rapide ab und Martin gibt sicherheitshalber wieder etwas mehr Gas. Welche Klappenstellung sich mit welcher Eigengeschwindigkeit verträgt, ist ihm unbekannt, so bleibt ihm nichts anderes übrig, als es auszuprobieren. Er fährt die Klappen weiter bis zur Hälfte aus, muss aber wieder etwas mehr Schub geben. Es ist für ihn sehr beeindruckend, welch Bremswirkung die Landeklappen besitzen, aber er gewöhnt sich allmählich an die ungewohnte Situation. Entschlossen fährt er sie komplett aus und steigert dabei den Schub nur soweit, dass das Flugzeug so eben noch sicher vom vorbeiströmenden Fahrtwind getragen wird. Kaum hat er das getan, überfliegt er auch schon die Klippen der Insel und schwebt wenig später langsam über die hohen Bergkuppen hinüber. Wie in Zeitlupe wandern die Felsen dicht unter ihm vorüber, sodass man glauben könnte, sie berühren zu können. Kaum hat er den Berggürtel überflogen, erstrecken sich unter ihm im Tal grüne, weitläufige Wiesenflächen, die für eine Landung ideal zu sein scheinen. Sie haben förmlich auf ihn gewartet! Er betätigt den Fahrwerksschalter, worauf dieses knurrend und unter starken Vibrationen der Zelle aus den Tragflächen herausfährt. Martin muss daraufhin erneut etwas mehr Schub geben, denn auch das ausgefahrene Fahrwerk wirkt wie eine Bremse.

Der Landeplatz, den er sich ausgewählt hat, kommt näher, worauf Martin den Steuerknüppel von sich wegdrückt, um weiter Höhe abzubauen. Die Nadel der Tankanzeige hat derweil den Grund der Skala erreicht, aber das Triebwerk des Flugzeuges läuft bislang ohne Störungen weiter. Er konzentriert sich vollends auf die bevorstehende Landung und nimmt wieder etwas Schub zurück, weil die Maschine aufgrund des heruntergedrückten Steuerknüppels zu viel Fahrt aufgenommen hat. Er wird zu schnell! Martin zieht die Nase der Maschine wieder etwas hoch, doch kaum hat er das getan, ist diese schon wieder zu langsam. Das Flugzeug wirkt durch seine Steuerbewegungen sehr nervös, pendelt mal rechts mal links herum und will ausbrechen. Aufgrund seiner geringen Eigengeschwindigkeit reagiert das Flugzeug wesentlich träger auf die Steuerbefehle als in voller

Fahrt und Martin ist von der ungewohnten Situation vollkommen überrascht. Verzweifelt zieht und drückt er am Steuerknüppel und betätigt hektisch dazu parallel den Schubhebel. Seine Füße versuchen, zusätzlich mit dem Seitenruder zu helfen, machen die Sache anscheinend aber nur schlimmer. Die Maschine tanzt wie ein bockiger, störrischer Esel, Martin hat das Gefühl, jeden Moment vollends die Kontrolle zu verlieren. Der Boden kommt näher und näher, das Flugzeug steht quer, die Nase hängt herunter und alles, was er sich vorher ausgedacht hatte, scheint plötzlich nicht mehr gelingen zu können. Er drückt den Schub in seiner Verzweiflung wieder ganz nach vorne, das Triebwerk brüllt auf und die Nase des Flugzeugs wird wie von Geisterhand schnell nach oben katapultiert. Martin bereut seinen Gasbefehl umgehend, denn dadurch ist sein Anflugwinkel noch schlechter als der vorherige. Doch dann versagt – völlig unerwartet – das Triebwerk. Plötzlich und ohne Vorwarnung ist es im Cockpit totstill, nur der Fahrtwind, der an der Cockpitscheibe vorbeiströmt, verrät ihm, dass er tatsächlich noch am Leben ist. Geistesgegenwärtig drückt er den Steuerknüppel nach vorn, sodass die Nase sich wieder senkt. Er ist der Maschine völlig ausgeliefert, sie scheint nur noch das zu machen, was sie will. Der Boden kommt zu schnell näher, er kann nichts mehr dagegen machen. Zum letzten Mal reißt er abrupt am Steuerknüppel herum, um die Nase wieder zu heben. Die Räder des Fahrwerks schlagen hart auf dem Boden auf, das Flugzeug scheint zu zerbersten, doch es hält, aber es springt sogleich wieder in die Luft. Martin wird fürchterlich durchgeschüttelt, alles um ihn herum dreht sich. Abermals schlagen die Räder brutal auf der Wiese auf, das Flugzeug schlägt wild mit dem Heck aus, das mit dem Spornrad tiefe Furchen in den Boden schneidet, bis es letztendlich abbricht und davonfliegt. Martin reißt schützend die Arme vor sein Gesicht, denn das Flugzeug knickt plötzlich ein. Das massive Fahrwerk wird mit Leichtigkeit vom übrigen Rumpf abgerissen – wie ein Strohhalm, der bricht. Mit einem fürchterlichen, berstenden Geräusch stampft es zum letzten Mal auf, rutscht über den Boden und kommt schließlich zum Stehen. Es ist totenstill!

Martin nimmt seine zitternden Arme vom Steuerknüppel und schaut aus der zerborstenen Cockpitscheibe hinaus. Lebt er noch? Mit einem Ruck reißt er die klemmende Verglasung über sich nach hinten weg und atmet die unsagbar frische Luft tief in seine Lungen ein. Die grüne Landschaft, die sich vor ihm erstreckt, und ihre Geräusche vermischen sich mit dem lauten Pfeifen in seinen ansonsten tauben Ohren. Wie in Trance schaut er sich um und bemerkt seine Müdigkeit, seine Schmerzen, seine Kraftlosigkeit in den Gliedern. Das Flugzeug qualmt, er kann seine Backbordtragfläche nicht finden und starrt stattdessen in ein braunes, schlammiges Loch. Die Wiese muss völlig aufgeweicht sein. ‚Ist wohl doch nicht so ein geeigneter Ort zur Landung gewesen', denkt er. Er versucht aufzustehen, aber es gelingt ihm nicht. Seine Beine versagen nach dem stundenlangen Sitzen ihren Dienst. Er belässt es dabei und bleibt einfach noch etwas sitzen. Seine Hände greifen abermals nach dem Steuerknüppel, so als ob es noch etwas zu steuern gäbe. Martin glaubt immer noch nicht so richtig, dass er wirklich gelandet ist. Unwirsch rudert seine Hand das Steuerorgan herum, doch es scheint keine Funktionen mehr zu besitzen. Das Flugzeug ist tot, aber er … Ja, er lebt tatsächlich noch! In seine Ohren dringt unerwartet sanftes Vogelgezwitscher …, er sieht sich um, kann aber keine Vögel entdecken. Doch plötzlich erkennt er, dass aus derselben Richtung mehrere Menschen hastig auf ihn zulaufen … Er ist gerettet!

ENDE

Fahrt und Martin ist von der ungewohnten Situation vollkommen überrascht. Verzweifelt zieht und drückt er am Steuerknüppel und betätigt hektisch dazu parallel den Schubhebel. Seine Füße versuchen, zusätzlich mit dem Seitenruder zu helfen, machen die Sache anscheinend aber nur schlimmer. Die Maschine tanzt wie ein bockiger, störrischer Esel, Martin hat das Gefühl, jeden Moment vollends die Kontrolle zu verlieren. Der Boden kommt näher und näher, das Flugzeug steht quer, die Nase hängt herunter und alles, was er sich vorher ausgedacht hatte, scheint plötzlich nicht mehr gelingen zu können. Er drückt den Schub in seiner Verzweiflung wieder ganz nach vorne, das Triebwerk brüllt auf und die Nase des Flugzeugs wird wie von Geisterhand schnell nach oben katapultiert. Martin bereut seinen Gasbefehl umgehend, denn dadurch ist sein Anflugwinkel noch schlechter als der vorherige. Doch dann versagt – völlig unerwartet – das Triebwerk. Plötzlich und ohne Vorwarnung ist es im Cockpit totenstill, nur der Fahrtwind, der an der Cockpitscheibe vorbeiströmt, verrät ihm, dass er tatsächlich noch am Leben ist. Geistesgegenwärtig drückt er den Steuerknüppel nach vorn, sodass die Nase sich wieder senkt. Er ist der Maschine völlig ausgeliefert, sie scheint nur noch das zu machen, was sie will. Der Boden kommt zu schnell näher, er kann nichts mehr dagegen machen. Zum letzten Mal reißt er abrupt am Steuerknüppel herum, um die Nase wieder zu heben. Die Räder des Fahrwerks schlagen hart auf dem Boden auf, das Flugzeug scheint zu zerbersten, doch es hält, aber es springt sogleich wieder in die Luft. Martin wird fürchterlich durchgeschüttelt, alles um ihn herum dreht sich. Abermals schlagen die Räder brutal auf der Wiese auf, das Flugzeug schlägt wild mit dem Heck aus, das mit dem Spornrad tiefe Furchen in den Boden schneidet, bis es letztendlich abbricht und davonfliegt. Martin reißt schützend die Arme vor sein Gesicht, denn das Flugzeug knickt plötzlich ein. Das massive Fahrwerk wird mit Leichtigkeit vom übrigen Rumpf abgerissen – wie ein Strohhalm, der bricht. Mit einem fürchterlichen, berstenden Geräusch stampft es zum letzten Mal auf, rutscht über den Boden und kommt schließlich zum Stehen. Es ist totenstill!

Martin nimmt seine zitternden Arme vom Steuerknüppel und schaut aus der zerborstenen Cockpitscheibe hinaus. Lebt er noch? Mit einem Ruck reißt er die klemmende Verglasung über sich nach hinten weg und atmet die unsagbar frische Luft tief in seine Lungen ein. Die grüne Landschaft, die sich vor ihm erstreckt, und ihre Geräusche vermischen sich mit dem lauten Pfeifen in seinen ansonsten tauben Ohren. Wie in Trance schaut er sich um und bemerkt seine Müdigkeit, seine Schmerzen, seine Kraftlosigkeit in den Gliedern. Das Flugzeug qualmt, er kann seine Backbordtragfläche nicht finden und starrt stattdessen in ein braunes, schlammiges Loch. Die Wiese muss völlig aufgeweicht sein. ‚Ist wohl doch nicht so ein geeigneter Ort zur Landung gewesen', denkt er. Er versucht aufzustehen, aber es gelingt ihm nicht. Seine Beine versagen nach dem stundenlangen Sitzen ihren Dienst. Er belässt es dabei und bleibt einfach noch etwas sitzen. Seine Hände greifen abermals nach dem Steuerknüppel, so als ob es noch etwas zu steuern gäbe. Martin glaubt immer noch nicht so richtig, dass er wirklich gelandet ist. Unwirsch rudert seine Hand das Steuerorgan herum, doch es scheint keine Funktionen mehr zu besitzen. Das Flugzeug ist tot, aber er … Ja, er lebt tatsächlich noch! In seine Ohren dringt unerwartet sanftes Vogelgezwitscher …, er sieht sich um, kann aber keine Vögel entdecken. Doch plötzlich erkennt er, dass aus derselben Richtung mehrere Menschen hastig auf ihn zulaufen … Er ist gerettet!

ENDE

Über den Autor

Kai-Uwe Conrad - ein Schriftsteller mit vielen Interessen.
Er wohnt in der beschaulichen Stadt Lippstadt in NRW. Seine Liebe zu Büchern und zur Schriftstellerei entdeckte er schon früh. Auf der Suche nach dem Sinn des Lebens bereiste er viele Länder der Erde, ließ sich von der Einzigartigkeit der Natur inspirieren und war immer wieder fasziniert von den verschiedenen menschlichen Facetten in Friedenszeiten - und erschüttert von den weniger menschlichen Facetten in Krisenzeiten.
All diese Erfahrungen fließen unverblümt in seine mit Spannung geladenen Abenteuerromane ein. Der Leser kann buchstäblich in die Handlungen "hineinspringen". Conrad`s Romane sind fesselnd, sodass man sie nur schwerlich aus den Händen legen kann.
Info unter: www.KaiUweConrad.de

LESEN SIE MEHR VOM MEISTER DER SPANNUNG
KAI-UWE CONRAD BEI DEBEHR

The Stranger - Jagd nach dem Unbekannten - Roadmovie-Western

Das Jahr 1869. In Süd Dakota hörte ich das erste Mal von ihm. Man nannte ihn schlicht "The Stranger", und jedes Kind, jede Frau und jeder Mann wusste etwas von ihm zu berichten, obwohl niemand von ihnen diesen Mann jemals persönlich zu Gesicht bekommen hatte. Es waren Gerüchte, Märchen über einen unbekannten Fremden. Ich wollte wissen, was es mit ihm auf sich hat, und so begab ich mich auf die Suche nach ihm...
Der Held des Buches folgt einem Geist, einem Unbekannten. Auf dessen Spur begegnet er Outlaws, Verlorenen, Schurken, Gutgläubigen. Bald pflastern Leichen seinen Weg. Erst die Indianerin Onawa scheint sein Herz zu berühren. Doch das Glück ist nur von kurzer Dauer, und die Realität holt ihn umso brutaler ein. EIN ROADMOVIE-WESTERN JENSEITS DES VERKLÄRTEN BLICKES AUF DEN WILDEN WESTEN.
300 Seiten, 12,95 Euro, ISBN: 9783944028811